D1928739

CORE

Zum Buch

Mehr als 2000 Jahre hat das Christentum auf die Rückkehr des Erlösers gewartet, jetzt ist er wieder da. Heute. In New York. Er begibt sich zu den Ärmsten der Armen. Er mengt sich unter Penner und Junkies. Er schläft mit Männern und Frauen. Er verachtet die Kirche und wird vom Staat verfolgt. Er heilt die Kranken. Er gibt Liebe und wird gehasst. James Frey moderne, überraschende Version der Jesus-Geschichte ist schonungslose Underground-Literatur - und gleichzeitig ein Pamphlet der Menschlichkeit und Toleranz.

Zum Autor

James Christopher Frey wurde 1969 in Cleveland, Ohio geboren. Sein autobiografischer Roman *Tausend kleine Scherben* wurde zu einem Weltbestseller. Die Kontroverse um den Wahrheitsgehalt des Buchs führte dazu, dass Frey mit seiner Familie für einige Monate das Land verließ. Mit dem hochgelobten Roman *Strahlend schöner Morgen* rehabilitierte Frey sich. James Frey lebt mit Frau und Kind in New York.

JAMES FREY

DAS LETZTE TESTAMENT DER HEILIGEN SCHRIFT

ROMAN

Aus dem Amerikanischen von:
Alexandra Henning von Lange, Clemens J. Setz,
Tina Uebel, Zoë Jenny, Katja Scholtz, Kristof Magnusson,
Charles Lewinsky, Gerd Haffmans, Steffen Jacobs,
Klaus Modick, Juli Zeh, Sven Böttcher und Harry Rowohlt

WILHELM HEYNE VERLAG
MÜNCHEN

Die Originalausgabe THE FINAL TESTAMENT OF THE HOLY BIBLE erschien 2011 bei Gagosian Galler, New York.

Unter *www.heyne-hardcore.de* finden Sie das komplette Hardcore-Programm, den monatlichen Newsletter sowie unser halbjährlich erscheinendes CORE-Magazin mit Themen rund um das Hardcore-Universum.

Weitere News unter *facebook.com/heyne.hardcore*

FSC
www.fsc.org
MIX
Papier aus verantwortungsvollen Quellen
FSC® C014496

Verlagsgruppe Random House FSC® N001967
Das für dieses Buch verwendete FSC®-zertifizierte Papier *Holmen Book Cream* liefert Holmen Paper, Hallstavik, Schweden.

Vollständige deutsche Taschenbuchausgabe 12/2013
Copyright © 2011 by James Frey
Copyright © 2012 by Haffmans & Tolkemitt, Berlin
Copyright © 2013 dieser Ausgabe by Wilhelm Heyne Verlag, München, in der Verlagsgruppe Random House GmbH
Printed in Germany 2013
Umschlaggestaltung: Nele Schütz Design, München unter Verwendung eines Fotos von © Thinkstock/iStock
Druck und Bindung: GGP Media GmbH, Pößneck
ISBN: 978-3-453-41048-0

www.heyne-hardcore.de

„Er wird wiederkommen."

– Apostolisches Glaubensbekenntnis

Dieses Buch entstand in Zusammenarbeit und nach ausführlichen Gesprächen mit der Familie, Freunden und Anhängern von Ben Zion Avrohom, auch genannt Ben Jones, auch genannt der Prophet, auch genannt der Sohn, auch genannt der Messias, auch genannt der Herr.

MARIA MAGDALENA 11 *(Alexa Hennig von Lange)*

CHARLES 26 *(Clemens J. Setz)*

ALEXIS 40 *(Tina Uebel)*

ESTHER 57 *(Zoë Jenny)*

RUTH 72 *(Katja Scholtz)*

JEREMIAS 92 *(Kristof Magnusson)*

ADAM 110 *(Charles Lewinsky)*

MATTHÄUS 143 *(Harry Rowohlt)*

JOHANNES 168 *(Gerd Haffmans)*

LUKAS 185 *(Steffen Jacobs)*

II MARIA MAGDALENA 237 *(Alexa Hennig von Lange)*

MARKUS 268 *(Klaus Modick)*

JUDITH 304 *(Juli Zeh)*

II ESTHER 370 *(Zoë Jenny)*

PETER 407 *(Sven Böttcher)*

III MARIA MAGDALENA 435 *(Alexa Hennig von Lange)*

MARIA MAGDALENA

Er war nichts Besonderes. Einfach ein Weißer. Ein stinknormaler Weißer. Braune Haare, braune Augen, normal groß und normal schwer. Genau wie die zehn oder zwanzig oder dreißig Millionen anderer weißer Typen in Amerika auch. Wie gesagt: nichts Besonderes.

Zum ersten Mal sah ich ihn, als er den Hausflur runter kam. Gegenüber stand seit einem Jahr eine Wohnung leer. Normalerweise gehen die Wohnungen in unserer Siedlung schnell wieder weg. Die Regierung zahlt was drauf für Leute, die nichts haben – und wissen, dass sich daran nie was ändern wird, auch wenn man uns dauernd was anderes erzählt. Gibt Wartelisten. Werden immer länger. Trotzdem wollte niemand da drüben wohnen. Hatte keinen guten Ruf, die Wohnung. Der Mann, der zuletzt drin gelebt hatte, war durchgedreht. Am Anfang war er noch ganz normal. Verkaufte vor dem Yankee Stadion Souvenirs, hatte eine Frau und zwei kleine Jungs, zwei richtig süße kleine Jungs. Doch plötzlich hörte er Stimmen und solchen Scheiß, fing an von Teufeln und Dämonen zu schwafeln und dass er unsere letzte Rettung ist. Er verlor seinen Job und fing an, sich komplett weiß zu kleiden, und versuchte, allen auf den Kopf zu tatschen. Ein paarmal kriegte er richtig die Fresse poliert und seine Kirchengemeinde verbot ihm, je wieder aufzukreuzen. Er schrie seine Familie an und ließ die ganze Nacht lang solche Orgelmusik laufen. Verfluchte die Dämonen und flehte den Herrn an. Jaulte rum wie ein Köter. Seine Familie durfte nicht mehr raus. Plötzlich hörte die Musik auf, dafür fing es an zu riechen und Mami rief die Bullen, und die entdeckten ihn in der Dusche – erhängt. Steckte in einer weißen Kutte, wie so ein Mönch. Baumelte am Elektrokabel. Seine Frau und die Jungs waren an Händen und Füßen mit Klebeband gefesselt und hatten Plastiktüten über den Köpfen. Im Abschiedsbrief stand: Wir sind an einen besseren Ort gegangen. Schätze, der Teufel oder die Dämonen haben ihn geholt oder sein Herr hat ihn verlassen. Oder er hatte einfach keinen Bock mehr. Und kann ja sein, sie haben diesen besseren Ort gefunden. Ich weiß es nicht und werde es vermutlich auch nie erfahren. War sowieso egal. Jeder wusste von der Sache und niemand wollte da wohnen. Bis auf Ben. Kam mit Rucksack und einem alten Koffer den Hausflur runter und zog einfach ein. Entweder er hatte keinen Schimmer oder ihm war's egal. Zog scheißenochmal einfach ein.

Er war der einzige Weiße im ganzen Haus. Mal abgesehen von den Juden, denen die Schnaps- und Klamottenläden gehörten, war er der einzige Weiße im ganzen Viertel. Der Rest von uns war durchweg puertoricanisch. Ein paar Dominikaner gab's auch. Und die üblichen schwarzen Old-School-Motherfucker. Alle arm. Und genervt. Alle am Überlegen, wie sie da rauskommen, obwohl's sowieso keinen Ausweg gab. Es war, was es war. Ein beschissenes, amerikanisches Großstadt-Ghetto. Sind überall gleich beschissen. Ben schien das nicht zu stören. Interessierte ihn gar nicht, dass er hier nichts verloren hatte. Er kam und ging. Sprach mit niemandem. Lief die Woche über in so einer Art Polizei-Uniform rum, über die hier jeder lachte. Am Wochenende blieb er die meiste Zeit in seiner Wohnung, außer er ging sich besaufen. Dann sahen wir ihn weggeschossen auf einer der Bänke vorm Haus liegen, gleich neben dem Spielplatz. Oder im Flur mit Kotze auf dem T-Shirt. Einmal kam er Samstag früh nach Hause getaumelt, hatte sich komplett die Hosen voll gemacht und grölte einen zwanzig Jahre alten Rapsong. Mein Bruder und sein Kumpels griffen ihn sich und verarschten ihn, aber er war zu besoffen, um's mitzukriegen. Wir dachten, wir wüssten, warum er hier bei uns wohnte. Warum es ihn nicht kratzte, dass er hier total fehl am Platz war. Wir dachten, sie hätten ihn verjagt, von wo er herkam. Dass er da nicht mehr willkommen war. Und wir hatten recht, seine Leute hatten ihn scheißenochmal verstoßen. Nur, was die Gründe anging, lagen wir falsch.

Zum ersten Mal unterhielten wir uns im Hausflur. Ungefähr sechs Monate nachdem er eingezogen war. Meine Tochter und ich kamen gerade aus unserer Wohnung, um ein bisschen vorm Haus zu chillen. Da stand er in Boxer-Shorts und T-Shirt, die Tür offen, das Telefon in der Hand. Meine Tochter war so etwa anderthalb. Gerade dabei, ein paar Worte zu lernen. Sie sagte: Hallo, aber er grüßte nicht zurück. Sie ist wie ihre Mami. Wenn ich jemanden grüße, erwarte ich, dass man mich zurück grüßt. Jeder will das. Ein bisschen Respekt. Als Mensch zur Kenntnis genommen werden. Sie versuchte es noch mal, aber er stand einfach nur da. Also sagte ich: Ey, du Schwanzlutscher, weißt du nicht, dass man als anständiger Nachbar zurück grüßt? Und er guckte gleich ganz nervös und irgendwie verängstigt und sagte: Sorry. Meine Kleine meinte dann noch mal: Hallo, er grüßte zurück, sie lächelte, umarmte sein Bein und er lachte. Ich fragte ihn, was das soll, hier so in Unterhosen im Flur rumzustehen, die Tür offen und das Telefon in der Hand. Er sagte, er wartet auf seinen neuen Fernseher, den er sich im Ausverkauf besorgt hat und der geliefert werden sollte. Ich meinte, Hauptsache er hat ein gutes Schloss, für so einen Fernseher schlitzen sich die Schwanzlutscher hier schon mal gegenseitig auf, ohne Scheiß. Er lächelte nur, immer noch irgendwie nervös, und meinte: Ich glaube, mein Schloss ist okay, aber ich werd's noch mal checken. Das war's. Wir ließen ihn da stehen und auf seinen Fernseher warten.

Ich weiß, dass der verdammte Fernseher ankam. War ja nicht zu überhören. Bang bang bang. Explosionen. Hubschrauber und Flugzeuge. Und er voll am Schreien und Brüllen: Yeah yeah yeah, ich zeig's dir, du Arschloch. Was sagst du nun, du Schwanzlutscher? Machst du dir ins Hemd? Hörte ihn hin und her rennen, hin und her. Kriegte richtig ein bisschen Schiss, weil er genau wie der Verrückte klang, der seine Familie umgebracht hatte, und dachte, ob dieser Ort irgendwie verflucht war. Brachte meinen Bruder dazu, der ein Jahr vor mir die Schule geschmissen hatte und damals noch bei uns war, mal an der Tür zu lauschen. Mein Bruder nahm's ziemlich ernst und drückte sich das Ohr platt, dann kam er wieder und meinte: Okay, das ist richtig Scheiße, Maria Magdalena, richtig Scheiße, gegenüber sitzt ein Idiot, der Videospiele spielt, ich trommle mal besser ein paar Jungs zusammen und kümmere mich darum.
Ich lachte, aber ich hätte es gleich wissen müssen. So läuft's eben im Leben, du liebst die Deinen, traust aber niemandem, der nicht so ist wie du. Wäre ich in eine weiße Gegend gezogen und meine Nachbarn hätten bei mir Maschinengewehrgeballer und Gebrüll gehört, hätte mir gleich eine verschissene Garnison von Cops die Tür eingetreten. So läuft das eben.

Mein Bruder liebte Videospiele. Also hing er von da an den ganzen Tag bei Ben rum. Sie holten sich ein Basketball-Spiel und ein Autorennen, bei dem man Punkte sammelte, indem man so viele Leute wie mög-

lich über den Haufen fuhr. Sie guckten sich die Spiele der Knicks an, tranken Bier und rauchten hin und wieder Gras. Ich warnte meinen Bruder, er soll vorsichtig sein, Weiße sind mit Vorsicht zu genießen, du weißt nie, was die sonst noch so im Schilde führen.
Für mich war klar, alles, was in meinem Leben schief gelaufen war, ging direkt auf das Konto von Weißen, und die meisten von denen sahen ziemlich jüdisch aus. Wegen denen war mein Daddy auch ins Gefängnis gewandert, als ich klein war. Meine Mami hatte fast ihr ganzes Leben für sie geputzt. Meine Lehrer, die alle so taten, als würden sie sich voll um uns sorgen, obwohl sie eigentlich Schiss vor uns hatten und uns wie Tiere behandelten, waren Weiße. Sie sind Cops, Richter, Vermieter, Bürgermeister, die reißen sich einfach alles unter den Nagel. Und nichts davon wollen sie wieder rausrücken oder wenigstens teilen. Die Reichen kümmern sich um die Reichen, damit die reich bleiben. Gleichzeitig quatschen sie davon, dass sie den Armen helfen, aber würden sie das machen, gäbe es nicht so viele von uns. Einen Weißen gegenüber wohnen zu haben, ihn manchmal zu grüßen, ihn beim Besaufen oder beim Rumlaufen in bescheuerten Uniformen mitzukriegen war schlimm genug, aber dass mein Bruder ständig bei dem rumhing, war echt nervig. Ich war mir sicher, das würde voll nach hinten losgehen.
Mein Bruder hatte noch nie auf mich gehört. Nie. Wünschte, er hätte es mal gemacht dann wäre er möglicherweise noch hier. Aber zugegeben, dieses eine Mal lag er richtig und ich lag falsch. Schon bevor

Ben überhaupt eine Ahnung hatte, bevor er wurde, was er wurde, war er eigentlich ganz okay. Nicht mehr, nicht weniger, einfach nur ganz okay. Das kriegte ich mit, als mein Bruder mich mal mit zu ihm rüber nahm. Er hatte nämlich keinen Bock mehr, ständig von mir zu hören, dass dieser Weiße kein Umgang für ihn war, also meinte er eines Tages: Entweder du kommst jetzt mit rüber und überzeugst dich, dass er cool ist oder du hältst für immer die Klappe und lässt mich mit ihm abhängen. Ich war keine, die einfach ihre Klappe hielt, abgesehen von ein paar Ausnahmen, also ging ich mit. Nachdem wir uns vergewissert hatten, dass mit Mami soweit alles okay war, gingen wir über den Flur und klopften an seine Tür und er machte in Boxer-Shorts und einem komplett mit Tomatensauce verschmierten T-Shirt auf, und mein Bruder fing direkt an zu quatschen:
Was geht, Ben?
Ben wischte sich ein paar Fettspritzer aus dem Gesicht.
Was geht, Alberto?
Ich hab meine Schwester Maria Magdalena und ihre Tochter Mercedes dabei.
Ja, hab die beiden schon mal gesehen.
Ben sah mich an.
Wie geht's?
Ich bedachte ihn mit einem eisigen Blick.
Dürfen wir vielleicht mal reinkommen?
Warum nicht?
Er hielt die Tür auf. Trat beiseite. Und wir gingen rein

und ich sah mich um. Fetter Fernseher im Wohnzimmer. Eine abgeschräbbelte, alte Couch mit Brandlöchern, die aussah, wie aus alten Teppichen zusammengeflickt. Videospiele und Konsolen. Küche war eklig. Pizzakartons. Leere Suppendosen und Spaghetti, in denen noch Löffel und Gabeln steckten. Volle Müllsäcke. Ich suchte im Kühlschrank nach was zu trinken, aber da stand nur Ketchup drin, mehr nicht. Überall roch es nach ranzigem Essen und abgestandenem Bier. Im Schlafzimmer gab's nur eine Matratze mit Kissen. Klamotten auf dem Boden. Im Schrank hing seine Uniform, das einzige, was gepflegt aussah. Das Badezimmer, also das Badezimmer, wo der Mann sich erhängt hatte, war genauso eklig wie die Küche. Flecken in Klo und Waschbecken. Taschentücher quollen aus einem kleinen Mülleimer. Toilettenpapier gab's nicht, und ich bezweifelte, dass er hier jemals geputzt hatte. Es war eklig, selbst im Vergleich zu dem, was wir hier sonst noch so zu sehen bekamen. Eklig, aber vor allem traurig. Richtig traurig. Als würde er es irgendwie nicht anders kennen. Als würde er denken, das hier wäre total normal für einen erwachsenen Mann. Als hätte er niemanden, der ihm mal zeigte, wo es langging. Als sei er total einsam. Allein an einem Ort, wo er nichts zu suchen hatte, weil er sonst nirgends hin konnte. Weil er niemanden hatte. Hätte es wen gegeben, hätten die ja mal was unternommen. Sah aber nicht danach aus. Er war komplett allein. Ich ging zurück ins Wohnzimmer. Bang bang bang. Er und Alberto ballerten auf Nazis, bewarfen sie mit Granaten. Mercedes hockte auf dem Boden, kaute auf ihrer Kuscheldecke rum und guckte zu, wie im Fernseher Leute explodierten. Das reichte. Die Welt ist auch so schon krank genug, ohne diese ganzen Ich-tu-mal-so-als-ob-Spiele. Das reicht, sagte ich, und klatschte Alberto auf den Hinterkopf. Er kriegte gleich einen Anfall, von wegen, du wusstest doch was hier läuft, musstest ja nicht mitkommen. Ich sagte: Spielt ein anderes Spiel, eins, wo nicht überall das Blut rumspritzt, und Ben meinte: Wir nehmen das NBA-Spiel, und wechselte die CD. Dabei frage ich ihn, wo er herkommt, und er sagt Brooklyn, und ich frage, ob er da Familie hat, und er sagt Ja. Ich frage, ob er manchmal hinfährt, er meint Nein. Ich frage: Warum nicht, und er meint: Ist eben so. Ich frage ihn: Seit wann schon nicht, und er meint: Schon ewig nicht mehr. Ich frage ihn, wie alt er eigentlich ist, und er meint: Dreißig, ich frage ihn, wo er vorher gewohnt hat, und er meint, da will er nicht drüber reden. Das Ganze machte mich richtig traurig. Ich dachte immer, Weiße haben's gut im Leben. Sogar die Ärmsten haben's besser als ich und alle, die ich kenne. Ging ich einfach von aus. Aber dieser Typ war alles andere als gut dran. Im Gegenteil. Nur er und seine Videospiele und seine eklige Wohnung, in der keiner wohnen wollte. Ich hatte wenigstens meine Kleine und meine Familie. Ihm ging's so was von viel dreckiger.

Das Videospiel fing an, und ich wollte nur noch weg. Das alles war so was von traurig und deprimierend, also verschwanden Mercedes und ich wieder. Und das war's. Für lange Zeit. Sechs oder neun Monate oder so. Alberto spielte mit Ben Videospiele. Ich traf ihn nur hin und wieder. Tagsüber in seiner Uniform, nachts sturzbetrunken, manchmal in Unterwäsche im Hausflur, wenn er auf eine Pizza wartete. Ich wurde achtzehn. Mit ein paar von meinen Freundinnen aus der Siedlung und welchen, die ich noch aus der Schule kannte, zog ich um die Häuser. Wir waren alle ungefähr gleich alt, fast alle in derselben Lage, kein Abschluss, ein oder zwei Kids, ein paar von uns sogar drei, ein Freund, der sich nie blicken lässt, keine Perspektive, außer den nächsten Tag, die nächste Woche, den nächsten Monat über die Runden zu kommen. Eins von den Mädchen trug gute Klamotten und eine schicke Uhr und roch nach teurem Parfüm und sie erzählte, dass sie als Tänzerin ordentlich Geld machte. Sagte: Musst zwar achtzehn sein, kannst aber drei-, vierhundert, oder vielleicht fünfhundert Mäuse pro Nacht mit Tanzen in Clubs machen. Wir dachten, sie geht anschaffen, aber sie sagte: Nein, sie tanzt nackt auf einer Bühne oder nimmt Männer für einen Lapdance mit ins Hinterzimmer und die geben ihr Cash. Keine große Sache. Die Typen kamen aus Manhattan, erzählten ihren Frauen was von Meetings oder Überstunden oder kamen nach Baseballspielen im Yankee Stadion rüber. Die waren so bescheuert zu glaubten, dass du sie ranlässt, und je mehr sie dir die Nummer abnahmen, desto mehr ließen sie springen. Sie sagte, dafür, dass man mit dem Arsch und den

Titten weiße Männer frottierte, kam man nicht gerade in den Himmel, aber von uns war sowieso keine eine Heilige, und nach einer heißen Dusche am Ende der Nacht war das alles kein Ding für sie, besonders, weil sie so viel Geld damit machte. Sie meinte, irgendwann würde sie vermutlich wegziehen. In ein Viertel, wo ihre Kids auf eine gute Schule gehen können. Denn obwohl wir alle Schulabbrecher waren, wussten wir, wenn du hier wirklich raus wolltest, musstest du was lernen. Nur bekam das keiner von uns hin.

Am nächsten Tag rief ich meine Freundin an und sie nahm mich mit in den Club. Da traf ich den Manager. Weißer Fettsack aus Westchester. Ich musste mich bis auf Slip und BH ausziehen und für ihn tanzen. Meinen Hintern über seine Weichteile reiben, meinen Titten seine Brust hoch und runter rubbeln und Schweinkram flüstern, den seine Frau ihm niemals ins Ohr gequatscht hätte. Er fing an mich anzugrabbeln und ich wollte wissen, was das soll, und er meinte, er mache mit allen Mädels erst mal eine Probefahrt, bevor er sie raus auf die Rennbahn ließ. Das war so krank. Aber wir brauchten das Geld. Mami konnte nicht mehr arbeiten und was Alberto tat, wusste kein Mensch. Das war so krank. Aber ich ließ ihn. Ich ließ ihn seine Scheißprobefahrt machen. Bis mir kotzübel wurde.

Paar Tage später fing ich an. Es war nicht schwer, musste einfach mein Herz und meine Seele kalt

machen. Bisher hatte ich erst mit drei Männern was gehabt. Mit einem als ich zwölf war. Dann mit Mercedes' Papa, mit dem ich ab vierzehn zusammen war, bis er mich mit siebzehn sitzen ließ. Und mit dem Manager. Mal abgesehen vom Manager, hatte ich immer gewartet. Wollte es nur mit Typen machen, die mich aufrichtig liebten. Bei mir war es immer Liebe. Hätte alles für die Typen getan. Hätte für sie getötet oder wäre für sie gestorben. Wäre mit ihnen durchgebrannt. Ich dachte, die fühlen genau wie ich, lieben genau wie ich. Aber Liebe kann nun mal für jeden was anderes bedeuten. Für manche Hass, für manche Freude, für manche Angst, für manche Eifersucht, für manche Folter, für manche Frieden. Für manche ist sie alles. So, wie für mich. Echt alles. Und damit mich ein Mann überhaupt so anfassen durfte oder ich einen Mann so anfasste, musste ich ihn immer lieben. Deshalb machte ich dicht. Verschloss mein Herz. Verdrängte das Ganze. Und ich tanzte und streichelte und flüsterte, machte sie richtig heiß, brachte sie so gut es ging um den Verstand und um alles, was ich kriegen konnte. Was sie nicht wussten, sie kriegten noch zu viel von mir. Eine Dusche am Ende der Nacht war nicht genug. Nicht mal annähernd.
Das brachte gar nichts.

Ich arbeitete drei Nächte die Woche, manchmal auch vier. Begann zu sparen. Besorgte Mercedes ein paar Klamotten, die noch nicht getragen waren, eigene Schuhe, brandneu. Kaufte meiner Mami einen Pulli, und jede Woche neue Zeitschriften. Zur Bank brachte ich nichts, denn ich kenn mich aus mit Weißen und ihren Banken. Ich versteckte das Geld. Wo Alberto niemals nachsehen würde. Wo niemand nachsehen würde. Ein paar Monate, ein paar mehr. Machte ordentlich Geld, trotzdem tat's weh. Und veränderte mich. Machte mich hart und kalt, so, als gäb's mich gar nicht mehr. Eines von den Mädels gab mir bisschen Crack zum Rauchen, und es half. Also rauchte ich mehr davon. Und es half. Mehr als jede Dusche. Aber wenn die Wirkung erst mal nachließ, tat's umso mehr weh, also zog ich mir noch mehr rein. Schlief und arbeitete und schoss mich ab. Fing an, Sachen zu machen, die ich niemals zuvor getan hätte, weil's mir nichts mehr ausmachte, tat sowieso schon alles weh. Und machte noch mehr Geld. Als ich nachts mal wieder am Arbeiten war, kam Ben rein und eins von den Mädels meinte so grinsend: Guck mal, wer da ist. Und ich fragte, was mit dem sein soll, und sie meinte, er wäre leichte Beute. Würde hier reinkommen, mit seinem Gehaltsscheck rumwedeln und sich besaufen und alles verpulvern. Ich sagte: Der wohnt bei mir im Haus, und dass ich den übernehme. Sie zeterte über eine Minute rum, bis ich sagte, wie weit ich gehen würde. Ich gab zu viel Geld aus und brauchte mehr. Mami kränkelte, und Mercedes kränkelte, und ich musste sie dringend zum Arzt kriegen und ich hatte nun mal keine Versicherung. Und ich brauchte mehr.

Ich stellte mich zu ihm. Er war schon total dicht. Er grinste und sagte: Hi, und ich sagte: Hey, Baby, nett dich hier zu sehen. Fragte ihn gar nicht groß, nahm einfach seine Hand. Führte ihn ins Hinterzimmer und legte los, so, wie die ganzen Typen das eben wollten, und flüsterte in sein Ohr, was wir zu Hause alles so veranstalten könnten, jetzt wo ich wusste, was für ein Typ er war. Von wegen, dass ich seinen Schwanz lutschen wollte und er mich ficken sollte, dass ich's ihm so richtig besorgen würde, dass ich schon allein beim Gedanken daran so was von feucht wurde. Und bestellte noch mehr Drinks und füllte ihn ab. Gnadenlos. Und er ließ es geschehen. War unersättlich. Und nach einer Stunde war er alle. Genau wie sein Geld. Und ich fühlte mich mies, weil ich ihn ja kannte und wusste, er war okay. Nur traurig. Einsam und allein, ganz allein in dieser Wohnung, wo sonst keiner wohnen wollte, mit seinem Fernseher und seinen Spielen und seinen Pizzakartons und Suppendosen und seinem Müll und seiner traurigen Matratze und seinem ekligen Badezimmer. Mehr gab's über ihn nicht zu sagen. Er ist einfach eingenickt, da auf dem Stuhl, mit meinem Arsch zwischen seinen Beinen. Die Rausschmeißer kamen und schleppten ihn weg. Er hatte weder Perso noch Führerschein oder Kreditkarte dabei. Nichts mit Namen oder Anschrift oder so. Ich sagte: Er ist mein Nachbar und dass ich wusste, wo er wohnte. Sie waren drauf und dran, ihn auf die Straße zu werfen, ihn in der Gosse liegen und seinem Schicksal zu überlassen. War sicher nicht das erste

Mal. Ich sagte, ich könnte ihn nach Hause bringen. Nachdem ich ihm alles, was er besaß, abgenommen hatte, dachte ich, das wäre das Mindeste. Wir hielten ein Taxi an und legten ihn auf dem Rücksitz schlafen. Ich saß neben ihm. Er schnarchte wie ein Baby. Und als wir zu Hause ankamen, half mir der Fahrer, ihn aus dem Taxi zu bekommen. Und ich schleppte ihn weiter ins Haus und in den Fahrstuhl. Schleppte ihn den ganzen Hausflur runter, bis vor seine Tür. Da ließ ich ihn liegen. Und ging dann noch mal raus, mich wegschießen. Kaufte mir ein bisschen was von seinem Geld. Und als ich später nach Hause kam, lag er noch immer da.

Zwei Tage später traf ich ihn wieder. Er kam in seiner Uniform nach Hause und ich wollte gerade zur Arbeit. Wir sagten beide nichts. Ich war mir nicht mal sicher, ob er sich überhaupt erinnerte. Guckte nur traurig und nervös wie immer. Und als ich ihn dann, nach langer Zeit, wiedersah, war er nicht mehr derselbe. War verändert. Verwandelt. Jemand ganz anderer. Erst konnte ich es nicht glauben. Und dann glaubte ich. Ich glaubte. Ich glaubte.

CHARLES

Als ich ihn traf, tat er mir leid. Er kam auf die Baustelle, um sich bei mir um einen Job als Aufseher zu bewerben. Bei uns waren jeweils zwei Typen beschäftigt, die in Zwölfstunden-Schichten arbeiteten. Es gab Typen für unter der Woche und welche fürs Wochenende. Ein Scheißjob. Man musste auf der Baustelle herumgehen und war stundenlang auf den Beinen.
Es gab keine Aufseherkabine. Wenn's eine gibt, sitzen die Aufseher ständig drin. Sie kaufen sich kleine Fernseher und trinken den ganzen Tag Kaffee.
Machen Nickerchen. Aber das hier war eine heikle Baustelle. In einer Gegend, wo das höchste Gebäude zwölf Stockwerke hatte, zogen wir eins mit vierzig hoch. Es hatte einigen Widerstand bei den Anwohnern gegeben. Ein paar Proteste, eine große Petition.
Ich brauchte Leute, die bereit waren zu arbeiten.
Um die Sicherheit auf der Baustelle zu gewährleisten.
Die sind schwieriger zu finden als man glaubt.
Die meisten erwarten sich was für null Leistung.
Sie erwarten, dass alles immer leicht ist. Wenn ein Job schwierig wird, wollen sie mehr Geld, mehr Freizeit,

sie beschweren sich bei den Gewerkschaftsvertretern und versuchen, die Bedingungen neu auszuhandeln. So kannst du nicht arbeiten. Das Leben ist hart. Von nichts kommt nichts. Ich würde auch lieber zu Hause sitzen und alle zwei Wochen dafür einen Scheck kassieren, dass ich Baseball schaue und Zeit mit meinen Kindern verbringe. Aber so läuft's nun mal nicht. Man muss für alles auf der Welt arbeiten. Für jedes kleinste bisschen musst du beißen und kratzen und kämpfen. Und es wird niemals leichter. Niemals. Und es geht immer so weiter, bis du stirbst. Und dann ist es egal. Find dich damit ab. So ist es nun mal auf der Welt. Du kämpfst und strengst dich an und reißt dir den Arsch auf und am Ende bist du tot. Damit musst du dich abfinden.

Er kam zu mir mit seinem Lebenslauf. Darin stand, er sei Ben Jones, dreißig Jahre alt. Er trug ein Hemd mit dem Logo einer Sicherheitsfirma drauf. Mein erster Eindruck war, dass er ein sehr eifriger, sehr aufgeregter, sehr nervöser Mensch war. Seine Hand zitterte, als ich sie schüttelte. Seine Lippen zuckten. Abgesehen von den biografischen Angaben und einem achtwöchigen Kurs bei der Sicherheitsfirma, der ihn für den Job qualifizierte, war der Lebenslauf leer. Ich fragte ihn, wo er herkam, und er sagte: Brooklyn. Ich fragte ihn, ob er auf dem College gewesen sei. Er sagte: Nein. Ich fragte ihn, wann er von zu Hause fortgegangen sei, und er antwortete: Mit vierzehn. Ich sagte ihm, dass er jung wirkte, und er zuckte die

Schultern, darauf fragte ich, was er in den letzten sechzehn Jahren getan hätte, und da passierte irgendwas mit ihm, eine Veränderung, nur ganz leicht, aber in seinen Augen war plötzlich etwas sehr Trauriges, sehr Einsames. Es war nur für eine Sekunde da und normalerweise würde ich so was gar nicht bemerken oder mich darum scheren, aber es war wirklich auffällig und er blickte für einen Moment auf seine Füße. Dann sah er auf und sagte: Ich habe schwere Zeiten hinter mir. Ich bin bereit zu arbeiten. Ich verspreche Ihnen, dass ich Ihr bester Mann sein werde. Ich versprech's. Das war's. Mehr hatte er nicht anzubieten und ich drang auch nicht weiter auf ihn ein. Ich dachte mir nur: Scheiße, sechzehn Jahre, was zum Teufel hat dieser Typ die ganze Zeit getan?
Ich muss auch heute noch dauernd daran denken, was er wohl getan hat. Und wegen dem kurzen Augenblick, wo er so unglaublich traurig und einsam ausgesehen hat, stelle ich mir vor, dass es, egal was es war, egal wo es war, wirklich, wirklich schrecklich gewesen sein muss.

Also hab ich ihm den Job gegeben. Er war sehr aufgeregt. Wie ein kleines Kind zu Weihnachten. Hat gegrinst, breit, übers ganze Gesicht. Er sagte ungefähr fünfzig Mal: Vielen Dank. Und schüttelte immer wieder meine Hand. Es war witzig und auch sehr liebenswert. Es war ja nicht so, als hätte er im Lotto gewonnen. Er bekam gerade mal Mindestlohn dafür, zwölf Stunden am Tag auf einer Baustelle herumzugehen.

Ich habe ihn für fünf Tage pro Woche angestellt. Hab mir gedacht, das ist das Beste. Dass er vielleicht stolz wäre, diese Position zu haben. Und das war er auch. Es zeigte sich darin, wie er seinen Job machte. Er kam immer pünktlich. Seine Uniform war immer sauber. Er versuchte nie seine Pausen zu strecken. Er beklagte sich nie. Die Art, wie so ein Gebäude errichtet wird, schien ihn zu faszinieren: die Pfahlgründung, die Fundamentlegung, die Konstruktion des Stahlskeletts. Er fragte die Leute immer, was sie gerade taten oder warum sie es auf eine bestimmte Weise taten. Er hörte ihren Erklärungen sehr aufmerksam zu, fast so als würde er später darüber abgefragt werden. Er war allgemein der fröhlichste Aufseher, den ich je unter Vertrag hatte, und er wurde so etwas wie das Baustellenmaskottchen. Jeder mochte ihn und hatte ihn gern in seiner Nähe. Er wusste die Namen von allen Arbeitern und grüßte am Morgen jeden einzelnen und sagte am Abend: Auf Wiedersehen. Es gab nur zwei Sachen, die irgendwie merkwürdig waren, aber ich kümmerte mich nicht weiter darum, da er ein guter Arbeiter war und außerdem so fröhlich wirkte. Die Erste geschah gleich nachdem er seinen ersten Lohnscheck erhielt. Da kam er zu mir und änderte die Anschrift in seiner Akte zu irgendeiner Adresse in der Bronx. Vorher hatte er eine in Queens angegeben. Ich weiß nicht warum, aber ich war neugierig und schaute die Adresse in Queens nach. Es war eine dieser staatlichen Einrichtungen, wo man vorübergehend unterkommen kann, wenn man gerade frisch aus dem Gefängnis, aus der Entzugsklinik, aus dem Obdachlosenheim oder der Psychiatrie kommt. Ich wollte eigentlich mehr darüber in Erfahrung bringen, aber ich hatte andere Dinge zu tun und außerdem schien es Ben gut zu gehen. Die zweite Sache passierte eines Tages während der Mittagspause. Ich hatte einen Arzttermin, und auf dem Weg zur U-Bahn sah ich Ben auf einer Bank sitzen, ein paar Blocks von der Baustelle entfernt. Er weinte. Es war mitten am Tag und er hatte zuvor noch ganz normal gewirkt. Ich stutzte, weil ich nicht glauben konnte, dass er es wirklich war. Aber er war's. Saß da auf einer Bank mit dem Gesicht in den Händen und schluchzte.

Der Tag, an dem der Unfall passierte, war ein wunderschöner Frühlingstag. Viel Sonne, keine Wolken, leichter Wind, etwa 25 Grad. Ein perfekter Tag, wo man ein derartiges Desaster sicher nicht erwartet. Ich hatte nie einen schweren Unfall auf einer meiner Baustellen gehabt und darauf war ich immer stolz gewesen. Ich fand, kein Gebäude auf der Welt war es wert, dass man Menschenleben dafür riskierte, und das sehe ich heute noch so. Sicherheit ist wichtiger als Geschwindigkeit. Sicherheit ist wichtiger als alles andere. Das war einer der Gründe, warum ich angestellt worden war. Weil das Bauvorhaben eben einige Kontroversen bei den Anwohnern verursacht hatte, und so viele Leute dagegen waren. Der Bauunternehmer konnte es sich nicht leisten, dass irgendetwas schief ging. Unfälle sind ja die beste Waffe, die

Community-Aktivisten gegen Bauunternehmer einsetzen können. Es ist ein schöner Gedanke, dass den Unternehmern die Sicherheit wichtig ist, aber leider ist das nicht so. Wie fast alle anderen Leute in Amerika sind sie einfach nur gierig. Sie denken an ihr Geld – und Aktivisten mit Waffen kosten sie Geld. Mein Job war es, das Budget und den Zeitplan einzuhalten und für Sicherheit auf der Baustelle zu sorgen.

Der Skelettbau war fertig. Der Stahlrahmen des Gebäudes, vierzig Stockwerke hoch. Wir setzten die Fensterscheiben ein, drei mal drei Meter, außen verspiegelt. Die ersten dreiunddreißig Stockwerke hatten wir ohne Probleme erledigt und waren am vierunddreißigsten. Wir haben immer sieben Fensterscheiben auf einmal eingesetzt. Haben sie zusammengebunden, abgesichert, an einem Draht befestigt und dann mit dem Kran nach oben gebracht. Ich hatte das buchstäblich tausende Male getan, auf verschiedenen Baustellen, und nie hatte es irgendwelche Probleme gegeben.

Ich weiß nicht, was verdammt noch mal schief gelaufen ist. Weiß es bis heute nicht. Wir hatten Sachverständige vom Stadtbauamt, staatliche Untersuchungsbeamte und auch Leute von der Versicherungsfirma da, die sich die Drahtvorrichtung angeschaut haben, aber niemand wusste, woran's lag. Bis heute steht in den Akten: Ursache unbekannt. Ich könnte sie anrufen und ihnen sagen, dass es egal ist, was wir an dem Tag getan haben, dass keine Vorrichtung der Welt das Glas gehalten hätte, dass andere Kräfte am Werk waren, stärker als jede Stadt, jeder Staat oder jede Versicherungsfirma, aber die würden mich nur für verrückt halten. Und manchmal frage ich mich, ob ich's nicht vielleicht bin. Aber das ist eben Teil des Glaubens. An etwas zu glauben, egal, was die Leute sagen oder was die Welt von deinem Glauben denken mag.

Ich stand unten am Boden, gleich neben unserem Container am Rand des Gehsteigs. Ich hatte ein Klemmbrett in der Hand und ging mit einem unserer Buchhalter einige Zahlen in der Budgetaufstellung durch. Bevor eine größere Ladung raufgeschickt wird, ertönt immer eine Signalhupe – so auch diesmal. Ich schaute nach oben und sah, wie die Scheiben langsam in die Höhe stiegen. Wir halten immer den Verkehr an, wenn die Scheiben hochgehen, also waren keine Autos auf der Straße. Die meisten Arbeiter standen herum und redeten miteinander, wie immer, wenn die Arbeit unterbrochen wurde. Ben stand am Rand der Baustelle und behielt die Straße im Blick, um jeden, der unsere Schranke umfahren wollte, aufzuhalten. Normalerweise hätte ich mich wieder den Zahlen gewidmet. Aber ich fühlte etwas, etwas Unausweichliches. Wenn man irgendwie das Schicksal spüren kann, das Verhängnis, oder die Kraft der Zukunft, dann spürte ich es, buchstäblich. Und deshalb sah ich hin. Ich konnte gar nicht anders.

Die Scheiben stiegen weiter nach oben und schwangen ein paar Meter hin und her, was bei dem Gewicht ganz normal ist. Der Kran funktionierte einwandfrei. Ebenso die Verdrahtung. Die Scheiben steckten in Holzkisten, die mit Eisennägeln verschlossen waren. Wir hatten schon hunderte von ihnen hochgezogen und eingebaut. Es war keine große Sache. Einfach Teil unserer Routine. Niemand schaute hin, ich bin der einzige, der es gesehen hat. Ich habe gesehen, wie die Nägel aus der Holzkiste rutschten. Ich habe gesehen, wie die Rückseite der Kiste sich löste. Wie die Kiste sich zur Seite neigte. Ich habe gesehen, wie die Fensterscheibe rausfiel. Eine drei mal drei Meter große Scheibe. Die vielleicht eine halbe Tonne wiegt. Ich habe sie fallen sehen.

Sie traf ihn am Hinterkopf und zerbrach. Der Aufschlag war laut, eine Explosion von Glas. Er wurde niedergestreckt. Klappte in sich zusammen. Alles hielt inne, jeder schaute sich um. Dann kam dieser Augenblick, ein grauenhaft in die Länge gezogener Augenblick von Stille, von niemals endender Stille. Dann fingen alle zu schreien an. Ich ließ mein Klemmbrett fallen und lief zu ihm hin. Im Laufen nahm ich mein Telefon aus der Tasche und tippte die Nummer vom Notruf. Unmöglich, dass er das überlebt hatte. Ich sagte dem Mann, der sich meldete, dass ein Mann auf meiner Baustelle gerade tödlich verunglückt sei, und gab ihm die Adresse. Schon im Näherkommen konnte ich das Blut sehen. Es war alles voll damit. Und überall Glassplitter. Alles, was ich hörte, war Geschrei. Leute sprangen aus ihren Autos, rannten umher, riefen den Notarzt. Und über mir sah ich für einen kurzen Augenblick, wie die restlichen Fensterscheiben in das vierunddreißigste Stockwerk gezogen wurden. Es war unerklärlich, warum eine davon heruntergefallen war.

Als ich zu ihm kam, war ich mir absolut sicher, dass er tot war. Sein Hinterkopf war zerquetscht. Blut quoll heraus und noch etwas anderes, das wohl Gehirnmasse war. In seinem ganzen Körper steckten Glassplitter. Er war buchstäblich zerfetzt worden, Blut floss aus seinen Armen, seinen Beinen, seiner Brust, seinem Bauch, seinem Gesicht. Scheiße, es war wirklich überall. Ich konnte ihn nicht einmal mehr richtig erkennen. Ich wusste nicht, was ich tun sollte. Sollte ich ihn berühren, ihn bewegen, versuchen, das Glas aus seinem Körper zu ziehen? Die Blutung hätte man mit einer Kompresse nicht zum Stoppen gebracht, auch nicht mit zehn Kompressen oder fünfzig Kompressen. Und ich glaubte nicht an Gott, also konnte ich auch nicht beten. Ich wartete einfach auf irgendjemanden, der mir sagte, was ich tun sollte.

Leute sammelten sich um die Unglücksstelle. Die anderen Arbeiter versuchten, sie zurückzuhalten. Sirenen in der Ferne. Ein paar am Boden kniende Frauen, die einen Gebetskreis bildeten. Immer noch Geschrei. Als die Leute näherkamen und sahen, was ich sah, wandten sie sich ab, bedeckten ihre Augen, einige übergaben sich. Und das Blut floss weiter. Ich kniete neben ihm und es rann um meine Beine, durchtränkte meine Hose. Ich nahm zwei seiner Finger, die frei von Splittern waren, und versuchte, mit ihm zu reden. Ich wusste nicht, ob er mich hören konnte. Falls er es konnte, dachte ich, würde es ihm vielleicht helfen, ihn ablenken, ihm beim Sterben ein wenig Trost spenden. Niemand möchte allein sterben, obwohl es natürlich am Ende immer darauf hinausläuft. Auch wenn wir uns gern einreden, dass es nicht so ist. Ich dachte, meine Stimme könnte es ihm vielleicht leichter machen. Ihn beruhigen, seine Angst lindern. Ich kann mir gar nicht vorstellen, wie verstört und verängstigt er gewesen sein muss, das heißt, falls er überhaupt noch was mitgekriegt hat. Ich sagte ihm, dass Hilfe unterwegs sei und dass er wieder gesund werden würde. Als ich das sagte, musste ich mich fast übergeben. Ich konnte sein Gehirn durch die zerstörte Schädeldecke sehen. Wirklich, sein Gehirn. Ich hielt diese zwei Finger von ihm in der Hand und sah, wie er langsam verblutete.

Ein Rettungswagen traf ein. Die Menge teilte sich und zwei Sanitäter kamen mit einer Trage zu uns. Ich hörte, wie einer von ihnen Jesus fucking Christ! sagte, als er Ben sah, und der andere meinte: Keine Chance, dass der überlebt. Sie stellten ihre Taschen hin und begannen mit ihrer Arbeit. Sie untersuchten ihn, aber schienen gar nicht zu wissen, wo sie anfangen sollten.

Einer fragte mich, was passiert sei, und ich erzählte ihm, dass eine Fensterscheibe auf ihn gefallen sei. Sie nahmen seinen Puls und besprachen die weitere Vorgehensweise: das Glas bleibt drin, er kommt mit wie er ist, soll der Chirurg sich um ihn kümmern, wenn er dann überhaupt noch am Leben ist. Sein Puls war noch da, die Sanitäter wirkten schockiert.
Sie stellten die Trage auf den Boden und baten mich, zurückzutreten. Einer nahm Bens Oberkörper, der andere seine Beine. Sie hoben ihn auf das saubere, weiße Laken. Blut, das aus seinem Körper floss, tropfte auf die Trage, auf den Boden. Sie gingen zurück zum Rettungswagen und ich folgte ihnen.
Sie fragten mich nach seinem Namen, ich nannte ihn. Sie fragten mich, woher er käme, ich sagte: Aus der Bronx. Sie hoben ihn in den Rettungswagen. Ich fragte, ob ich mitkommen dürfe, da ich ja sein Vorgesetzter und dies hier meine Baustelle war. Sie sagten: Okay, steigen Sie ein. Und machten die Türen zu.

Ich saß auf der Bank neben der Tür. Einer fuhr, der andere kümmerte sich um Ben. Er legte ihm die Drähte für den Herzmonitor um und musste dabei den Glassplittern ausweichen, die aus seiner Brust ragten. Er schaltete das Gerät ein und versuchte, die Blutungen an den Stellen, wo kein Glas drin steckte, zu stillen, aber es gab so viele davon, dass es beinahe zwecklos war. Der Herzschlag setzte aus und der Sanitäter versuchte, Ben wiederzubeleben. Es funktionierte, sein Herz begann wieder zu schlagen. Ich weiß nicht, wie lang wir in dem Rettungswagen waren. Es fühlte sich an wie zehn Sekunden oder auch wie zehn Stunden, und Bens Herz blieb vier oder fünf Mal stehen. Er starb vier oder fünf Mal in diesem Rettungswagen und der Sanitäter brachte ihn jedes Mal zurück. Etwas brachte ihn jedes Mal zurück.

Einmal blieb sein Herz stehen und der Sanitäter tat nichts. Starrte ihn nur an und schüttelte den Kopf. Ich machte ihm keinen Vorwurf deswegen. Der Kampf schien aussichtslos. Zehn Sekunden vergingen, vielleicht zwanzig, es kam mir ewig vor. Ich schaute auf Ben, oder das, was von ihm übrig war, und versuchte zu verstehen, was zum Teufel noch mal schiefgelaufen war, wie das alles hatte passieren können. Ich begann ihm zu sagen, wie leid es mir täte, als hätten Entschuldigungen an einen toten Mann noch einen Sinn. Aber so läuft es meistens – die Dinge, auf die's ankommt, sagen wir den Leuten erst dann, wenn's schon zu spät ist. Bevor die Worte aus meinem Mund kamen, registrierte der Herzmonitor wieder einen Puls. Etwas brachte ihn immer wieder zurück. Etwas wollte ihn einfach nicht sterben lassen.

Wir kamen zum Krankenhaus und sie brachten Ben weg. Ich folgte ihnen in die Notaufnahme. Dort gab ich alle Informationen an, die benötigt wurden. Ich füllte alle Formulare aus, so gut ich konnte. Ich rief bei der Baustelle an und bat, jemand möge mir frische Sachen bringen, denn die, die ich trug, waren voller Blut. Jetzt trafen auch allmählich Leute von der Baustelle ein. Wir alle standen unter Schock. Wir saßen da und redeten, konnten nicht glauben, was passiert war. Es war furchtbar. Ein paar Journalisten kamen und versuchten, uns zu interviewen. Niemand sagte ein Wort. Wir wussten, dass sie ohnehin schreiben würden, was sie wollten, ohne Rücksicht auf ihre sogenannten Moralvorstellungen und ihren angeblichen Glauben an die Wahrheit. Wir saßen einfach da und warteten darauf, dass man uns sagte, Ben sei gestorben. Wir nahmen an, dass es so war. Was im Rettungswagen passiert war, tat ich zu der Zeit als Zufall ab.

Noch mehr Männer von der Baustelle trafen ein. Der Kranführer und der Fensterinstallateur kamen. Man sah ihnen an, wie tief sie getroffen waren. Ich setzte mich zu ihnen, fragte sie, was passiert sei. Sie wussten es nicht. Sie meinten, die Holzkiste sei heil. Es sei unverständlich, wie und warum die Fensterscheibe herausgefallen sei. Ich sagte ihnen, ich hätte gesehen, wie zuerst die Nägel und dann die Rückseite der Holzkiste heruntergefallen seien. Sie sagten, das sei unmöglich. Die Kiste sei mit Klebeband gesichert, das in der Fabrik angebracht worden sei. Und das Klebeband sei nicht durchtrennt. Aber die Kiste sei leer. Sie hätten es am Gewicht gemerkt. Obwohl die Kiste nie geöffnet worden sei. Ich dachte, die versuchen nur ihren Arsch zu retten. Irgendjemand hatte Scheiße gebaut und wollte nicht die

Verantwortung für den Tod eines Mannes übernehmen. Letztendlich hätte sowieso ich die Verantwortung getragen. Aber es stellte sich heraus, dass sie recht hatten. Die Kiste war versiegelt und leer. Alle Untersuchungsbeamten stimmten darin überein. Die Kiste war verdammt noch mal versiegelt. Wie die Scheibe herausfiel, wurde nie geklärt. Und Ben starb nicht. Irgendwie überlebte er. Mehr als das. Viel mehr. Etwas brachte ihn immer wieder zurück. Etwas wollte ihn nicht loslassen. Etwas oder jemand oder was auch immer ließ ihn nicht sterben.

ALEXIS

Ich war gerade in der Pause, als der Patient reinkam, und sah mir mit einigen der Jungs, die in der Cafeteria arbeiten und ebenfalls Pause machten, ein Baseballspiel an. Es war ein Spiel der Yankees. Ich liebe die Yankees, und obwohl mein Dienstplan mich davon abhält, mir so viele Spiele anzuschauen wie ich's gern täte, versuche ich während der Saison zwei oder drei pro Woche zu sehen, und in meinen Pausen schaue ich immer. Ich liebe die Systematik und Ordnung im Baseball, und ich weiß das Grundprinzip von Ursache und Wirkung des Spiels sehr zu schätzen. Als Chirurgin beruht mein ganzes Leben auf der Systematik des menschlichen Körpers, der Systematik des Krankenhauses und eines chirurgischen Teams, der Ordnung oder den Anordnungen, innerhalb derer diese Dinge funktionieren, und dem Grundprinzip von Ursache und Wirkung bei Trauma, Verletzung und den chirurgischen Versuchen, sie zu heilen. Auch wenn es oft chaotisch und anarchisch und spontan erscheint, so ist doch alles Leben System, Ordnung und Ursache und Wirkung.

Und wenn man es noch so sehr versucht, es ist unmöglich, dem zu entkommen. Ich habe das schon in ziemlich jungen Jahren aufgegeben und entschieden, stattdessen mein Leben dem Dienst daran zu widmen.

Vorangemeldet war ein männlicher Weißer, Ende zwanzig oder Anfang dreißig, Polytrauma, schweres Schädel-Hirn-Trauma, massiver Blutverlust, und dann der ungewöhnliche Teil, das erste von den vielen ungewöhnlichen Vorkommnissen in Bezug auf Ben und seinen Fall: Hunderte von Glasscherben, die in seinem Körper steckten. Ich bin ein Freak, was meinen Job angeht, und nach all den Jahren – damals war ich einundvierzig – bin ich immer noch aufgeregt, wenn ein Fall reinkommt, der sich irgendwie außergewöhnlich oder nach einer Herausforderung anhört. Seinerzeit verschwendete ich keinen Gedanken an den menschlichen Faktor, daran, dass jemand gerade etwas Entsetzliches erlebt hatte und Empfindungen und Emotionen durchlitt, die meinen eigenen Erfahrungsbereich weit überstiegen. Ich dachte nur an die damit verbundenen potenziellen medizinischen und technischen Herausforderungen. Durch Ben hat sich das geändert. Inzwischen beschäftigen sich viele meiner Gedanken mit dem menschlichen Aspekt der chirurgischen Praxis, was der Patient fühlt, was die Menschen fühlen, die den Patienten lieben, und wie ich auch in diesen Belangen helfen kann. Ich habe verstanden, dass sich unser ganzes Leben darum dreht, was wir in einem jeden Augenblick empfinden. Es gibt nichts Menschlicheres als Emotionen.

Ich stand auf, verabschiedete mich von den anderen Yankeefans und begab mich eilig zur Chirurgischen Aufnahme. Alle waren schon dabei, sich bereit zu machen, die Schwestern, die PJler, die Assistenzärzte, und ich war die Letzte, die eintraf. Da ich in meiner Position als Chefchirurgin eine Autorität bin, und ich wiederhole, das war bevor meine Erfahrung mit Ben mich verändert hat, sprach ich normalerweise zu diesem Zeitpunkt nicht mit den Leuten, mit denen ich arbeitete, außer ich benötigte etwas von ihnen oder musste einen spezifischen Aspekt des anstehenden Eingriffs mit ihnen besprechen, beides die Ausnahme. Während ich mich in der OP-Schleuse wusch und innerlich auf das vorbereitete, was auch immer da käme, schwieg ich.

Die Augenblicke, in denen ein Team auf einen Patienten wartet, können sehr angespannt sein. Man steht bereit. Auch wenn man eine generelle Vorstellung vom Zustand des Patienten hat, weiß man selten, wo die spezifischen medizinischen Probleme liegen, und man hat keine Ahnung, ob man zehn Minuten oder zehn Stunden im OP verbringen wird, wobei es kaum irgendwas dazwischen gibt. Jeder Chirurg geht anders damit um. Ich stelle mir vor, ich sei Schlagmann in einem Baseballspiel, genauer: Im siebten Spiel der World Series, die Bases besetzt, bislang drei

Balls zu zwei Strikes, drei Punkte Rückstand, am Ende des neunten Innings. Ich habe einen Schlag, mit dem ich entweder gewinne oder versage, und das Resultat hängt allein davon ab, was ich tue und wie ich agiere. Anders als im Baseball allerdings kann ich keinen Single, Double oder Triple erzielen, ich schlage entweder einen Homerun oder ich bin draußen, und der Patient lebt entweder oder stirbt.

Wie erwähnt war ich fasziniert und aufgeregt, und hatte keine Ahnung, wie ein Patient, dessen Körper mit Glasscherben gespickt war, aussehen würde, oder was ich zu tun hätte, um ihn überleben zu lassen. Wenn Rettungssanitäter mit einem kritischen Fall ins Krankenhaus kommen, werden sie von Aufnahmeärzten und Mitgliedern des Chirurgieteams in Empfang genommen, und es werden Informationen bezüglich des Patienten übergeben: Die Umstände der Verletzung, gegebenenfalls Besonderheiten während des Transports, eine vorläufige Diagnose, falls möglich. Ist die Übergabe vollzogen, wird der Patient in den Schockraum gebracht, wo ich und der Rest des Teams uns an die Arbeit machen. Das alles ist normalerweise ein ziemlich nahtloses Prozedere, und eines, das sich mit großer Regelmäßigkeit wiederholt.

Nicht so bei Ben. Die Sanitäter waren blutüberströmt, die Trage ebenfalls. Sie begannen den Unfallhergang zu beschreiben, und einer von ihnen wiederholte andauernd, was ich später selbst oft genug sagen würde, nämlich wie unmöglich es eigentlich sei, dass der Patient noch am Leben war. Die Ärzte und Schwestern, alle überaus erfahren und abgebrüht und nach Jahren in einer staatlichen New Yorker Notfallambulanz mit jeglichen Varianten von Horror und Blutbädern vertraut, waren vor Schock fast gelähmt, und eine der Schwestern musste sich übergeben. Jeder erwartete vom anderen Anweisungen, was nicht unbedingt überrascht. Schlichte, aber schwierige Antworten erwarten wir im Leben oft von anderen, obwohl wir diese Antworten selbst kennen. Sie mussten ihn in den OP schaffen, und das möglichst schnell.

Einer von ihnen übernahm die Initiative und drängte die anderen zum Handeln, und sie setzten sich in Bewegung, mir und meinem Team entgegen. Wir können sie kommen hören, wenn sie den Patienten zum Schockraum bringen, wir hören die Räder der Trage, deren Quietschgeräusche, hören die Wortwechsel der Schwestern, hören manchmal die Patienten schreien, aufheulen oder stöhnen. Während sie näherkommen, werde ich normalerweise ruhiger, fokussierter, geistesgegenwärtiger, und die Zeit verlangsamt sich, so dass diese kurzen Momente unglaublich lang und friedvoll erscheinen. Manchmal wünsche ich mir, ich könnte für immer in diesem Zustand leben, und glaube, dass diejenigen, die Erleuchtung finden, Menschen wie Ben – obwohl er noch so viel mehr erkannt hat –, genau das tun.

Die Türen öffneten sich und er wurde in den Schockraum gerollt, und zum ersten Mal in meiner fünfzehnjährigen Karriere hörte ich jede der anwesenden Personen vernehmbar nach Luft schnappen. Es war ein surrealer, unfasslicher Anblick, wie etwas aus einem Hollywood-Horrorfilm, etwas, das nicht möglich sein sollte und nicht möglich ist, nur dass ich es direkt vor Augen hatte. Überall Blut. Überall riesige, tiefe Stichverletzungen. Als es hieß Glasscherben, hatte ich kleine Glassplitter erwartet, maximal vielleicht drei Zentimeter lang. Was in seinem Körper steckte, waren keine Splitter, sondern große Bruchstücke, einige bis zu 25 Zentimeter lang, einige bis zu 30 Zentimeter breit, und wir sahen ja nur, was über seiner Hautoberfläche sichtbar war. Die Rückseite seines Schädels war zerschmettert und es schienen Teile zu fehlen. Sein Gesicht konnten wir gar nicht erkennen, es war vollständig mit Blut bedeckt. Alles war vollständig mit Blut bedeckt.

Der erste Schritt bei der Behandlung jedes Trauma-Patienten ist die Stabilisierung. Tod durch Blutverlust war offensichtlich die dringlichste Sorge. Wenn ein Patient mehr als 40 Prozent seines Blutvolumens verloren hat, befindet er sich wahrscheinlich in einem dekompensierten hypovolämischen Schock, der normalerweise zu Multiorganversagen führt. Während wir seinen Blutdruck maßen, der bei 40 zu 20 lag, das niedrigste, was ich je bei einem lebenden Patienten verzeichnet habe, und seine Pulsfrequenz, die 30 betrug, wiederum ein absurd niedriger Wert, injizierten wir ihm Adrenalin und Atropin, um sein Herz in Gang zu kriegen und Blutdruck und Puls zu erhöhen.

Gleichzeitig versuchten wir, Herzfrequenz- und Blutdruckmonitore anzuschließen, bloß war das unglaublich schwierig, denn wir mussten die Kabel um Glasscherben mit sehr scharfen Kanten fädeln. Wir legten einen zentralvenösen Zugang und transfundierten ungekreuztes 0-negatives Erythrozytenkonzentrat. Auch wenn wir irgendwann natürlich das Glas entfernen wollten, mussten wir ihn zunächst stabilisieren, und wir mussten herausfinden, welche Scherben wir als Erstes rausholen sollten, und in welcher Reihenfolge den Rest.

Dreimal drohten wir ihn während meines Einsatzes zu verlieren, mit komplettem Herzstillstand. Wir defibrillierten, unter Schwierigkeiten, wegen der Scherben, und einmal bin ich absolut sicher, dass die Defibrillation funktioniert hat, aber die anderen beiden Male begann sein Herz anscheinend von selbst wieder zu schlagen. Wir pumpten weiter Blut in ihn hinein, und er blutete weiter, und wir pumpten weiter. Ich weiß die genaue Menge nicht, aber es wurde zu so etwas wie einem Spiel, ein Spiel, bei dem es um das Leben eines Mannes zu gehen schien, und bei dem ich und die anderen Leute im Raum mit unvorstellbarer Dringlichkeit und Entschlossenheit daran arbeiteten, mehr Blut zu transfundieren als er verlor, ein Spiel, von dem wir wussten, es würde mit dem Tod enden, wenn wir scheiterten. Was wir von seiner Haut sehen konnten, war weiß, und ich rede jetzt nicht von ethnisch weiß, ich meine richtiges Weiß, Alabasterweiß, als wäre er aus Marmor gemeißelt. Und egal wie viel Blut wir reinpumpten, seine Hautfarbe veränderte sich nicht, und sein Körper zeigte keinerlei Anzeichen dafür, dass er das Blut bei sich behielt.

Während wir ihn stabilisierten, musste ich gleichzeitig seinen Kopf abdecken und schützen. Er hatte eine Trümmerfraktur des Schädels erlitten, das bedeutet, die Schädeldecke war in eine große Anzahl von kleinen Fragmenten zersplittert, durch die ich deutlich sein Hirn sehen konnte. Ich vermutete intrakranielle Blutungen, wahrscheinlich subdural, epidural oder intraparenchymal, und selbst wenn es mir gelänge, ihn am Leben zu erhalten, würde er schwere Hirnschäden davontragen. Wir legten Druckverbände an, mit sterilen chirurgischen Kompressen, Gaze und Verbänden, und bewegten seinen Kopf so wenig wie möglich. Wir fanden münzgroße Stücke seiner Schädeldecke und legten sie beiseite, falls wir sie später noch verwenden könnten.

Zwei extrem lange und aufreibende Stunden nach seiner Einlieferung ins Krankenhaus waren seine Herzfrequenz und sein Blutdruck stabil, oder zumindest stabil genug, um mit dem Versuch zu beginnen, die Glasscherben aus seinem Körper zu entfernen.

Ich trat einen Schritt zurück und holte tief Luft und warf einen Blick auf das, was mir bevorstand. Durch drei IV-Zugänge lief Blut in seinen Körper. Wir hatten Druckverbände angelegt, wo wir nur konnten, aber trotzdem verlor er nach wie vor Blut in alarmierender Menge. Es war uns gelungen, ihn zu säubern und seine Kleidung wegzuschneiden, und seine Haut war immer noch totenbleich. Aus Beinen, Armen, Unterleib und Brust ragte Glas, sein Gesicht war gespickt mit kleineren Splittern, und einige große Scherben hatten sich tief in seinen Rücken gebohrt, als er zu Boden gegangen war.

Ich versuchte diejenigen Glasstücke zu identifizieren, die größere Venen und Arterien geritzt, punktiert, geschnitten oder möglicherweise durchtrennt hatten: Die Jugularvenen, die Carotis-Arterien, die Subklavia im Schlüsselbeinbereich und die Femoralgefäße in den Beinen. Ich fragte mich, was ich alles nicht sehen konnte, mögliche Schädigungen der Aorta, der unteren Vena cava oder der Pulmonalgefäße, die sich tiefer im Torso befinden. Auch wenn der gesunde Menschenverstand eines Nichtmediziners annehmen mag, es sei angeraten, die Glasscherben aus erwähnten Venen und Arterien zu entfernen, bestand die sehr reale Möglichkeit, dass eben diese weitere Blutungen tamponierten und beschädigte oder zerstörte Bereiche versiegelt hatten. Dieser Abschnitt von Bens Behandlung würde teils Glück, teils Strategie und, falls erfolgreich, ein Wunder erfordern.

Ich hatte einen Gefäßchirurgen und seinen Assistenten hinzugebeten, in der Hoffnung, sie könnten mir mit ihrer Einschätzung irgendwie helfen, und Ben helfen. Keiner von uns hatte eine Ahnung, wo wir beginnen sollten, oder was wir zu tun hatten, welchen Weg es einzuschlagen galt, oder was uns erwartete, wenn wir begannen, die Scherben zu entfernen. Also fing ich einfach an. Ich hatte drei Assistenzärzte an meiner Seite, zwei davon hielten Nahtmaterial parat, falls wir nähen mussten, und der andere einen bipolaren Bovie, ein Instrument zur Elektrokauterisation. Zwei OP-Schwestern standen zum Absaugen bereit und eine mit einer Absaugkanüle, die ein Antikoagulans ins abgesaugte Blut mischte. Weitere Schwestern überwachten seine Vitalzeichen und führten die Transfusionen fort.

Sobald wir angefangen hatten, arbeiteten wir sehr schnell, denn jeder Handgriff, vor allem das Entfernen der größten Scherben, verursachte Blutverlust, zuweilen ziemlich bedeutenden Blutverlust. Wären wir nicht schnell vorgegangen, wäre Ben mit Sicherheit gestorben. Es gab eine ganze Reihe kritischer Situationen, eine Reihe von Momenten, in denen seine Vitalzeichen dramatisch abfielen, und eine Reihe von Momenten, wo wir seine Blutungen meiner Meinung nach nicht schnell genug stoppen konnten. Aber Ben starb nicht, und inzwischen, heute, nach allem was war, glaube ich, das, was wir damals taten, hat möglicherweise kaum Bedeutung besessen. Ben wäre nicht gestorben.

Neun Stunden später legten wir die letzte Naht. Er hatte insgesamt 745 Stiche, innerlich wie äußerlich, und zusätzlich 115 äußerliche Klammern. Wir hatten 40 Einheiten Blut verbraucht, das ist ungefähr die doppelte Menge dessen, was normalerweise im Körper eines Menschen zirkuliert. Wir hatten ihm zudem diverse Einheiten Thrombozyten-Konzentrat und Plasma verabreicht. Und der Tag war für ihn noch lange nicht vorbei. Ein Team aus Kraniofazial- und Neurochirurgen stand bereit, um seine Schädel- und Hirnverletzungen zu versorgen. Als ich vom OP-Tisch zurücktrat, sah ich, wie eine seiner Hände zuckte, was ich für ein gutes Zeichen hielt, und ich ging hin und ergriff sie, in der Hoffnung, dass er irgendwo, auf irgendeiner Ebene, Trost fühlen würde. Zu meiner großen Erschütterung war sein Händedruck sehr stark, sehr fest, und unvermittelt fühlte ich etwas Ähnliches – nur tiefer und profunder – wie in diesen Augenblicken kurz vor einer Operation, eine konzentrierte Ruhe und das Gefühl von Frieden und Zufriedenheit. Es war irreal und naturgemäß unerwartet, und letztendlich hat es mein Leben in vieler Hinsicht verändert. Ich wollte nicht loslassen. Ich wollte nicht, dass dieser Moment endet, und ich wollte nicht, dass mich dieses Gefühl je wieder verlässt. Aber alle Dinge verlassen uns, alle Menschen, alle Gefühle, egal, wie sehr wir sie halten wollen. Wir verlieren alles im Leben irgendwann. Ich verlor diesen Moment, als ich seine Hand losließ.

Nachdem er kreislaufstabil war, brauchte er ein Schädel-CT, um das Ausmaß der intrakraniellen Schädigungen festzustellen. Einen derart kritischen Patienten wie ihn zu bewegen, kann sehr schwierig sein, sehr kompliziert und sehr langwierig. Ich wusste also, ich würde Zeit für eine Pause haben, und ich hatte eine nötig. Ich ging zu unserem Bereitschaftszimmer und duschte und versuchte ein bisschen zu schlafen, was mir nicht gelang. Ich fühlte mich hellwach, elektrisiert. Ich stelle mir vor, dass man sich so fühlt, nachdem man Kokain oder Ecstasy genommen hat, auch wenn ich keines von beidem oder irgendeine andere illegale Droge je probiert habe. Ich zog mich an und fand Ben wiederum im OP vor, wo die Chirurgen mittlerweile an seinem Hirn arbeiteten, und ich legte OP-Bekleidung an, um dem Prozedere zusehen zu können. Im Prinzip hatten sie vollendet, was bereits eine Kraniotomie gewesen war, und sowohl epidurale wie subdurale Hämatome entfernt. Ich verfolgte die Teilrekonstruktion der Schädeldecke mittels Titaniumplatten, obwohl die Chirurgen offenbar große Partien des Schädels im derzeitigen Zustand beließen, für den Fall eines Hirnödems, einer Hirnschwellung, die zu Einklemmung des Hirns und Tod führen kann. Nach vierstündiger OP wurde Ben auf die Postoperative Intensivstation gebracht.

Später verlegte man ihn auf die Chirurgische Intensivstation, und obwohl sein Zustand stabil war, hing er an Lebenserhaltungssystemen: unterstützende

Beatmung, intravenöse Therapie mit Flüssigkeiten, Medikamenten und Nährstoffen, plus Urinkatheter. Man hielt ihn mit Propofol sediert, so dass wir Hirnödem und -funktion überwachen konnten. Die Intensiv übernahm seine tägliche Pflege, wobei ich ihn weiter behandelte, genauso wie die Kraniofazial- und Neurochirurgen. Als ich das Krankenhaus verließ, hatte ich, in Anbetracht der extremen Situation, ein sehr gutes Gefühl bezüglich der von uns geleisteten Arbeit und Bens Aussicht auf eine Form von Genesung. Der Fall war in einem sehr frühen Stadium, und normalerweise dauert es eine ganze Zeit, bis wir sagen können, ob und inwieweit ein Patient sich erholen wird oder nicht. Ich nahm an, ich würde am nächsten Tag wiederkommen und alles mehr oder weniger unverändert vorfinden. Ich hätte es besser wissen müssen.

Bei meiner Ankunft gab es keine dringenden Fälle, also ging ich zur Intensiv, um mich nach Ben zu erkundigen. Ich nahm seine Kurve zur Hand, und sofort fiel mir auf, dass man seinen Namen von Ben Jones in John Doe, das Synonym für ungeklärte Identität, geändert hatte und das Geburtsdatum in unbekannt. Ich stellte die Kurve zurück und begab mich zu den Stationsbüros, wo ich den Diensthabenden der Intensiv in Gesellschaft zweier uniformierter Polizisten und eines weiteren Mannes antraf, der auch Polizist zu sein schien, aber einen Anzug trug. Der Diensthabende stellte uns vor und sagte, ich sei diejenige, die den

John Doe bei seinem Eintreffen behandelt und die erste Operation durchgeführt habe. Ich fragte, warum er als John Doe gelte, und man erläuterte mir, sein Name sei falsch, sein Führerschein sei falsch, seine Fingerabdrücke seien in keiner Stadt-, Bezirks-, Bundesstaats- oder Bundesdatenbank registriert, und es gebe keinerlei Unterlagen über einen Mann namens Ben Jones mit dem Geburtsdatum aus seinem Führerschein in irgendeiner der ihnen zugänglichen Datenbanken der Stadt, des Bundesstaates, des Bundes oder der Strafverfolgungsbehörden. Unnötig zu betonen, wie überrascht ich war. Ich sagte den Beamten, dass ich nicht mehr über ihn wisse, als auf dem Krankenblatt stehe und ich im OP erlebt hätte, und dass ich keine Ahnung hätte, wer er sei oder wo er herkomme. Ich schlug weiterhin vor, sie sollten mit den Männern reden, die sich im Warteraum zusammengefunden hatten, Arbeitskollegen des Patienten auf einer Baustelle. Sie sagten, sie hätten mit den Männern gesprochen und dass alle ihn als Ben Jones kannten, und sie hätten alle Unterlagen in den Akten der Baustellenleitung eingesehen, und alle enthielten die gleichen Informationen aus dem gefälschten Führerschein. Ich sagte ihnen nochmals, ich wisse nichts. Sie fragten, ob sich sonst noch jemand nach dem Patienten erkundigt oder es irgendwelche Nachfragen wegen ihm gegeben hätte. Ich sagte, nicht, dass ich wüsste, aber ich hätte fast 24 Stunden lang entweder selbst Eingriffe an ihm durchgeführt oder dabei zugesehen, und geriete auch normalerweise nicht in

Kontakt mit Personen, die Erkundigungen über Patienten einholten. Sie bedankten sich und gingen.

Ich kehrte gemeinsam mit dem Diensthabenden in Bens Zimmer zurück, und wir begannen über den Fall, die Prognose zu sprechen, tauschten Überlegungen bezüglich der Behandlung aus. Er hatte ein Elektroenzephalogramm angeordnet, zum Test der Hirnfunktion, und hoffte, ein quantitatives Elektroenzephalogramm zu erhalten, um Bens Gehirn komplett zu erfassen und sich eine Übersicht darüber zu verschaffen, welche Areale in welchem Maße geschädigt waren. Nachdem er gegangen war, hatte ich einen Moment allein mit Ben, und ich griff nach seiner Hand, derselben Hand, die ich zuvor gehalten hatte, aber er zeigte keine Reaktion. Sie war schlaff und kalt und fühlte sich an wie die Hand einer Leiche.

Ich verfolgte den Fall im Verlauf der nächsten Woche weiter. Es gab eine ziemlich beachtliche Menge an Presse im Zusammenhang mit dem Unfall – es handelte sich um das kontroverse Bauvorhaben eines prominenten Bauunternehmers – und für einige Tage waren die Zeitungen und Blogs mit süffigen Schlagzeilen versorgt. Wir hatten gehofft, die Berichterstattung würde zu einer Identifikation führen, aber niemand meldete sich. Ich wurde von einer Handvoll Reporter belästigt, die vor dem Eingang meines Apartmenthauses warteten und mir Aufnahmegeräte unter die Nase hielten, in der Hoffnung, mir etwas zu entlocken, über das sie schreiben könnten, aber ich wusste zu schweigen und dass, trotz der Aufnahmegeräte, die Reporter schreiben würden, was auch immer sie wollten, und die Zeitungen drucken, worauf auch immer sie Lust hatten. Meine Wahrheit liegt in Leben und Tod, wie ich sie täglich im Krankenhaus zu sehen bekomme. Letztendlich sind Leben und Tod die einzige Form vollkommener Wahrheit, die in der Welt existiert. Alles andere ist subjektiv und der individuellen Perspektive unterworfen. Von den Medien erwartete ich keine Wahrheit.

Abgesehen von dem Rätsel um seine Identität entwickelte sich Ben auch zu einem medizinischen Rätsel. Seine Verletzungen heilten in einer bemerkenswerten, beispiellosen Zeitspanne ab. Nach einer Woche konnten wir alle Fäden ziehen, alle Klammern entfernen. Seine Wunden hatten sich geschlossen und begannen zu vernarben. Er wurde vom Respirator entwöhnt und wir ernährten ihn weiterhin intravenös. Die Resultate des Elektroenzephalogramms waren erratisch und unerklärlich. Zeitweilig schien er hirntot zu sein, die EEG-Monitore registrierten absolut keine Aktivität. Dann wieder befand er sich anscheinend in einem dauerhaft vegetativen Zustand, in dem Zyklen von Schlaf und einer niedrigen Wachheitsstufe erkennbar waren, aber keinerlei Wahrnehmung. Ein- oder zweimal am Tag verfiel er in einen Zustand von extremer Hirnaktivität, konzentriert auf zwei Hirnareale, den medialen orbitofrontalen Kortex, eines unserer emotionalen Zentren, und den rechten mittleren Temporalkortex, der oft mit verbalen akustischen Halluzinationen in Verbindung gebracht wird. Die Aktivität war derart extrem, dass sie den Bereich des Messbaren beinahe verließ, und die zuständigen Neurologen hatten etwas Derartiges noch nie gesehen, insbesondere nicht bei jemandem, der ein solch gravierendes Hirntrauma erlitten hatte. Die ursprünglichen Befürchtungen in Hinblick auf Hirnödem, Blutungen und intrakraniellen Druck legten sich, da sein Hirn sich selbst ebenso schnell und wundersam zu heilen schien wie sein Körper. Gelegentlich zuckte, zitterte, krampfte er zudem, und gab gutturale Laute von sich, was bei der Dosis seiner sedierenden Medikation nicht hätte möglich sein sollen. Am Ende seiner ersten Woche bei uns wurde er einem zweiten umfangreichen Kraniofazialeingriff unterzogen, während dessen die verbliebenen offenen Bereiche in seiner Schädeldecke mit Titaniumplatten versiegelt und verschlossen wurden. Die Operation verlief zufriedenstellend und man brachte ihn zurück auf die Intensiv. Zwei Wochen später erfuhren wir seinen wahren Namen, oder vielmehr, wir erfuhren seinen Geburtsnamen. Er lag nach wie vor im Koma, allerdings nicht mehr medikamentös induziert. Danach dauerte es noch eine ganze Weile, vielleicht ein Jahr oder so, bis ich erfuhr, wer er war, und dass sein Name oder jeder Name, den irgendjemand ihm gegeben haben mochte, bedeutungslos war. Er war, und das ist, was wichtig ist. Er war und er wird immer sein.

ESTHER

Mein Bruder Jakob erlaubte keine Massenmedien, er sagte, es infiziere das Haus. Es gab keine Zeitungen, kein Fernsehen, außer es war christlich. Wir konnten nur christliches Radio hören und unsere Computer hatten entsprechende Internet-Filter. Er glaubte und glaubt noch immer, dass die Massenmedien antichristlich und familienfeindlich sind und zu liberal gegenüber Homosexualität und dass dies im direkten Widerspruch zu den Lehren des Herrn und Erlösers Jesus Christus und Gott, des Allmächtigen, stünde.

Jakob war unser Familienoberhaupt. Mein Vater starb, als ich sechs und Jakob sechzehn war und er übernahm sogleich Vaters Rolle. Ein paar Monate nach dem Tod meines Vaters wurde Jakob in das Reich des christlichen Gottes wiedergeboren. Kurz danach wurde meine Mutter wiedergeboren und als ich acht war, auch ich. Unser Leben veränderte sich dramatisch und sehr sehr schnell. Wir waren orthodoxe Juden. Mein Vater hatte immer gesagt, dass wir davidisch seien, also direkte Nachkommen von König David, und daher in gewisser Weise Mitglieder der Jüdischen Königsfamilie. Das Leben mit ihm war angespannt und er hatte, aus Gründen, die ich erst später verstand, keine gute Beziehung zu meiner Mutter. Entweder sie stritten die ganze Zeit oder mein Vater sprach nicht mit ihr. Ich wusste nie, was sie getan hatte, es war einfach so. Und wenn mein Vater nicht bei der Arbeit war – er war ein koscherer Metzger – trank er, las am Küchentisch die Tora oder saß mit unserem Rabbi und später mit Jakob in unserem Wohnzimmer. Wenn der Rabbi da war, mussten alle Kinder in ihre Zimmer gehen und dort bleiben, bis er wieder ging. In der Synagoge war der Rabbi immer glücklich und freundlich und sehr herzlich. Wenn er bei unserem Vater war, hingegen sehr ernst und konzentriert.

Ich entdeckte Ben auf der Titelseite einer Zeitung. Ich war gerade auf dem Weg zur Bibelstunde in der Kirche und kam an einem Feinkostladen vorbei. Die Schlagzeile lautete: Der Wundermann, und auf dem Bild lag er am Boden und ein Mann mit Helm hielt seine Hand. Glasscherben steckten in seinem Körper und sein Kopf blutete. Überall war Blut. Es sah aus, als wäre das Bild mit einem Mobiltelefon aufgenommen worden. Ich blieb stehen und schaute mir die Zeitung an, um sicherzugehen, dass ich richtig sah. Sechzehn Jahre lang hatte ich Ben weder gesehen noch gesprochen noch von ihm gehört – seit mein

Bruder ihn rausgeworfen hatte. Es war schwer zu erkennen, daher ging ich hinein und kaufte die Zeitung. Mir war unwohl dabei. Normalerweise ging ich nicht in solche Läden, besonders wenn sie nicht nur Zeitungen verkauften sondern auch Illustrierte, die, wie Jakob sagte, Bücher des Teufels seien. Der Mann hinter der Verkaufstheke fragte mich, ob ich die Geschichte gelesen hätte, und ich verneinte. Er sagte, es sei unglaublich, der Mann sei von einer Glasplatte getroffen worden, die vom dreißigsten Stockwerk heruntergefallen war, und habe überlebt. Er war Moslem. Man hatte mich gelehrt, Moslems zu hassen, dass sie des Teufels seien. Ich gab ihm fünfzig Cents, ohne ihn dabei zu berühren, und ging.

Draußen las ich den Artikel. Es hieß, der Name des Mannes sei Ben Jones und dass er in der Bronx lebte. In diesem Moment wusste ich, es war Ben, unser Ben, der Ben, den wir vermissten, der ins Exil geschickt worden war. Es hieß, er liege in einem Krankenhaus in Manhattan auf der Intensivstation. Es war nur ein paar Meilen entfernt. Ich konnte kaum glauben, dass er nach all dieser Zeit nur ein paar Meilen entfernt war. Jakob hatte jahrelang versucht, ihn zu finden. Er hatte nie gesagt, warum er ihn weggeschickt hatte oder warum er ihn zurückwollte, aber er wollte ihn unbedingt zurück. Er redete mit unseren Kirchenältesten und engagierte einen Privatdetektiv, der ein ganzes Jahr nach ihm suchte. Sie fanden nichts, nicht eine einzige Spur, und sie suchten ihn überall, in ganz

Amerika und in ganz Kanada und sogar in Europa. Jakob betete und wartete auf Zeichen. Er hoffte und glaubte, Ben würde eines Tages zurückkehren.

Ich wusste nicht, was ich machen sollte, ob ich es Jakob sagen oder selbst zu Ben gehen oder es einfach auf sich beruhen lassen sollte. Ein Teil von mir wollte gehorchen und meinen Bruder als Familienoberhaupt und als Pastor unserer Kirche respektieren. Ein Teil von mir dachte, wenn Ben zurückkommen wollte, würde er zurückkommen, und der Herr und Erlöser würde es schon richten. Ein Teil von mir hatte einfach nur Angst, richtig Angst, und ich wusste nicht warum, und normalerweise hätte ich gedacht, das ist das Werk Satans – das ist es, was Jakob gedacht hätte und was sie mich in der Kirche gelehrt haben – aber irgendwie konnte ich das nicht glauben. Ich warf die Zeitung in den Müll, und nach der Bibelstunde blieb ich noch in der Kirche und bat Jesus um Hilfe. Ich blieb den ganzen Tag, und betete den ganzen Tag. Normalerweise war Jakob böse mit mir, wenn ich nicht heimkam, und wies mich zurecht, dass mein Platz zu Hause sei, um meiner Mutter beim Kochen und Putzen zu helfen. Außer wenn ich in der Kirche war, und vor allem wenn ich betete. Jakob war davon überzeugt, dass man alles durch Beten erreichen konnte, und damals glaubte ich das auch. Ich betete besonders innig an diesem Tag. Unermüdlich bat ich Jesus darum, mir den Weg zu zeigen.

Ich sah keine Zeichen und hatte keinerlei Offenbarung, daher entschied ich mich, in ähnlicher Weise fortzufahren. Ich kaufte jeden Tag eine Zeitung und las darüber, was mit Ben geschah, und ging dann in die Kirche und betete fast den ganzen Tag. Es war hart für Mutter, denn sie war es gewohnt, dass ich ihr zu Hause half. Und Jakob war sehr neugierig, warum ich so innig betete. Ich erzählte ihm, dass ich Führung brauchte, jetzt da ich an der Schwelle zum Frausein stand, und dass ich auf Knien darum bat. Beide waren damit einverstanden und ließen mich gewähren.

Ich las es in der Zeitung, als sie herausfanden, dass Ben Jones nicht Bens tatsächlicher Name war. Ich las darüber, wie sie versuchten, jemanden zu finden, der ihn kannte. Als sie das Bild seines Führerscheins veröffentlichten, war ich mir sicher. Er sah genau so aus wie damals, als er uns verlassen hatte, außer dass er älter war, und ich starrte für sehr lange Zeit auf das Bild. Als ich noch klein war, standen Ben und ich uns immer sehr nah. Mein Vater und Jakob hatten Ben nie gemocht, und sie waren immer gemein zu ihm gewesen. Ich verstand nicht warum, aber sie gaben ihm für alles die Schuld und schrien ihn ständig an. Manchmal schlug mein Vater ihn, und manchmal, wenn wir allein waren, schlug Jakob ihn. Und je älter wir wurden, desto mehr schlugen sie ihn, und desto härter. Wenn ich ihn in seinem Zimmer weinen hörte, ging ich ihn trösten und sagte ihm, dass ich ihn lieb hatte. Er sagte immer, dass ich die einzige in der Familie sei, die ihn lieb hatte, und die beste kleine Schwester der Welt.

Mein Vater und Jakob ignorierten mich meistens, und meine Mutter war immer um meinen Vater besorgt. Ben war der einzige, der mich beachtete, daher stand ich ihm am nächsten und liebte ihn am meisten.

Jeden Tag gab es Neuigkeiten. Bens Zustand verbesserte sich schneller, als es die Ärzte je gesehen hatten. Er hatte noch eine Gehirnoperation. Er war stabil, lag aber noch immer im Koma. Es gab Proteste auf dem Baugelände, von Klagen war die Rede, und der Bauunternehmer sagte, es sei nicht seine Schuld. Ich konnte nicht glauben, wie viel Aufmerksamkeit die Sache erhielt. Ich dachte, jemand der unsere Familie gekannt hatte, als wir noch jüdisch waren, bevor wir in Jesus Christus unseren Herrn und Erlöser fanden, würde ihn wiedererkennen, aber niemand meldete sich. Die Zeitungen nannten ihn weiterhin den Wundermann. Es war wirklich das erste Mal in meinem Leben, dass ich die Zeitung las, und ich konnte verstehen, warum Menschen sie hassten. Sie erschienen mir allerdings nicht gefährlich, sondern nur irgendwie blöd.

Ich behielt den gleichen Tagesablauf bei und wartete, bis sich die Sache beruhigte. Ich fürchtete, wenn ich ihn besuchte, bevor die Reporter weg waren, könnte jemand herausfinden, wer er war, und ich würde Probleme mit Jakob und der Kirche bekommen. Ich wartete auch auf irgendein Zeichen des Herrn.

Damals glaubte ich, dass der Herr all jenen, die nach seinem Wort lebten. Zeichen gab, die ihnen den richtigen Weg im Leben wiesen. Eines Nachmittags hörte ich eine von den Frauen vom Kirchenchor darüber reden, dass sie gerade einen Brief von einem Bruder erhalten habe, zu dem sie keinen Kontakt mehr hatte, weil er trank und mit anderen Frauen als seiner eigenen schlief. Ihr Bruder hatte Christus gefunden und war wiedergeboren worden und hatte seinem sündhaften Lebenswandel abgeschworen und wollte sie sehen. Sie stand unter dem Kreuz, als sie redete, und sie hielt eine Bibel in den Händen, und ein Lichtstrahl, der durchs Fenster fiel, erleuchtete ihr Gesicht. Ich war mir sicher dass es eine Nachricht von oben sein musste. Jetzt weiß ich, es gibt nichts dergleichen, kein oben und niemand, der uns übernatürliche Nachrichten schickt. Es gibt nur den Zufall oder unsere individuelle Interpretation dessen, was um uns herum geschieht, und wenn wir etwas sehen, ist es ein Zufall, und es bedeutet nichts. Das ist das wahre Wort Gottes.

Zu jener Zeit allerdings dachte ich anders, und ich beschloss, Ben zu besuchen. Ich fuhr selten nach Manhattan, und wenn, dann mit Jakob und meiner Mutter und anderen Mitgliedern der Kirche. Unser Hauptpastor predigte, dass Manhattan Teil vom Reich Satans sei. Eine Insel voll der Sünde und der Gier ergeben, wo Homosexuelle und Perverse sich frei entfalten konnten, und wo man Gott lästerte und sein

Wort verleumdete. Ich hatte Angst. Ich fürchtete, wenn ich allein ging, würde ich vergewaltigt oder in irgendeiner Weise zur Sünde gezwungen werden. Überall lauerten Versuchungen, an jeder Ecke und in jedem Gebäude, Bars und Restaurants und Banken, kontrolliert von Freimaurern, Geschäfte, die unmoralische Kleidung verkauften, ganze Viertel die homosexuellem Sex frönten. Satan hatte Manhattan fest im Griff. Jetzt weiß ich, dass es lächerlich ist, so zu denken, aber damals wusste ich das noch nicht. Deshalb betete ich um Kraft, ich betete lang und innig, und als ich mich schließlich stark genug fühlte, schlich ich aus der Kirche und nahm die U-Bahn unter dem Fluss hindurch. Ich folgte der Wegbeschreibung, die ich aus einem Computer in der Kirche hatte, und ging von der U-Bahn direkt ins Krankenhaus. Dort fragte ich nach der Intensivstation und nahm einen Fahrstuhl in das richtige Stockwerk. Ich war völlig verängstigt. Ich zitterte, als ich aus dem Fahrstuhl stieg und den Flur hinunterging. Ich hielt eine Bibel in den Händen, die in Israel gedruckt und vom Oberhaupt der Kirche gesegnet worden war. Ich trug ein Kreuz, das Jakob mir gegeben hatte, als ich siebzehn wurde, und das, wie er sagte, mich immer beschützen sollte. Im Wartezimmer blieb ich stehen und betete. Und als ich den Heiligen Geist in mir stark werden fühlte, betrat ich die Intensivstation und fand Bens Zimmer. Ich stand an der Tür und sah hinein. Da war eine Frau, eine Frau, die wie ein Arzt gekleidet war und an seinem Bett ein Klemmbrett las. Sie nahm seine Hand und hielt sie für einen Moment, und ich hatte Angst, weil ich glaubte, dass eine Frau einen Mann nicht berühren durfte, wenn sie weder mit ihm verwandt noch mit ihm verheiratet war. Allerdings konnte ich nichts dagegen tun. Ich stand an der Tür und sah ihn an. Er lag im Bett und da waren überall Maschinen um ihn herum, und Schläuche, die aus seinen Armen kamen, und Drähte an seiner Brust und seinem verbundenen Kopf. Ich stand einfach nur da und sagte seinen Namen, den Namen, den er bei seiner Geburt bekommen hatte: Ben Zion Avrohom, Ben Zion Avrohom, Ben Zion Avrohom.

Die Frau blickte auf und sah mich und fing an aufzustehen. Ich wollte nicht mit ihr reden, also verschwand ich, so schnell ich konnte, und fuhr geradewegs zurück nach Queens. Ich ging in die Kirche und betete zu Christus um Vergebung meiner Sünden, denn ich hatte meinen Bruder Jakob angelogen, und ich betete zu Gott und dankte ihm, dass er mich beschützt hatte, während ich in Manhattan war, und ich betete zu Gott und bat ihn darum, meinem anderen Bruder, Ben Zion, zu helfen und ihn von seinen Verletzungen zu heilen.

Während der nächsten zwei Wochen konnte ich Ben Zion fast jeden Tag sehen. Unsere Kirche führte ihre halbjährliche Spendensammlung durch und schickte unsere jungen Mitglieder los. Unsere Kirche hatte nie viel Geld, obwohl alle unsere Pastoren, einschließlich

Jakob, sagten, dafür sei sie reich an Frömmigkeit, religiösem Eifer und Hingabe an den Heiligen Geist und den Erlöser Jesus Christus. Die meisten der Gemeindemitglieder waren und sind Arbeiter und Immigranten, hauptsächlich aus Osteuropa. Obwohl von jedem Gemeindemitglied erwartet wurde, das Kirchenzehnt ihres Einkommens an die Kirche abzutreten, war die Spendensammlung sehr wichtig. Davon wurden Pamphlete und Bücher bezahlt, die dazu dienten das Wort Gottes zu verbreiten, sowie der Neubau und die Renovierung der Kirche. Der Hauptpastor wollte die Größe der Gemeinde verdreifachen, und die Kirchenjugend sollte einen Großteil der benötigten Gelder beisteuern. Ich sagte Jakob, ich ginge Spenden sammeln, predigen und das Wort Gottes verbreiten, aber stattdessen ging ich ins Krankenhaus. Die ersten paar Tage stand ich einfach nur an der Tür und starrte auf Ben zwischen all den Schläuchen und Kabeln und hörte dem Geräusch zu, das die Maschinen machten. Jedes Mal rückte ich ein Stück näher, erst zum Stuhl neben der Tür, dann zum Stuhl neben dem Bett und schließlich kniete ich neben seinem Bett nieder. Ich betete, dass er gesund würde, ich betete, dass er nach Hause käme, und ich betete, dass er keine Schmerzen spüren möge. Er hatte Schnitte überall am Körper, tiefe Wunden mit rosa Narben, manche verbunden, andere genäht oder geklammert. Sein Kopf war mit einem großen Verband umwickelt, einem riesigen Verband, der seinen Hinterkopf zweimal größer wirken ließ, als er tatsächlich war. Manchmal zuckte er ein wenig oder zitterte ein wenig oder gab ein Geräusch von sich, wie ein Knurren oder Wimmern. Ich nahm an, er rang mit den Geistern des Teufels, und ich betete noch inniger für ihn. Damals glaubte ich an Geister und den Teufel und dass alles durch Beten erreicht werden konnte. Jetzt weiß ich es besser.

Am Ende der zwei Wochen kniete ich neben Bens Bett. Ich hatte zu Ende gebetet und erzählte ihm davon, wie sich unser Leben verändert hatte, seit er weg war. Von unserer Konvertierung, unserem Umzug von Williamsburg in einen Teil von Queens, wo es fast keine Juden gab, von Jakobs Unterweisung und seiner Stelle als Pastor, Mutters Krankheit und unserer Hingabe an die Kirche. Ich erzählte ihm ein wenig über meine eigene Beziehung zum Herrn und Erlöser Jesus Christus und dass er der einzige war, dem ich noch traute und mit dem ich über meine Probleme sprechen konnte, und dass Christus als einziger immer für mich da sei und mir immer zuhörte. Einmal sagte ich: Ich liebe ihn so sehr, Ben Zion, ich liebe Jesus Christus so sehr, und in diesem Moment hörte ich jemanden hinter mir sagen: Wie hast du ihn gerade genannt? Ich drehte mich um und ein paar Schritte von mir entfernt stand eine Ärztin, die gleiche Ärztin, die mich zuvor schon gesehen hatte. Ich schaute sie an, stand auf und wollte gehen. Sie hielt mich auf und wiederholte die Frage: Wie hast du ihn genannt? Ich war sehr nervös und sehr verängstigt und wollte ihr nichts verraten, also sagte ich, ich hätte ihn Ben genannt, wie es in der Zeitung gestanden hatte. Sie sagte: Nein, du hast ihn anders genannt, und ich schüttelte einfach nur den Kopf und behauptete, ich hätte seinen Namen aus der Zeitung. Sie schien sehr verärgert, und ich wollte keinen Ärger. Wenn ich Jakob anrufen musste und ihm alles erklären, würde er sehr böse werden, er würde mich schlagen oder in mein Zimmer einsperren und mich zwingen, Buße zu tun. Ich versuchte, mich an der Frau vorbeizudrängeln, aber sie ließ mich nicht gehen. Sie fragte, wer ich war, und ich erklärte, ich sei ein Mitglied der Schöpfungskirche in Queens und dass ich ins Krankenhaus kam, um für die Patienten zu beten. Sie fragte mich, ob ich die Erlaubnis des Krankenhauses hätte, und ich sagte, ich würde allein Gott und seinem eingeborenen Sohn, meinem Herrn und Erlöser Jesus Christus gehorchen. Sie fragte mich, wer Ben sei, und ich sagte, ich wüsste nur, was in der Zeitung stand, und dass ich glaubte, er sei ein Mann, der es gebrauchen konnte, dass man für ihn betete. Ich drängte mich an ihr vorbei und sie ließ mich gehen. Ich rannte aus dem Krankenhaus und weinte und zitterte die ganze Rückfahrt in der U-Bahn und bat den Herrn um Vergebung. Ich hatte gelogen und betrogen, und obwohl ich es aus einem guten Grund getan hatte, hielt ich es für eine schreckliche Sünde und für notwendig, den Herrn im Himmel um Vergebung zu bitten.

Ich blieb lange Zeit in der U-Bahn sitzen. Ich konnte nicht aufhören zu weinen und zu zittern und ich hörte nicht auf, Gott um Vergebung zu bitten, was gewöhnlich half, aber diesmal nicht. Ich fragte mich, ob ich eine Sünde begangen hatte, die unverzeihlich war, und ich hatte Angst, dass ich nun dazu verdammt war, in alle Ewigkeit in der Hölle zu schmoren. Irgendwann beruhigte ich mich soweit, dass ich in der Lage war, in die Kirche zurückzukehren. Wir mussten uns immer am Ende des Tages melden und das Geld abgeben, das wir gesammelt hatten. Es war dunkel und bald Zeit fürs Abendessen, das ich hätte vorbereiten sollen. Ich wusste, ich würde Probleme bekommen, weil ich nichts vorzuweisen hatte, und ich hoffte, Jakob wäre nicht da. Ich hätte dafür gebetet, war aber besorgt, dass es eine Sünde war, für die Abwesenheit eines Pastors zu beten.

Als ich die Kirche betrat, wartete Jakob schon auf mich. Er fragte mich, warum ich so spät kam, und ich sagte, ich sei unterwegs gewesen, um den Sündern das Wort Gottes zu predigen und ihnen Heil zu bringen. Er fragte mich, wie viel Spenden ich gesammelt hätte, und ich sagte, ich hätte heute nichts. Er starrte mich lange an, und ich bekam es mit der Angst. Er packte meinen Arm und zerrte mich fort. Ich sagte ihm, dass er mir weh tat, und er ignorierte mich und zog mich weiter am Arm neben sich her. Mein Arm tat weh und ich hatte Angst und ich wusste, dass er wusste, dass

ich gelogen hatte. Er brachte mich in sein Büro und drückte mich auf einen Stuhl und starrte mich wieder an, und ich hatte solche Angst und er sah so böse aus und dann sprach er zu mir.
Wo warst du?
Ich wollte Spenden sammeln.
Er ohrfeigte mich.
Wo warst du?
Ich fing an zu weinen.
Ich war unterwegs.
Er schrie.
Wo?
Ich weinte und er schrie wieder.
Wo?
In Manhattan.
Warum?
Ich hatte solche Angst. Ich versuchte, mir die Tränen abzuwischen, und Jakob schlug mich abermals.
WARUM WARST DU DA?
Und er schlug mich wieder.
WAS HAST DU GETAN?
Und wieder. Und wieder. Und wieder.
Und dann hörte er auf, und ich hielt den Blick gesenkt und ich weinte und er packte mein Gesicht und zwang mich, ihn anzusehen, und er war so wütend, dass er zitterte, und dann sagte es wieder.
Warum warst du da und was hast du getan?
Und ich wollte nichts sagen, weil ich solche Angst hatte und nicht wusste, was er tun würde, wenn ich es

ihm sagte, aber ich hatte noch mehr Angst, was er tun würde, wenn ich es nicht tat.
Ich habe Ben Zion gefunden.
Ich fing wieder an zu weinen.
Ich habe Ben Zion gefunden.

RUTH

Mein Leben ist wie jedes andere Leben auch, lang und schwer und voller Kummer und Wirren und Schrecken, ein düsterer, komplizierter Traum, durchsetzt nur von kurzen Momenten des Glücks. Und genau wie bei allen anderen Menschen auch sind die Momente des Glücks nie zahlreich genug und nie lang genug. Sie halten mich am Leben, genau wie mich ein Glas Wasser am Leben halten könnte, oder die Vorstellung von einem Glas Wasser, wenn ich durch die Wüste laufe, außer dass die Wüste nie aufhört, sie ist viele Millionen Meilen weit und sie hört nie auf.

Ich wurde in Israel geboren. Meine Eltern hatten beide den Holocaust der Nazis überlebt, beide in polnischen Lagern. Mein Vater war ein Pole und kam nach Stutthof und am Ende nach Treblinka, und meine Mutter, eine Slowakin, war zuerst in Theresienstadt und später in Birkenau. Sie begegneten sich 1949 in Tel Aviv und heirateten praktisch sofort. Damals wurden Juden in ihrem Alter angehalten, zu heiraten und Familien zu gründen, damit Israel weiter wuchs. Sie liebten sich nicht wirklich, aber auf irgendeiner Ebene verstanden sie sich, verstanden sich auf eine Weise, wie es anderen nicht möglich war. Die Familien beider waren im Krieg durch die Nazis ausgelöscht worden. Ihre gesamten Familien, Eltern, Großeltern, Geschwister, Tanten, Onkel, Cousins und Cousinen, alle waren in den Todeslagern umgebracht worden. Das war die Grundlage ihrer Ehe. Die Vernichtung ihrer Familien.

Ich habe in Israel gelebt, bis ich zwölf war. Wir waren in eine kleine Siedlung in der Nähe des heutigen Gusch Katif gezogen, im südlichen Teil des Gazastreifens. Bei einem Angriff durch ägyptische Mudschaheddins wurden meine Eltern beide getötet. Ich war in der Schule, als es passierte, und fand sie mit aufgeschlitzten Kehlen auf unserem Küchenboden. Ihre engsten Freunde hatten Israel ein Jahr zuvor verlassen, um nach New York zu ziehen, und nahmen mich bei sich auf. Sie waren kinderlos und froh, mich bei sich zu haben, und wie meine Eltern waren sie beide Überlebende. Und genau wie meine Eltern führten sie eine Ehe, die lieblos war und voller Spannungen, und ihre größte Gemeinsamkeit war, dass sie beide in Lagern gewesen waren. Genau wie meine Eltern hatten sie zwar überlebt, aber das, was ihnen zugestoßen war, nicht verwunden. Sie atmeten und aßen und redeten und lebten so vor sich hin, aber sie lebten nicht wirklich, waren nicht lebendig, weil sie es nicht konnten nach allem, was sie gesehen und erlebt hatten. Man kann ein Trauma überleben, viel mehr aber auch nicht. Es bringt einen um, und gleichzeitig ist es der Preis fürs Überleben.

Sie taten für mich, was sie konnten, und ich akzeptierte sie als meine Eltern. Genau wie meine richtigen Eltern beschützten sie mich, trauten grundsätzlich keinem Goi und hatten Angst vor der Welt außerhalb unseres Viertels, das ausschließlich von Juden bewohnt war. Mein Adoptivvater arbeitete als Koch in einem koscheren Restaurant, und meine Mutter arbeitete als Wäscherin. Wir gingen jede Woche in die Synagoge, hielten den Sabbat ein, aßen koscher und machten jeden Freitagabend ein Sabbat-Essen. Wir waren glücklich, zumindest so glücklich, wie wir sein konnten angesichts des Verlaufs, den unser Leben genommen hatte, und wir wünschten uns nichts, was wir nicht hatten. So gesehen, waren wir gesegnet. Denn wenn man nicht ahnt, was möglich ist auf der Welt, dann sehnt man sich nicht danach und vermisst es nicht.

Nachdem ich die Jeschiwa abgeschlossen hatte, arbeitete ich mit meiner Stiefmutter als Wäscherin. Ich hatte gehofft studieren und vielleicht Ärztin oder Lehrerin werden zu können, aber dafür fehlte das Geld. Als ich zwanzig war, dachte ich ans Heiraten und hoffte auf die große Liebe. Eins davon bekam ich, als ich Isaak begegnete, der mein Mann werden sollte. Er arbeitete

als koscherer Metzger, und seine Familie war angeblich davidisch und seit 1900 in Amerika und hatte eine eigene Metzgerei. Wir begegneten uns, weil das Restaurant, in dem mein Stiefvater arbeitete, sein Fleisch von ihnen kaufte, und oft war es Isaak, der es lieferte. Mein Stiefvater lud ihn zum Sabbat-Essen zu uns nach Hause ein, und er kam mit seinen Eltern, und wir saßen uns am Tisch gegenüber. Er war sehr hübsch und sehr schüchtern, mit schönen grünen Augen und blonden Haaren, was bei uns eher selten ist, und ich war ebenfalls sehr schüchtern. Bei diesem ersten Treffen sprachen wir kaum und verbrachten die meiste Zeit damit, zum anderen hinüberzuschielen, in der Hoffnung, er würde es nicht merken. Als ich an diesem Abend zu Bett ging, wusste ich, dass er mein Mann werden würde. Für meinen Stiefvater war es eine gute Heirat, sie verbesserte seine Stellung im Restaurant, und Isaak brachte es Ansehen, eine in Israel geborene Tochter von Überlebenden zu heiraten, denn damals gab es nur sehr wenige von uns.
Ich glaubte, dass wir uns lieben würden.

Unsere Hochzeit war einfach und schön, aber unsere Hochzeitsnacht umso komplizierter. Keiner von uns war je zuvor mit einem Angehörigen des anderen Geschlechts allein gewesen, und wir waren beide ängstlich und nervös. Ich war sehr aufgeregt und wartete auf Isaak, aber er war noch nicht so weit, und hinterher weinte er. Wir wussten beide, dass wir Kinder wollten, und es wurde auch von uns erwartet. Sechs

Monate lang versuchte Isaak es vergeblich und wurde zunehmend verzweifelt. Eines Abends hatte er zu viel getrunken, und wir wurden wahrhaftig Mann und Frau, und er weinte wieder, weil er glücklich war. In dieser Nacht waren wir beide sehr glücklich.

Zwei Jahre lang versuchten wir, schwanger zu werden. Meistens trank Isaak vorher, aber manchmal auch nicht. Wir beteten und lebten streng nach unseren jüdischen Gesetzen. Als ich schwanger wurde, waren wir überglücklich, und unsere Familien auch. Wir hatten schon Jungen- und Mädchennamen ausgesucht, als ich Blutungen bekam. Einige Tage später schrieben wir die Namen auf einen Zettel und verbrannten sie und erwähnten sie nie wieder. Bei den schlimmsten Sachen im Leben ist es manchmal das Beste, sie einfach nie wieder zu erwähnen.

In den nächsten vier Jahren passierte es noch weitere drei Mal, wobei ich zwei der Babys fast bis zum Schluss behielt. Wir hörten auf, Namen auszusuchen oder auch nur darüber nachzudenken. Im siebten Jahr unserer Ehe wurde ich wieder schwanger, und das Kind blieb, und unser Sohn Jakob wurde ganz normal und gesund geboren. Für uns war er ein Wunder, und er sah genauso aus wie sein Vater, und wir glaubten nicht, dass wir weitere Kinder bekommen würden. Unsere Familien waren außerordentlich zufrieden, und wir erlebten zwei Jahre des Glücks, sahen Jakob wachsen und gedeihen, und mit jedem Tag wurde er seinem Vater noch ähnlicher. Wir hofften nicht auf weitere Kinder und wir hörten auf, es zu versuchen. Eines Abends gehen wir zu einer Hochzeit, und Isaak trinkt zu viel, und ich trinke auch ein wenig. Am nächsten Morgen erinnern wir uns nicht an alles, aber ich weiß, ich bin schwanger, und ich weiß, alles wird gut, und ich weiß, es wird ein Junge, und ich weiß es im tiefsten Innern, ohne jeden Zweifel, genau wie ich weiß, dass ich lebe und atme und dass Gott, in jeder erdenklichen Form, allmächtig und allwissend ist. Im tiefsten Innern habe ich keine Zweifel.

Isaak hatte viele Zweifel, und er war die ganze Zeit sehr irritiert wegen der Schwangerschaft. Als ich es ihm sage, ist er außer sich, obwohl er mir nicht sagen will, warum. Er geht mehrmals zu unserem Rabbi, und schließlich ist er glücklich und bereit für ein weiteres Kind. Bei der Geburt von Ben Zion gibt es einige Komplikationen, und so manches läuft nicht normal, und er sieht nicht aus wie Isaak, denn Ben hat dunkle Haare und dunkle Augen wie ich und meine Eltern, und Isaak verlässt wütend das Krankenhaus. Rabbi Schiff besieht sich den kleinen Ben und kommt in mein Zimmer und sagt, dass dies ein großer Tag ist, ein denkwürdiger Tag, und dass Ben wahrhaftig ein Geschenk Gottes ist, und er bleibt an meinem Bett und liest mir aus der Tora vor, und den restlichen Abend über beten wir zusammen.

Als ich nach Hause komme, hat Isaak getrunken und auf mich gewartet, und Jakob ist bei Isaaks Eltern, nicht weit von uns. Rabbi Schiff hilft mir, Ben nach Hause zu bringen, und nimmt Isaak beiseite, während ich Ben Zion in seine Wiege lege. Isaak geht zum Schlafen ebenfalls zu seinen Eltern, und Rabbi Schiff kommt mit zwei anderen Rabbinern zurück, und sie bleiben für den Rest der Nacht an Bens Seite und am folgenden Tag auch, und sie lesen aus der Tora und beten.

Als Isaak mit Jakob nach Hause kam, war nichts mehr wie früher. Er war immer wütend und er trank, und er mochte Ben Zion nicht, und wenn ich versuchte, mit ihm darüber zu reden, ignorierte er mich einfach. Er trank noch mehr, fast jeden Tag trank er, und er wollte schnell ein weiteres Kind. Es war ihm egal, dass mein Körper noch nicht so weit war, und dass ich Zeit brauchte, um mich Ben Zion zu widmen. Er wollte sofort noch mehr Kinder, ich glaube, um sich zu beweisen, dass Ben Zion kein Zufallstreffer war. Wir fingen an, es zu versuchen, und ich hatte Schmerzen dabei, aber als Ehefrau war das meine Pflicht.

Wir versuchten es ein Jahr lang und es klappte nicht, was Isaak auf die Palme brachte. Er unterstellte mir, ich hätte einen anderen, und ich sagte ihm: Ich bin in meinem Leben nur mit einem einzigen Mann zusammen gewesen, und das bist du. Er glaubte mir nicht, und er sagte, ich hätte einen anderen, und dass Ben

Zion ihm nicht ähnlich sähe und im Leben nicht sein Kind sein konnte. Oft schrie er herum, und manchmal schubste und schlug er mich und bezeichnete mich als Hure, sogar vor den Kindern. Ich ging zu Rabbi Schiff, der mir und Isaak viele, viele Male geholfen hatte, und er kam oft vorbei, um mit Isaak zu reden und um nach Ben Zion zu sehen, von dem er sagte, er wäre ein ganz besonderer Junge, wahrhaftig ein Geschenk Gottes. Und das war unser Leben. Wir versuchten, noch mehr Kinder zu bekommen, und Isaak trank und schrie mich an und schlug mich, und Rabbi Schiff versuchte, mit ihm zu reden und ihn zu beruhigen. Die Jungs wurden langsam groß und besuchten die Jeschiwa und die hebräische Schule und lernten, orthodoxe Männer zu werden. Wir hielten den Sabbat ein und gingen in die Synagoge. Und ich betete zu Gott für ein besseres Leben. Jeden Tag betete ich zu Gott.

Und dann, nach weiteren acht Jahren, werde ich durch ein Wunder Gottes noch mal schwanger und bekomme ein Mädchen, das wir Esther nennen. Sie ist ein wunderschönes, kleines Mädchen, das Isaak sehr ähnlich sieht, mit hellen Augen und hellen Haaren. Ich hoffe und bete, dass dieses Kind Isaak glücklich macht und mir den Isaak wiedergibt, den ich geheiratet habe, aber so ist es nicht. Er ist nun überzeugt, dass Ben nicht von ihm ist, und erzählt auch in der Synagoge herum, dass ich eine Hure bin, die ein Kind von einem anderen hat. Einmal sagt er es vor

Rabbi Schiff, der ihn sofort mitnimmt. Sie bleiben fast zwei Tage verschwunden, und als sie wiederkommen, ist Isaak anders als vorher. Er wirkt ängstlich und aufgewühlt, und als ich ihn vorsichtig fragen was los ist, schiebt er mich weg.

Von da an führten wir bis zum Schluss getrennte Leben unter demselben Dach. Jakob und Esther liebte er sehr, aber mich, seine Frau, liebte er nicht mehr, genauso wenig wie seinen zweiten Sohn Ben Zion, den er jedes Mal wegschubste, wenn Ben ihn umarmen wollte, und dem er über den Mund fuhr, wenn Ben mit ihm reden wollte. Ich versuchte ihm zu sagen, dass er mein Mann war und dass ich ihn liebte, und er war höflich und sagte, dass er mich auch liebte, aber ich wusste, dass er mich nicht liebte. Was auch immer Rabbi Schiff ihm gesagt haben mochte, mir war klar, dass es ihn verändert hatte. Der Rabbi kam weiterhin vorbei und kümmerte sich besonders um Ben Zion, wollte alles über seine Schule wissen und seine Liebe zu Gott, und Ben Zion war so ein guter Junge, ein freundlicher Junge, der jeden liebte, der immer lächelte und anderen Menschen Gutes tat.
Es war Ben Zion, der mir durch diese schweren Jahre hindurch half. Isaak hatte ich verloren, und Jakob war sein Sohn und Esther war seine Tochter, und er redete vor ihnen schlecht über mich, und ich glaube, aus diesem Grund liebten sie mich nicht so, wie Kinder eine Mutter lieben sollten. Und Ben Zion schien das zu spüren und liebte mich darum umso mehr.

Mit dreizehn hatte Ben Zion seine Bar Mitzwa. Ich habe nie verstanden, warum, aber es kamen auch Rabbis aus New York und von woanders, nicht nur orthodoxe, sondern auch chassidische und konservative und reformierte, und zwei kamen aus Israel. Die Art, wie er aus der Tora vorlas, trieb vielen Gemeindemitgliedern in der Synagoge Tränen in die Augen, und so etwas hatte ich nie zuvor erlebt. Seine Stimme war klar und rein und so kräftig, fast wie ein Donner, aber auch sanft und voll Liebe, ohne dass es bemüht klang. Diese Stimme kannte ich nicht von meinem Sohn Ben Zion, und ich weiß nicht, wo sie herkam. Manchmal, und besonders jetzt, frage ich mich, ob es eigentlich er war, der da sprach, oder der Herrgott selbst.

Nach der Bar Mitzwa wurde alles wieder schlimmer. Isaak trank und trank und ging nicht zur Arbeit, und jeden Tag setzte es Schläge für mich und Ben Zion. Ein Jahr später gehe ich eines Morgens in unser Zimmer, um nachzusehen, warum er nicht aufsteht, und stelle fest, dass er nie wieder aufstehen wird, dass er sich in die Hände Gottes begeben hat. Der Arzt sagte, es war das Herz, aber keiner in seiner Familie hatte Herzprobleme, und ich fragte mich immer, ob das wohl stimmte. Rabbi Schiff übernahm das Zerreißen der Kleidung, und Jakob sprach das Kaddisch. Zum Abendessen gab es gekochte Eier, und die Trauer in der Familie war groß. Sieben Tage lang saßen wir Schiwa. Obwohl ich den Isaak, den ich geliebt hatte, schon vor vielen Jahren verloren hatte, war ich in tiefer Trauer.

Am Ende der Schloschim, nachdem wir dreißig Tage um Isaak getrauert hatten, war Jakob der Herr im Haus. Noch am selben Tag sagte er Ben Zion, dass er verschwinden und sich nie wieder blicken lassen soll, und dass Isaak nur wegen Ben Zion gestorben war und dass Gott ihn dafür bestrafen würde. Ben Zion wollte mit Jakob reden und ihm sagen, dass er ihn liebte und dass er seinen Vater liebte, aber Jakob verprügelte ihn und warf ihn aus dem Haus und verriegelte die Tür, während Ben Zion blutend auf dem Gehweg lag. Ich konnte das nicht mit ansehen und weinte allein in meinem Zimmer, und am nächsten Tag wusch ich das Blut weg. Rabbi Schiff war schockiert und sehr streng mit Jakob und sagte ihm, dass er einen schlimmen, schlimmen Fehler gemacht hatte, den er wiedergutmachen müsse. Aber er machte ihn nicht wieder gut. Und Ben Zion verschwand. Ich dachte, dass er zurückkommen würde, oder dass er bei irgendjemandem untergekommen war, der unsere Familie kannte, aber er war nirgends, und niemand hatte ihn gesehen oder hörte je wieder von ihm. Und ich weinte jede Nacht um ihn, und es wurde auch mit der Zeit nicht besser. Mein geliebter Sohn Ben Zion war weg.

Und dann, sechzehn Jahre später – sechzehn grauenvolle Jahre, in denen ich gezwungen wurde, meinen

Gott aufzugeben und zu einem zu beten, an den ich nicht glaubte, gezwungen, meine Gemeinde für eine aufzugeben, die ich nicht kannte, gezwungen, als Sklavin meines Sohnes zu leben, der mich nicht liebte –, kam Jakob wie jeden Tag mit Esther von der Kirche nach Hause, aber dieser Tag änderte unser Leben für alle Zeiten. Als sie hereinkamen, konnte ich sehen, dass Jakob Esther geschlagen hatte, so wie er sie und auch mich eben hin und wieder schlug, und ich wusste, dass ich ihn nicht darauf ansprechen durfte, weil er dann erst recht zuschlagen würde. Allerdings wirkte er nicht wie sonst, wenn er in Prügellaune war, nicht so gemein und wütend, und ich fragte ihn, was los war, und er sagte, Esther hätte ihn gefunden, ihn, Ben Zion, und dass er am Leben war, in einem Krankenhaus in Manhattan, und dass sie ihn mit eigenen Augen gesehen und an seinem Bett zu ihrem Herrn und Heiland Jesus Christus gebetet hatte.

Auch wenn ich immer gewusst hatte, dass der Tag kommen würde, an dem Ben Zion wieder auftaucht, konnte ich nicht glauben, dass dieser Tag heute war. Esther weinte, und ich fragte sie, ob das stimmte und sie sagte: Ja. Ich fragte sie, welches Krankenhaus, und sie sagte es mir, und ich fragte sie, warum er im Krankenhaus war, und sie sagte, er hätte einen Unfall gehabt, eine Glasscheibe wäre ihm auf den Kopf gekracht, und er wäre auf der Intensivstation, und dann weinte sie wieder. Ich umarmte sie und sagte ihr, dass alles gut wird für sie und auch für Ben Zion, und ich halte sie weiter fest, bis Jakob mir sagt, ich soll sie loslassen, es ginge ihr gut. Ich sage ihm, dass sie mich braucht, und er schreit mich an: Nein, Sie Ist Kein Baby, und er zieht sie mit aller Kraft weg und drückt sie zu Boden und fährt sie an, sie soll aufhören zu heulen. Dann dreht er sich wieder zu mir und sagt: Mutter, wir müssen beten und den Herrn um Hilfe bitten, und ich sage: Nein, ich brauche keine Hilfe, ich muss einfach nur meinen Sohn sehen, der im Krankenhaus liegt, meinen Sohn, den ich sechzehn Jahre nicht gesehen habe. Er sagte: Der Herr wird uns wissen lassen, wann wir gehen sollen, und ich sagte: Der Herr hat es mich bereits wissen lassen, und ging in Richtung Tür. Er griff nach mir, und ich machte mich los, und er packte mich hart mit beiden Händen und drückte mich gegen die Tür und schrie: Wir Werden Zusammen Beten, Bis Der Herr Uns Ein Zeichen Gibt. Ich versuche mich zu befreien, weil ich nur noch ins Krankenhaus will, zu meinem Sohn Ben Zion, und Jakob schlägt mir dreimal mit seiner flachen Hand ins Gesicht, und mir ist klar, ich muss mit ihm beten, ob ich will oder nicht, ich muss beten. Wir knien vor einem Kruzifix, ich zur einen Seite von Jakob, Esther zur anderen, und Jakob bittet den Herrn um Hilfe. Er sagt: Jesus Christus, ich bin dein demütiger Diener, bitte zeig mir den Weg, bitte führe mich, bitte gib mir ein Zeichen, so dass ich weiß, was du mit mir und meiner Familie vorhast. Und so macht er stundenlang weiter, bittet um ein Zeichen, um die Hilfe seines Herrn und Heilands Jesus Christus, um die Kraft des

Heiligen Geistes, damit er recht und gerecht handle. Ich brauchte kein Zeichen. Dass Esther Ben Zion gesehen hatte, war Zeichen genug für mich. Ich wollte einfach nur gehen.

Nach dem Gebet sagt Jakob, dass wir fasten und nicht zu Abend essen sollen, und er befiehlt uns, auf unsere Zimmer zu gehen und alleine weiterzubeten. Ich packe eine kleine Tasche und nehme etwas von dem bisschen Geld, das ich selbst verdient habe, und warte, bis es still ist im Haus, und ich gehe, ohne dass mich jemand hört. Ich weiß, dass Jakob sehr böse sein und mich dafür bestrafen wird, aber ich spüre, dass ich es tun muss. Ich sage mir, wenn man im tiefsten Innern spürt, dass man sich auflehnen muss, und wenn man bereit ist, dafür zu zahlen, dann muss man es tun, auch wenn der Preis hoch ist. Zu oft im Leben tun wir das nicht und bezahlen teuer dafür, aber dieses Mal tue ich es.

Ich kannte das Krankenhaus nicht und wusste nicht, wo es lag, also nahm ich ein Taxi und sagte dem Fahrer, dass er mich hinbringen soll. Der Taxifahrer war ein Moslem, und an seinem Rückspiegel hing irgendetwas auf Arabisch. Ich war schon nervös, weil ich wusste, dass Jakob böse sein würde, und der Fahrer machte mich noch nervöser, weil ich dachte, dass er mich hassen würde, wenn er wüsste, dass ich Israelin bin. Ich weiß, dass es falsch ist, so zu denken, aber so ist die wirkliche Welt nun mal. Die wirkliche

Welt ist so, dass ich den Moslem dafür hasse, dass er mich lieber tot sehen würde und glaubt, ich sei kein Mensch. Wenn er nicht wäre, was er ist, und wenn ich nicht wäre, was ich bin, dann wären wir vielleicht Freunde. Aber wir sind, was wir sind, und die Menschen werden immer Hass empfinden. Und das ist unser Verhängnis.

Er lässt mich raus, und ich gebe ihm Geld, aber ohne ihn zu berühren. Ich gehe ins Krankenhaus und frage, wo mein Sohn Ben Zion liegt, und die Dame sagt mir, dass die Besuchszeit schon vorbei ist. Ich sage ihr, dass mein Sohn, den ich sechzehn Jahre nicht gesehen habe, hier ist und dass ich ihn sehen muss. Ich sage ihr, dass er Ben Zion Avrohom heißt, und sie sieht in ihrem Computer nach und sagt, dass es hier niemanden mit diesem Namen gibt. Ich sage ihr, dass meine Tochter ihn hier gesehen hat und dass er verletzt ist, und dass er auf der Intensivstation liegt. Sie schaut mich einen Moment lang an, dann nimmt sie den Hörer auf und macht einen Anruf und sagt mir, ich soll mich setzen und warten, bis jemand kommt, der mit mir über die Situation spricht. Ich wurde fuchsteufelswild und sagte, dass ich einfach nur meinen Sohn sehen will, der so lange weg war, und die Frau sagt, sie holt jemanden, der sich kümmert.

Ich setze mich und warte darauf, dass jemand kommt, und dann erscheint eine Dame in einem Arztkittel und stellt sich mir als Chirurgin vor, die einen jungen

Mann behandelt hat, von dem sie glaubt, dass es mein Sohn sein könnte. Ich sage, dass ich nicht glaube, sondern weiß, ich weiß ganz sicher, dass meine Tochter hier war und meinen Sohn Ben Zion Avrohom gesehen hat, den ich seit sechzehn Jahren vermisse. Die Frau fragt mich nach Esther, und ich beschreibe ihr, wie sie aussieht, und die Frau nickt und sagt: Ich habe Ihre Tochter heute gesehen, aber sie sagte mir, sie wäre hier, um als Mitglied einer Kirche in Queens für die Kranken und Verletzten zu beten. Ich sage ihr, dass meine Tochter eine Christin ist, die in Queens wohnt und für das Wohl ihres geliebten Bruders zu ihrem Herrn und Heiland Jesus Christus gebetet hat. Die Ärztin fragt mich erneut nach Bens Namen, und ich sage ihn ihr, und sie fragt mich, wann ich ihn zuletzt gesehen habe, und ich sage ihr, dass er seit sechzehn Jahren weg ist und dass ich jeden Tag zu Gott gebetet habe, dass er zu mir zurückkommt. Sie fragt mich, warum er weg ist, und ich muss weinen und weine lange, und sie setzt sich neben mich und hält meine Hand, und es ist das erste Mal seit vielen Jahren, dass außer meiner Tochter jemand freundlich zu mir ist, das erste Mal seit vielen, vielen Jahren. Ich höre auf zu weinen und wische mir über das Gesicht und versuche mich zusammenzureißen. Die Ärztin sagt, dass sie Alexis heißt, und sie sagt, dass sie Ben operiert hat, als er ins Krankenhaus kam, und dass sie seine Verletzungen behandelt, die sehr ernst und lebensgefährlich sind. Sie sagt, es ist ein Wunder, dass er überlebt hat, und dass es dafür keine Erklärung gibt.

Ich kenne die Erklärung, aber ich behalte sie für mich, weil mir ohnehin niemand geglaubt hätte. Sie fragt mich, ob ich Ben Zion sehen möchte, und ich sage Ja, und sie führt mich durch das Krankenhaus. Vor seinem Zimmer bleiben wir stehen, und ich bin sehr nervös und ängstlich und glücklich. Sie sagt mir, dass ich aufs Schlimmste vorbereitet sein soll, und ich sage: Ich glaube, dass Ben gesund wird, egal, was passiert ist. Sie lächelt mir zu und wiederholt: Bitte seien Sie aufs Schlimmste vorbereitet. Es gibt allerdings nichts, was uns auf die schlimmsten Dinge im Leben vorbereiten kann. Es gibt nichts, womit man den Schock verhindern oder den Schmerz lindern kann.

Ich betrat das Zimmer. Ben Zion lag auf dem Rücken im Bett. Er hatte Schläuche in den Armen und eine Atemmaske auf dem Gesicht und Monitore über dem kahl rasierten Kopf, und der mit Narben übersäten Brust. Überall auf seinem Körper waren Narben. Lange schreckliche zackige Narben überall auf seinem Körper. Ich hatte Angst, näher an ihn heranzugehen, hatte Angst vor meinem eigenen Sohn, der schlafend in seinem Bett lag, meinem schönen Jungen, den ich mein Leben lang geliebt hatte, auch als er nicht bei mir war. Mein Sohn mit all seinen Narben, mit all seinen Schmerzen.

Ich ging langsam zu ihm und musste wieder weinen. Ich weine wegen dem, was ihm zugestoßen ist, und wegen all der verlorenen Jahre, und weil er aus meinem Haus verjagt wurde, und wegen der vielen Male, die Isaak und Jakob ihn geschlagen haben und gemein zu ihm waren, und um die Zeit, als er noch bei mir war, als kleiner Junge und als Baby, und er lächelte und lachte, und wegen all der Liebe, die ich für ihn empfand. Ich gehe zu ihm und sage seinen Namen, und ich muss heftig weinen, und es tut mir körperlich weh, und es tut mir im Innern weh, als ob es mich zerreißen würde, und ich knie an seinem Bett und ich kann ihn weder berühren noch ansehen, ich sage einfach nur immer wieder: Es tut mir leid, es tut mir leid. Es gibt keine anderen Worte, und selbst diese Worte reichen nicht aus für das, was ich fühle. Es gibt keine Worte für unsere stärksten Gefühle. Es gibt einfach nur den Schmerz, und den können wir nicht teilen. Schmerz muss jeder für sich allein aushalten.

Ich bleibe die ganze Nacht, und als die Sonne aufgeht, setze ich mich auf einen Stuhl neben seinem Bett, und ich halte seine Hand und erzähle ihm von den Jahren, in denen er weg war, und was sich in unserem Leben ereignet hat. Ich halte seine Hand, und sie ist kalt, und auf dem Gelenk und auf seiner Hand sind Narben, und er bewegt sich nicht, außer beim Atmen, er atmet schwach und manchmal schwer, und manchmal zuckt oder zittert er ein kleines bisschen. Einmal kommt eine Schar von Ärzten rein, und sie fragen mich, wer ich bin, und ich sage es ihnen, und sie sagen mir, dass in der Akte immer noch John Doe steht, und ich muss weinen bei der Vorstellung, wie lange mein Sohn hier schon alleine als John Doe liegt. Einer der Ärzte ruft jemanden von dem Telefon an der Wand an, und es kommen noch mehr Leute rein, aber es sind keine Ärzte. Einige von ihnen arbeiten für das Krankenhaus und einige sind von der Polizei, und ich sage ihnen, wie er heißt und woher er kommt, und ich erzähle ihnen, wie lange ich ihn nicht gesehen habe. Sie fragen mich nach meinem Personalausweis, und ich erkläre ihnen, dass mein Sohn mir keinen Personalausweis oder Führerschein erlaubt hat, weil er an keine andere Instanz glaubt als Gott. Sie bringen mich in ein Zimmer, wo ich bleiben muss, bis sie bestätigt haben, dass ich die bin, die ich behaupte zu sein.

Es dauert lange, stundenlang sitze ich alleine dort. Als sich die Tür öffnet, steht Jakob da und sagt, ich soll mitkommen. Ich frage ihn, was passiert ist, und er sagt, er hat mit der Polizei gesprochen und ihnen alles erzählt und ihnen seinen Führerschein gezeigt, und sie sagen, ich darf gehen. Wir gehen zu Ben Zions Zimmer, und draußen vor der Tür wartet Esther auf uns, und wir gehen zusammen rein, und wir knien nieder und verbringen den ganzen Tag damit, für Ben Zions Gesundheit zu beten. Und viele Tage lang machen wir nichts anderes. Wir knien an seinem Bett und beten zusammen für Ben Zions Gesundheit. Manchmal fahren Jakob und Esther zurück nach Queens, weil sie beide viele Verpflichtungen in der Kirche haben, aber ich verlasse das Krankenhaus nicht ein einziges Mal. Ich bleibe bei meinem Sohn. Und ich warte auf ihn. Und in meinem tiefsten Innern weiß ich, weil ich es mein ganzes Leben gewusst habe und weil ich sein ganzes Leben kenne, was er sein wird, wenn er zurückkommt. Ich warte auf ihn.

JEREMIAS

Jakob war wie ein Bruder für mich und wie ein Vater für mich und ein spirituelles Vorbild für mich und eine echte Quelle der Inspiration. Er hatte mich errettet und sogar gedacht, dass er mich geheilt hätte, und ich liebte ihn und betete ihn an und wünschte mir oft, so zu sein wie er. Als herauskam, wer Ben wirklich war, und der Medienrummel losging, bat er mich, im Krankenhaus bei seiner Mutter zu bleiben und sie vor den Reportern zu beschützen, mit ihren Aufnahmegeräten und ihren Kameras und ihren Lügen. Außerdem sollte ich mitschreiben, wenn die Ärzte da waren. Jakob wollte meine Notizen vor Gericht verwenden, denn er wollte in Bens Namen die Stadt, die Baufirma, den Bauherrn und das Krankenhaus verklagen und hoffte, auf diese Weise zusätzliche finanzielle Mittel für den Neubau zu bekommen, den unsere Kirche plante, um ihre Missionsarbeit auszuweiten. Und ich fühlte mich unglaublich geehrt und versprach ihm, dass ich die Sache sehr ernst nehmen und wenn nötig mein Leben dafür geben würde. Jakob sagte, das sei ihm bewusst, deshalb habe er mich auserwählt.

Da eigentlich nur Angehörige im Krankenhaus bleiben durften, erzählte Jakob, ich sei sein Bruder, sein richtiger Bruder. Und vor unserem Gott, vor dem Heiligen Geist und vor unserem Herrn und Erlöser Jesus Christus glaubten wir, dass wir die Wahrheit sagten oder dass unsere kleine Lüge zumindest keine richtige Sünde war, weil wir doch ein gerechtes Ziel verfolgten. Wie die meisten Leute redeten wir uns erst ein, das Richtige zu tun und fanden dann einen Weg, es zu rechtfertigen, obwohl wir wussten, dass es eigentlich falsch war. Wir redeten uns ein, Gott würde es schon gutheißen.

Ich lernte Jakob vor einem Club kennen, in den ich ging, um Männer zu treffen. Er protestierte dort gegen abartige Lebensweisen. Ich hatte ihn da einige Male mit drei oder vier anderen stehen sehen, sie hielten Schilder in die Höhe, auf denen Gott hasst Homos stand oder Schwuchteln brennen in der Hölle oder Gott hat ein Mittel gegen Schwuchteln: AIDS. Er schrie den Leuten, die rauchend vor dem Club standen, Bibelverse entgegen und verteilte Faltblätter von seiner Kirche. Meine Geschichte war ungefähr dieselbe wie die von Millionen anderen in New York. Ich wuchs in einer Kleinstadt auf, mochte Jungs und Frauenkleider, wurde in der Schule und zu Hause gehänselt und verprügelt, floh mit siebzehn nach New York, um Model oder Sänger oder Schauspieler zu werden oder was auch immer sich ergeben würde, so lange es Spaß brachte, einfach war und mich

berühmt machte. Es hatte nicht geklappt, ich wurde süchtig nach Drogen und Sex und Clubs und lebte ein tristes, leeres Leben, von dem ich so tat, als sei es aufregend und erfüllt. Ich hatte immer das Gefühl, in meinem Herzen wäre ein Loch, ein großes schwarzes Loch, das dafür sorgte, dass ich mich einsam fühlte, wertlos und leer. Ich versuchte es zu füllen, jeder versucht das irgendwie, doch es wurde nur größer und größer. An dem Abend, an dem Jakob mich ansprach, hatte ich ein Date mit einem Mann, der mir bestimmte Dinge gab und bestimmte Dinge dafür erwartete.
Er wohnte im Mittleren Westen und war jeden Monat für drei oder vier Tage in der Stadt. Dies war unser zweiter Abend, und es ging mir ziemlich mies. Der Kerl hatte mich losgeschickt, um Crystal Meth zu besorgen, und als ich auf meinem Weg aus dem Club an Jakob vorbeiging, sagte er, er könne mich heilen. Ich blieb stehen und fragte ihn, wovon er mich denn heilen könne, und er sagte: Von der widerwärtigen, seelenlosen Lebensweise der Homosexuellen und Sodomiten. Ich fragte ihn: Wie? Und er sagte: Die Bibel bringt uns die frohe Botschaft von Liebe und Hoffnung, unser Heiland Jesus Christus wird dich erretten und dir den Weg weisen. Ich fing an zu weinen. Ich war überrascht. Ich hatte Religion immer gehasst, diesen Absolutheitsanspruch und die Art und Weise, wie sie Menschen wie mich behandelte, und ich hätte nie gedacht, dass ich einmal gläubig würde, doch nun tat sich etwas in mir auf, der Heilige Geist tat sich in mir auf, und es war großartig und erhebend. Nie hatte ich etwas derart

Kraftvolles gespürt, ein Gefühl von Freude und Liebe und Frieden, und in diesem Augenblick glaubte ich, dass Gott mich rief und mir sagte, ich solle diesem Mann folgen. Zwei Stunden später war ich getauft und wiedergeboren. Am nächsten Tag bezog ich in Queens die Kellerwohnung eines Mitglieds aus dem Kirchenvorstand. Es fühlte sich richtig an und wahr und gut. Den Heiligen Geist in mir zu spüren und eine persönliche Beziehung aufzubauen zu unserem Herrn und Erlöser Jesus Christus. Freunde zu haben, die mich ihren Bruder nannten, die sich um mich kümmerten, anstatt mich auszunutzen. Das war alles, was ich mir in meinem Leben jemals gewünscht hatte, alles, was sich jeder jemals wünscht. Von jemandem geliebt zu werden. Jemanden zu haben, der dir sagt, dass er den Weg weiß und ihn dir zeigen will.

In Bens Zimmer saß ich die meiste Zeit auf einem Stuhl neben der Tür. Wir hielten die Tür geschlossen, und sobald sie sich auch nur einen Spalt weit öffnete, fragte ich sofort, wer dort war und was er wollte. Den Ärzten und Krankenschwestern ging das ziemlich auf die Nerven, weil ich darauf bestand, dass sie mir ihre Dienstausweise zeigten, auch wenn wir uns schon kannten oder ich ihre Ausweise bereits gesehen hatte. Als Ärzte verkleidete Reporter hatten zwei Mal versucht, sich einzuschleichen, einer von ihnen sogar mit einem gefälschten Dienstausweis. Alle wollten den Wundermann sehen, der sich für sechzehn Jahre in Luft aufgelöst hatte und dann überlebte, was er niemals hätte überleben können. Abgesehen von den Reportern kamen Anwälte, Fotografen, Wahrsager, Geistheiler und Frauen. Ich nahm die Visitenkarten der Anwälte entgegen, alle anderen ließ ich so schnell wie möglich entfernen. Ich konnte gar nicht glauben, wie viele Frauen ihn sehen, berühren oder heiraten wollten. Dabei war er nicht einmal bei Bewusstsein, sie konnten gar nicht wissen, was für ein Mensch er sein würde, falls er je wieder aufwachte, ob er sprechen oder gehen oder sich überhaupt bewegen könnte. Ich gab diesen Frauen ein Faltblatt und sagte, sie könnten die Leere in ihren Herzen vielleicht mit der Liebe zu Gott füllen und der Liebe zu seinem Sohn Jesus Christus, unserem Herrn und Erlöser.

In den ersten zehn Tagen passierte nichts. Mrs. Avrohom betete an Bens Bett, ich las in der Bibel. Essen besorgte ich mir am Kiosk oder in der Cafeteria. Wir schliefen beide auf Klappstühlen, ihrer stand neben dem Bett, meiner an der Tür. Jakob und Esther kamen nach dem Frühstück und blieben normalerweise bis kurz vor dem Abendessen. Sie knieten meist an der Seite seines Bettes und beteten, Jakob ging allerdings auch öfter auf den Gang und sprach mit den Ärzten, gelegentlich auch mit Anwälten. Niemand schien zu wissen, in welchem Zustand Ben sich befand. Die Maschinen, die sie an sein Gehirn angeschlossen hatten, lieferten alle möglichen widersprüchlichen Befunde. Manchmal waren die Ärzte zufrieden und sagten, alles sei normal, und manchmal sagten sie, er würde nicht mehr aus dem Koma aufwachen, und manchmal sagten sie, sie würden Dinge sehen, die sie noch nie zuvor gesehen hatten, ein Arzt sprach von ›außergewöhnlicher Aktivität‹, doch die meiste Zeit hatten sie einfach keine Ahnung. Als sie den Beatmungs-Schlauch aus seinem Hals zogen, waren alle im Stress. Sie befürchteten, dass er nicht allein atmen könnte, und forderten uns auf, den Raum zu verlassen, nur Jakob weigerte sich. Ich wartete mit Mrs. Avrohom und Esther vor der Tür, und wir beteten zu Jesus, er möge Ben die Kraft zum Leben geben. Wir beteten so sehr wir konnten, und als wir hörten, wie die Ärzte und Schwestern klatschten und Jakob Halleluja schrie, da wussten wir, dass unsere Gebete erhört worden waren.

Die nächsten fünf oder sechs Tage gab es keine Fortschritte. Ben konnte atmen, bewegte sich aber nicht, und keines der Geräte zeigte auch nur die geringste Hirnaktivität, und die Ärzte sagten, dass er den Rest seines Lebens in einer Art Wachkoma liegen würde. Das kam nun wirklich ungelegen, denn Jakob hatte jede Menge Spendengelder angeworben und wollte nun die Pläne für den Neubau unserer Gemeinde ankündigen. Er bat mich, alles mitzuschreiben, was die Ärzte und Schwestern sagten und kam dann am Ende des Tages und sah meine Aufzeichnungen durch. Er bat mich auch, besonders innig zu beten, und ich sagte ihm, ich würde superinnig beten, aber ich wusste, dass mein Draht zu Gott bei weitem nicht so gut war wie seiner, und befürchtete, dass ich nicht stark und heilig genug war, um etwas auszurichten.

Die Ärzte kamen und gingen. Ich hörte Ausdrücke wie schwerer Hirnschaden, wahrscheinlich kein Bewusstsein, Apallisches Syndrom, Wachkoma, andauernder vegetativer Zustand, ständiger vegetativer Zustand. Sie testeten seine Reaktion auf Reize, doch es gab keine. Sie testeten, ob er Dinge mit seinen Augen verfolgte, doch er starrte nur die Decke an, wobei ich nicht glaubte, dass er etwas sah. Einer der Ärzte schlug etwas namens bifokale extradurale kortikale Stimulation vor, das klang fies und böse, und ich erzählte Jakob von meinem Verdacht, dieser Arzt, der wie ein Jude aussah und eine Hakennase hatte, könnte mit dem Teufel im Bunde sein.

Am Abend des siebten Tages saß ich da und las die Bibel, Offenbarung 12. Ein beeindruckendes Kapitel, eines der beeindruckendsten des ganzen Neuen Testaments, mit vielen großen Wahrheiten. Es geht um diese Frau, die mit der Sonne bekleidet ist und den Mond unter ihren Füßen hat und auf ihrem Kopf eine Krone von zwölf Sternen trägt, und um den großen roten Drachen mit den sieben Häuptern und zehn Hörnern und sieben Kronen, der den dritten Teil der Sterne mit seinem Schwanz vom Himmel fegt. Als der Drache sich daran macht, das Kind der Frau zu fressen – das Kind, das alle Völker weiden soll mit eisernem Stabe – wird die Frau für 1260 Tage in die von Gott bereitete Wüste in Sicherheit gebracht, während der Erzengel Michael und seine himmlischen Heerscharen den Drachen bekriegen. Ich hatte das Kapitel oft gelesen und glaubte, dass die dort beschriebenen Ereignisse bald eintreten würden. Sie waren uns für die Endzeit vorausgesagt, und ich wusste, dass die Endzeit nahte und dass ich ihr Zeuge sein würde und dass ich einer der 144.000 Gesalbten sein würde, die der Herr auserwählte und zu sich ins Himmelreich holte. Mrs. Avrohom kniete an Bens Bett, wie sie es jeden Abend tat. An diesem Abend aber, am Abend des siebten Tages, betete sie plötzlich auf Hebräisch. Jakob hatte mir angekündigt, dass sie das vielleicht tun würde und wollte auf jeden Fall davon erfahren, denn er hatte die jüdische Sprache und jüdische Lehren und Gesetze in seinem Hause verboten und wollte sie bestrafen, falls sie seine Regeln missachtete. Was sie sagte, verstand ich nicht, aber ich legte meine Bibel dennoch zur Seite und wollte zumindest versuchen aufzuschreiben, was ich hörte. Und als sie betete, begann Ben, seinen Mund zu bewegen. Sie sah es nicht, aber ich. Er machte kein Geräusch, doch er bewegte die Lippen, formte genau die Worte, die sie in ihren Gebeten sprach. Dann öffneten sich seine Augen, ganz anders als in den letzten Tagen, wenn sie von den Ärzten für ihre Tests geöffnet wurden, diesmal öffneten sie sich und waren klar und wach und voller Leben, und in ihnen lag etwas, das so rein und himmlisch war, als wären es die Augen des Erlösers selbst, und ich war wie verzaubert von ihnen. Mrs. Avrohom betete noch immer und bemerkte nicht, dass Ben bei ihr war. Sie sprach weiter leise ihre hebräischen Verse, da begann Ben mitzusprechen, in einer Stimme, die sehr alt und kraftvoll klang, und sprach nun Wort für Wort mit, als ob er wüsste, was sie sagen würde, noch bevor sie es sagte, und mir lief ein Schauer den Rücken hinunter. Ich wollte aufschreiben, was ich sah und was Mrs. Avrohom sagte und was Ben sagte, doch ich war wie gelähmt, gelähmt vor Freude und Freiheit und einer Euphorie, die mich an den Augenblick meiner Errettung erinnerte, als der Heilige Geist so mächtig in mir am Leben war.

Mrs. Avrohom bemerkte Ben, als er die Hand ausstreckte und ihr auf die Stirn legte. Ich beobachtete das wie in Zeitlupe. Seine Finger begannen langsam, sich zu bewegen, jeder für sich, als würden sie tanzen. Dann hoben sich seine Hand und sein Arm von dem weißen Laken, und seine Finger bewegten sich nicht mehr, sondern streckten sich wie die Finger von Adam, als er die Hand nach Gott ausstreckte. Mrs. Avrohom betete noch immer und Ben mit ihr, und die Worte, die sie gemeinsam sprachen, klangen so einfach und so alt und so schön, und als seine Hand sich auf ihre Stirn zu bewegte, drehte er sich und sah sie an, und es dauerte wohl eine Million Jahre, bis er sie erreichte, und es schien, als ob währenddessen nichts anderes in der Welt geschah, es gab nur diese eine Sache, diesen einen Moment, diesen verlorenen, verletzten Sohn, der die Hand nach seiner Mutter ausstreckte, während sie betete, zu unserem Herrn, dem Allmächtigen.

Als er sie endlich berührte, schnappte sie nach Luft. Ich weiß nicht, ob sie erschrak oder was sie sonst empfand, auf jeden Fall sah es so aus, als würde ein heftiger Stromstoß sie durchfahren. Seine Hand lag fest auf ihrer Stirn, und sie sah hoch, ihr Mund offen, ihr Körper ganz schlaff, in ihren Augen nichts als Freude, Friede und Glückseligkeit. Und sie beteten einfach weiter, ohne zu stocken, die Wörter kamen ganz mühelos. Ben lächelte und setzte sich auf, und währenddessen lösten sich die Infusionsschläuche und Mess-Elektroden, an die sie ihn angeschlossen hatten, und was sich nicht von allein löste, zog er mit seinem freien Arm heraus. Alarme piepten, schrillten, doch seine Mutter und er bemerkten es scheinbar nicht. Er setzte sich aufrecht hin und lächelte. Lächelte so wunderschön und friedlich, wie unser Herr und Erlöser Jesus Christus auf einigen Darstellungen lächelt, und seine Mutter starrte ihn an, und er nahm die Beine vom Bett, und während sie noch immer beteten, fast sangen, und seine Hand weiterhin auf ihrer Stirn ruhte, stand er auf. Er trug ein weißes Nachthemd. Sein Körper war mit fürchterlichen Narben übersät, man sah, wie sie sich über seine Arme und Beine zogen und über sein Gesicht. Seine Haut war so weiß und blass. Und die Alarme schrillten. Und es war so wunderschön. Er war so wunderschön. Wenn ich nur irgendwie die Gefühle beschreiben könnte, die das in mir wachrief. Aber so ist das mit den wichtigen Gefühlen und Emotionen und Momenten in unserem Leben, Worte versagen und drücken nicht einmal einen Bruchteil dessen aus, was wir wirklich empfinden. Ich kann nur sagen, dass ich die Gegenwart von etwas Göttlichem verspürte, die Gegenwart von Gott höchstselbst. Und ich konnte mich nicht bewegen oder sprechen oder mitschreiben, ich konnte ihn nur anstarren und Liebe empfinden und Ehrfurcht und Demut. Er war so wunderschön.

Die Tür flog auf und ein paar Krankenschwestern und Ärzte stürmten hinein, doch als sie sahen, was passiert war, blieben sie abrupt stehen. Ben drehte sich nicht zu ihnen um, nahm sie überhaupt nicht zur Kenntnis. Er starrte auf seine Mutter hinab, die zu ihm aufsah, dann schloss er die Augen und nahm die Hand von ihrer Stirn und hob sie auf Brusthöhe und hielt sie dort und hörte auf zu beten und atmete tief ein und lächelte in sich hinein, als er ausatmete. Und kaum hatte er ausgeatmet, fiel er auf den Boden und bekam einen epileptischen Anfall.

Ich wurde aus dem Zimmer gezerrt, doch das, was ich vorher noch von dem Anfall sah, war grauenhaft. Ben zitterte, er zitterte entsetzlich am ganzen Körper. Sofort kamen ihm Flüssigkeiten aus Mund und Nase, und er stieß entsetzliche gutturale Laute aus. Seine Mutter sprang auf und schrie. Die Ärzte und Schwestern versuchten sofort, ihn festzuhalten und seine

Zunge zu packen, doch er war stark, unglaublich und erschreckend stark, besonders, wenn man daran dachte, dass er die letzten Wochen im Koma gelegen hatte, und sie mussten jeden Arm und jedes Bein zu zweit festhalten. Während ich auf dem Flur stand, konnte ich hören, wie er kämpfte, er klang wie ein Tier, als wäre der Satan selbst in ihn gefahren, und ich hörte die Schwestern und Pfleger um Hilfe rufen, und ich hörte, wie Mrs. Avrohom, die in eine Ecke des Zimmers gedrängt worden war, als ich es verließ, aus Leibeskräften schrie.

Ich weiß nicht, wie lang es dauerte und wie sie es schließlich schafften. Bens Anfall schien Stunden und Stunden und Stunden zu dauern, doch dann kam er endlich zur Ruhe, und ich durfte wieder in das Zimmer hinein. Ben lag auf dem Bett, entweder schlafend oder ruhiggestellt, seine Arme und Beine waren festgezurrt, falls er einen weiteren Anfall bekäme. Mrs. Avrohom saß in der Ecke und schluchzte leise in ihre Hände. Ich war mir nicht sicher, was ich tun sollte, doch wenn Jakob mich für ein Familienmitglied hielt, sollte ich seine Mutter wohl trösten, und Dinge, die normalerweise für einen Christenmenschen eine Rolle spielen könnten, zum Beispiel, dass ich ein alleinstehender Mann war und sie eine verwitwete Frau, dass sie auf Hebräisch gebetet hatte und jüdisch erzogen worden war, spielten unter diesen Umständen nun eben keine Rolle mehr, und wenn Gott mich dafür verurteilen würde, würde er mir auch vergeben, sofern ich es bereute. Also ging ich zu Mrs. Avrohom und legte ihr meine Hand auf die Schulter und fragte, wie es ihr gehe. Sie sah mich an, und zwischen ihren Schluchzern fragte sie mich, was gerade passiert sei, was gerade mit ihrem Sohn passiert sei. Und ich sagte ihr, dass ich das nicht wisse und dass Gott immer einen Plan habe, an dem wir nicht zweifeln durften.

Später kam Jakob hinzu. Die Ärzte hatten ihn angerufen, weil er in der Krankenakte als Angehöriger aufgeführt war. Zwischen dem Anruf und seiner Ankunft kamen und gingen die Ärzte, maßen Bens Blutdruck und Herzfrequenz. Als Jakob das Zimmer betrat, berührte ich seine Mutter nicht mehr, und doch irritierte es ihn, dass ich so nah bei ihr saß. Ich erzählte ihm so genau ich konnte, was passiert war, und er schien weder besonders überrascht noch beunruhigt zu sein. Er sah seinen Bruder an und sagte: Lasset uns beten, beten für den Mann, der möglicherweise vor uns liegt. Ich wusste nicht, was er damit meinte, hatte aber das Gefühl, dass ich jetzt keine Fragen stellen sollte.

Wir knieten nieder und beteten still, bis die Sonne aufging und ein weiterer von Gottes herrlichen Tagen für uns begann.

Am Morgen brachte Jakob seine Mutter nach Hause. Sie wollte nicht, doch er fand, sie bräuchte mal eine Pause, und sie gehorchte ihm, denn er war der Herr im Haus. Mich bat er, zu bleiben und so viel wie möglich über Bens Zustand in Erfahrung zu bringen. Die Ärzte kamen und gingen weiterhin, sprachen nun allerdings derart leise miteinander, dass ich nicht verstand, was sie sagten. Um die Mittagszeit kamen sie nicht mehr. Nun waren es nur noch Ben, der sich seit seinem Anfall nicht bewegt hatte, und ich. Ich hatte wieder angefangen, in der Bibel zu lesen und mit einer meiner Lieblingspassagen begonnen, Matthäus 4:1-11. Da geht es um die Versuchungen, mit denen der Teufel Jesus in der Wüste verführen will, und um die Speisen, die die himmlischen Heerscharen ihm bringen, nachdem er dem Teufel widerstanden hat. Ich stellte mir oft vor, dass ich an Jesu Stelle wäre, schließlich lehnte auch ich nun die schmutzigen Geschenke des Teufels ab, denen ich so viele sündige Jahre hinterhergejagt war, und hoffte, dass die Engel des Himmels auf ihren vor heiliger Gerechtigkeit glänzenden Schwingen eines Tages auch zu mir fliegen würden, um mir ihre Gaben zu bringen. Als ich eine Stimme hörte, dachte ich schon, mein Wunsch sei in Erfüllung gegangen. Ich schloss die Augen und sagte: Danke, Gott, ich danke Dir, dass Du mich für meine Demut belohnst. Wieder hörte ich die Stimme und stand auf und traute mich nicht, meine Augen zu öffnen. Ich wusste ja nicht, was mich erwartete, ich wusste nur, dass Engel übernatürliche Kräfte besaßen, die über das menschliche Verständnis hinausgingen. Die Stimme, wieder und wieder. Und als ich meine Augen dann doch öffnete, waren da keine

Engel, sondern nur Ben, der mich ansah, und das war fast so, als ob doch ein Engel da wäre.
Er sprach.
Wer bist du?
Ich heiße Jeremias.
Wo bin ich?
Du bist in einem Krankenhaus in New York.
Warum bist du hier?
Ich bin hier, weil dein Bruder Jakob, mein Bruder im Glauben an Gott und seinen Sohn Jesus Christus, unseren Herrn und Erlöser, mich gebeten hat, hier zu sein.
Jakob?
Ja.
Er sah in die Ferne, schien still für sich zu lachen, dann sah er mich wieder an.
Ist Jakob dafür verantwortlich, dass ich festgebunden bin?
Nein. Das haben die Ärzte gemacht nach deinem Anfall.
Meinem Anfall?
Ja.
Mach mich los.
Ich kann nicht.
Bitte, mach mich los.
Er sah mich an, sah mich direkt an, und da war etwas in seinen Augen, die schwarz waren, rabenschwarz, und so bodenlos tief erschienen, dass ich mich ganz schwach und klein fühlte und getan hätte, was auch immer er von mir verlangte. Mir war klar, warum er

festgebunden war, doch ich wusste auch, wie viele Krankenschwestern und Ärzte in der Nähe waren, falls etwas passierte. Er sagte es noch mal.
Bitte.
Es klang nicht verzweifelt oder flehend, er sagte es ganz einfach und direkt.
Bitte.
Ich legte meine Bibel fort, stand auf und machte ihn los. Er lächelte und sagte: Danke, und er bewegte sich nicht, schloss einfach die Augen und machte tiefe Atemzüge, einen nach dem anderen. Ich weiß nicht, was ich erwartet hatte, wie er sich verhalten oder was er tun würde, doch mit einem hatte ich sicher nicht gerechnet: damit, dass er nur weiter da liegen würde, als wäre er noch immer festgebunden. Ich starrte ihn an, wartete. Einige Minuten später begann er langsam mit den Händen seinen Körper abzutasten, befühlte seine Narben, fuhr mit den Fingern an ihnen entlang. Er legte die Hände auf sein Gesicht, tastete es gründlich mit den Fingerspitzen ab, bewegte sie an Kopf und Hinterkopf entlang und von dort wieder über den Körper und das Gesicht, dann sprach er:
Was ist mit mir passiert?
Du hattest einen Unfall auf einer Baustelle. Du wurdest von einer herabfallenden Glasplatte getroffen.
Seit wann bin ich hier?
Seit einigen Monaten.
Wie hat Jakob mich gefunden?
Deine Schwester hat dich auf der Titelseite einer

Zeitung gesehen und dich besucht und Jakob davon erzählt.
Was kümmert Jakob das?
Jakob sucht dich seit vielen, vielen Jahren.
Warum?
Ich weiß es nicht. Ich weiß nur, dass er dich unbedingt finden wollte.
Du hast gesagt, er ist jetzt Christ?
Ja, Jakob wurde wiedergeboren und getauft im Namen unseres Herrn und Erlösers Jesus Christus. Er ist jetzt Pastor, ein Mann der Kirche.
Wann ist das passiert?
Das ist viele Jahre her.
Und meine Mutter und meine Schwester?
Die sind auch Christen.
Er öffnete die Augen und setzte sich auf und wandte sich mir zu und stellte seine Füße auf den Boden. Er sah mich und die Bibel in meinen Händen an, und ich verspürte erneut dieses tiefe Gefühl von Frieden und Freude und Glück und Ergebenheit und Liebe. Er streckte die Hand nach mir aus und legte sie auf meinen Unterarm, und kaum hatte er mich berührt, kam alles, wogegen ich angekämpft hatte, alles, was ich zu verdrängen versucht hatte, jedes Verlangen, jede Versuchung, mein Bedürfnis nach Sünde und Perversion, wieder zum Vorschein, ganz gleich, welche Mauern ich errichtet hatte. Ich wollte ihn. Ich wollte ihn mehr als ich jemals im Leben einen Mann gewollt hatte. Ich wollte ihn nehmen, wollte, dass er mich nahm, und ich wollte, dass es niemals endete.

Ich schloss die Augen und sagte: Schütze mich, o Herr, bitte beschütze mich, Jesus Christus, doch nichts geschah. Nichts verschwand. Seine Hand lag auf meinem Unterarm, und ich wollte ihn in meinem Mund und in mir drin und auf mir und hinter mir. Ich wusste, dass es passieren würde. Wenn er mich nicht sofort losließ, würde ich ihn bitten, mich zu befriedigen. Da spürte ich, wie er seine Hand fortnahm, und ich öffnete die Augen, und er sah mich an, als ob er verstand, er wusste, was ich wollte, doch er verurteilte und verachtete mich nicht. Er starrte mich an. Er atmete tief ein. Er lächelte. Und dann war plötzlich etwas anders. Seine Augen blickten in dieselbe Richtung wie zuvor, doch er sah mich nicht mehr an. Er sah durch mich hindurch, sah etwas, das ich nie erfahren oder berühren oder begreifen würde. Und dann atmete er aus.
Und dann hatte er einen Anfall.

ADAM

Ich war mehr als nur überrascht, als mich Jakob in meinem Büro in der Synagoge aufsuchte, wirklich mehr als überrascht. Ich hatte ihn viele Jahre nicht gesehen, aber ich hatte nie aufgehört, an ihn zu denken, oder, besser gesagt, ich hatte nie aufgehört an seinen Bruder zu denken, an Ben Zion.

Ben Zion war etwas Außergewöhnliches, schon seit dem Tag seiner Geburt oder, genauer, schon seit dem Tag seiner Zeugung. Die Umstände waren ungewöhnlich oder verwirrend oder geheimnisvoll. Man kann die verschiedensten Worte wählen, um es zu beschreiben, und jedes davon wäre passend. Seine Eltern hatten jahrelang erfolglos versucht, ein zweites Kind zu bekommen – Jakob war ihr erster Sohn. In der Nacht seiner Zeugung, oder doch in der Nacht, von der anzunehmen ist, dass die Zeugung stattgefunden hat, waren sie gemeinsam auf einer Hochzeit gewesen und hatten dort wahrscheinlich – wenn Bens Mutter das auch bestreitet – zu viele alkoholische Getränke zu sich genommen, was, wie ja allgemein bekannt ist, das Verhalten und das Erinnerungsvermögen und eine Menge anderer Dinge beeinflussen kann. Bens Vater behauptete, er habe in jener Nacht keine ehelichen Beziehungen mit seiner Frau gehabt, während Bens Mutter behauptete, sie hätten stattgefunden. Das führte in ihrer Ehe zu einem schrecklichen Zerwürfnis und ruinierte in gewisser Weise das Leben von allen beiden. Bens Vater war davon überzeugt, seine Frau müsse etwas mit einem anderen Mann gehabt haben. Das hatte sie nicht. Aber sie hat, glaube ich – auch wenn ich nicht sicher sein kann – gelogen, als sie sagte, sie sei in dieser Nacht mit Bens Vater zusammen gewesen. Sein Leben war danach voller Vorwürfe und Zorn, was sich auf Ben Zion übertrug, und er traute seiner Frau nie wieder und liebte sein Kind auch nicht, wie das ein Vater tun sollte, und sie lebte mit einer Lüge, die sie viel zu lang aufrecht erhielt. Wenn beide die Wahrheit akzeptiert und ausgesprochen hätten, so unwahrscheinlich sie auch war – und sie war, glaube ich, völlig unglaublich –, dann hätten sie ein ganz anderes und höchstwahrscheinlich viel glücklicheres und zufriedeneres Leben geführt. Wenn man die Wahrheit akzeptieren und mit ihr leben kann, findet das Herz Frieden. Das habe ich immer wieder festgestellt.

Jakob erschien mitten am Tag, zu einer Zeit, wo ich oft an meiner wöchentlichen Predigt arbeite, die ich am Sabbatmorgen im Gottesdienst halte. Die betreffende Predigt beruhte auf den Versen von Exodus 13:17 bis 15:21, die von Moses und dem Roten Meer erzählen, und von den Ereignissen, die dazu führten, dass Moses mit Gottes Kraft das Meer spaltet, damit die Juden von Ägypten nach Kanaan ziehen können. Diese Geschichte und überhaupt die Geschichte von Moses' Leben erscheint mir in der heutigen Welt besonders bedeutungsvoll, weil so viele Menschen, Menschen aller Glaubensrichtungen, auf der Suche nach einer außergewöhnlichen, vielleicht sogar göttlichen Person sind, die sie an einen Ort größerer Sicherheit, größeren Wohlstands und größeren Friedens führen soll. Ich fragte mich und letztlich auch die Mitglieder meiner Gemeinde, ob das eine gesunde und sinnvolle Suche sei, ob man Politiker im selben Atemzug wie den Messias nennen solle, ob es für einen Politiker bei all dem lächerlichen Posieren, das viele von ihnen so gern betreiben, überhaupt möglich sei, irgendwelche bedeutenden Veränderungen zu erreichen, was immer sie auch behaupten und versprechen. Es klopfte. Ich sah auf und sagte: Herein, und mein Stellvertreter, Rabbi Stern, trat ein und sagte, ein Mann namens Jakob Avrohom wolle mit mir sprechen. Rabbi Stern kannte die Familie Avrohom, weil ich ihm oft von ihr erzählt habe, besonders von Ben Zion, und er wusste, dass ein Besuch von Jakob bedeutsam sein konnte. Ich bat ihn, Jakob hereinzuführen, und legte die Predigt beiseite.

Obwohl er immer noch so aussah wie der Mann, den ich einmal gekannt hatte, nur natürlich älter, weiß ich nicht, ob ich Jakob erkannt hätte, wenn er mir auf der

Straße begegnet wäre. Er trug hellbraune Hosen und ein blaues Jackett. Er hatte eine Bibel in der Hand, eine die offensichtlich regelmäßig gelesen wurde, und dort, wo üblicherweise die Krawatte sitzt, hing ein großes goldenes Kreuz an einer goldenen Kette. Als er das Büro betrat, stand ich auf, lächelte ihn an und streckte ihm die Hand hin. Er lächelte weder zurück, noch nahm er meine Hand. Er fragte, ob er sich setzen dürfe, und ich sagte: Natürlich, und bevor ich ihm etwas zu trinken anbieten konnte, Wasser, Tee oder vielleicht eine Tasse Kaffee, sagte er:
Wir haben meinen Bruder gefunden.
Ich war überrascht aber nicht fassungslos, denn ich hatte immer daran geglaubt, dass Ben Zion zurückkommen würde. Ich glaubte, dass er zurückkommen müsse, dass Gott ihn dazu zwingen würde. Die Nachricht erregte mich, ja, sie begeisterte mich und machte mich sehr neugierig. Aber so wie sich Jakob benahm, und da er die ganze Zeit, in der ich ihn als Kind kannte, immer eine sehr zornige Persönlichkeit gewesen war, hielt ich es für das Beste, mich zurückzuhalten.
Wo?
Er hatte einen Unfall und liegt in einem Krankenhaus in Manhattan.
Was für ein Unfall?
Er hat auf einer Baustelle gearbeitet und eine Glasscheibe ist auf ihn gefallen.
Oh. Geht es ihm gut?
Ja, es geht ihm gut. Glaube ich jedenfalls.

Wann hast du ihn zum letzten Mal gesehen?
Vor sechzehn Jahren.
Deine Mutter muss sehr glücklich sein.
Natürlich. Wir sind alle sehr glücklich. Wir haben Ben furchtbar vermisst und befürchtet, wir würden ihn nie wiedersehen.
Ist er immer noch im Krankenhaus?
Ja.
Kann ich ihn besuchen?
Er wollte, dass ich Sie finde und einlade. Nur damit das klar ist: Ich war dagegen.
Du hast keinen Grund, auf mich wütend zu sein, Jakob. Ich habe versucht…
Er stand auf und unterbrach mich.
Ich habe nichts mit Ihnen zu bereden, außer Ihren Besuch bei meinem Bruder. Wenn Sie ihn sehen wollen, kann ich Sie hinbringen. Wenn nicht, dann gehe ich jetzt.
Ich möchte Ben Zion sehr gerne sehen.
Dann kommen Sie mit.
Ich stand auf und legte meine Predigt zur Seite. Ich wusste, dass dieses Ereignis, dieses Wieder-Auftauchen von Ben Zion wichtiger als alles war, das ich jemals schreiben oder sagen würde, und dass alle meine Predigten belanglos waren, wenn er der war, für den manche Leute, mich eingeschlossen, ihn hielten. Jakob stand auf und verließ das Zimmer. Wir gingen zur U-Bahn-Station, nahmen den Zug nach Manhattan und gingen zum Krankenhaus. Ich versuchte nicht, ein Gespräch anzufangen, da ich das Gefühl hatte,

dass das nicht gut aufgenommen würde, und Jakob sprach kein Wort mit mir und behandelte mich wie Luft. Wir betraten das Krankenhaus, nahmen einen Aufzug in Ben Zions Stockwerk, und gingen eine Reihe langer weißer Korridore entlang, Korridore, die mich, da ich jedes Gemeindemitglied, das im Krankenhaus liegt, besuche, egal ob gebrochenes Bein oder Krebs im Endstadium, normalerweise deprimieren, mich aber in diesem besonderen Fall nur immer aufgeregter machten. Jakob war mir ein oder zwei Schritte voraus, und er hielt vor einer Türe an und forderte mich mit einer Geste zum Eintreten auf, und ich tat es und sprach dabei ein stilles Gebet, in dem ich Gott für die Ehre und das Privileg dankte, dem zu begegnen, dem ich zu begegnen glaubte, mit ihm zu sprechen und in seiner Gegenwart zu sein, sei es auch nur für eine Minute oder zwei.

Ben Zion lag auf dem Bett, über den Leintüchern. Er trug einen Krankenhaus-Morgenmantel und sah fern. Ein gutaussehender junger Mann saß auf einem Stuhl neben dem Bett und las im Neuen Testament. Ben Zion sah mich an, und es traf mich wie ein Schlag, wie sehr er sich verändert und was für ein Trauma er überlebt hatte. Sein Kopf war glatt rasiert und ringsum voller tiefer, gezackter Narben. Seine Haut war weiß, ein unnatürliches, fast unmenschliches Weiß, und sie war voller Narben, einige breit, einige schmal, einige lang und einige kurz, aber sie schienen überall zu sein. Seine Augen, die in seinen Kindertagen dunkelbraun, aber eindeutig braun gewesen waren, waren jetzt schwarz, ein so tiefes und so durchgehendes Schwarz, dass es beinahe etwas anderes zu sein schien, etwas, auf das kein Name oder Wort oder Etikett passte. Er lächelte und schaltete den Fernseher aus und setzte sich auf und sprach zu mir.

Hallo, Rabbi Schiff.

Hallo, Ben Zion.

Er stand auf.

Einfach Ben. Kein Zion mehr.

Hallo, Ben.

Und wir schüttelten uns die Hände. Jakob stand jetzt neben mir. Ben schaute ihn und den jungen Mann an, und er sprach.

Würdet ihr uns bitte allein lassen?

Der junge Mann stand auf und klappte die Bibel zu und verließ das Zimmer. Jakob sprach.

Ich würde lieber bleiben.

Bitte respektiere meinen Wunsch, Jakob.

Ich traue ihm nicht.

Ich schon.

Du weißt, was er unserer Familie angetan hat?

Ich weiß, was du glaubst, Jakob, und ich respektiere dein Recht, es zu glauben, aber ich möchte allein mit ihm sprechen.

Jakob starrte ihn an, und Ben erwiderte seinen Blick, aber ohne Feindschaft oder Zorn, und Jakob drehte sich um und ging hinaus, obwohl man ihm deutlich ansehen konnte, dass er es nicht gern tat. Ben setzte sich auf den Rand seines Bettes und forderte mich mit

einer Geste auf, mich auf einen Stuhl ihm gegenüber zu setzen, was ich auch tat. Er sprach.
Lang her, Rabbi Schiff.
Ganz bestimmt. Ich habe mich oft gefragt, was aus dir geworden ist oder, besser gesagt, wann ich dich wiedersehen würde.
Er lächelte, sagte nichts, also tat ich es.
Wo bist du gewesen?
Hier.
Seit kurzer Zeit, wenn ich es recht verstanden habe. Aber was ist mit den Jahren davor?
Hier und dort.
In New York, in Amerika, wo? Und wovon hast du gelebt?
Das spielt keine Rolle.
Warst du glücklich, warst du in Sicherheit?
Das spielt keine Rolle. Jetzt bin ich hier.
Es bewegt mich sehr, dich zu sehen, Ben Zion – Verzeihung – Ben, es hat mich sehr aufgewühlt, als du verschwunden bist und dein Bruder mit eurer Familie machte, was er gemacht hat. Wie du weißt, habe ich dich immer für etwas Besonderes gehalten und habe alles getan, um auf dich aufzupassen, als du ein Kind warst, und…
Er winkte ab.
Die Vergangenheit spielt keine Rolle. Die Leute klammern sich daran, weil ihnen das erlaubt, die Gegenwart zu vergessen. Ich habe Sie hergebeten, weil ich mit Ihnen über die Gegenwart reden muss. Mir ist etwas passiert, oder mit mir passiert etwas,

und ich verstehe es nicht, und ich will es nicht, und es macht mir Angst.
Du hattest einen schrecklichen Unfall, und…
Ich erinnere mich nicht an vieles aus meiner Kindheit, aber ich erinnere mich an genug. Sie haben mich damals nicht aus Fürsorge besucht.
Nein, das stimmt, obwohl mir deine Familie und ihr Wohlergehen sehr wichtig waren, so wie alle Familien, die zur Gemeinde gehören.
Sagen Sie mir, was mit mir passiert.
Das kannst nur du wissen, Ben, und irgendwann, wenn nicht schon jetzt, wird dir das entweder gelingen oder nicht, und du wirst sein, oder du wirst nicht sein.
Ich bin nicht mehr zehn oder zwölf Jahre alt, Rabbi Schiff. Sagen Sie mir, was mit mir passiert.
Du musst mir sagen, was mit dir passiert, Ben, und wenn ich dir irgendwie helfen kann, werde ich es bestimmt tun.
Er saß völlig still da, und starrte mich an, auf eine Art, die ich als sehr weich und sehr sanft, fast friedlich empfand, wenn es möglich ist, jemanden friedlich anzustarren. Ich hatte das Gefühl, dass er in mich hineinschaute, um meine Absichten zu sehen oder zu erfahren. Er atmete tief ein, aber nur durch die Nase, was mir die letzte Information gab, die ich zu brauchen glaubte, und dann atmete er aus, und dann sprach er, sprach die Worte, auf die ich seit dreißig Jahren gewartet hatte, er sprach.
Ich glaube, Gott spricht zu mir.
Und obwohl ich nicht wollte und versuchte, mich

dagegen zu wehren, lächelte ich, vielleicht das breiteste und ehrlichste Lächeln meines Lebens.
Ich war immer überzeugt, dass dieser Tag kommen würde.
Ich habe das Gefühl, ich bin verrückt, und ich muss wissen, warum das geschieht.
Sag mir zuerst, was er zu dir spricht.
Gott ist kein Mann.
Eine Frau?
Nein, Gott ist nicht Mann oder Frau. Etwas darüber hinaus, jenseits unserer Menschheit, jenseits unserer Vorstellungen von männlich und weiblich.
Wenn er kein Mann und keine Frau ist, wie klingt Gott dann?
Es ist nicht so eine lächerliche Stimme von oben, wie in der Bibel oder im Kino, oder bei verrückten religiösen Fanatikern. Es ist noch nicht einmal eine Stimme. Es ist diese Gegenwart, dieses Gefühl, dieser Zustand, in dem ich Dinge lerne, wo mir Dinge gezeigt werden, wo ich Dinge sehe.
Was für Dinge?
Als ich im Koma lag, war ich bei Bewusstsein. Nicht so bei Bewusstsein wie jetzt, aber irgendwie wach, irgendwie klar. Ein Zustand, in dem manchmal Stille und Dunkelheit herrschte, diese unendliche Dunkelheit, und dann wieder sah und hörte und verstand ich Dinge, die ich nicht wissen konnte. Ich war jenseits jeder Individualität oder Identität. Ich war nicht Ben, nicht Ben Zion Avrohom oder Ben Jones, ich war kein Mann oder überhaupt in irgendeiner Weise ein

menschliches Wesen, ich war nur ein Teil dieser größeren Sache, oder dieses Orts, dieser Kraft oder Energie, ich weiß nicht. Deshalb wollte ich mit Ihnen sprechen.
Ich zögere, etwas dazu zu sagen, denn das klingt nicht wie Gott, so wie ich Gott kenne oder verstehe. Das klingt wie etwas, das etwas mit deinen Verletzungen zu tun haben könnte, die ich nicht im Einzelnen kenne, die aber offensichtlich recht traumatisch waren und dein Gehirn betreffen.
Er lächelte mich an, zeigte auf ein Neues Testament, das auf einem kleinen Tischchen neben seinem Bett lag.
Nehmen Sie dieses Buch.
Ich nahm es.
Schlagen Sie es auf.
Wo?
Wo auch immer.
Ich schlug das Buch auf.
Legen Sie Ihren Finger auf eine Stelle und sagen Sie mir Kapitel und Vers.
Ich gehorchte ihm.
Lukas 12:5.
Ich will euch aber zeigen, vor welchem ihr euch fürchten sollt: Fürchtet euch vor dem, der, nachdem er getötet hat, auch Macht hat, zu werfen in die Hölle. Ja, ich sage euch, vor dem fürchtet euch.
Hast du das studiert, vielleicht mit deinem Bruder?
Nie gelesen. Nie auch nur in der Hand gehabt. Ich kann das auch mit dem Alten Testament, mit der

Mischna und der Gemara, und mit den Kommentaren im Babylonischen Talmud. Ich kann Ihnen, mit Datum, jeden Tag der zwölf Zyklen des Daf Jomi aufsagen, von heute zurück bis zu dem Tag, an dem er begann.
Und das konntest du alles, als du aufgewacht bist?
Einen Teil davon. Der Rest kam mit den Anfällen. Jedes Mal, wenn ich einen habe, weiß ich mehr.
Du musst mir verzeihen, Ben, aber ich sehe dich heute seit vielen Jahren zum ersten Mal und bin nicht auf dem Laufenden. Was für Anfälle hast du?
Die Ärzte halten es für eine Art von Epilepsie. Sie haben Computertomographien gemacht, MRTs, alle Arten von Tests. Ich weiß nicht, was ich denen erzählen soll, ob ich überhaupt etwas sagen soll, aber es ist so, dass ich sie kommen fühle, ich weiß es ein paar Minuten vorher. Da ist diese schwere Ruhe, die mich allmählich zudeckt. Es fühlt sich an, als ob jemand ganz langsam Wasser über meinen Körper gießt. Und wenn ich ganz bedeckt bin, habe ich diesen Moment, diesen kurzen, kurzen Moment, diesen Augenblick, wo ich alles fühle, alles sehe, alles weiß und verstehe, und wo sich die Welt oder das Universum oder was immer wir sind, wovon immer wir ein Teil sind, perfekt anfühlt, und ich mich darin auch perfekt fühle. Man kann es nur mit einem Orgasmus vergleichen, aber es ist tausend Mal intensiver und geht über das rein Körperliche hinaus. Es ist wie ein gigantischer, irrealer Orgasmus, in dem alles Wissen und alle Weisheit, die es je gegeben hat und je geben wird, mir

gehören, aber nur für diesen einen Augenblick. Und dann kommt der Anfall. Und während des Anfalls kann ich alles fühlen, und der Schmerz, der dazu gehört, ist irreal und schön wie der Moment davor, der Anfall ist seine schreckliche Ergänzung, sein furchtbarer Begleiter. Irgendwann gegen Schluss wird alles schwarz. Und wenn ich aufwache, weiß ich mehr, als ob ich einen Teil von dem behalten hätte, was ich gesehen oder gefühlt oder gewusst habe.
Ich nehme an, hier kümmern sich fähige Ärzte um dich. Was sagen sie zu diesem Phänomen?
Ich habe ihnen nichts davon erzählt. Nur Ihnen und Jakob.
Vielleicht solltest du.
Sie werden sagen, ich bin verrückt.
Ich könnte für dich mit ihnen reden. Dass ich Rabbiner bin, macht das, was du sagst, vielleicht glaubhafter.
Die Worte Gottes haben keine Bedeutung für die Wissenschaft.
In diesem Punkt bin ich nicht deiner Meinung, Ben.
Können Ihre Gottesworte Krebs heilen? Oder AIDS?
Können Ihre Gottesworte ein sterbendes Kind retten?
Manche Leute glauben, dass sie das können.
Das sind verblendete Idioten.
Und wenn das so ist, was bist dann du, der du Gottes Worte hörst?
Vielleicht bin ich auch ein verblendeter Idiot.
Die Tür ging auf, und ein Arzt kam ins Zimmer, gefolgt von Jakob und seinem Begleiter, dem jungen

Mann mit der Bibel. Ich stand auf und entschied, dass es am besten war, wenn ich ging, in der Hoffnung, dass ich bald wiederkommen könnte. Ich verabschiedete mich von Ben und sagte, dass ich ihn gern wieder besuchen würde. Jakob machte Einwände, aber Ben sagte, er hätte es gern, wenn ich wiederkäme, möglichst schon am nächsten Tag. Jakob sagte, die andern Pastoren seiner Kirche kämen am nächsten Tag, Ben sagte, er würde mich gern dabei haben. Jakob sagte: Auf keinen Fall, und Ben lehnte sich im Bett zurück und schloss die Augen und bat den Arzt, er solle anfangen, das zu tun, was er tun müsse.

Ich verließ das Krankenhaus und machte mich auf den Heimweg, mit der U-Bahn, wie ich das für gewöhnlich tat, wenn ich in New York unterwegs war, und vor allem, wenn es außerhalb von Brooklyn war. Im Zug dachte ich über Ben nach, der, wenn er auch eindeutig dieselbe Person war, körperlich, emotional, geistig und auch sonst überhaupt nicht mehr dem Kind und dem jungen Mann glich, den ich so viele Jahre gekannt und unterrichtet hatte.

Er war, das glaubte ich, seit ich von seiner Empfängnis gehört hatte, eines jener Wesen, die, je nach theologischer Position, einmal in jeder Generation auftauchen, einmal im Leben, einmal alle tausend Jahre oder einfach einmal, einmal im Lauf der gesamten Existenz der Menschheit. Die Zeichen hatten mich zu diesem Glauben geführt, und wenn man manche davon auch anders interpretieren konnte, war das bei anderen ganz und gar nicht möglich, und ich hatte die Zeichen nie angezweifelt, denn ich hatte keinen Grund, sie anzuzweifeln. Aber dieser Ben, dieser neue Mensch, diese neue Inkarnation eines Mannes, den ich so viele Jahre nicht gesehen hatte, und der sich weigerte, darüber zu reden, was er all diese Jahre gemacht hatte und wo er gewesen war, warf eine ganze Reihe von Fragen für mich auf, und manche Dinge an ihm, wie die ausführliche, nach seinen Worten in einem Koma gewonnene Kenntnis eines Buches, das von meiner religiösen Autorität nicht als gültig betrachtet wird, widersprachen manchen Zeichen, die meiner Meinung nach seine Identität bestätigten. Ich war mit gewaltigen Erwartungen in unser Treffen gegangen, von denen ein Teil bestimmt übertrieben gewesen war. Ich wusste, dass sein Bruder mir gegenüber eine große Verbitterung hegte, in die er alle Juden und das Judentum als Religion einschloss, trotz seiner, wie er sagte, neuen Überzeugungen im Bezug auf Gott, Jesus Christus und den Heiligen Geist, die Endzeit, die Wiederkehr von Jesus Christus und die Notwendigkeit von Israels Existenz für das Zustandekommen dieser Ereignisse. Ich fragte mich, ob das alles nicht ein raffinierter Trick war, mit dem Jakob sich an mir rächen wollte, und ob man Ben nicht überredet hatte mitzuspielen, um sich so mit seinem Bruder und damit auch mit seiner Mutter und seiner Schwester wieder gut zu stellen. Andererseits schien an ihm etwas Jenseitiges, Göttliches zu sein. Seine Narben und seine Haut und seine so auffälligen Augen, und die Tatsache, dass er ein so massives Trauma überlebt hatte, all das bestärkte mich in meiner ursprünglichen Reaktion, und ich hatte keinen wirklichen Grund, an dem zu zweifeln, was er mir erzählte, da es nun mal meine Art war, und immer noch ist, das, was mir jemand sagt, für wahr zu halten, wenn ich keinen Grund habe, das Gegenteil anzunehmen. Und dieser Moment, direkt bevor er mir sagte, dass er glaube mit Gott zu sprechen, als er so tief einatmete, und die Art, wie er einatmete, war ein Zeichen, und wenn er sich nicht irgendwie ein Wissen angeeignet hatte, das nur ich oder ein anderer Rabbi ihm hätten vermitteln können, konnte er nicht ahnen, dass das für mich eine besondere Bedeutung haben würde.

Zu Hause angekommen setzte ich mich sofort an den Esstisch, wo meine Frau und meine drei Kinder schon mit unserem allabendlichen Familienmahl auf mich warteten. Meine Frau merkte, dass ich in Gedanken war, und versuchte mich nach dem Grund zu fragen, aber ich hatte das Gefühl, dass Ben Zion kein passendes Gesprächsthema sei und wollte ihn oder seine Familie nicht vor den Kindern diskutieren. Nach dem Abendessen entschuldigte ich mich und ging in mein Arbeitszimmer, wo ich meine kleine Bibliothek der jüdischen Bücher und der heiligen Texte aufbewahre, die ich für meine weiterführenden Studien brauche, in denen ich nachschlage, wenn ich zu Hause an einer meiner Predigten arbeite, und die ich gemeinsam mit meiner Familie benutzte, vor allem am Jom Tow und an den Hohen Feiertagen. Ich ging zum

Babylonischen Talmud, der allein schon ein ganzes Regal füllt. Die Ausgabe, die ich besitze, besteht aus vierundsechzig Traktaten mit insgesamt 2711 Seiten, in vierundzwanzig großformatigen Bänden. Der Zyklus des Daf Jomi besteht darin, jeden Tag ein Blatt des Talmud zu studieren, beginnend auf Seite 1, 2711 Tage lang. Er wurde von Rabbi Jehuda Meir Schapiro aus Polen beim ersten Weltkongress der Agudath Israel begründet, der 1923 in Wien stattfand, was dem Jahr 5684 im jüdischen Kalender entspricht, und der erste Zyklus begann am ersten Tag, Rosch ha-Schana, jenes Jahres. Jeden Tag studieren, betrachten und diskutieren etwa 150.000 Juden rund um die Welt dieses Blatt, und am Ende jedes Zyklus findet eine Feier statt, die man Siyum ha-Schass nennt. Der letzte Siyum ha-Shass fand am 1. März 2005 statt, für uns das Jahr 5766. Die Vorstellung, dass jemand das ganze Buch oder auch nur einen Band davon auswendig können sollte, war undenkbar und, ehrlich gesagt, ziemlich lächerlich. Ich zog aufs Geratewohl einen Band heraus und schlug ihn auf. Seine Seiten bestehen aus der Mischna, dem jüdischen Gesetz, in der Mitte der Seite, mit der Gemara direkt darunter. Die Gemara ist ein Kommentar zum Gesetz und dessen Verhältnis zur Tora, verfasst von den Amoräern, einer Gruppe antiker jüdischer Weiser. Die Tosafot, eine Reihe von Kommentaren mittelalterlicher Rabbinen, sind an den äußeren Rändern der Seite abgedruckt. Dieser unglaublich konzentrierte hebräische Text ist die Richtschnur des orthodoxen Judentums. Man könnte

sein ganzes Leben damit verbringen, ihn zu studieren, was viele auch tun, und man würde noch nicht einmal anfangen ihn zu begreifen und zu verstehen, und schon gar nicht ihn auswendig zu können, was, wenn überhaupt möglich, eine übermenschliche Leistung wäre. Ich stellte den Band ins Regal zurück und ging jedem meiner Kinder einen Gutenachtkuss geben. Ich kehrte in mein Arbeitszimmer zurück, und ich betete.
Als meine Frau in mein Arbeitszimmer kam und mich fragte, was denn los sei, sagte ich ihr, dass Ben Zion wieder aufgetaucht sei und dass ich den Nachmittag mit ihm verbracht habe. Sie ist schon so viele Jahre mit mir zusammen, dass sie wusste, was das bedeutete, für mich und möglicherweise für das ganze Judentum und auch für die Welt. Statt dass wir Zeit miteinander verbrachten, wie an den meisten Abenden, überließ sie mich dem Gebet, und ich betete mehrere Stunden, bevor ich mich schlafen legte.

Am nächsten Tag ging ich in die Synagoge, wo sich die meisten meiner Gedanken um Ben drehten, und meine täglichen Arbeiten und Pflichten, die ich für gewöhnlich so sehr genoss, mir als gewaltige Last erschienen. Ich versuchte, sie so schnell wie möglich zu erledigen, und ging direkt ins Krankenhaus. Als ich bei Bens Zimmer ankam, stand der junge Mann, der neben Bens Bett gesessen hatte, und der immer noch seine Bibel festhielt, vor der Tür. Als ich versuchte, das Zimmer zu betreten, stellte er sich mir in den Weg und sagte, Jakob sei mit Bens Ärzten drin, und er habe den

Auftrag, niemanden eintreten zu lassen. Ich sagte ihm, dass Ben mich ausdrücklich gebeten habe wiederzukommen, und dass ich vor ihrer Bekehrung der Rabbiner der Familie gewesen sei, und dass ich, so weit ich wüsste, immer noch Bens Rabbiner sei, da er sich nicht zum Christentum bekannt habe. Der Mann sagte, er wisse, wer ich sei, und dass Jakob ihm befohlen habe, mich nicht ins Zimmer zu lassen. Ich fragte ihn nach seinem Namen und er sagte, er heiße Jeremias. Als ich ihm die Hand geben wollte, nahm er sie nicht.

Wir warteten ein paar Minuten, und wenn Jeremias auch nicht sehr imposant gebaut war, irgendetwas an ihm schien nicht in Ordnung zu sein. Er wirkte sehr wütend, sehr nervös oder sehr verschreckt oder eine Kombination von allem. Er stand vor der Tür, las seine Bibel, und manchmal starrte er mich wütend an oder nickte und sagte: Gelobt sei Jesus Christus, oder Halleluja. Als die Tür sich endlich öffnete und mehrere Ärzte aus dem Zimmer kamen, trat einer von ihnen, ein groß gewachsener, dünner Mann, der nach Autorität aussah, auf mich zu und sprach mich an.
Rabbi Schiff?
Ja?
Dr. Wulf. Oberarzt Neurologie.
Freut mich.
Im Moment ist Ben sediert. Er hatte heute zwei heftige Anfälle. Aber gestern Nacht hat er mich gebeten und autorisiert, mit Ihnen über seinen Fall zu sprechen.

Wissen Sie mehr als gestern?
Ja. Kommen Sie in mein Büro, dann können wir uns ein paar Minuten unterhalten.
Sehr gern. Danke.
Wir gingen in sein Büro, das vollgestopft war mit Akten, Büchern, Diplomen an den Wänden und einer großen Zahl von Familienfotos, auf denen er mit einer Frau, ich nahm an, seiner Ehefrau, zu sehen war, außerdem drei junge Mädchen, ich nahm an, seine Töchter, im Urlaub, bei Sportanlässen, vor einer Kirche. Auch ein Kruzifix hing an der Wand. Er setzte sich hinter seinen Schreibtisch, und ich setzte mich ihm gegenüber, und er sprach.
Wir haben uns mit der Diagnose für Ben viel Mühe gegeben. Es ist offensichtlich, dass er unter einer Art von Krampfanfällen leidet, höchstwahrscheinlich als Folge seines Unfalls. Jakob kam gestern zu mir und erzählte mir, was Ben dabei empfindet. Diese Information machte uns klar, dass es sich um Schläfenlappenepilepsie handelt, und zwar um eine sehr seltene spezifische Unterform, die man ekstatische Epilepsie nennt. Kennzeichen der ekstatischen Epilepsie ist die Aura, ein Gefühl, das der Patient direkt vor einem Anfall hat. Die Auren von Menschen mit ekstatischer Epilepsie tendieren ins Extreme und bringen oft sensorische Halluzinationen, manchmal erotische Gefühle und, seltener, religiöse und geistige Erfahrungen mit sich. Sie kann, und so war es auch in diesem Fall, schwer zu diagnostizieren sein, weil der Beginn des Anfalls sich nicht auf einen bestimmten

Hirnbereich konzentriert, weshalb er sich im EEG nur schwer lokalisieren lässt, und weil die Empfindungen im Zusammenhang mit den Anfällen so tiefgreifend und angenehm sind, dass die Patienten ihre Ärzte nicht darüber informieren, weil sie gar nicht geheilt werden wollen. Bei Ben scheint das beides der Fall zu sein. Ich weiß nicht, über was er mit Ihnen gesprochen hat, aber zu Jakob hat er gesagt, er glaube mit Gott zu kommunizieren. Wie ich Jakob schon sagte, ist das bei dieser Diagnose völlig normal, aber unglücklicherweise ist das voll und ganz eine Funktion oder, besser gesagt, eine Fehlfunktion seines Gehirns. Es ist nicht real, so sehr jemand wie Sie oder Jakob oder ich sich das auch wünschen würden, und sollte nicht weiter unterstützt werden. Wir müssen die richtigen Medikamente für Ben finden und anfangen ihn zu behandeln.
Ich verstehe.
Hat er mit Ihnen über seine Stimmen gesprochen?
Ich kann mich zu Unterhaltungen zwischen mir und Mitgliedern meiner Gemeinde nicht äußern.
Auch wenn es deren Gesundheit betrifft?
Ich verstehe Ihre Position und Ihre Bedenken, und wenn sie im Gespräch mit Ben auftauchen, werde ich sie ansprechen.
Danke.
Ich stand auf und ging hinaus und in Bens Zimmer zurück, wo sein Bruder und Jeremias neben seinem Bett beteten. Er schlief, lag auf dem Rücken und sah friedlich aus. Um eine unnötige Konfrontation zu

vermeiden, beschloss ich zu gehen. Ich sprach vor der Tür ein Gebet und fuhr nach Hause.

Nach dem Abendessen ging ich in mein Arbeitszimmer und schaltete meinen Computer ein und begann Epilepsie und im Besonderen ekstatische Epilepsie zu recherchieren, im Internet, das ich für eine hervorragende, wenn auch manchmal verwirrende und widersprüchliche Informationsquelle halte. Die Diagnose verwirrte mich. Natürlich hatte Ben ein größeres Trauma an Kopf und Körper erlitten, und die Epilepsie hätte eine direkte Folge dieses Traumas sein können, aber wenn es in dem, was er erlebte, nicht ein spirituelles Element gegeben hätte, ein echtes spirituelles Element, dann hätte er nicht diese religiösen Bücher auswendig kennen können, so wie er das behauptete. Außerdem hatte er, je nachdem, auf wen man hörte, schon vor seiner Geburt Anzeichen von messianischem Potenzial erkennen lassen, die nach seiner Geburt und seiner Jugend immer stärker und absoluter geworden waren. Andererseits wusste ich nicht, ob er die Bücher tatsächlich auswendig kannte, und er selber hatte gesagt, dass die Worte Gottes gegenüber der Wissenschaft keine Bedeutung hätten, und dass er durchaus ein verblendeter Idiot sein könne. Bis ich mehr wissen und mehr Zeit mit ihm verbracht haben würde, mehr Zeit gehabt haben würde um nachzudenken und zu beten, hatte ich in diesem Punkt dieselbe Haltung wie gegenüber Gott – eine Haltung des Glaubens. Entweder vertraute ich ßen oder nicht. Entweder glaubte ich ihm, oder an ihn, oder eben nicht.

Meine Recherchen waren sehr aufschlussreich, und wie sich zeigte, war Epilepsie viel faszinierender als erwartet. Seit Beginn der Geschichtsschreibung waren einige der wichtigsten historischen Figuren der Welt Epileptiker gewesen oder wurden dafür gehalten, dazu gehören Pythagoras, Sokrates, Plato, Hannibal, Alexander der Große, Julius Caesar, Petrarca, Dante Alighieri, Leonardo da Vinci, Michelangelo, Isaac Newton, Napoleon Bonaparte, Ludwig van Beethoven, Lord Byron, Edgar Allan Poe, Fjodor Dostojewski, Vincent van Gogh, Alfred Nobel, Thomas Edison und Wladimir Lenin. Viele Wissenschaftler und Forscher glauben, dass das Genie dieser Menschen durch ihre Epilepsie verursacht war oder doch damit zusammenhing. Es war erstaunlich, wie viele religiöse Gestalten ich fand, die Epileptiker gewesen sein sollen, darunter die priesterliche Quelle des Pentateuch, Hesekiel, der Apostel Paulus, der Prophet Mohammed, Johanna von Orléans, Martin Luther, die heilige Birgitta, die heilige Katharina von Genua, die heilige Theresa von Avila, die heilige Katharina von Ricci, die heilige Margarete Maria, Ellen G. White und die heilige Thérèse von Lisieux. Zu denen, die entweder definitiv ekstatische Epilepsie hatten, oder von denen man es annimmt, gehören der Apostel Paulus, der Prophet Mohammed, Johanna von Orléans, Beethoven und Dostojewski. Es ist erstaunlich, welche Auswirkungen diese Augenblicke, diese kurzen Augenblicke vor den Anfällen auf sie und auf die ganze Welt hatten: Auf der Straße nach Damaskus hatte der Apostel Paulus seine Vision des auferstandenen Jesus, was zu seiner Bekehrung zum Christentum führte; vom Propheten Mohammed nehmen manche Leute, fast immer Nicht-Moslems, an, er habe mit dem Erzengel Gabriel gesprochen und von ihm in diesen Momenten den Koran empfangen; von Johanna von Orléans sagt man, sie habe ihre Befehle von der heiligen Margarethe, der heiligen Katharina und dem heiligen Michael empfangen, die sie dazu inspirierten, die französische Armee in die Schlacht zu führen, und die die Siege gegen die Engländer im Hundertjährigen Krieg zur Folge hatten; Beethoven soll seine Symphonien als Ganzes empfangen haben, was vielleicht erklärt, warum er sie auch völlig taub noch komponieren konnte; und von Dostojewski heißt es, er habe seine Romane als Ganzes empfangen. Wenn ich im Besonderen an den Apostel Paulus und den Propheten Mohammed dachte, die, auch wenn ich Gott nicht so diene wie sie oder die Anhänger der Religionen, die der eine verkündet und der andere gegründet hat, doch bestimmt die zwei wichtigsten religiösen Figuren sind, die seit dem Tod von Jesus erschienen sind, dann wurde ich in meinem Glauben bestärkt, dass Ben göttlich sein könnte, dass seine Visionen göttlichen Ursprungs und nicht eine falsche Gotteserscheinung sein könnten und dass sein Zustand eine notwendige Voraussetzung für seine Fähigkeiten und kein Hindernis darstellte.

Am nächsten Tag kehrte ich ins Krankenhaus zurück, ging aber erst in der Synagoge vorbei und bat meinen Stellvertreter, die Verpflichtungen zu übernehmen, die ich sonst erledige. Als ich Bens Zimmer betrat, saßen Jakob und Jeremias Ben gegenüber, der mit gekreuzten Beinen auf seinem Bett hockte. Sie hatten beide ihre Bibeln aufgeschlagen und nannten ihm einzelne Bücher mit Kapitel und Vers, und kaum hatten sie es gesagt, rezitierte ihnen Ben auch schon den entsprechenden Text, wie ich annahm, Wort für Wort. Jakob sah mich an und wollte etwas einwenden, aber Ben sagte, er wolle, dass ich bleibe. Andere Stühle gab es nicht, und so stellte ich mich nahe ans Fußende von Bens Bett.

Was ich sah, war absolut erstaunlich. Jakob benutzte ein Altes Testament, dessen erste fünf Bücher, Genesis, Exodus, Levitikus, Numeri und Deuteronomium – auch als die fünf Bücher Mose bekannt – die Tora bilden, und Jeremias benutzte das Neue Testament, in dem es vor allem um die Geschichte von Jesus Christus geht. Über eine Stunde lang fragten sie ihn ab. Sie blätterten eilig, nannten Buch, Kapitel und Vers, bei dem sie gelandet waren, und Ben sagte fehlerfrei den entsprechenden Text auf. Gegen Ende war Jeremias sichtlich beeindruckt und aufgeregt, ich war still und in gewisser Weise sehr stolz, aber Jakob schien sehr beunruhigt und nervös. Er stoppte Jeremias, schlug sein Altes Testament zu und sprach.

Woher soll ich wissen, dass du das alles nicht auswendig gelernt hast, während du weg warst?
Weil ich es dir sage.
Warum sollte ich dir glauben?
Es spielt keine Rolle, ob du mir glaubst oder nicht.
Warum willst du mir nicht sagen, wo du all diese Jahre warst?
Weil es keine Rolle spielt.
Wo warst du?
Ich ließ mich treiben.
Wo?
Spielt keine Rolle.
Für mich schon.
Beenden wir unser Gespräch. Ich möchte ein bisschen Zeit mit dem Rabbi verbringen.
Sag mir, was du getrieben hast, und ich beende das Gespräch.
Ich habe gelebt und gefühlt und gelernt und gelitten, und einmal habe ich mich verliebt. Meistens war ich nicht glücklich, aber manchmal war ich es, und ich habe nie einen Fuß in eine Kirche, in eine Synagoge, eine Moschee, einen Tempel oder sonst eine religiöse Einrichtung gesetzt, und ich habe nie auch nur irgendein Buch in die Hand genommen und schon gar nicht auswendig gelernt.
Du hast meine Frage nicht beantwortet.
Ich habe dir nur nicht die Antwort gegeben, die du wolltest.
Jakob stand auf und sagte, er würde in einer Stunde

zurück sein, und er und Jeremias wandten sich zum Gehen.
Ben sprach.
Ich liebe dich, Jakob. Und ich weiß es zu schätzen, wie viel Fürsorge und Unterstützung du mir erwiesen hast.
Jakob blieb stehen und schaute sich um, und er lächelte beinahe, und das war, seit er mich in meinem Büro aufgesucht hatte, das erste Mal, dass ich ihn hatte lächeln sehen, und er sagte: Danke, und er und Jeremias gingen hinaus.
Ben schaute mich an.
Sie haben mit meinem Arzt gesprochen.
Ja. Es war sehr interessant und sehr informativ.
Was meinen Sie?
Im Angesicht Gottes ist die Wissenschaft bedeutungslos.
Ben lächelte.
Es könnte nur eine Störung in meinem Hirn sein.
Was weißt du über den Messias?
Den Messias?
Messias. Nicht alle glauben, dass es ein Mensch sein wird. Viele glauben, wie sie es auch von langen Abschnitten der Tora tun, dass die Geschichte und die Prophezeiung des Messias symbolisch gemeint ist und nicht von einer wirklichen Person handelt, die einmal gelebt haben mag, jetzt lebt oder irgendwann einmal unter uns auftauchen wird, sondern von einer Ära, dem messianischen Zeitalter, in dem die Juden und der Rest der Welt friedlich zusammenleben werden.
Glauben Sie das?

Nein.
Sie glauben an eine Person, einen wirklichen Messias?
Messias, oder Moschiach, heißt auf Hebräisch: gesalbt oder der Gesalbte. Es ist ein Wort, das in der Tora für viele Dinge und viele Personen verwendet wird, darunter Könige, Propheten, Priester und Krieger. Manche sind der Meinung, wir hätten schon viele Messiasse gesehen, die bekanntesten davon David, Salomo, Aaron und Saul. Mindestens drei Mal in unserer Geschichte glaubten viele Juden, der Messias sei erschienen. Im Jahr 132 unserer Zeitrechnung vereinigte ein davidischer Soldat namens Schimon Bar Kochba die Armeen der Stämme Israels und führte einen Aufstand gegen die römische Herrschaft an, der Israel befreite. Er setzte in Jerusalem eine neue Regierung ein und begann, den Tempel Salomos wieder aufzubauen. Viele Rabbinen erklärten, er sei der Messias und das messianische Zeitalter habe begonnen, was aber nur zwei Jahre dauerte, dann kamen die Römer zurück, zerschlugen die jüdischen Armeen und töteten einen großen Teil der Bevölkerung, darunter auch Bar Kochba. Fünfzehnhundert Jahre später, 1648, erklärte sich ein türkischer Rabbi namens Sabbatai Zwi zum Messias und begründete seinen Anspruch mit einer Prophezeiung aus dem kabbalistischen Text des Zohar, die die Ankunft des Messias für dieses Jahr voraussagte. Obwohl er nicht aus dem Hause Davids stammte und keine der messianischen Voraussetzungen erfüllte, gelang es ihm

1665, als er sich erneut zum Messias erklärte, achtzig Prozent der jüdischen Bevölkerung jener Zeit davon zu überzeugen, dass er tatsächlich der Messias sei. Am Ende bekannte er sich vor Sultan Mehmed IV von Konstantinopel zum Islam, was für seine Anhänger beschämend und für die Juden in der ganzen Welt sehr schmerzlich war. Gegen jede Vernunft gibt es heute noch Leute, die sich Sabbatianer nennen und glauben, er sei der Messias gewesen, und die das messianische Zeitalter herbeiführen wollen, indem sie für seine Rückkehr beten. Die letzte Person, die man für den Messias hielt, war Menachem Mendel Schneerson, der siebente Rebbe des Chabad Lubawitsch in Brooklyn, der von 1902 bis 1994 lebte. Er war zweifellos ein großer Mann und verbrachte sein Leben damit, das orthodoxe Judentum zu verbreiten und die Juden zu einen, aber seine Aufforderung, man solle für einen baldigen Messias beten, war nicht die Verkündigung seiner eigenen Gesalbtheit, egal was manche seiner Anhänger glaubten und was er weder unterstützte noch bestritt. Du fragst mich, was ich glaube, und du weißt ja, als orthodoxer Jude und als Rabbiner muss ich als Teil meines Glaubens die dreizehn Glaubenssätze akzeptieren, die Maimonides formuliert hat. Der zwölfte Satz lautet: Ich glaube mit völliger Überzeugung an die Ankunft des Messias. Wie lang es auch dauern mag, ich erwarte seine Ankunft jeden Tag. Ich bete auch dreimal am Tag, im Morgen-, Mittag- und Abendgottesdienst, die Schmone Esrej, das Achtzehngebet, und darin bitte ich darum, dass die Voraussetzungen für den Messias sich erfüllen mögen: die Rückkehr der jüdischen Diaspora nach Israel, eine Rückkehr zu religiösen Gerichtshöfen und zum göttlichen Rechtssystem, ein Ende des Bösen und die Beschämung der Sünder und Abtrünnigen, der Wiederaufbau Jerusalems und die Wiedereinsetzung eines Königs, der von David abstammt, und die Errichtung des dritten salomonischen Tempels.

Und wenn das alles geschieht, kommt dann der Messias?

Oder er kommt, und dann geschieht es, oder ein Teil passiert vorher und ein Teil nachher, keiner weiß das, und die Prophezeiungen sagen nichts Genaues. Wir wissen nur, oder glauben, dass der Messias kommen wird und dass seine Ankunft jederzeit erfolgen kann, oder dass sie schon war, und wir sie nicht bemerkt haben, oder dass sie jetzt sein könnte oder noch vor uns liegt, und das ist ein Teil der Schönheit des Messias, dass es niemand weiß. Es gibt allerdings Leute, die glauben, dass gewisse Ereignisse die Ankunft des Messias ankündigen werden: Wenn jeder Jude auf dieser Welt gleichzeitig den Sabbat einhält, oder wenn gleichzeitig kein einziger Jude auf der Welt den Sabbat einhält, wenn die Welt gut genug ist, um den Messias zu verdienen, wenn eine ganze Generation von Juden unschuldig geboren wird, oder wenn eine ganze Generation von Juden die Hoffnung verliert. Aber nichts davon ist wahrscheinlich, und deshalb haben die Rabbiner, oder doch manche von uns, ich selber

eingeschlossen, nach spezifischen Eigenschaften Ausschau gehalten, von denen man seit Jahrhunderten weiß, dass der Messias oder potenzielle Messias, sie an sich haben wird.
Zum Beispiel?
Der Messias oder potenzielle Messias wird am Tischa be'Av geboren sein, am Tag der Zerstörung sowohl des ersten wie des zweiten Tempels von Jerusalem. Der Messias oder potenzielle Messias wird bereits beschnitten geboren werden, so wie Adam, Noah, Josef, Moses und David, und, wie manche glauben, auch Jesus, obwohl Juden an diesen speziellen Mythos nicht glauben. Der Messias oder potenzielle Messias wird fähig sein, am Geruch eines Menschen zu erkennen, ob er gut oder schlecht ist, ehrlich oder betrügerisch, ob er den Himmel verdient oder nicht. Der Messias oder potenzielle Messias wird auch Wunder vollbringen; obwohl man nicht genau weiß, worin sie bestehen werden, haben die meisten Wunder doch mit Gesundheit und medizinischen Problemen zu tun, mit der Fähigkeit, sich selber oder andere zu heilen. Ich beobachtete Ben, um zu sehen, ob er auf das, was ich sagte, reagierte, da er wusste, dass er während des Passah-Festes zur Welt gekommen war. Ich wusste – auch wenn ich nicht sicher war, ob er es auch wusste – dass er beschnitten zur Welt gekommen war, was einer der Gründe war, weshalb ich sein ganzes Leben lang versucht habe, ihm und seiner Familie nahe zu sein, ihn, soweit ich konnte, zu beobachten, anzuleiten und zu beraten, und ich glaubte, nach dem, was ich

gesehen hatte, dass er die Fähigkeit erworben hatte, Menschen nach ihrem Geruch zu beurteilen. Die Tatsache, dass er nach all seinen Traumata noch am Leben war, war ein offensichtliches Wunder, obwohl ich zu jener Zeit nicht wusste, ob er in der Lage war, andere zu heilen oder irgendwelche anderen Wunder zu vollbringen. Ich bezweifelte, da ich an die Geschichte von Christus, so wie sie geschrieben wurde, nicht glaubte und nicht glaube, dass er jemals auf Wasser wandeln oder Wasser in Wein verwandeln würde. Er zeigte keine Reaktion, was mich verwunderte, denn sicher wusste er, dass er drei der Eigenschaften besaß, und angesichts der schwierigen Situation in seiner Familie, bei der es immer um die Umstände seiner Geburt ging, musste er vermuten, dass er auch die vierte besaß.

Er stand auf und schaute mich an und sprach.

Ich muss etwas erledigen.

Soll ich hier auf dich warten?

Es wird wahrscheinlich besser sein, wenn Sie nach Hause gehen.

Ist alles in Ordnung?

Er lächelte und nickte.

Ja.

Er wandte sich um und ging aus dem Zimmer. Er hatte einen Morgenrock und ein Paar Krankenhaus-Pantoffeln an, und ich sah einen Teil der Narben auf seinem Rücken und der großen Narben an seinem Hinterkopf. Ich denke oft über diesen Moment nach, ob ich wohl etwas Falsches gesagt habe, ob ich manches von den Informationen, die ich ihm gab, hätte zurückhalten sollen, ob ich zu direkt war oder ob ich vielleicht etwas hätte merken müssen, als er zu Jakob sagte, dass er ihn liebe. Ich denke oft über diesen Moment nach, und ich frage mich, ob ich, als er aufstand und mich anlächelte, hätte wissen müssen, dass er das Zimmer und das Krankenhaus verlassen würde und wieder verschwinden, und ob ich, wenn ich es gewusst hätte, etwas unternommen hätte, um ihn zurückzuhalten.

MATTHÄUS

Manche sind einfach nicht für die Welt gemacht. Ertragen sie scheißenochmal nicht. Kommen nicht mit Mama und Papa zurecht, mit der Schule, die einem auch nichts beibringt, und dem Scheißjob mit gottverschissenem Chef, der bla bla bla macht, und Rechnungen und Nachbarn und irgendeiner Kirche, die einen mit Kack vollsülzt, und einem prima Kredit bei der Bank und einer Hypothek und Heiraten und Kinderkriegen und irgendeinem Scheißrentenplan, bei dem man immer nur einzahlen muss und nie was zurückkriegt. Viele sind für sowas nicht gemacht. Das sind die, die man auf der Straße sieht, in dreckigen Klamotten, reden mit sich selbst, krakeelen an der Ecke wie vom Dämon besessen, das sind die in der Familie und in der Stadt, vor denen man immer Angst hat und die einem leid tun, für die man sich entschuldigt, die, wo man nicht mal den Eindruck hat, dass sie scheißenochmal Menschen sind. Sind sie aber, sind nur nicht so gemacht wie die anderen und können nicht damit umgehen, also fangen sie an zu saufen und was zu nehmen und werden kriminell und werden eingesperrt und sagen nur, ist doch sowieso alles scheißegal. Dann glauben die Leute, sie sind verrückt und brauchen irgendwie Scheißhilfe, aber die Hilfe ist nur eine Scheißsuppenküche oder irgendeine Unterkunft, wo nicht genug Platz ist, oder eine Klapsmühle, wo wir zusammengeschlagen werden, oder irgendeine Wohltätigkeit, bei der es nur darum geht, dass irgendwelche Arschlöcher ihren Freunden beweisen wollen, was für gute Menschen sie sind, ist aber alles nur Gesülze. Und komm mir bloß nicht mit diesem erfundenen Scheißkerl, den die Leute Gott nennen, weil dieser Scheißkerl nicht mal existiert, und komm mir bloß nicht mit diesen sogenannten Gotteshäusern, denn da geht es mehr ums Umbringen und Hassen als ums Helfen und Lieben. Tut mir leid, wenn ich der Erste bin, von dem du das erfährst, aber so sieht es aus.

Ich habe arschlang im Untergrund gelebt. Unter New scheißenochmal York, wo es Tunnel gibt, und Tunnel unter den Tunneln, und unter den Tunneln noch ein paar Scheißtunnel. Manche leer, durch manche rollen noch Züge, in manchen sind U-Bahnen und in manchen sind Menschen. Und manche sind so dunkel, so verdammt dunkel, dunkler als die dunkelste Nacht, und schwärzer als was man sieht, wenn man die Augen zu hat, dass die meisten Menschen, sogar Untergrundmenschen, da nicht reingehen. Und das sind die Tunnel, wo Wunder passieren, wo Leute wie Yahya und Ben reingehen und anders wieder rauskommen, wo Scheißkerle, die die Gabe haben, reingehen, und im Schwarzen sehen sie was. Ich weiß, das klingt bekloppt, aber die mit der Gabe gehen ins Schwarze, weil sie da Sehen lernen.

Ich bin in New Haven, Connecticut, geboren. Mein Papa war ein respektabler Scheißkerl mit College-Abschluss und hat sich als Kassierer in einer Bank den Arsch abgearbeitet. Meine Mama hat die Highschool abgeschlossen und war dann für den Rest ihres Lebens seine kleine Schlampe. Er war nie da, als ich Kind war, hat gesagt, er muss immer arbeiten, um befördert zu werden, und mit Kunden und seinem Chef ausgehen. Wenn er da war, hat er gesoffen und gebrüllt und sich nicht um mich und meine zwei Schwestern gekümmert und meiner Mama gesagt, sie ist nicht hübsch genug oder dünn genug oder gut genug angezogen oder kriegt einen nicht auf die richtigen Partys mit den richtigen Leuten eingeladen und wenn sie pampig wurde, hat er ihr die Fresse poliert. Er hat nichts von mir gehalten, außer dass ich ein Stück Scheiße bin, was in Ordnung war, weil ich ihn auch Scheiße fand. Die haben mich auf alle möglichen Schulen geschickt, haben gehofft, dann wird es besser, wurde es aber nicht, und da waren sie angepisst. Als ich siebzehn war, bin ich ganz abgehauen. Ich hab gedacht, ich komme allein zurecht, und wenn nicht, dann eben nicht, aber wenigstens kann ich machen, was ich will, und nicht, was andere Leute finden, dass ich das machen soll. Ich habe mir eingeredet, dass ich im Namen von irgendeiner Art von

Scheißfreiheit abgehauen bin. Ich hatte noch nicht geschnallt, dass jeder so oder so eingesperrt ist. So ist nämlich das Leben; wir sind alle von irgendwas eingesperrt.

Ich habe zeitweise in einem Park gelebt. Habe in einem Pappkarton gelebt. Habe unter einem Zubringer gelebt. Wurde zusammengeschlagen und ausgeraubt und süchtig und ein paarmal eingesperrt und mehr als ein- oder zweimal vergewaltigt. Hab geschnallt, was ich schon wusste, dass die Welt ein scheißhässlicher Ort ist, wo die Menschen einen eher anspucken und zur Sau machen, bevor sie gut zu einem sind. Den Weg in die Tunnel habe ich gefunden, weil ich einfach nur weg wollte, habe wie eine Scheißratte gelebt, habe zu essen geschnorrt, habe Scheißmüll gefressen, habe genommen, was andere nicht wollten, und so überlebt. Beim ersten Mal war ich drei Jahre lang unten. Ganz allein. Neben den Zügen nach Long Island. Hatte einen Schlafsack, eine Taschenlampe und einen Baseballschläger. Dann wurde ich wegen einer Messerstecherei um eine Pizza im Müll geschnappt und hatte Crack in der Tasche und kriegte drei Jahre Staatsgefängnis außerhalb. Kam wieder raus und zurück in meinen Tunnel und habe so einen anderen Scheißkerl in meinem Schlafsack gefunden und hatte keine Lust auf Schlägerei nach den ewigen Schlägereien im Knast und bin noch tiefer runter und habe einen alten Verteilerkasten an einem aufgegebenen IRT-Gleis gefunden und bin da drei Jahre geblieben. Dann wieder auf Crack und wieder gesoffen und die Tage mit Betteln und dem Absuchen von Müllcontainern verbracht, ob ich irgendeinen Scheiß zum Verkaufen finde. Eines Tages kam ich von oben zurück, mit ein paar schönen Crack-Steinen und einer Flasche Wein, und sehe zwei Wichser vor meinem Kasten auf dem Boden sitzen. Sie waren nicht in Uniform, und sie haben eindeutig nicht für die Bahn gearbeitet, also dachte ich, es sind vielleicht Scheißzivilbullen, die mich zurück in den Knast bringen wollen, weil ich mich nie bei meinem Bewährungshelfer gemeldet habe, und ich denke, ich renne weg, hab aber Schiss, dass sie mich dann erschießen oder so, wie sie das immer bei mutmaßlich geistesgestörten Pennern machen. Also bin ich einfach zu ihnen und hab sie gefragt, was scheißenochmal läuft, und als ich vor ihnen stand, konnte ich deutlich sehen, dass sie keine Scheißbullen waren, weil sie diese Narben hatten, die identisch waren und aussahen, als hätte jemand ihnen beide Arme aufgeschlitzt, und sie haben gesagt, irgendein Scheißkerl namens Yahya will mich sehen. Ich habe sie gefragt, was Yahya scheißenochmal will, und sie haben gesagt, mich sehen. Ich habe sie gefragt, wer Yahya scheißenochmal ist und wo Yahya ist, und sie haben gesagt, das zeigen sie mir. Und dann haben sie es mir gezeigt. Sie haben mich mit runter ins Schwarze genommen und es mir gezeigt.

Ich war dabei, als wir Ben zum ersten Mal sahen. Wir haben an den Tischen zu Abend gegessen, und es gab

Makkaroni und Scheißkäse. Da war ich schon fast zehn Jahre bei Yahya, und es hatte scheißviel Zeit und Geduld gebraucht, aber wir hatten alles hingekriegt: Elektrizität aus den städtischen Stromleitungen, Wasser aus den städtischen Wasserrohren, ein Tunnel, der seit achtzehnhundertnochwas nicht mehr benutzt wurde und an beiden Enden gesperrt war, Löcher, die wir dichtmachen konnten, die an vier verschiedenen Stellen in andere Tunnel führten, und eine Passage, die direkt in eine Gasse auf der Lower East Side führte, die wir absperren konnten. Wir hatten für jeden kleine Schutzräume aus Holzresten und anderen Abfällen von oben gebaut. Wir hatten Töpfe und Pfannen und Laken und Handtücher und Betten und alte Tonbandgeräte für Musik und Radios, für wenn es mit den schlechten Nachrichten anfing, und tausende und tausende Batterien. Wir hatten genug Dosenfraß, um ein Jahr durchzuhalten, sogar wenn wir nicht anfingen, Ratten oder andere Scheißtiere zu fressen, die in den Tunneln lebten, womit wir etwa ewig durchgehalten hätten. Und wir hatten ein Waffenarsenal. Alles von Scheiße aus dem Mittelalter, Schwerter und Speere und Schilde, die wir aus Altmetall gemacht hatten, bis zu neumodischem Kack wie Pistolen und Sturmgewehren und Elektroschocker und Tränengas. Da waren noch andere Tunnel, wo Menschen drin lebten, und es gab andere Gruppen, die sich irgendwie organisiert hatten, aber nicht so wie wir. Wir waren eine Bewegung, eine Scheißarmee mit einer Philosophie und einem gottverdammten Scheißplan.

Wir waren vorbereitet auf das, was kommt. Was der Menschheit widerfahren wird. Wir waren vorbereitet zu überleben, wenn alle anderen scheißenochmal sterben.

Yahya hatte uns schon seit Wochen erzählt, dass er von jemandem träumt, der uns besuchen kommen wird. Yahya war ein Prophet, ein altmodischer heiliger Mann, wie Scheißmoses oder Mohammed oder sonst so ein Scheißkerl aus den alten Büchern. Als er uns also sagte, dass er Träume oder Visionen hat, nahmen wir den Kack ernst. Yahya war dreiunddreißig Jahre in den Tunneln gewesen. Kam runter, als er vierzehn Jahre alt war, hatte bei so Scheißalptraumpflegeeltern gelebt, wurde von den anderen Gören gehauen und von dem Mann vergewaltigt, der für ihn sorgen sollte. Eines Tages hatte er es scheißenochmal satt und hat das Haus angezündet, in dem sie gewohnt haben. Die anderen Gören sind rausgekommen, aber der Mann ist zu einem Scheißkartoffelchip abgebrannt, genau was er scheißenochmal verdient hatte, und sobald er das Scheißstreichholz hatte fallen lassen, ging Yahya in den nächsten U-Bahnhof und ist über das Scheißdrehkreuz gesprungen und im Tunnel verschwunden. Er hat rausgekriegt, wie man lebt, ohne oben zu sein, weggeschmissenes Essen aus den Mülleimern auf den U-Bahnhöfen gefressen, Klamotten gefunden, die die Menschen liegen gelassen haben, Wasser von den Klos in den großen Bahnhöfen getrunken. Er ist immer und immer tiefer vorgedrungen, hat sich zurechtgefunden, wie sich alle Propheten und großen Geister der Welt selbst zurechtfinden, und irgendwann hat er unseren Tunnel gefunden, in dem wir jetzt leben, fast hundert Scheißjahre unberührt und ungeöffnet, und zehn Jahre allein drin gelebt, bis er anfing, unsere Gesellschaft aufzubauen. Die ganze Zeit ist er nur einen Tag im Jahr rausgekommen, an dem Jahrestag des Feuers. Er ist rausgekommen und er hat eine Zeitung gelesen und sich die Scheiße angesehen, die allgemein abging, und die war noch nie gut und wurde mit jedem verdammten Jahr schlimmer.

Er hatte uns also von seinem Traum erzählt, dass irgendein Scheißkerl uns finden würde, ein Mann, der durch die Welt gewandert war, Scheiße erlitten hatte, die sich keiner von uns je vorstellen konnte, Scheiße wusste, die sich keiner von uns je vorstellen konnte, dass seine Ankunft ein Zeichen war, dass das Ende kommt, das letzte Scheißzeichen. Und da waren wir, haben unsere Makkaroni gegessen und Yahya beim Predigen zugehört, und da kommt dieser Scheißkerl aus der Dunkelheit, dünn wie Kack, weiß wie Papier, überall scheißenochmal Narben, Narben, gegen die unsere, die Narben, die Yahya uns als Zeichen, dass unser Leben oben tot ist und dass wir lebenslänglich in den Tunneln sind, zugefügt hat, dieser Scheißkerl hatte Narben, gegen die unsere Narben aussahen wie kleine Kratzer, wo man bunte Heftpflaster draufkriegt, wie ich als kleiner Hosenscheißer. Yahya, der jeden Abend beim Essen predigte, hörte einfach auf, glotzte. Hätte er nicht seine Träume gehabt, hätte er den Scheißkerl wahrscheinlich abgemurkst. Aber er wusste, wusste, dass er kommt, und wusste, wer er war, wusste, warum er auf dem Antlitz der Scheißerde wandelte, und Ben kam einfach anspaziert, sagte kein Wort, sah einfach unmenschlich aus, aber nicht zum Fürchten wie ein Monster oder Kack, sondern unmenschlich, weil es aussah, als wenn er leuchtet, als wenn da eine Art Licht aus ihm rauskommt oder was. Er kam an den Tisch, fragte, ob er sich setzen kann, und Yahya hat genickt. Wir waren alle geschockt, und ich persönlich hatte Schiss, Schiss vor dem Scheißkerl, der Yahya zum Schweigen bringen konnte. Dann hat er sich ans Tischende gesetzt, Yahya angesehen und ihn gebeten, richtig höflich und Kack, dass er weiterpredigt. Yahya hat gelächelt, und er war nicht die Art Scheißkerl, der sehr oft lächelt, und Ja gesagt. Und dann hat er scheißenochmal weitergepredigt. Ich erinnere mich an die Predigt, weil Ben jetzt dabei war. Ging darum, wie die Regierungen der Welt jeden in Tod, Katastrophe, Ruin und Apokalypse führen. Und wie Gott und Jesus und die übrigen Scheißkerle und die bescheuerten Prophezeiungen in der Bibel nichts damit zu tun haben. Es war die Gier und die Torheit von den Männern, die die Welt regieren. Ihr Glaube an blöde Religionen, die Mord und Hass und Zwietracht predigen. Wie sie andere Leute kontrollieren, die anders sind als sie, und sie umbringen, wenn sie sich nicht ihrem Willen beugen. Das wird es alles beenden, irgend so ein bescheuerter Krieg um Religion und Geld, und die werden es alles beenden, die Arschlöcher, die glauben und die Macht haben.

Ben hat sich sofort eingewöhnt. Er machte seinen Job wie jeder seinen Scheißjob machte. Die meisten von uns sind nach oben gegangen, haben entweder um Geld für Waffen und haltbare Lebensmittel gebettelt oder den Müll nach Essen und Baumaterial und Scheiß abgesucht, den wir unten gebrauchen konnten. Manche haben sich um den Tunnel gekümmert, um Strom oder Wasser, Vorräte verwaltet, den Laden scheißenochmal am Laufen gehalten. Der schlimmste Job war, den Bereich um die Toiletten sauberzumachen, zwei tiefe Löcher, die in einen Tunnel unter uns führten. Wir hatten kleine Plumpsklos um die Löcher herumgebaut, und die Leute versuchten hygienisch und Kack zu sein, aber es war immer noch eklig, immer noch eine Stelle, wo die Leute gepisst und geschissen haben, und hat echt scheiße gerochen. Ben wurde der Toilettenmann, hat saubergemacht und für Papier gesorgt und einen Eimer Wasser ins Loch gekippt, damit was von dieser Stinkscheiße wegging. Wenn er da nicht war, hat er allen geholfen, die Hilfe brauchten, hat gemacht, was gemacht werden musste. Beim Essen hat er immer am Ende vom Tisch gesessen, und er hat kaum was gegessen. Vielleicht zwei, drei Bissen Reis oder Nudeln, vielleicht einen Apfel oder eine Banane, ein Glas Wasser, und das war's für den ganzen Scheißtag. Und zum Schlafen sind wir alle in unsere Schutzräume gegangen, manche richtig scheißnett eingerichtet, mit Matratzen und Fernsehern und mehr als einem Zimmer, und manche eher schlicht, mit vielleicht einem Schlafsack oder Decken. Ben hat auf dem Boden geschlafen, an einem dunklen Ende von dem Tunnel, ganz allein, nur mit seinen Klamotten an, außer wenn es richtig scheißkalt wurde, dann hat er seine arschdünne Decke genommen, die keine Kakerlake warmgehalten hätte. Und er hat fast nie was gesagt. Wenn man ihm eine Frage gestellt hat, hat er entweder genickt oder den Kopf geschüttelt oder gelächelt. Wenn Wörter nötig waren oder wenn es was eher Kompliziertes war, hat er immer so schnell wie möglich genau soviel gesagt wie nötig und dann wieder das Maul gehalten. Und so wie er aussah, dachten wir alle, er ist gar kein Mensch, jedenfalls kein richtiger Mensch, er ist irgendwas darüber hinaus, anders als wir, sogar anders als Yahya.

Als er etwa eine Woche bei uns war, fingen seine Anfälle an. Beim Mittagessen kippte er einfach nach hinten weg, und sein Körper spielte scheißenochmal verrückt. Er zitterte und wälzte sich herum, und Kram kam ihm aus dem Mund, und er hat gegrunzt wie ein gottverdammter Köter. Die Leute standen auf, um ihm zu helfen, aber Yahya hat gesagt, lasst ihn in Ruhe, der Mann tut, was der Mann tun muss. Also haben die Leute ihn scheißenochmal zufrieden gelassen. Und das erste Mal hat es etwa zwei Minuten gedauert. Als es vorbei war, haben wir ihn einfach zufrieden gelassen, und irgendwann ist er wieder zu sich gekommen und hat sich wieder an den Tisch gesetzt, als wäre nichts gewesen. Zwanzig Minuten später ist es wieder passiert. Er ist einfach nach hinten umgekippt und scheißenochmal ausgeflippt. Einer von uns war Arzt, bevor er auf Crack ging und in den Tunneln landete, wo Yahya ihn gefunden und gerettet hat, und er hat gesagt, wir können Ben nicht so einfach zufrieden lassen, aber Yahya hat immer wieder gesagt, der Mann tut nur, was er tun muss. Und daran hat Yahya geglaubt, das war einer von den Glaubenssätzen von unserer Scheißgemeinschaft: ein Mann tut, was er tun muss, er lebt sein Leben, wie er es leben will, andere Leute haben kein Scheißrecht, ihm reinzureden. Obwohl wir also alle Schiss hatten und sahen, dass die Anfälle ihn scheißenochmal total plattmachten, ließen wir ihn zufrieden. Er tat, was er tun musste.

In unserer Welt, unserer Gesellschaft, unserer Zivilisation, unserer Kultur, und ich spreche nicht von eurer da oben, ich spreche von unserer Nation im Scheißtunnel, dem Untergrund-Imperium, in diesem Reich der Finsternis gab es Regeln. Wenn du runtergebracht worden bist, wenn du von Yahya gefunden und erwählt worden bist, hast du die Scheißregeln gelernt und du hast danach gelebt, und wenn du einer von uns geworden bist, warst du gerettet. Yahya hat geglaubt, dass das Ende der gottverdammten Scheißwelt kommt, und er hatte recht, denn kommen wird es so sicher wie Kack, und es wird bald kommen. Wenn er dich gefunden hat, warst du einer von denen, die oben nicht leben konnten, die scheißenochmal nicht dafür gemacht waren, und er hat geglaubt, dass du fähig bist, unten zu leben, und er hat geglaubt, dass du fähig bist zu kämpfen. Du bist runtergebracht worden, mit verbundenen Augen und Kack, damit du nicht gewusst hast, wo du bist. Die meisten von uns waren süchtig, also sind wir von dem Scheiß, auf dem wir drauf waren, weggebracht worden, und wir wurden unterwiesen. Man musste arbeiten, scheißenochmal seinen Beitrag leisten. Du musstest deinen Willen dem Wohl der Gemeinschaft unterordnen. Du durftest trinken, Drogen nehmen, ficken, zocken, lesen, Schach spielen, kochen, schreiben, malen, alles, was du scheißenochmal willst, aber es gab keine Sucht, egal, was du gemacht hast, es musste unter Kontrolle sein. Du musstest leben und leben lassen, aber nicht wie die Scheißkerle oben, du musstest das tatsächlich tun. Es gab kein Stehlen, keinen Streit, keine Vorurteile, keinen Hass. Es gab keinen Gott, kein Beten, kein Zeitverschwenden an erfundenem Scheiß. Du musstest der Scheißwelt entsagen, dich von ihrem Beschiss befreien, akzeptieren, dass es an einem bestimmten Punkt nichts mehr gab als das, was im Tunnel existierte. Und du musstest bereit sein, dafür zu sterben. Und sobald du mit alldem einverstanden warst und bereit warst, dich darauf einzulassen, warst du scheißenochmal gerettet. Und wenn du gerettet warst, wurdest du genarbt. Dann hat Yahya dich geritzt, zwei lange Kerben pro Arm, beide den ganzen Arm entlang, oben als Symbol für deinen Tod und unten für deine Geburt. Und wenn das Blut floss, wenn du die Arme gehoben hast und es fing an, dir die Backen runterzulaufen, den Hals, wenn du es schmecken konntest, in deinen Scheißschuhen spüren, dann warst du frei. Nie wieder zurück, höchstens um Sachen für das Leben hier unten zu besorgen. Nie wieder ihre Regeln oder Erwartungen oder sogenannten Moralvorstellungen akzeptieren, nie scheißenochmal wieder. Wenn das Blut floss, warst du frei.

Als Ben kam, waren wir zweiunddreißig Mann, schon seit zwei Jahren. Obwohl Yahya seine Ankunft prophezeit hatte, musste er denselben Regeln folgen wie wir alle, musste einer von uns werden, wenn er bleiben wollte. Seine Anfälle haben die Scheiße etwas komplizierter gemacht, weil er den meisten normalen Scheiß, den wir so machten, nicht machen konnte. Und wer er war, warum er auf dem Scheißantlitz der Erde wandelte, die Gaben, die ihm gegeben waren oder die er sich erworben hatte, oder was auch immer du glauben magst, obwohl ich weiß, was ich glaube, auch das machte die Scheiße komplizierter. Es kommt nicht jeden Tag ein Scheißkerl wie er zum Scheißmittagessen anspaziert. Aber es schien ihm nichts auszumachen. Yahya beförderte ihn zum Fegen und Müll, das heißt, er hat gefegt und den Müll rausgebracht, das heißt, in einen anderen Tunnel gebracht, der auch leer war, außer dass wir da jahrelang Scheiß reingekippt hatten. Wenn Ben einen Anfall kriegte, hat er sich einfach hingesetzt und es geschehen lassen. Obwohl Yahya der

Erste war, der es bemerkte, fiel auch uns anderen bald auf, dass Ben woandershin ging, kurz bevor ihn diese Scheißdinger plattmachten. Seine Augen waren ganz still, als ob er Scheiß sieht, den niemand sonst sehen kann oder je sehen wird. Es dauerte nur eine Sekunde, vielleicht, oder zwei oder drei, aber irgendwie schienen diese Sekunden ewig. Wenn jemand Yahya gefragt hat, was los ist, hat er gesagt: Der Mann spricht mit Gott, blickt bis in die Ewigkeit. Jemand anders hat gefragt: Wie spricht er mit Gott, wenn Gott nicht existiert? Yahya hat gesagt: Gott existiert nicht so, wie die Leute auf diesem Planeten glauben, dass er existiert, als irgendso'n übermächtiger allwissender Wichser, den es interessiert, was hier auf der Erde passiert, und der unser Schicksal bestimmt, das ist alles Beschiss, aber es gibt Antworten, die wir nicht haben, Sachen, die wir nicht wissen, jenseits der kleinen Geister kleiner Menschen, die dumm genug sind zu denken, dass wir im gesamten Universum, unendlicher in Größe und Energie und Dimension als der menschliche Verstand, weit und breit die Einzigen sind und dass der dumme kleine Scheiß, den wir machen und über den wir uns den Kopf zerbrechen, irgendwie wichtig ist. Ben ist an diese Orte gegangen, diese unendlichen Orte, und hat sie verstanden, obwohl er nicht darüber reden konnte oder wollte, was er da gesehen und gefühlt und erlebt hat.

Die Anfälle wurden schlimmer und immer schlimmer und immer scheißschlimmer und dauerten länger und immer länger und immer scheißlänger. Sie dauerten zehn, fünfzehn, zwanzig Minuten. Fingen an, dreißig Minuten zu dauern, eine Stunde zu dauern, drei oder vier Stunden zu dauern, mit Schütteln und Krämpfen und Spucken und Grunzen, man konnte sehen, welche Schmerzen er hatte, während es passierte, und wenn es vorbei war, konnte er sich kaum bewegen. Der Crack-Doktor hat gesagt: Ben leidet an etwas namens Status epilepticus, einen Zustand anhaltender Anfälle, und dass er daran sterben könnte, dass er daran sterben würde, wenn wir ihn nicht in ein richtiges Krankenhaus schaffen. Aber Yahya hat gesagt: Lasst ihn, dieser Mann wird nicht sterben, jedenfalls nicht hier unten. Dann hatte er einen Anfall, der einen Tag dauerte, vierundzwanzig Stunden durchgehend. Das machte allen Angst, und wir dachten, Yahya hat unrecht, Ben wird scheißenochmal sterben. Es ging immer und immer und immer so weiter. Schlimmer, als wir das je gesehen hatten. Weiß nicht, wie man sowas durchstehen oder überleben konnte. Und selbst wenn man das überlebte, wie man dann nicht völlig plemplem von den Schmerzen wurde. Als es aufhörte, hat er einfach nur dagelegen, auf seiner Decke, auf dem Boden vom Tunnel. Hat zwei Tage durchgeschlafen. Wir sind immer hingegangen, um nachzusehen, ob er noch atmet, und geatmet hat er, aber nur ganz schwach, und man musste richtig scharf hinsehen. Als er aufgewacht ist, saßen wir alle nach dem Abendessen noch zusammen. Yahya hatte uns heftig gepredigt, das Übliche, aber richtig inspiriert, hat gesagt, die Welt über uns stirbt, dass Gier Korruption Hass und Intoleranz zu einem Krieg führen werden, der alles zerstört, dass der Krieg bald kommen wird, dass wir jener Welt entsagen und uns aufs Überleben vorbereiten müssen, dass wir einander lieben und einander leben lassen müssen, und einander leben helfen müssen, und einander achten müssen. Egal, woher wir kommen, egal, welche Hautfarbe oder Religion, dass nichts wichtig ist außer leben, und leben lassen, und lieben. Als er fertig war, haben wir uns so altmodischen Jazz auf dem Kassettenrekorder angehört, manche haben Cocktails getrunken, manche haben Gras geraucht, manche haben getanzt, Männer zusammen, Männer und Frauen zusammen, nur Frauen, alles cool. Ben schloss sich den Leuten an, die tanzten, so etwa zwanzig von uns. Niemand hatte ihn kommen sehen, in der einen Sekunde war er nicht da, in der nächsten Sekunde war er da. Und er hat sich ganz langsam bewegt, langsam und im perfekten Rhythmus, als wäre er Teil der Musik, ein weiteres Instrument. Die Augen hatte er geschlossen, und er hatte so lange nichts gegessen, dass seine Haut noch weißer war als sonst, beinah durchscheinend. Seine Augen waren geschlossen, und er fing an, die anderen anzufassen, sie zu halten, so dass sie die Musik so spüren konnten wie er. Er hielt ihre Hände, zog sie zu sich heran, so dass ihre Körper ganz eng aneinander waren, und er hat sie geküsst, Männer und Frauen, küsste sie langsam und tief, und an ihren Gesichtern, ihren Körpern konnte man sehen, dass keiner von ihnen jemals so was gespürt hatte, so rein, so erotisch, so berauschend, so süß und schön, und es war, als würde er sie ficken, sie ficken, wie sie noch gefickt worden waren, obwohl er sie nur anfasste, küsste, sich bewegte, sich ganz langsam bewegte, ganz ganz langsam. Und wir anderen, die nicht tanzten, wir haben zugesehen, und wir waren genauso angetörnt wie die, die er anfasste, die er fickte. Als Junge habe ich in einer Welt in meinem Kopf gelebt, um der wirklichen Welt zu entkommen. Ich habe immer geträumt, ich kann machen, was ich will, und egal, was ich tue, ich werde geliebt, einfach so, ohne den ganzen Scheiß auf der Welt, die ich gehasst habe und die mich gehasst hat. Als ich älter war, habe ich aufgehört, so Träume zu träumen, weil mir klar wurde, dass es so nicht läuft. Aber dann sah ich Ben, und ich habe geglaubt, dass es möglich war, dass scheißenochmal alles möglich war, weil ich es gesehen und gespürt und gewusst und geglaubt habe, und obwohl es nicht echt aussah oder sich echt anfühlte, war es das Echteste, was ich je gekannt hatte, was ich jemals in diesem Scheißhöllenloch namens Erde erlebt hatte. Dass Liebe das Echteste war, was je einer von uns gesehen hat. Als er mit allen getanzt hatte, ging Ben zu Yahya, der zugesehen hatte, und Ben kniete vor ihm hin und bot ihm seine Arme an. Yahya hatte immer sein Messer dabei, oder in der Nähe, und er hat es aufgehoben und er hat Bens Arme genommen und er hat ihm die Schnitte zugefügt. Normal dauert das länger, etwa ein Jahr, bevor du sie kriegst, und Yahya entscheidet wann, aber nicht bei Ben. Sein Blut floss und er hob die Arme und das Blut lief an ihm herab. Als er ganz blutüberströmt war und seine Klamotten völlig durchnässt, trat er einen Schritt vor und er hat Yahya geküsst. Ich hatte noch nie gesehen, dass jemand Yahya küsst, oder auch nur anfasst. Und Ben hat ihn ganz lange geküsst, und als es vorbei war, waren Yahyas Augen zu, und er hat langsam und schwer geatmet, und er hat ausgesehen, als wenn er sich nicht bewegen kann, als wenn er scheißgelähmt ist. Und Ben ist einfach aufgestanden und in der Dunkelheit verschwunden.

Es hat lange gedauert, bevor sich wieder wer bewegt hat. Und dann sind wir einfach still weggegangen, keiner hat auch nur ein Scheißwort gesagt, zurück in unsere Schutzräume, und da haben die meisten von uns nur auf ihren Schlafplätzen gelegen und an Ben gedacht. Am nächsten Morgen haben wir erwartet, ihn zu sehen, beim Frühstück oder wo er schläft, aber er war nicht da. Die Leute fingen an zu reden, wo er wohl ist, dann hat Yahya uns gesagt: Er ist weg, er hatte letzte Nacht wieder eine Vision, Ben ist in die Tunnel gegangen, wo er Sachen machen muss, die er nur alleine machen kann, Kämpfe, die er nur alleine kämpfen kann. Yahya hat gesagt: Lasst ihn in Ruhe, lasst ihn tun, was er tun muss, wenn er damit fertig ist, kommt er zurück.

Eine Woche verging, und er kam nicht zurück. Noch eine Woche und immer noch nichts. Die Leute fingen an, sich ein bisschen Sorgen zu machen. Ich fing an, durch die Tunnel zu wandern, Orte zu suchen, wo ich noch nie gewesen war, Orte tiefer unten, Orte, wo die wahre Dunkelheit ist, das Schwarze, das niemals Licht zu sehen kriegt. Ich habe gedacht, obwohl Yahya seine Vision gehabt hat, und obwohl Ben ganz klar was Besonderes an sich hat, ist er immer noch ein Mensch, immer noch aus Fleisch und Scheißblut, hat immer noch ein Herz, und das muss schlagen. Und weil er ein Mensch ist, ist er verletzlich, und da wandert er irgendwo herum, mit klaffenden Wunden in den Armen und so einer Art kritischem Gesundheitszustand, der ihn schlimmer plattmacht, als ich das je gesehen habe. Also bin ich ihn suchen gegangen, und die Orte suchen gegangen, die versteckt sind, die man gar nicht finden soll, die Orte, wo sich, wie ich bereits gesagt habe, der Zauber abspielt, wo du in der Dunkelheit das Sehen lernst.

Nachdem ich drei oder vier Tage gesucht hatte, durch U-Bahn-Tunnel gegangen war, wo die Züge immer nur wenige Zentimeter an mir vorbeirauschten, durch Amtrak- und Long-Island-Railroad- und PATH-Tunnel, durch aufgegebene Tunnel, die alten IRT-Tunnel, Tunnel, wo sie angefangen und nie fertiggebaut haben, einfach beschissene leere Löcher, komme ich in den unteren Tunneln an eine Tür direkt unter dem Rathaus. Normalerweise halte ich mich nicht mit Scheißtüren auf, weil sie sowieso alle abgeschlossen sind, und wenn man das Schloss aufbricht, erregt das nur Aufmerksamkeit, und die kann niemand gebrauchen, aber etwas an dieser Tür hat mich angezogen. Ich habe sie überprüft, und sie war offen, also sehe ich hinein, und da ist ein Loch mit einer Leiter, die direkt nach unten führt, obwohl ich scheißenochmal nicht sehen kann, wohin oder wie tief oder wo sie aufhört. Nachsehen hat im Leben noch nie geschadet, neue Sachen und Orte und Gefühle und Glaubenslehren, hat alles noch nie geschadet, also fange ich an runterzuklettern, um nachzusehen, was ich sehe, was ich finde. Ich runter, und es ist schwarz und scheißenochmal still, und obwohl ich zu der Zeit schon lange da unten gelebt habe, habe ich echt Schiss gehabt, mein Herz hat echt schnell geklopft und ich habe mich gefragt, ob da was rauskommt und mich schnappt, irgendein Scheißmonster oder was, oder ob ich scheißenochmal falle und mir den Scheißhals breche. Ich hatte echt Schiss.

Dann spürte ich Boden unter dem Fuß, und es fühlte sich nass und glatt an, was mir sagte, dass ich irgendwo in der Scheißkanalisation sein muss, aus der wir uns alle scheißenochmal fernhielten, weil sie voller Ratten und Krankheit und jeder Menge anderem Scheiß ist. Ich wollte gerade wieder hochklettern, da hörte ich etwas, das klang wie ein Schrei. Ich hielt still und lauschte und hörte fast sofort noch einen Scheißschrei. Ich runter und ging in die Richtung, von wo es gekommen war, ganz langsam, ganz vorsichtig, weil ich nichts sehen konnte. Obwohl meine Augen echt an die Dunkelheit gewöhnt waren, konnte ich scheißenochmal überhaupt nichts sehen.

Habe für die etwa hundert Meter durch den Tunnel echt lange gebraucht, scheißlange. Die ganze Zeit habe ich diese Schreie gehört, und je näher ich ihnen gekommen bin, desto mehr habe ich gewusst, dass es Ben war, weil es sich anhörte wie die Geräusche, wenn er seine Anfälle hatte. Als ich ganz nah dran war, hörte ich tröpfelndes Wasser, und fing an zu begreifen, dass die Schreie von unter mir kommen, und dass das Wasser irgendwo nach unten läuft. Meine Augen hatten sich an die Dunkelheit gewöhnt, und ich sah ein paar Schritte vor mir ein großes Loch, wie ein Scheißabflussloch oder riesiges Schlagloch, und Ben musste da unten in dem Loch sein, vielleicht verletzt, und kam nicht wieder raus. Ich wollte ihn gerade rufen, ihm sagen, dass ich da bin und ihm helfen komme, als ich höre, wie er anfängt zu reden, ganz langsam und deutlich, als wenn er sich mit jemandem unterhält. Also rutsche ich an den Rand von dem Loch und sehe runter, und genau da ist er, vielleicht fünf, sechs Meter tief in so einem weiteren Scheißkanalisationstunnel, und da sitzt er einfach auf dem Boden, als wenn er Scheißbuddha ist, und ich schwöre bei meinem Scheißleben, dass seine Haut geleuchtet hat, und seine Arme waren bereits verheilt, die Narben vermischten sich einfach mit den übrigen Narben, und er redete mit der Luft, und wenn ich ihn nicht gekannt hätte und nicht gewusst hätte, was Yahya von ihm hält, hätte ich gedacht, er ist einfach volle Scheißsocke wahnsinnig.

Ich lag da und habe ihn beobachtet. Ich hatte Schiss, dass er mich sieht, also habe ich nur knapp über den Rand von diesem Loch gespäht. Ich konnte hören, wie er Scheiß sagte, wie: Ja oder nein, ja oder nein, immer wieder, und Warum, und: Nein, das werde ich nicht, das werde ich nicht. Er hat etwa eine Stunde oder zwei Stunden geredet, und dann sehe ich, wie er ganz still wird, und ich weiß, was das bedeutet, und er kriegt einen Anfall, schlimmer als ich je einen gesehen habe, sein Körper hebt buchstäblich vom Boden ab, so scheißschlimm sind seine Krämpfe. Und die lauten Geräusche, die er gemacht hat, haben mir Angst eingejagt, haben sich angehört wie etwas, das ich mir nur vorstellen kann, unten in der Hölle zu hören, falls es eine gibt. Und etwas kam mir falsch vor, als wäre da noch was anderes bei ihm da unten. Etwas Dunkles und Böses und so alt wie der Scheißhimmel, eine Macht, größer als jede andere Macht, und davon habe ich gezittert und die Haare standen mir überall am Körper zu Berge und ich habe mich vollgepisst, habe mich scheißenochmal vollgepisst. Was es auch war, falls es überhaupt was war, es hat mir einen solchen Scheißschiss eingejagt, dass ich da so schnell abgehauen bin, wie ich konnte.

Ich kehrte zu Ben zurück, so oft ich konnte. Habe niemandem gesagt, dass ich ihn gefunden hatte oder wusste, wo er war. Meistens hatte er Anfälle, und die immer schlimm. Wenn er keine hatte, hat er geredet oder manchmal gekreischt, in die Schwärze hinein gekreischt, in den Scheißabgrund gekreischt. Manchmal bin ich runter und habe dieses Ding gespürt, dieses scheißgemeine Böse, was da anwesend war, und dann habe ich mich umgedreht und bin sofort abgehauen. Manchmal kam es auch, wenn ich gerade da war. Nur ein- oder zweimal kam es gar nicht, und das war, wenn Ben kreischte, als würde er es in Schach halten oder Kack, als hätte der Klang seines Kreischens irgendeine scheißgerechte heilige Macht.

Er war zwei Wochen lang da unten, drei Wochen, vier Wochen, sechs Wochen. Da unten ganz allein in diesem scheißekligen Loch. Soweit ich sehen konnte, hat er nie was gegessen, nie was getrunken, hat nie geschlafen, ist nie weggegangen. Und obwohl er hätte krank werden oder scheißenochmal sterben oder verhungern sollen, ist nichts davon passiert. Wenn überhaupt, geschah das Gegenteil. Er schien stärker, immer noch dünn wie Kack, aber stärker. Und es sah aus, als könnte er die Anfälle irgendwie kontrollieren. Als könnte er sie zulassen oder abwehren, wie er wollte. Ich hörte ihn etwas fragen oder sagen, Sachen wie: Was war vor dem Urknall, oder: Wer waren sie, warum waren sie, was hat es mit der Quantenschwerkraft auf sich, können wir die vier Grundkräfte vereinigen. Danach schloss er die Augen und atmete tief ein, und wenn er die Augen öffnete, war er wieder an diesem Ort, diesem Ort wie die Ewigkeit, und dann kriegte er einen Anfall. Und die ganze letzte Woche, die ich ihn besuchen ging, die siebte Woche, die er in diesem ekligen Scheißloch war, hatte er Anfälle. Und die ganze Zeit war das, was da noch bei ihm war, stärker, schien irgendwie aktiv, wie Ebbe und Flut, Angriff und Rückzug, habe mir jedes Mal in die gottverdammte Hose gemacht, hat mich scheißenochmal zu Tode erschreckt. Am Ende der Woche ging ich wieder runter, da war er weg. Habe ich mir echt Sorgen gemacht, Schiss gehabt, dass was passiert war, dass ihn das Scheißböse geholt hat. Ich bin sofort zurück in unseren Tunnel gegangen, wollte mir Yahya schnappen und ihm zeigen, was ich gesehen hatte, und ihm sagen, dass wir Ben finden und ihm helfen müssen. Ich lief, so schnell ich konnte, rannte in die Dunkelheit, floh vor der Dunkelheit. Und als ich zurückkam, war Ben da, mit Yahya, wohlauf, als wäre er nie weg gewesen, sah sogar besser aus denn je, mager und Kack, aber hat geleuchtet wie so eine Scheißglühbirne, obwohl ich wusste, dass er sieben Scheißwochen lang nichts gegessen oder getrunken hatte. Er war wieder da. Und genau wie Yahya in seinen Visionen gesehen hatte, war das Ende nah. Das Ende war scheißnah.

JOHANNES

Ich hatte gehört, dass da unten Leute leben sollen. Man nannte sie die Maulwurfmenschen. Es gab sogar ein Buch über die, ein paar Dokumentationen. Worüber Leute auf Partys eben so reden. Ehrlich, mir war das völlig egal. Wenn Leute da unten leben wollten, lass sie doch. So lagen sie wenigstens dem Steuerzahler nicht auf der Tasche. So lange mir keiner von denen in die Quere kam, ging mir das am Arsch vorbei.

Mein Job bestand darin, jeden aufzuspüren und einzubuchten, der illegal Waffen nach New York City einschleuste. Das Gesetz verbietet den Besitz und Gebrauch von Waffen in der Stadt, es sei denn, man hat einen speziellen Waffenschein, und der ist verdammt schwer zu bekommen. Jedes Mal, wenn wir eine Waffe sicherstellten, mussten wir rausfinden, wie die Waffe in die Stadt gelangt war. Ein Waffendealer von außerhalb führte uns zu den Typen im Tunnel. Wir stießen auf den Waffenhändler, als ein Gangmitglied in Queens mit einer illegalen Handfeuerwaffe erwischt wurde. Der Verdächtige hatte nicht – wie unter Gangstern und Profi-Killern üblich – die Seriennummer von der Waffe entfernt, so dass wir die Spur weiter verfolgen konnten. Nachdem wir den Waffenhändler verhaftet hatten, weil er Waffen an Personen ohne gültigen Waffenschein verkauft hatte, ließ er sich auf einen Deal ein, der ihn vorm Gefängnis bewahrte, dafür nannte er uns die Namen der Individuen, denen er Waffen verkauft hatte. Bei der Gelegenheit erzählte er uns von den Typen im Tunnel, die so an die sechzig Waffen von ihm gekauft hatten, dazu tausende Schachteln mit Munition.

War gar nicht leicht, die zu finden. Es gibt unzählige verlassene Tunnel unter der Stadt, in manche hat seit Jahrzehnten keiner mehr einen Fuß gesetzt. Anfangs haben wir die Tunnel systematisch durchsucht, was sich als völlig sinnlos erwies. Der Waffendealer hatte uns noch erzählt, dass die Typen, apokalyptische Spinner, ihr Geld mit Betteln verdienten und dass alle lange Narben an den Armen hatten. Wir begannen mit der Fahndung nach Personen, auf die diese Beschreibung zutraf, und fanden nach acht Monaten zwei von ihnen, einen Mann und eine Frau. Wir observierten sie und fanden so den Tunnel, wo sie und rund dreißig weitere Individuen lebten.

Wir wussten praktisch nichts über sie, als wir die Haftbefehle ausführten. Es bestand eine gewisse Besorgnis, wir könnten in eine Situation geraten wie seinerzeit in Waco, Texas, mit den Davidianern, wo eine

Bande schwerbewaffneter religiöser Fanatiker, Anhänger eines messianischen Anführers namens David Koresh, einundfünfzig Tage lang einer Spezialeinheit der Bundespolizei Widerstand leistete, bis das Lager der Davidianer in Flammen aufging, wobei achtzig Menschen, darunter siebzehn Kinder, den Tod fanden. Glücklicherweise war das hier nicht der Fall. Ungefähr fünfzig Spezialkräfte unserer Einheit drangen gleichzeitig durch vier verschiedene Eingänge in den Tunnel ein. Fast alle besagten Individuen schliefen, und auch die drei, die nicht schliefen, konnten ohne weitere Zwischenfälle verhaftet werden.

Ich bin Ben zum ersten Mal beim Verhör der Verdächtigen begegnet, die im MCC in Untersuchungshaft saßen. Wir hatten über dreihundert Feuerwaffen und zehntausend Schachteln mit Munition in ihrem Lager gefunden, sowie kleinere Mengen Kokain und Marihuana. Außerdem besaßen sie jede Menge Messer, Schwerter und Speere. Nachdem wir ihre Fingerabdrücke genommen hatten, waren wir in der Lage, ihre Identitäten festzustellen – mit zwei Ausnahmen. Alle waren vorbestraft, meist wegen Drogenbesitz oder Diebstahl, manche auch wegen Körperverletzung. Von den beiden, die wir nicht identifizieren konnten, nannte sich der eine Yahya und war offensichtlich ihr Anführer. Der andere wies sich als Ben Jones aus.

Yahya verweigerte die Aussage. Er beantwortete buchstäblich keine einzige Frage, die wir ihm stellten, noch verlangte er einen Anwalt. Er starrte uns direkt in die Augen, mir und dem anderen Beamten, der ihn verhörte, und sagte kein einziges Wort. Wir vermuteten dahinter eine Taktik, die uns verunsichern sollte, aber nachdem ich schon mit Drogenbaronen, Serienmördern und Terroristen in einem Raum gesessen hatte, fand ich ihn nicht besonders furchterregend. Ben nahm ich mir alleine vor. Wie bei Yahya brachten Fingerabdrücke wie DNA-Proben kein Ergebnis. Und obwohl die Medien ausgiebig über unsere Razzia berichteten, hatten wir noch keine Bilder von den Verhafteten herausgegeben, so dass es auch keine Hinweise aus der Bevölkerung gab.

Bevor ich den Verhörraum betrat, wo Ben an Händen und Füßen angekettet saß, schaute ich durch das einseitig verspiegelte Fenster. Einer meiner Kollegen hatte ihn schon eine Weile beobachtet. Ben saß völlig still und hatte die Augen geschlossen. Er trug einen Overall, so dass ich weder Arme noch Körper sehen konnte, aber Kopf und Gesicht waren schlimm vernarbt. Sein Haar war kurz, schwarz, schmutzig und ungekämmt. Er war unglaublich dünn, seine Adern an Hals, Stirn und Wangen waren deutlich sichtbar. Wer zum ersten Mal verhört wird, ist meist sehr unsicher und nervös. Die Einzigen, die ganz ruhig sind, so ruhig wie er es war, sind abgebrühte Schwerverbrecher. Ich fragte meinen Kollegen, ob ihm was Besonderes aufgefallen sei. Er sagte, der Typ sehe aus wie der letzte Freak. Seit einer Stunde habe er keinen

Mucks getan und wenn er's nicht besser wüsste, würde er sagen, der atmet nicht mehr. Ich lachte und betrat den Raum.

Ben rührte sich nicht und nahm in keiner Weise Notiz von mir. Ich wartete einen Moment aber es kam keine Reaktion. Er saß völlig still, gespenstisch still, so still wie große Wassermassen still erscheinen, es aber nicht sind. Ich sprach.
Ich bin Johannes Guilfoy vom FBI und möchte Ihnen ein paar Fragen stellen.
Langsam öffneten sich seine Augen. Während der Verhaftung hatte ich keinerlei Kontakt mit ihm gehabt und seine Augen vorher nicht gesehen. Solche Augen hatte ich noch nie gesehen. Jedenfalls nicht in natura. Sie waren schwarz. Obsidianschwarz, das Schwarz des Schweigens, das Schwarz des Todes, das Schwarz, das uns, nach meiner Vorstellung, vor der Geburt umgibt. Sie erschreckten mich, sie machten mir Angst. Ich wartete, dass er etwas sagte, ich wartete, bis ich mich von dem Schock erholt hatte, dann sprach ich wieder.
Sie wissen, warum Sie hier sind?
Ja.
Hat man Sie gut behandelt?
Spielt keine Rolle.
Ich sag's Ihnen gradheraus, je kooperativer Sie sich verhalten, desto leichter wird alles für Sie.
Er lächelte, lachte in sich hinein.
Was ist so lustig daran?
Fragen Sie weiter.

Wir haben versucht, Sie zu identifizieren, aber Sie sind nirgendwo registriert. Vielleicht können Sie uns weiterhelfen?
Ich habe Ihnen meinen Namen gesagt.
Ist das Ihr richtiger Name?
Ich glaube schon.
Gibt es einen anderen Namen, den wir überprüfen sollten?
Da gab es einige.
Zum Beispiel?
Die werden Ihnen nichts sagen.
Versuchen Sie's mal.
Er lächelte wieder, sagte kein Wort, wartete.
Ich starrte ihn an, versuchte ihn einzuschüchtern. Genauso gut hätte ich eine Felswand anstarren können. Er saß ganz still und schwieg. Ich sprach wieder.
Verstehen Sie, was man Ihnen vorwirft?
Ja.
Und verstehen Sie auch, wie schwerwiegend diese Vorwürfe sind?
Wenn Sie es sagen.
Sie können für Jahre, vielleicht Jahrzehnte ins Gefängnis wandern.
Ja.
Und das ist Ihnen egal?
Ja.
Wieso?
Ich kann überall frei sein, so wie man überall gefangen sein kann.
Hat Ihnen das Ihr Anführer beigebracht?

Ich habe keinen Anführer.
Nein?
Nein.
Yahya war nicht Ihr Anführer?
Er ist mein Freund.
Ein gefährlicher Freund.
Wenn Sie es sagen.
Er und seine Anhänger, zu denen wir auch Sie zählen, waren im Besitz von mehreren Hundert Waffen und mehreren Tausend Schachteln mit Munition.
Ich besitze nichts.
Wussten Sie von den Waffen?
Ja.
Dann waren Sie laut Gesetz Mitbesitzer dieser Waffen.
Er lächelte wieder.
Wenn Sie es sagen.
Finden Sie das komisch?
Ja.
Warum?
Ich finde Ihre Gesetze dumm.
Wieso das?
Jeder sollte selbst entscheiden dürfen, wie er leben möchte.
Nicht, wenn er andere damit gefährdet oder bedroht.
In dem Tunnel hat niemand jemanden gefährdet oder bedroht.
Das sehe ich anders.
Das ist Ihr gutes Recht.
Sie haben illegal auf öffentlichem Grund und Boden

gelebt und Waffen gehortet, mit denen man Menschen töten kann.
Wenn das öffentlicher Grund und Boden ist, warum dürfen wir da nicht leben?
Weil der für anderes bestimmt ist.
Und wie kommt die am hochgerüstetste Regierung in der Geschichte der Zivilisation dazu, ihren Bürgern zu verbieten, sich zu bewaffnen, um sich vor der bevorstehenden Auslöschung zu schützen?
Die bevorstehende Auslöschung?
Ja.
Die Apokalypse?
Wenn Sie's so nennen wollen.
Sie glauben, die steht bevor?
Ja.
Die Siegel sind zerbrochen und die Zeichen erscheinen am Firmament?
Nein.
Steht's nicht so in der Bibel?
Ja, aber darauf gebe ich nichts.
Die Wiederkehr Christi und sein Kampf mit dem Teufel?
Glauben Sie das?
Was ich glaube, ist unwichtig. Ich will wissen, was Sie glauben.
Das hab ich Ihnen bereits gesagt.
Hat das was mit Allah zu tun?
Es hat nichts mit Religion zu tun.
Und woher wollen Sie das wissen?
Schauen Sie sich um.

Und was sehe ich dann?
Dass es zu Ende geht.
Und Sie können das sehen?
In gewisser Weise.
Und das Ende ist nah?
Ja.
Ich holte tief Luft. Ich wusste nicht, ob er ein Fanatiker war oder geisteskrank. In beiden Fällen ist ein Verhör praktisch sinnlos. Fanatiker kann man nicht knacken, es sei denn, man wendet unzulässige Verhörmethoden an, und was ein Geisteskranker aussagt, ist vor Gericht unbrauchbar. Er schloss die Augen und atmete tief durch die Nase ein und aus. Ich fragte ihn, ob mit ihm alles in Ordnung sei, und er nickte langsam. Ich fragte ihn, ob er was zu essen oder trinken brauche, und er schüttelte langsam den Kopf. Er atmete nur, und ich wartete. Nach ungefähr einer Minute wollte ich gehen, einen Kaffee trinken und später weitermachen. Als ich aufstand, öffnete er seine Augen und sprach.
Ich kann Sie erlösen.
Entschuldigung?
Ich kann Sie davon erlösen.
Wovon sprechen Sie eigentlich?
Es tut mir so leid.
Was tut Ihnen leid?
Ihr Verlust.
Wovon, verdammte Scheiße, sprechen Sie eigentlich?
Sie haben Ihr Kind verloren.
Ich war wie gelähmt. In meinem ersten Dienstjahr

wurde ich angeschossen, mit einem 38er Revolver. Die Kugel traf meine Schulter und trat am Rücken wieder aus. Bens Bemerkung hat mich schlimmer geschockt, geschmerzt, verletzt als dieser Schuss, mehr als alles auf der Welt, ausgenommen das Ereignis, das er ansprach. Es war ganz ausgeschlossen, dass er davon wissen konnte. Bevor ich diesen Raum betrat, hatte er mich nie gesehen, noch nie von mir gehört. Ich hatte alle meine Kollegen verpflichtet, mich niemals darauf anzusprechen. Wir hatten auch keine Todesanzeige geschaltet, und in der Presse war nie darüber berichtet worden. Damals glaubte ich, er könne auf keinen Fall davon wissen. Das änderte sich allerdings.

Ich setzte mich wieder hin. Ich sah ihn an. Er rührte sich nicht. Er sah mich durchdringend an und wartete auf eine Antwort. Aber ich brachte kein Wort heraus. Ich starrte auf den Tisch, biss die Zähne zusammen und dachte an meinen kleinen Jungen, an das erste Mal, als ich ihn sah, direkt nach seiner Geburt, an das erste Mal, als ich ihn im Arm hielt, an das Foto, das ich nicht mehr anzusehen gewagt hatte, bis ich Ben traf, von mir und ihm und seiner Mutter, mit der ich nicht mehr zusammen bin, kurz nachdem wir ihn mit nach Hause genommen hatten. Ich dachte an sein Kinderzimmer, an seine ersten Gehversuche, an sein erstes Wort. Das war Papa. In meinem Kopf spielte sich sein ganzes Leben noch einmal ab, und ich dachte daran, wie glücklich wir in diesen zwei Jahren waren. Bis seine Zuckungen anfingen und die Gleichgewichtsstörungen und er ins Krankenhaus gebracht wurde und nicht mehr zurückkam. Und mein Leben zerbrach. Nur meine Arbeit hielt mich davon ab durchzudrehen. Als ich meinen kleinen Jungen verlor, verlor ich alles. Alles, was mir je etwas bedeutet hatte.

Ben wartete, bis ich wieder aufblickte. Ich kann mir vorstellen, wie ich ausgesehen haben muss, sicher nicht wie ein cooler Cop, der alles im Griff hat.
Er sprach.
Machen Sie eine meiner Hände los.
Das kann ich nicht.
Doch, Sie können.
Aber ich tu's nicht.
Sie werden wieder Ihr Haus betreten können, ohne zu weinen. Sie werden nachts wieder schlafen können. Sie werden sie anrufen können und ihr sagen, wie sehr sie Ihnen fehlt. Sie werden wieder lieben können, wieder leben.
Leck mich.
Ich weiß, wie weh das tut.
Einen verdammten Scheißdreck wissen Sie.
Machen Sie meine Hand los.
Sie haben keine beschissene Ahnung, wovon Sie reden.
Ich wollte, es wäre so.
Arschloch.
Ich kann Sie erlösen.
Ein beschissener Freak sind Sie!

Nennen Sie mich, wie Sie wollen, wenn Ihnen das hilft.
Ich will wissen, woher Sie es wissen.
Ich habe es Ihnen angesehen.
Sagen Sie mir, woher Sie es wissen.
Das habe ich grade.
Das ist nicht witzig.
Ich will Ihnen nur helfen.
Sie wollen mir helfen? In Ketten und Overall und mit zwanzig Jahren Knast an der Backe?
Wenn Sie mich lassen.
Ich starrte ihn an. Ich wusste nicht, was ich sagen sollte. Ich war durcheinander und wütend und halb wahnsinnig vor Schmerz. Ich fürchtete ihn mehr, als irgendeinen, mit dem ich je in einem Raum war, den ich je getroffen, je gesehen hatte. Die meisten Menschen, mögen sie noch so gefährlich und gewalttätig sein, sind leicht zur durchschauen. Sie haben eine Geschichte, sie haben eine Vergangenheit, die sie geformt hat, und sie haben ihre Knackpunkte, ihre Schwachstellen, wo man sie packen kann. Ben war anders als alle, die ich je getroffen, observiert und verhört hatte, er war anders als alle, von denen ich je gehört hatte. Er war völlig undurchdringlich. Gleichzeitig leistete er keinerlei Widerstand, schien so etwas gar nicht zu besitzen. Es erinnerte mich daran, was ich an der Uni über Buddhas körperliche Präsenz und geistige Gestalt gelesen hatte: Er sei weich wie Eisen, hart wie Regen, lautlos wie Donner und sanft wie ein Wirbelsturm. Unser Professor löste das Paradox für uns auf,

indem er uns erklärte, dass Eisen eines der härtesten Materialien sei, aber doch weich genug, um es beliebig zu formen; dass Wasser flüssig und nachgiebig sei, und doch stark genug, Felsen auszuhöhlen; dass der Donner den Boden, auf dem wir gehen, zum Beben bringe, und ein Gewitter dennoch friedvoll und klärend sei; und dass ein Wirbelsturm ein zerstörerisches Naturereignis sei, das Auge des Orkans jedoch unglaublich ruhig. Ben starrte mich an. Er rührte sich nicht, und falls er blinzelte, sah ich es nicht. Ben erfasste mich mit seinem Blick. Mit seinen unergründlich tiefschwarzen Augen. Und das Verhör zwischen Polizist und Verdächtigem war beendet, und unser Gespräch unter Männern begann, zwei Männer, die zu leben versuchten, die ihren Weg im Leben suchten, denn mehr kann ein Mensch nicht tun. Er sprach.
Glauben Sie an Gott?
Ja, schon.
Und haben Sie sich mit Ihrem Schmerz an Gott gewandt?
Ja.
Haben Sie Gott auf Knien um Erlösung und Antwort angefleht?
Ja.
Hat Gott Ihnen geantwortet?
Nein.
An welchen Gott glauben Sie?
Ich bin Christ. Mitglied der Episkopalkirche.
Hat der Geistliche Ihrer Kirche versucht, Ihnen Trost zu spenden?

Ja.
Und er hat es gut gemeint, aber Ihnen nicht geholfen?
Ja.
Hat er mit Gott über Sie gesprochen?
Was meinen Sie damit?
Hat er mit Gott gesprochen, so wie ich mit Ihnen spreche, so wie Sie mit anderen Leuten sprechen?
Niemand spricht so mit Gott.
Und doch versuchen Sie es immer wieder, weil Sie glauben, dass er irgendwann Ihre Gebete erhören wird?
Das hoffe ich.
Hoffnung ist eine Illusion, die Mohrrübe, die vor Ihrer Nase baumelt.
Die Hoffnung hält mich am Laufen.
Aber wohin?
Weiß ich nicht.
Ihr Gott gibt Ihnen Hoffnung. Die Hoffnung gibt Ihnen nichts. Sie sollten einen anderen Weg versuchen.
Was könnte das sein?
Das habe ich Ihnen schon gesagt.
Sie freilassen.
Mir ist es gleich, ob Sie mich freilassen. Mir ist es gleich, ob ich den Rest meines Lebens in einer Gefängniszelle verbringe. Aber ich sage Ihnen, wenn Sie einen meiner Arme losmachen und mir glauben, was ich Ihnen sage und mir für einen Augenblick vertrauen, dann kann ich an Ihnen tun, was Ihr eingebildeter Gott, Ihr Märchenonkel-Gott, ein Gott, den niemand je gesehen oder gehört hat, der Sie weder

von Ihrem Leiden erlöst noch Ihnen die Antwort gegeben hat, nach der Sie verlangt, was dieser Gott nicht kann.
Das könnte mich meinen Job kosten.
Wenn das wichtiger ist.
Er saß da und wartete. Ich schaute weg, zum Spiegelglasfenster und überlegte, ob mein Kollege uns wohl beobachtete und zuhörte. Alle Verhöre werden aufgezeichnet, also war die Videokamera auf uns gerichtet. Um einen Verdächtigen zur Aussage zu bewegen, hatten wir einen gewissen Spielraum. Das hier war allerdings etwas anderes. Dies hier war rein persönlich. Und Körperkontakt war ausdrücklich verboten. Das verstieß gegen die Regeln. Aber ich war am Ende. Die Erinnerungen an mein sterbendes Kind verfolgten, quälten und zerstörten mich, an seinen Schmerz, als er starb, an seine Angst, als sein Körper versagte, den Moment, als sein Atem aussetzte, während meine Frau und ich seine Hand hielten. Ich wusste, ich würde niemals über den Tod meines Jungen hinwegkommen, und bezweifelte, dass der Schmerz je nachlassen würde. Doch wenn Ben mich wirklich davon erlösen konnte, sei es auch nur für eine Minute, eine Stunde, einen Tag, dann wäre es das wert, egal welche Strafe mich erwartete.

Ich griff in meine Hosentasche und nahm den Schlüssel heraus. Ich beugte mich über den Tisch und schloss die Handschelle auf, mit der seine Rechte an den Tisch gekettet war. Währenddessen bewegte er sich nicht, doch kaum war sein Arm frei, packte er mich und zog mich mit einer Kraft zu sich, die man ihm nie zugetraut hätte. Ich fühlte, wie meine Füße vom Boden abhoben. Er hielt meinen Kopf an seiner Schulter und begann, mir ins Ohr zu flüstern. Ich weiß nicht in welcher Sprache, aber ich nehme an, es war Hebräisch oder Aramäisch. Ich war verängstigt und wusste nicht, ob er mich ausgetrickst hatte und mir wehtun wollte oder ob er wirklich das tat, was er versprochen hatte. Es war auch egal, weil er so stark war, dass ich mich nicht rühren konnte.

Er flüsterte weiter auf mich ein und mein Körper wurde ganz schlaff. Es war, als hätte mich jemand völlig ausgeleert. So musste es sein, stellte ich mir vor, wenn man ein Nahtoderlebnis hat und dem Licht entgegengleitet. Meine Gefühle, meine Seele, meine Körperkraft, Schmerz, Kummer und Sorgen – alles war verschwunden. Ich fühlte mich völlig befreit. Ich fühlte mich, wie ich mich schon immer fühlen wollte: ruhig und klar und unkompliziert. Ich wollte, dass es ewig so bleibt, mein Kopf an seiner Schulter, seine Stimme in meinem Ohr. Ich hörte, wie die Tür hinter mir aufgerissen wurde und Leute in den Raum stürmten. Jemand muss uns beobachtet und gedacht haben, dass er mir was antut. Und da wusste ich, es war vorbei. Ben sprach nicht weiter, nur kurz bevor ich weggeschafft wurde, sagte er noch: Ich liebe dich.

Ich wurde aus dem Raum getragen. Bevor die Tür zuschlug, konnte ich noch sehen, wie einer meiner Kollegen Tränengas in sein Gesicht sprühte. Später wurde mir berichtet, dass er mit Elektroschocks traktiert und dann niedergeknüppelt wurde, bis sie ihn blutend und bewusstlos aus dem Raum schleppten. Ich wurde ins Krankenhaus gebracht, das ich nach wenigen Stunden völlig gesund verlassen konnte. Zu Hause schlief ich zum ersten Mal durch, seit mein Sohn ins Krankenhaus gebracht worden war. Ich wurde von dem Fall abgezogen, und Ben zwei Tage später auf Kaution freigelassen. Ich habe ihn nie wieder gesehen, obwohl ich versucht habe, ihn zu finden. Ich wollte ihm danken, für alles, was er getan hatte, dass er mir eine zweite Chance gegeben, dass er mich zu lieben gelehrt hat, so wie er mich geliebt hat. Ich war nicht überrascht, als ich erfuhr, was sie mit ihm gemacht haben. Wir leben in einer grausamen, unseligen Welt. Je länger ich lebe, desto mehr glaube ich, dass er recht hatte. Hoffnung ist eine Illusion, die Mohrrübe, die einem vor der Nase baumelt. Etwas, das uns am Laufen hält. Aber wohin? Alles geht zu Ende. Sein Ende, grausam und sinnlos, verhüllt von einem Schleier aus Religion und Selbstgerechtigkeit, wie so vieles, was wir in dieser Welt angerichtet haben, ist erst der Anfang.

LUKAS

Ich bin ein weißer Mann, Brüder und Schwestern. Aus dem großartigen Staat Mississippi. Als weißer Christ geboren, erzogen im stolzen Bewusstsein meiner Herkunft aus den Südstaaten und im festen Glauben daran, Teil einer von Gott auserwählten Elite zu sein: der Elite, die dieses Land gegründet hat, die dieses Land aufgebaut hat, die dieses Land beherrscht, auch wenn es manchmal so aussieht, als wären das andere. Ich bin in Jackson, Mississippi, aufgewachsen. Eine schöne Stadt, Brüder und Schwestern, eine schöne Stadt. Meine Familie hat seit zweihundert Jahren in diesem Staat gelebt, und die meisten von uns hatten keinen Anlass, woanders hinzugehen. Wir waren Siedler, Soldaten, Plantagenbesitzer, Sklavenhändler, Sklavenbesitzer. Wir haben im Bürgerkrieg für den Süden gekämpft, und nicht wenige von uns sind dafür gefallen. Wir waren Spieler, Farmer, Indianerjäger, Sheriffs, Diebe, Anwälte, Schwarzbrenner, Kongressabgeordnete und Senatoren. Mein Vater war ein Ölbaron. Hat sein Leben der Suche nach dem schwarzen Gold gewidmet, diesem dicken, dunklen, schwer zu fassenden Geldsaft. Er kaufte ein Stück Land in Laurel, Mississippi, und dort begann er zu bohren. Und er hat den großen Treffer gelandet, Brüder und Schwestern, den ganz großen Treffer hat er gelandet und einen Haufen Geld gemacht. In meiner Kindheit hat er an den Wochentagen in Laurel gewohnt. Tagsüber hat er gearbeitet, und die Nächte hat er mit seiner schwarzen Geliebten verbracht. Meine Mama und ich lebten in Jackson, und meine Mama hat ihre Nächte mit dem Golfprofi, dem Tennisprofi, den örtlichen Polizisten und so ziemlich jedem verbracht, der mit ihr schlafen wollte. An den Wochenenden haben meine Eltern sich betrunken und so getan, als ob sie sich lieben würden. Sie sind zu Cocktailpartys und Pferderennen gegangen. Sie haben Golf gespielt und sich mit Freunden getroffen. Manchmal haben sie sich mit Gegenständen beworfen, und manchmal hat mein Papa meine Mama geschlagen. Ich hielt das alles für völlig normal. Selbst nachdem meine Mama sich umgebracht hatte, Brüder und Schwestern, hielt ich das alles für völlig normal. Ich dachte bloß, dass meine Mama vielleicht der Teufel geholt habe oder dass sie einem Anfall von weiblichem Irrsinn erlegen sei. Gott weiß, wie viele Menschen an solche Dinge glauben. Gott weiß.

Zurück zu mir. Ich muss sagen, dass ich wie ein kleiner Prinz aufwuchs. Ich trug piekfeine Kleider, bekam ausgezeichnetes Essen und ging auf die angesehensten Schulen Jacksons. Ich machte, was ich wollte, und ich benahm mich, wie ich wollte, und ich bekam immer, was ich wollte. Es gab schwarze Frauen, die für mich kochten und putzten und sorgten, und obwohl meine Mama behauptete, sie würde mich erziehen, waren in Wahrheit sie diejenigen, die mich erzogen. So war es bei allen weißen Kindern, die ich kannte, und wir glaubten, genauso müsse es ein. Nach der Highschool ging ich nach Oxford, auf die Universität von Mississippi, und dort lebte ich wie eine königliche Hoheit. Die Vorlesungen habe ich fast nie besucht, denn ich wusste ja, dass auf mich schon ein Job wartete. Ich war der Vorsitzende meiner Studentenverbindung, wo wir jeden Abend Bier tranken und Karten spielten und die Flagge der Konföderierten hissten. Wenn ich nicht gerade trank oder spielte, dann taten meine Freunde und ich alles, um die Studentinnen ins Bett zu kriegen – zur Not auch mit Gewalt. Es waren vier Jahre dessen, was ich für Glückseligkeit hielt, Brüder und Schwestern, ehe ich wusste, was Glückseligkeit ist. Ich übernahm keinerlei Verantwortung gegenüber mir selbst, meiner Familie oder irgendeiner Obrigkeit. Meine Loyalität und mein Glaubebeschränkten sich auf mich selbst und meine Burschenschaft. Auch dort hatten wir, nebenbei bemerkt, schwarze Frauen, die unsere Wäsche wuschen und unsere Mahlzeiten kochten. Und ja, Brüder und Schwestern, gelegentlich versuchten wir, auch mit ihnen zu schlafen, und bei Gott, wenn sie sich weigerten, dann zwangen wir sie.

Nach dem College arbeitete ich für meinen Vater und beaufsichtigte seine Bohrbrunnen. Ich heiratete eine nette junge Blondine, deren Vater in Louisiana im Ölgeschäft tätig war und meinen Papa seit zwanzig Jahren kannte. Wir feierten große Hochzeit auf dem Anwesen ihrer Familie, und alle tranken und aßen zu viel und benahmen sich ganz so, als wären sie Südstaatler vor dem verlorenen Krieg. Wir ließen uns in Gulfport nieder, weil das näher bei ihrer Familie lag, und binnen sechs Monaten war sie schwanger. Wir bekamen ein kleines Mädchen, und dann noch eines. Sie waren süße kleine Frätzchen, Brüder und Schwestern, das könnt ihr mir glauben, eine so hübsch wie die andere. Ich gewöhnte mir einen ähnlichen Lebensstil wie mein Vater an: Während der Woche arbeitete ich in Laurel und an den Wochenenden kam ich nach Hause. Obwohl ich nie so werden wollte wie mein Vater, wurde ich es doch. Ich suchte mir eine schwarze Freundin und verbrachte mit ihr die Abende in Bars und im Bett. Ich spielte ein bisschen Karten, und ich verlor ein bisschen Geld. Ich fuhr ein schnelles Auto, und ich schrie die Leute an, die für mich arbeiteten, auch wenn sie es nicht verdient hatten. Ich feuerte sie, wenn mir danach war, auch wenn es keinen guten Grund dafür gab. Ich lebte ein böses, böses Leben, denn ich kannte es nicht anders. Man könnte sagen – und ich selbst habe es manches Mal gesagt –, dass ich mit dem Teufel im Bunde war, dass ich Satan hörig war und ein Tänzchen mit Beelzebub tanzte. Aber ich dachte, das sei der Lebensstil, den ein Mann meiner

Herkunft pflegen müsse, Brüder und Schwestern, ein reicher Weißer aus dem Süden.

Wie immer im Leben kommt Hochmut vor dem Fall. Die Ersten werden die Letzten sein. Riesen werden stürzen und Reiche dem Erdboden gleichgemacht. Und obwohl niemand glauben will, dass auch ihm das widerfahren kann, ist es so sicher wie das Amen in der Kirche, das versichere ich euch. Mein Absturz war rasant und gnadenlos. Mit einer meiner Freundinnen gewöhnte ich mir das Crackrauchen an, was damals gerade groß in Mode kam. Und ich konnte ums Verrecken nicht mehr damit aufhören. Zur gleichen Zeit versiegten die Ölbrunnen meines Vaters, und er überwarf sich mit meinem Schwiegervater. Ebenfalls zur gleichen Zeit machte sich der Wertpapiermakler meines Vaters aus dem Staub – mit seiner Geliebten und all unserem Geld, nach Brasilien. Ich blieb in Mississippi, angeblich, um meiner Familie dabei zu helfen, ihr schwankendes Schiff durch unser finanzielles Armageddon zu lenken. In Wahrheit verbrachte ich all meine Zeit in einem billigen Motel mit einer Pfeife und einer Lötlampe und einem nie abreißenden Zustrom von Nutten. Als ich nach Hause zurückkehrte, wurde ich von meinem Schwiegervater, der einen Privatdetektiv auf mich angesetzt hatte, mit einer Schrotflinte und den Scheidungspapieren empfangen. Er sagte mir, meine Frau und meine hübschen Töchter seien in Louisiana, und falls ich jemals versuchen sollte, sie zu sehen oder Kontakt zu ihnen aufzunehmen, würde man mich aufknüpfen und kastrieren. Brüder und Schwestern, wenn ihr seinen Blick gesehen hättet, ihr hättet gewusst, dass es ihm ernst war mit seiner Drohung.

Und so kehrte ich nach Laurel zurück und ließ alles, was mir noch geblieben war, im Rauch der Droge aufgehen. Und dann ließ ich noch einiges in Rauch aufgehen, was mir nicht geblieben war. Und dann fing ich an, Dinge an mich zu nehmen, die mir nicht gehörten, und auch die in Rauch aufgehen zu lassen. Brüder und Schwestern, ich stieg in die Tiefen der Hölle. Ich lachte mit Luzifer, und ich schlief mit seinen niederträchtigen Anhängerinnen. Drei Jahre lang blieb ich dort, rauchend und mich berauschend, schachernd und stehlend, mit Nutten und Huren Unzucht treibend. Als ich fast schon glaubte, dass es mit mir zu Ende ginge und ich drauf und dran sei, meinen irdischen Leib zu verlassen, da wurde mir eine Offenbarung zuteil, Brüder und Schwestern, eine unglaubliche Offenbarung. Ich wurde neu geboren. Neu geboren in Herz, Geist und Seele des Mannes, der mein bester Freund und mein Mentor wurde. Des Mannes, der für mich die Kraft und die Herrlichkeit ist, der mächtige Allmächtige in Person, der Prophet und der Sohn, unser Richter und Erlöser, der Herr und Heiland Jesus Christus.

Es geschah in dem verrotteten Keller einer verrotteten alten Baracke, die eine Gruppe von Cracksüchtigen als ihr Versteck benutzte. Wir waren wie ein Haufen Ratten: grau und stinkend und schmutzig, gierig und hungrig, bereit, durch alle Scheiße der Welt zu kriechen, um unsere Sucht zu befriedigen. Ich hatte damals Schmerzen im Brustkorb, weil ich zu wenig aß und zu viele Drogen nahm, und hatte mich mit einem Mann um Crack gestritten, das angeblich ihm gehörte. Er war wütend und wollte sich prügeln. Ich versuchte, den Mann zu ignorieren, doch das machte ihn rasend. Er hob einen Backstein vom Boden auf und schlug ihn mir über den Kopf. Er beförderte mich buchstäblich und bildlich gesprochen ins Jenseits. Als ich erwachte, Brüder und Schwestern, da strömte das Licht durch eine geborstene Fensterscheibe auf mein Gesicht, und ich hörte eine tiefe und reine Stimme, die sprach: Du musst neu geboren werden. Ich wusste nicht, wer da sprach, also fragte ich: Wer spricht?, und die Stimme antwortete: Jesus Christus, und ich fragte: Woher soll ich wissen, dass das stimmt?, und er sprach: Schau in dein Herz, mein Sohn, und ich fragte: Was soll ich tun, Herr, was soll ich tun, und er sprach: Du musst neu geboren werden. Ich sagte: Das bin ich, Jesus, ich bin neu geboren worden, was soll ich als Nächstes tun, und er sprach: Erzähle allen von Gott dem Vater, predige die Evangelien des Sohnes und fülle die Herzen der Sünder mit dem Heiligen Geist. Und ich sagte: Das werde ich tun, Jesus, das werde ich tun, ich gelobe es.

Das Licht verschwand, und ich stand auf und klopfte mir den Staub aus den Kleidern. Dann verließ ich dieses Dreckloch und ging geradewegs in die nächste Kirche, um dort niederzuknien und zu beten. Zwei Tage lang betete ich. Ohne Essen, ohne Wasser, ohne Schlaf. Als der Geistliche mich ansprach, scheuchte ich ihn mit einer Armbewegung fort und sagte: Ich bespreche mich gerade mit dem Herrn, Bruder, mit dir rede ich, wenn ich fertig bin. Manchmal fühlte es sich an, als säße der Herr direkt neben mir und flüsterte mir vertraulich ins Ohr. Dann wieder fragte ich mich, warum das Schweigen so lange andauerte. Gegen Ende, so glaube ich, war es der Vater höchstselbst, der Allmächtige, der Schöpfer all dessen, was wir kennen, der mir auftrug, die eine Stadt aufzusuchen, die die meisten Sünder beherbergt, und dort eine Kirche zu gründen und mit der Rettung der Seelen zu beginnen. Und so, Brüder und Schwestern, machte ich mich auf den Weg nach New York, New York.

Ich lief den ganzen Weg zu Fuß. Lief mit den Schuhen an meinen Füßen und den Kleidern an meinem Leib und einer Bibel in meiner Hand. Es war die Güte von Fremden, die mich nährte, Brüder und Schwestern, und so grausam und kalt diese Welt auch sein kann, so ist doch immer noch viel Anständigkeit in ihr. Binnen eines Tages war mein Bauch voll. Binnen zweier Tage trug ich neue Schuhe und Kleider. Binnen dreier Tage hatte ich ein paar Dollar in meiner Tasche. Am fünften Tag konnte ich mir die Haare schneiden und mich rasieren lassen. Es waren gesegnete Fremde, die mir all das zukommen ließen, und ich betrachtete sie als verkappte Engel; als Engel, die der Himmel geschickt hatte, um mich zu schützen und zu leiten; Engel, Brüder und Schwestern, die für den Erfolg meiner Mission sorgen sollten. Jede Nacht betete ich mehrere Stunden lang, schlief drei oder vier Stunden, und die restliche Zeit lief ich. Und während ich lief, sagte ich alle paar Minuten, in einem Tonfall, den ich als laut und stolz bezeichnen würde: Herr, ich liebe dich, ich bin ein einfacher Mann und dein bescheidener Diener, und ich liebe dich aus vollem Herzen. Nachdem ich zweiundzwanzig Tage gelaufen war, überquerte ich die George Washington Bridge.

Es war schlimmer, als ich erwartet hatte. Es erschien mir wie das Paradies der Sünder, Brüder und Schwestern, wie ein riesiges, vom Teufel geführtes Hurenhaus. Ich fand Unterkunft in einem Obdachlosenheim. Ich stand an Straßenecken und predigte das Evangelium des Herrn. Ich ging in den Central Park, der damals ein Tummelplatz der Sünder war, wo Alkoholkonsum und Drogenmissbrauch, Raub und Diebstahl und alle Arten von Unzucht und sexueller Perversion ungestraft praktiziert wurden, und ich versuchte, die Menschen zurück auf den Weg des Herrn zu lenken. Ich predigte auf dem Union Square. In der Wall Street. In Greenwich Village. Ich stand auf dem Times Square, Brüder und Schwestern, und ich schrie mir die Botschaft des Herrn aus dem Leib, so laut ich nur konnte. Ich spürte, wie viele Seelen es zu retten galt, all die Sünder, all die Irregeleiteten, Homosexuellen und Teufelsanbeter, die bekehrt werden und der Gemeinde des Herrn zugeführt werden mussten. Ich betete den ganzen Tag, jeden Tag, und ich muss sagen, Brüder und Schwestern: Weil ich an das, was ich sagte, aus tiefstem Herzen glaubte, war es wunderschön.

Ich begann, die anderen Viertel New Yorks zu durchstreifen und überall nach Menschen Ausschau zu halten, die bereit waren, neu geboren zu werden. In Staten Island verprügelte mich der Besitzer eines Cadillacs und drohte, mich umzubringen, falls ich jemals wiederkäme. Niemand in der Bronx sprach Englisch, und wenn doch, dann schauten diejenigen mich an, als ob sie mich am liebsten umgebracht hätten. Bei all den Juden in Brooklyn war für mich kein Platz. Also blieb ich in Queens, und ich rettete einen Mann, und dann zwei, und dann drei. Brüder und Schwestern, binnen weniger Monate hatte ich meine eigene Gemeinde beisammen. Eine gute Gemeinde. Menschen, die an die Gerechtigkeit meiner Worte glaubten, die glaubten, dass ich die eine, die einzige Wahrheit verkündete. Wir trafen uns im Hinterzimmer einer Reinigung, die einem Mann gehörte, den ich zu Jesus geführt hatte. Ich sammelte jetzt nach jeder Predigt Geld, um eine richtige Kirche zu gründen. Die Menschen begannen, anderen Menschen von meinem Verhältnis zu Gott und seinem eingeborenen Sohn, dem Herrn und Heiland Jesus Christus, zu erzählen: dass ich seine Worte und seine Botschaft kannte, dass ich in persönlicher Verbindung zum Himmelreich stand. Meine Gemeinde wuchs, bis die Reinigung uns nicht mehr zu fassen vermochte. Und das lag nicht nur an unserer Zahl, Brüder und Schwestern: Sie vermochte die Kraft unserer Anbetung und unserer Hingabe an den Heiligen Geist nicht mehr zu fassen, und sie vermochte unsere Liebe zu Gott und seinem Sohn nicht mehr zu fassen, und sie vermochte die Gebete nicht mehr zu fassen, die wir in die Höhe schickten. Bei Gott, das waren gerechte Tage.

Und so zog ich mit der Kirche um. Wir bekamen ein eigenes Gebäude, in dem zuvor ein Geschäft für Autoersatzteile war. Es war kein schönes Gebäude, aber bei der Anbetung des Herrn geht es nicht um Schönheit, es geht um die Seele und um die Hingabe, und daran, Brüder und Schwestern, mangelte es uns nicht: Seele und Hingabe hatten wir in Hülle und Fülle. Und um diese Zeit trug es sich zu, dass ich Jakob und seiner Familie begegnete. Jakob war ein Suchender, ein Mann, der seinen Weg in das Herz des Erlösers zu finden versuchte. Er wusste nur nicht wie und hatte niemanden, der ihn führte. Er war im jüdischen Glauben erzogen worden, und nun war sein Herz leer und seine Seele aufgewühlt. Wir begegneten einander, als ich an einer Straßenecke stand und predigte. Er kam zu mir und bat um eine Broschüre, und ich gab ihm eine über die Wiederkunft des Herrn, und sagte ihm, dass ich glaube, sie stehe schon bald bevor. Er fragte, woher ich das wisse, und ich sagte, niemand außer Gottvater kenne den Tag oder die Stunde, nicht einmal die Engel im Himmel oder der Sohn Gottes selbst, aber dass es meine Pflicht als Christ sei, Ausschau zu halten, und mein Herz mir sage, dass ich bald etwas sehen würde. Jakob fragte mich, ob ich den Messias treffen wolle, denn er kenne ihn. Es war, als ob der Blitz mich getroffen hätte, Brüder und Schwestern, als ob die Hand Gottes mein Herz erfasst hätte, als ob der Zweck meines Lebens und meiner Kirche mir plötzlich offenbart worden wären, wie so vielen Heiligen der Bibel ihr Lebenszweck offenbart worden ist. Ich fragte ihn, wer dieser Messias sei, und er sagte mir, es sei sein Bruder. Ich fragte ihn, wie er sich dessen sicher sein könne, und er sagte, dass sein Bruder seit seiner Geburt von orthodoxen Rabbinern als der Messias erkannt worden sei, dass er alle Kriterien erfülle und alle Zeichen zeige. Ich sagte ihm, dass der Judenmessias und der zurückgekehrte Christus nicht dasselbe sind, und seine Antwort lautete, dass Christus der König der Juden sei und dass es nur folgerichtig wäre, wenn er bei seiner Wiederkunft als König der Juden zurückkehre. Das klang logisch, und in meinem Herzen wusste ich, dass er recht hatte, weil Gott es mir sagte. Christus würde zurückkehren, wie er gelebt hatte, wie er gestorben war und wie er vom Heiligen Vater wiedererweckt worden war: als König der Juden. Ich fragte ihn, wo sein Bruder sei, und er sagte mir, dass er es nicht wisse: dass sein Bruder verschwunden sei, aber eines Tages zurückkehren werde. Die meisten Menschen in meiner Lage hätten geglaubt, dass dieser junge Bursche verrückt sein müsse. Aber ich glaubte an den Vater und seine Botschaft, ich glaubte daran, dass er schon oft Männer zu Propheten erwählt hatte, und ich glaubte daran, dass Gottes Wege unerforschlich seien. Daran glaubte ich, Brüder und Schwestern, und ich öffnete Jakob mein Herz und nahm ihn und seine Familie in den Schoß meiner Kirche auf, wo ich sie die traditionellen christlichen Werte lehrte und ihnen half, sich von ihrem jüdischen Glauben und ihren jüdischen Traditionen loszusagen. Er wurde wie ein Sohn für mich, mein engster Berater und Mitstreiter in der Kirche, die weiterhin wuchs und weiterhin Seelen aus der Hölle der ewigen Verdammnis errettete. Jahrelang suchten wir nach Ben Zion Avrohom. Wir suchten überall in New York, überall in Amerika, und mehrmals glaubten wir, seine Spur in Übersee gefunden zu haben: einmal in Indien, einmal in Afrika und einmal in China. Niemals gaben wir die Hoffnung auf, und niemals glaubte ich, dass der Vater und sein Sohn Jesus Christus mich auf eine Reise schicken würden, die kein Ende hatte. Ich wusste, dass wir Ben Zion finden würden oder dass er zu seiner Familie zurückkehren würde. Und ich glaubte fest daran, dass er uns zu gerechter Herrlichkeit führen würde.

Und er kehrte zurück. Er kehrte zurück, und Esther fand ihn. Es war ein herrlicher, herrlicher Tag. Nur die Kirchenältesten wussten von unserem Glauben an

Ben und unserer Suche nach ihm. Fast sechzehn Jahre lang hatten wir täglich gebetet, und ja, Brüder und Schwester, wir glaubten, dass der mächtige Vater selbst unsere Gebete erhört hatte. Der Messias war gekommen. Jesus Christus, unser Herr und Heiland, war zurückgekehrt. Als ich Ben zum ersten Mal sah, wusste ich sofort, was er war und wer er war. Es spielte keine Rolle, dass er auf der Intensivstation lag und Drähte und Schläuche aus seinem Körper herausragten. Er strahlte, Brüder und Schwestern. Der Glanz Gottes lag auf ihm, der Glanz der Engel, der Glanz des Himmels, der Glanz des Heiligen Geistes, der Glanz der Ewigkeit. Ich sank auf die Knie und betete, ich dankte Gott dem Herrn, dass er mich in seinen Plänen berücksichtigt hatte, und ich flehte ihn an, dass er mir die Kraft geben möge, seine Wünsche zu erfüllen. Und als Ben den Unfall überlebte, auf eine Art, wie es nur einem göttlichen Wesen möglich ist, und als er begann, seine Krämpfe zu bekommen und zu jemandem zu sprechen, den wir für den Heiligen Vater höchstselbst hielten, und als er anfing, Bibelverse zu rezitieren, und die ältesten der heiligen Sprachen kannte, und als er nicht in verrückten Zungen sprach, wie dies der Heilige Geist manche tun lässt, sondern in eben diesen heiligen Sprachen, Brüder und Schwestern, wie hätten wir da noch zweifeln können? Wenn einem im Leben etwas direkt ins Gesicht sieht, wenn man es mit eigenen Augen erblickt und im Schlag des eigenen Herzens spürt, dann glaubt nur ein Narr, dass es nicht wahr sei.

Wir beteten für Bens Genesung, wenngleich an ihr niemals ein Zweifel bestanden hatte. Wir erlaubten dem Judenrabbi, ihn zu besuchen, weil Ben darauf bestand. Wir glaubten, dass Ben das Krankenhaus verlassen würde, dass er zu seiner Familie zurückkehren und unserer Kirche beitreten würde, so wie der Heilige Vater es ihm vorbestimmt hatte. Sowohl Jakob als auch ich hatten dazu Unterredungen mit Gott, und wir hielten Gottes Wort für wahr. Als Ben während eines Treffens mit dem Rabbi verschwand, da glaubten wir, dass der Rabbi ihn irgendwohin verschleppt habe. Es gab keinen Grund für den Messias, den zurückgekehrten Christus, unseren Herrn und Heiland, die Arme einer liebenden Familie und einer liebenden Kirche zu fliehen, ohne dass ihn jemand dazu gezwungen hätte. Die Juden versuchen seit zweitausend Jahren, die Welt zu kontrollieren, und sie haben in vielen Fällen Erfolg damit gehabt. Sie töteten unseren ersten Messias, sie nagelten ihn ans Kreuz und töteten ihn, auch wenn er es geschehen ließ, um uns von unseren Sünden zu erlösen. Mein fester Glaube war, dass die Macht Christi in ihren Händen zu teuflischen Zwecken missbraucht werden würde. Zugleich weiß jeder anständige Christ, dass es die Juden sind, die das Ende der Tage einläuten werden. Damit das Ende der Tage kommen kann, müssen sie in Israel leben, und dazu muss Israel existieren. Der Tempel Salomos muss wiederaufgebaut werden. Die Schlacht von Armageddon wird auf ihrem Boden ausgetragen werden. Die Trompeten werden erschallen, und die vier

Apokalyptischen Reiter werden durch die wüste Ebene reiten, und dann wird Glückseligkeit ausbrechen. Dafür brauchen wir die Juden. Sie sind böse, aber sie sind notwendig. Also beobachteten wir den Judenrabbi. Unsere Leute verfolgten ihn. Wir versuchten, sein Telefon abzuhören, aber es gelang uns nicht. Er tat nichts Ungewöhnliches. Er ging auf scheinbar normale Weise seinen Aufgaben nach. Wir beteten besonders lange und besonders innig, und wir flehten den Heiligen Vater um ein Zeichen an, das uns helfen könnte, seinen Sohn zu finden, und wir gelobten, dass wir ihn nicht wieder gehen lassen würden, wenn wir ihn fänden. Wir lasen die großen Zeitungen, und wir sahen die überregionalen Nachrichtensendungen – obwohl wir wussten, dass sie voll von Lügen und Propaganda waren, und obwohl wir wussten, dass sie von Juden und Homosexuellen kontrolliert werden – in der Hoffnung auf einen Hinweis.

Ich las einen Zeitungsartikel über den apokalyptischen Tunnelkult dieses schwarzen Mannes. Mir wurde schlecht, wenn ich nur daran dachte. Ich glaubte daran, dass der Mensch aus der Herrlichkeit Gottes hervorgegangen sei, erschaffen nach seinem Ebenbild, und ich kann euch sagen, Brüder und Schwestern, dass es Gott nicht gefallen würde, wenn Männer und Frauen wie Würmer im Erdboden leben, nicht einmal dann, wenn sie Sünder sind. Doch nachdem diese Geschichte ans Tageslicht gekommen war, begann der Rabbi sich anders zu verhalten. Er ging zu einer Bank, er hatte lange Treffen mit einem Anwalt, und er suchte die Justizvollzugsanstalt auf. Der Privatdetektiv, der ihn für uns beschattete, stellte einige Nachforschungen an und fand heraus, dass ein Mann, auf den Bens Beschreibung passte, zu den Menschen zählte, die von dem verrückten Schwarzen festgehalten wurden. Wir glaubten, dies müsse das Werk des Teufels sein, der niemals ruht, niemals rastet und unablässig damit beschäftigt ist, die Sünde und das Böse auf der Welt zu schüren. Bestimmt war der Schwarze ein Spion Luzifers, der den Sohn Gottes ergreifen und festhalten sollte, um ihn von seinem Glauben abtrünnig zu machen, oder ihn, falls das fehlschlug, weil nichts und niemand den Messias, den Sohn Gottes, den Herrn und Heiland von seinem Glauben abtrünnig machen kann, zu töten.

Wir gingen sofort zu einem Kautionsvermittler. Wir hatten Geld für eine neue Kirche gesammelt, auch um die Ankunft des Herrn zu feiern, und wir wussten, dass das ohne Belang sein würde, so lange der Herr im Gefängnis saß. Wir glaubten auch, dass unsere Schatullen überquellen würden, sobald die Klagen, die Jakob im Interesse von Ben erhob, mit einem Vergleich beigelegt oder vor Gericht verhandelt würden. Also verpfändeten wir unser Geld und das Gebäude, das wir damals als unsere Kirche nutzten, als Sicherheit für die Kaution. Einige der Kirchenältesten waren besorgt, aber ich sagte ihnen: Wenn Geld nicht zum Ruhm Gottes und seines Sohnes genutzt werden kann, welchen Nutzen hat es dann? Und wir wollten und mussten den Judenrabbi besiegen, der unserer Meinung nach dasselbe tat wie wir, nur dass er schneller war. Und ich glaubte, dass das typisch für die Juden sei. Dass sie alles als Erste wissen. Und dass das eine der Methoden sei, mit der sie den Planeten zu kontrollieren suchen.

Also gingen wir zur Justizvollzugsanstalt im Stadtzentrum, ein Sumpf der Sünde und Entartung. Wir hatten einen Anwalt bei uns und fragten nach dem Gefangenen, den sie John Doe Nr. 4 nannten. Könnt ihr euch vorstellen, Brüder und Schwestern, dass man den Messias, den Sohn Gottes und zurückgekehrten Heiland John Doe Nr. 4 nennt? Es war eine Schande. Eine Abscheulichkeit. Und obwohl wir den Behörden, die ich für böse hielt und von denen ich glaubte, dass sie mit den Juden und dem Teufel im Bunde stünden, nicht sagen konnten, wer Ben war, ließ ich sie doch einiges von meinem gerechten Zorn spüren. Als Erstes sahen wir Ben in einem Besucherraum. Jakob und ich und unser Anwalt Caleb, ein guter Christ, der an die Worte des Vaters und die Evangelien des Sohnes glaubte. Als man ihn hineinführte, waren ihm Arme und Beine gefesselt, als ob er ein Sklave wäre. Sein Gesicht war angeschwollen und voller Prellungen, eines seiner Augen war blau geschlagen und seine Lippe aufgeplatzt. Er sah aus, als ob er seit Wochen nichts zu essen bekommen hätte.

Wir versuchten, mit ihm zu reden. Er war sehr höflich, aber auch sehr distanziert. Ich vermutete, dass man ihm eine dieser Drogen zur Gedankenkontrolle gegeben hatte, die die Regierung bekanntermaßen gegen Menschen einsetzt, die sie für eine Bedrohung hält. Und der Messias war ganz gewiss eine Bedrohung. Der Messias wird alles zu einem Ende bringen, oder zumindest ist er der Vorbote des nahenden Endes. Jakob umarmte ihn und sagte, dass wir für ihn sorgen würden. Ben sagte, dass er gut für sich selbst sorgen könne. Jakob sagte, dass wir ihn so schnell wie möglich hier herausholen würden, und Ben sagte, er sei sehr zufrieden hier. Jakob erzählte ihm, wie besorgt wir gewesen seien und wie wir nach ihm gesucht hätten, und Ben schloss nur die Augen und lächelte. Als ich ihn fragte, ob er mit uns beten wolle, sagte er, dass ich gern beten könne, aber dass er niemals bete. Ich fragte ihn, ob ich richtig gehört hätte, dass er niemals bete, und er sagte: Ja, du hast richtig gehört. Es war unerklärlich. Wir hatten einen glorreichen Empfang erwartet, den Empfang eines heiligen Mannes, der begierig darauf wartete, in die Welt zurückzukehren und das Wort Gottes zu verbreiten. Eines heiligen Mannes in der Tradition der biblischen Heiligen. Eines heiligen Mannes wie Moses oder Jesaja oder Johannes der Täufer. Ich hatte erwartet, Jesus vor mir zu sehen. Doch das war ganz und gar nicht das, was ich zu sehen bekam.

Wir zahlten trotzdem seine Kaution. Ich ging ins Gericht und verpfändete alle Geldmittel unserer Kirche, zusammen mit dem Grundbucheintrag der Immobilie. Einige der anderen Kirchenältesten glaubten, dass wir zu viel aufs Spiel setzten, aber ich glaubte, dass man für den Herrn alles aufs Spiel setzen müsse – und damit meine ich alles, Brüder und Schwestern, Leben und Geld und Familie –, wenn man wirklich aus tiefstem Herzen an ihn glaubt. Denn wenn man wirklich aus tiefstem Herzen an etwas glaubt, sei es Gott, sei es die Liebe, sei es Geld oder Gier, was auch immer, dann ist man bereit, alles dafür aufs Spiel zu setzen. Und das tat ich, Halleluja, das tat ich. Festen Glaubens verpfändete ich alles. Ich zögerte nicht, keine Sekunde lang zögerte ich, und dabei dankte ich Gott dem Allmächtigen, dass er mir die Gelegenheit gab, ihm zu dienen. Der Richter ordnete an, dass Ben entlassen und meiner Obhut sowie der Obhut seiner Familie überstellt werde. Er machte zur Auflage, dass Ben eine elektronische Fußfessel tragen müsse, damit man wisse, wo er sich aufhalte. Ich protestierte, da ich glaubte, dass der Jude und seine Verbündeten das Gerät dazu benutzen würden, Ben aufzuspüren und gefangen zu nehmen, und dass es ganz gewiss ein Teil des Judenplans und damit ein Teil von Luzifers Plan sei. Caleb sagte mir, ich solle schweigen, da der Richter auch ein Jude sei. Da wusste ich, dass es schwierig werden würde, für Bens Sicherheit zu sorgen. Juden, Schwarze, Sünder und Perverse: Wir würden gegen sie alle ankämpfen müssen.

Als wir Ben in einem kleinen Zimmer in der Justizvollzugsanstalt tatsächlich in unsere Obhut nahmen, war Caleb bei mir. Auch Caleb war ein guter, bibeltreuer Mann, ein Mitglied unserer Kirche, ein Mann Jesu, der an die traditionellen amerikanischen Familienwerte glaubte. Er war Mitglied einer Episkopalkirche gewesen, aber er hatte dem, was ich einen pervertierten Glauben nenne, den Rücken gekehrt. Was ist das für ein Glaube, der Frauen und Homosexuellen Entscheidungsrechte gibt, die sie nicht verdienen? Ein Glaube, der nicht im Einklang mit den wahren Werten des Gottvaters und seines Sohnes steht? Caleb war Alkoholiker geworden, obwohl er jede Woche die Gottesdienste seiner pervertierten Kirche besucht hatte, was für uns ein Zeugnis der schwächlichen und blasphemischen Natur seiner Kirche war, und er schlug ohne Grund seine Frau und seine Kinder. Nach einem Autounfall wurde er wiedergeboren. Er hatte sich während des Fahrens umgedreht, um eines seiner Kinder zu züchtigen. Als er nach dem Kind ausholte, hatte er die Kontrolle über den Wagen verloren und war gegen einen Baum geprallt. Er war im Krankenhaus aufgewacht, und zum Glück, Brüder und Schwestern, waren seine Frau und seine Kinder wohlauf. Er selbst war mehr als wohlauf. Er sagte, dass der Herr in der Sekunde, ehe er gegen den Baum geprallt war, zu ihm gesprochen habe. Und der Allmächtige in seiner Gnade und Weisheit hatte Erbarmen und sagte ihm, dass er ihn verschonen werde, wenn er sein Leben fortan seinem einen und einzigen

Sohn widmete, dem Herrn und Heiland Jesus Christus. Und fürwahr, das tat er, Brüder und Schwestern. Er verließ seine Firma in Manhattan und eröffnete eine Kanzlei für christliche Fälle. Er kämpfte für die ungeborenen Kinder, die in den Abtreibungskliniken ermordet werden, er kämpfte gegen Gesetze, die Lesben und Homos Rechte einräumen, die nur normalen, gesunden Menschen zustehen, er kämpfte für das Schulgebet und dafür, dass der Kreationismus an den Schulen unterrichtet wird, er kämpfte für das Recht christlicher Männer, Waffen ihrer Wahl zu tragen, um ihre Familien zu beschützen. Er war ein Alptraum für die ACLU, die Sünde und Perversion fördert und versucht, zum Wohl der Juden den christlichen Glauben zu kontrollieren und zu zersetzen.

Ben betrat den Raum in Fesseln. Caleb und ich sanken auf die Knie und verneigten uns. Wir verneigten uns vor dem Messias, so wie es sich gehört, Brüder und Schwestern. Wir waren Ben schon früher begegnet, ohne uns zu verneigen. Vor unserer ersten Begegnung hatten wir nicht gewusst, wie er sein würde. Niemand, nicht einmal die Heiligsten der Heiligen, nicht einmal die Gerechtesten und Reinsten in Gottes Schar, hatten den Sohn des Allmächtigen jemals gesehen. Er war ganz anders, als wir es erwartet hatten, und als wir später miteinander darüber sprachen, da wurde uns klar, dass wir gar nichts hätten erwarten sollen. Gott ist Gott. Allgewaltig und allmächtig. Der Schöpfer des Himmels und der Erde. Der Richter und der

Erlöser. Wir kannten Gottes Wege und Absichten nicht. Wir kannten Gottes Pläne nicht. Nur Gott selbst konnte sie kennen. Und er enthüllte, was er enthüllen wollte. Und wir glaubten, und ich glaube es immer noch, dass Ben sein geliebter Sohn sei. Und wir sahen auch in die Vergangenheit zurück, Brüder und Schwestern. Wir sahen zurück auf Jesus Christus, den Herrn und Heiland, den Mann, der sich für die Sünden der Menschheit am Kreuz geopfert hatte. Wir sahen zurück zu dem Mann, von dem wir glaubten, dass er in der irdischen Gestalt des Ben Zion Avrohom wiedergeboren worden sei. Zwölf Männer liebten und verehrten Christus, zwölf Gläubige, zwölf Jünger, zwölf Apostel. Er zog durch das Heilige Land und predigte das Wort Gottes. Seine Botschaft war anders als alles, was die Welt bis dahin vernommen hatte. Seine Botschaft war rein und schön und wahr, und sie kam direkt vom Heiligen Vater. Seine Botschaft war die Zukunft, und die Welt ist nicht immer bereit für die Zukunft. Die Welt ist nicht immer bereit für die Wahrheit. Er war ein Radikaler, Brüder und Schwestern. Ein Radikaler, wie ihn die Welt bis dahin noch nicht gesehen hatte. Viele hielten Christus für verrückt. Er wurde verspottet und verhöhnt. Die Rabbis der Israeliten verlachten ihn und schickten ihn fort. Seine Botschaft wurde falsch verstanden und falsch gedeutet. Nur zwölf Männer kannten ihn von Grund auf, während er auf Erden weilte. Es dauerte tausende von Jahren, bis seine wahren Anhänger ihn fanden, Brüder und Schwester, tausende von Jahren.

Bis Menschen wie ich und meine Schar in seiner Liebe wiedergeboren wurden. Tausende von Jahren und ungezählte falsche Propheten mit irregeleiteten Botschaften. Tausende von Jahren mit Päpsten und Predigern und Priestern und Pastoren, die ketzerische Predigten hielten und bedeutungslose Edikte erließen. Mag sein, dass ihre Absichten gut und rein waren, aber sie bleiben Abtrünnige. Wir entschieden nach langen Beratungen und vielen Tagen des Gebets, nach unzähligen Unterredungen mit Gott und Christus, nach zahlreichen innigen Begegnungen mit dem Heiligen Geist, dass Ben tatsächlich der Messias sei. Und als solchen mussten wir ihn anerkennen und beschützen und verehren.

Und so trat er ein, und wir knieten nieder und verneigten uns. Ich bin niemals so demütig gewesen, Brüder und Schwestern, nicht einmal in dem Moment, als ich dem Herrn mein Herz und meine Seele schenkte und neu geboren wurde. Als die Wachen seine Fesseln lösten, da beteten wir beide und dankten dem Vater für seinen Sohn und dafür, ihm dienen zu dürfen. Die Wachen gingen hinaus, aber sie sagten, Ben solle bleiben und auf seine elektronische Fußfessel warten. Er stand da und überragte uns, die wir immer noch knieten und uns verneigten. Er sprach.
Ihr habt meine Kaution hinterlegt?
Ich sprach.
Ja, Herr.
Danke.

Es ist uns eine große Ehre, Herr.
Warum kniet ihr?
Wir knien vor dir, dem Propheten, dem Sohn, dem Messias, unserem Herrn und Heiland. Wir knien vor dir, dem wiedergeborenen Christus.
Bitte, steht auf.
Wir sahen ihn an und standen auf. Und da war er, Brüder und Schwestern, der Prophet, der Sohn, der Messias, unser Herr und Heiland. Da war er, der wiedergeborene Christus. Ich könnte versuchen, ihn mit Worten zu beschreiben, aber es gibt keine Worte, die ihm gerecht würden. Denn für die tiefsten Erfahrungen in unserem Leben und der Welt sind Worte ohne Belang. Könnt ihr die Liebe beschreiben? Den Tod? Könnt ihr beschreiben, wie es sich wirklich anfühlt, wenn man zum ersten Mal das eigene Kind sieht? Oder wenn einem zum ersten Mal das Herz bricht? Ihr könnt es versuchen, Brüder und Schwestern, aber eure Beschreibung wird dem, wie es wirklich war oder sich angefühlt hat, nicht einmal nahe kommen. Und so war es auch mit Ben. Da stand er vor uns, geschlagen und mit Narben bedeckt, krank und ausgezehrt, das Lamm Gottes, das Licht der Welt, der Herrscher des Neuen Bundes, König der Könige, und wir waren von Ehrfurcht ergriffen. Ich sprach.
Wir sind hier, um dir zu dienen, mächtiger Gott.
Ich bin ein Mensch.
Das war Christus auch.
Ja.
Bist du der Sohn Gottes?

Wir werden alle gleich geboren.
Bist du nicht der Prophet, der Sohn, der Messias? Bist du nicht der Herr und Erlöser?
Glaubst du, dass ich es bin?
O ja, Herr, o ja.
Er sah mich fest mit schwarzen Augen an, und auf seinem schönen Gesicht lag ein leises Lächeln. Es war ein friedliches Lächeln, so friedlich und still, wie ich es auf vielen Bildern gesehen hatte, die Jesus Christus zeigen. Ehe ich noch etwas sagen konnte, kamen die zwei Männer mit der elektronischen Fußfessel und befahlen Ben, sich hinzusetzen. Sie legten ihm die Fußfessel an und erklärten ihm, wie sie funktioniert. Sie sagten ihm, dass das Gericht bestimmte Bereiche festlegen würde, wo er sich aufhalten dürfe, und dass die Fußfessel seine Bewegungen verfolgen würde. Falls er die festgelegten Bereiche verließe, würde man ihn festnehmen und seine Kaution annulliert. Mir wurde ganz schlecht, als ich das hörte. Ich war entrüstet und erzürnt. Die Vorstellung, dass die Regierung und die Juden die Bewegungsfreiheit des Messias einschränken durften, des Mannes, auf dessen Rückkehr die Welt zweitausend Jahre lang gewartet hatte, dass sie seine Bewegungen verfolgen konnten, als wäre er ein Hund ... das machte mich so zornig, dass ich am liebsten jemanden umgebracht hätte, Brüder und Schwestern, und es ließ mich dem Jüngsten Gericht freudig entgegensehen. Sie alle würden brennen.
In der Hölle würden sie brennen, wie sie es verdient hatten. Im Fegefeuer würden sie brennen, während

ich zur Rechten des Allmächtigen sitzen würde. Würden brennen, während mir die Freuden des Himmels zuteil würden, denn ich war der Pastor, der den Messias davor bewahrt hatte, im Gefängnis durch die Hand der Feinde Gottes zu sterben. Ich glaubte fest daran, dass sie alle brennen würden.

Die Männer verließen den Raum, und wir waren allein mit Ben. Er trug Lumpen. Eine viel zu weite schwarze Hose, ein schwarzes T-Shirt und schwarze Plastiksandalen. Lumpen, die ich nicht einmal an den größten Sündern hätte sehen wollen, ob sie es nun verdient hatten oder nicht. Wir hatten ihm einen schönen weißen Anzug mitgebracht, den wir mit dem Geld unserer Kirche beim besten Schneider von Queens gekauft hatten. Er weigerte sich, ihn anzuziehen und sagte, er würde lieber seine eigenen Kleider tragen. Ich sagte ihm, dass seine Familie auf ihn warte. Er lächelte und schwieg. Ich sagte ihm, dass wir ihm zur Verfügung stünden und ihm helfen wollten, das Wort Gottes auf Erden zu verbreiten. Er stand auf und fragte, ob wir bereit seien zu gehen. Wir öffneten die Tür und bedeuteten ihm mit einer Geste, uns zu führen. Er ging voran, und wir folgten ihm einen Gang entlang und nahmen einen Fahrstuhl ins Erdgeschoss. Ben schwieg. Als wir die Strafanstalt verließen, standen da drei Männer am Ausgang. Einer trug Hemd und Krawatte. Er hatte eine Schusswaffe bei sich, also musste er Polizist sein. Die anderen beiden trugen die üblichen Uniformen der Gefängniswachen. Es war klar, dass sie auf

Ben warteten. Ich dachte zunächst, dass sie Attentäter seien. Ich war bereit, mein Leben für den Messias zu lassen. Bereit, meine Liebe für ihn und seinen Vater unter Beweis zu stellen. Doch Ben lächelte sie an und ging auf sie zu. Er blieb vor ihnen stehen und umarmte sie. Sie hielten ihn lange fest. Wie man jemanden festhält, der in den Krieg zieht, oder jemanden, der für immer ins Gefängnis muss. Wie man jemanden festhält, den man liebt und zum letzten Mal sieht. Er sprach leise mit jedem von ihnen. So leise, dass nur sie hören konnten, was er sagte. Und ich schwöre, Brüder und Schwestern, ich schwöre bei meinem Leben, dass ich sah, wie sie sich veränderten. Sie veränderten sich körperlich. Als ob man eine niederdrückende Last von ihnen genommen hätte und sie schweben würden. Als ob sie krank gewesen wären und plötzlich gesundet. Und als Ben sich von dem Letzten dieser drei losmachte, da ging er und blickte nicht mehr zurück.

Draußen stand der Wagen, den wir gemietet hatten. Wir hatten das Beste vom Besten gewählt. Eine lange, schwarze Stretch-Limousine mit einem Chauffeur in Uniform. So wie mein Papa sich manchmal fahren ließ. In dem Wagen lagen drei Bibeln, und wir hatten gehofft, dass wir während der Fahrt gemeinsam mit Ben darin lesen könnten. Wir hatten Eiswasser und kalte Säfte. Alles war erstklassig, aber Ben wollte nicht einsteigen. Er wollte zu Fuß nach Queens gehen. Er wollte Manhattan, diese Insel des Teufels, durchqueren, ihre vergiftete Luft einatmen und sich unter ihre entarteten Einwohner mischen. Wir versuchten, es ihm auszureden, aber er ging einfach los. Uns blieb keine andere Wahl, als mit ihm zu gehen.

Es war eine ungemein erhebende Erfahrung, Brüder und Schwestern. Wir gingen durch die Straßen dieses Sündenbabels, und bei uns befand sich einer der zwei einzigen Männer, deren Macht und Reinheit hinreichte, dem Teufel Einhalt zu gebieten. Er ging langsamen Schrittes. Er sprach kein einziges Wort. Wir gingen zu seiner Linken und zu seiner Rechten. Er schaute in alle Richtungen, und sein Blick glitt bedachtsam mal hierhin, mal dorthin. Es war unverkennbar, dass er alles sah, alles hörte, alles wusste. Von Zeit zu Zeit schloss er die Augen und atmete tief durch die Nase ein. Von Zeit zu Zeit tat er einen Schritt auf jemanden zu, oft jemanden, der arm und schmutzig war, nicht selten ein betrunkener Obdachloser oder ein Drogensüchtiger. Dann hob er wohl seine Hand ein kleines Stück in die Richtung dieses Menschen. Ich sah, wie er das bei einer weinenden Frau tat. Einem Anzugträger, der in sein Handy sprach. Einem Polizisten, der mitten auf der Straße stand. Einer Frau in Schwesternuniform, die den Bürgersteig entlangrannte. Einem arabischen Würstchenverkäufer und einigen Afrikanern, die gefälschte Handtaschen verkauften. Ich sah, wie er es bei Kindern tat. Bei allen Kindern, die er sah, hob er leicht die Hand.

Es fühlte sich an, als wären wir stundenlang unterwegs gewesen. Brüder und Schwestern, meine Füße und Beine taten weh. Wir durchquerten die Ostseite der Insel nach Norden, Chinatown, die Lower East Side, das East Village. Überall gab es Sünder und Chaoten. Drogensüchtige und homosexuelle Perverse. Caleb und ich hielten unsere Bibeln in der rechten Hand. Um den Hals trugen wir Kreuze. Wir blieben nahe bei Ben. Er sprach nicht, und so sprachen auch wir ihn nicht an. Wir überquerten den Union Square, gingen die Park Avenue hoch, durch die Grand Central Station, wo scharenweise Sünder aus den Zügen quollen, um die verderbtesten ihrer Phantasien auszuleben. Immer wieder hob er seine Hand, nur ein kleines Stück. Immer bei Menschen, die mich krank machten, die unverkennbar zu Luzifers Legionen zählten. Menschen, denen ich aus dem Weg gegangen wäre; Menschen, von denen ich geglaubt hätte, dass der Herr sie verdammen würde. Ich war froh, als wir den Bahnhof hinter uns ließen, denn es war darin wie in den Eingeweiden der Hölle. Ich war überglücklich, als ich Gottes Licht wieder auf meinem Gesicht spürte und Gottes Luft atmen konnte.

Wir wandten uns in Richtung Osten und näherten uns der Queensborough Bridge. Ein starker Wind wehte vom East River herüber, als ob er die Ausdünstungen des Bösen von Queens und Brooklyn fernhalten wolle. An der Second Avenue betraten wir den Fußgängerweg zur Brücke über den Fluss. Der Fußgängerweg verläuft an der Südseite der Brücke und erlaubt einen freien Blick auf Lower Manhattan, wo die Hochhäuser mit aller Macht des Satans emporstreben. Es ist nur ein kleiner Gehsteig, begrenzt von einer Mauer von etwa einem Meter Höhe, die das Fundament für einen ungefähr drei Meter hohen Maschendrahtzaun bildet. Der Wind blies heftig, Brüder und Schwestern, er heulte geradezu. Caleb sagte, dass dies das Echo der Trompeter Gottes sei, welche die Rückkunft seines Sohnes zu der einzig wahren Kirche, unserer Kirche, verkündeten. Und genauso fühlte es sich an. Wir überquerten den Fluss. Der Messias, der Sohn Gottes, den wir soeben aus den Klauen der Regierung und der Juden befreit hatten, führte uns an. Er ging durch die Stadt, eine neuere Version des Tals der Finsternis, und spendete seinen Segen und seine Gnade. Natürlich verkündete der himmlische Vater, der allmächtige Gott, der Herrscher all dessen, was war und was jemals sein wird, unsere Rückkehr. Es war ein Augenblick der Gerechtigkeit, ein wahrhaft gerechter Augenblick. Einer der erhebendsten, den je ein Mann, eine Frau oder ein Kind erlebt hat. Ich kann mir nichts Großartigeres vorstellen. Preiset den Herrn, Brüder und Schwestern, preiset den Herrn.

Als wir uns der Mitte der Brücke näherten und der Gestank Manhattans nachließ, trat Ben an die Mauer. Ehe wir auch nur ein Wort herausbringen konnten, war er auf den Maschendrahtzaun geklettert. Ich hätte schwören können, dass ich ihn auf die Mauer springen und den Zaun hochklettern sah, aber Caleb sagte später, er sei emporgeschwebt, als ob ein Windstoß des Himmels ihn hochgehoben und dort oben abgesetzt hätte. Und da stand er nun. Auf einem Draht von einem halben Zentimeter Dicke. Mehr als sechzig Meter über dem Fluss. Seine Arme hingen entspannt herab. Er schloss die Augen und stand einfach da.

Wir wussten nicht, was wir tun sollten. Ich hatte schreckliche Angst, dass er hinunterfallen könnte, auch wenn ich nicht glaubte, dass er dadurch sterben würde. Caleb kniete nieder und begann zu beten: Gottvater, in Jesu Namen knie ich demütig vor dir und danke dir, dass du mir erlaubst, dir zu dienen. Gottvater, bitte sende mir ein Zeichen, damit ich weiß, wie ich dir dienen kann. Er starrte Ben an und sagte es wieder und immer wieder. Eine starke Böe fegte über die Brücke, und auch ich sank auf die Knie, während Ben weiter auf dem Zaun stand. Es war eigentlich unmöglich, so dort zu stehen. Es war eigentlich unmöglich, dass er sein Gleichgewicht nicht verlor. Der Wind hätte ihn eigentlich wegwehen müssen. Der Himmel über ihm war blau, und Wolken trieben langsam vorüber. Hinter uns auf der Brücke rasten die Autos vorbei, und wir hörten, wie die Leute hupten und aus den Fenstern schrien. Der stille Strom des Flusses wisperte unter uns. Und der Wind, der immer noch nicht nachgelassen hatte, verkündete die Ankunft des Herrn. Es war der schönste Augenblick meines Lebens.

Ich weiß nicht, wie lange wir dort standen. Es können zwei Minuten oder zwei Stunden gewesen sein. Ich stimmte in Calebs Gebete ein und verlor mich in der Macht des Heiligen Geistes, dessen Präsenz wir ebenso deutlich spürten, wie man bei einer Hochzeit das Glück oder bei einer Beerdigung den Schmerz spüren kann. Als Ben herunterkam, sprach er kein Wort; er ging einfach weiter. Wir standen auf und folgten ihm, und keiner von uns sprach ein Wort. Wie ich schon sagte, Brüder und Schwestern, manchmal reichen Worte einfach nicht aus.

Seine Familie wartete in ihrer Wohnung auf ihn. Jeremias, unser Bruder in Christus, war bei ihnen. Die Frauen hatten ein Mahl vorbereitet, wie es ihre Pflicht war. Ein schlichtes Mahl. Ein Mahl, von dem wir glaubten, dass es der große JC gern gegessen hätte: Reis, Fisch, Brot, Wasser und Wein. Caleb und ich waren todmüde, als wir eintrafen. Ben war die Anstrengung nicht anzumerken, er wirkte taufrisch. Ich hätte mir gewünscht, dass er schönere oder sauberere Kleidung getragen hätte, aber der Erlöser trifft seine eigenen Entscheidungen. Es war nicht an mir, diese Entscheidungen anzuzweifeln. Er griff nach der Tür, die immer mit drei Schlössern gesichert war, und sie öffnete sich. Er trat ein. Zum ersten Mal seit sechzehn Jahren war er wieder im Haus seiner Familie. Seine

Mutter fing sofort zu weinen an. Er trat zu ihr, umarmte sie und sagte: Ich liebe dich, Mutter. Sie begann zu schluchzen. Sie legte ihren Kopf an seine Brust. Er legte ihr die Hände auf die Wangen und drehte ihr Gesicht zu sich empor, um ihr in die Augen sehen zu können. Wieder sagte er: Ich liebe dich, Mutter, und ich bin froh, zu Hause zu sein. Er wandte sich ab und trat zu seiner Schwester. Sie wirkte nervös, sehr nervös. Ihre Hände zitterten, und ihre Lippen bebten. Er lächelte und sagte: Guten Tag, Esther, ich liebe dich. Er küsste sie auf die Stirn und umarmte sie innig. Er wandte sich ab und schaute zu Jakob. Jakobs Miene war sehr ernst, fast finster. Er wirkte, Brüder und Schwestern, wie der junge Mann Gottes, der er war. Er trug einen Anzug mit Krawatte. Er wusste, dass er jetzt seinen Bruder begrüßen würde, sein eigen Fleisch und Blut, aber er wusste auch, dass er den wichtigsten Menschen begrüßen würde, der in den letzten zweitausend Jahren auf Erden gewandelt war. Er würde den Sohn Gottes begrüßen. Ben trat zu ihm und umarmte ihn und sagte: Hallo, Jakob, ich liebe dich. Jakob schlang die Arme um ihn und erwiderte seine Umarmung. Umarmte ihn so kraftvoll und fest, wie ein Mann den Herrn umarmen sollte. In all den Jahren gemeinsamen Betens und Bibellesens, in all den Jahren gemeinsamer Gottesverehrung, Brüder und Schwestern, in all diesen Jahren, in denen Jakob und ich gemeinsam das Evangelium verkündet hatten, war es das erste Mal, dass ich ihn Liebe zu jemand anderem als Jesus Christus zeigen sah. Ben löste sich und fragte, ob er ein Bad nehmen dürfe. Seine Mutter sagte: Selbstverständlich, und zeigte ihm das Badezimmer. Jakob führte uns ins Wohnzimmer, wo er und ich, Caleb und Jeremias uns setzten. Wir erzählten Jakob von den Ereignissen des Tages, und dann knieten wir nieder, bildeten einen Kreis und beteten.

Wenig später kam Ben zu uns herunter. Er trug dieselben Kleider wie zuvor. Ich wusste, dass Jakob seiner Mutter und seiner Schwester aufgetragen hatte, neue Kleider für ihn zu kaufen. Wir erhoben uns, als er eintrat. Jakob fragte ihn, ob alles in Ordnung sei. Er lächelte und sagte: Ja, danke, es ist alles in Ordnung. Er ging zum Esstisch und setzte sich.

Alle folgten ihm. Mrs. Avrohom und Esther begannen, das Essen aufzutragen. Jakob wollte unbedingt, dass Ben am Kopf der Tafel säße. Ben sagte, das sei nicht nötig, da er sich auf seinem Platz am Ende einer der Tischseiten sehr wohl fühle. Als alle saßen, stand ich auf und sprach.
Vor siebentausend Jahren schuf der allmächtige Gott den Himmel und die Erde. Er schuf den Menschen nach seinem Ebenbild und setzte Adam in den Garten Eden, den er gepflanzt hatte. Er schuf Eva aus Adams Rippe, und so kam die erste Frau in den Garten Eden. Satan führte den Menschen in Versuchung, und der erlag ihr. Fünftausend Jahre lang war die Welt voller Elend und Sünde. Vor zweitausend Jahren sandte der allmächtige Vater seinen eingeborenen Sohn, den

Herrn und Heiland Jesus Christus, zur Erde, wo er am Kreuz starb, um uns von unseren Sünden zu erlösen. Er fuhr auf in den Himmel und sitzt zur Rechten Gottes. Zweitausend Jahre lang haben wir darauf gewartet, dass Christus zu uns zurückkehrt. Dass er zur Errettung der Menschheit den Kampf gegen den Antichristen antritt und die große Entrückung über uns bringt, bei der 144.000 von Gottes wahren Anhängern in den Himmel auffahren werden. Es war eine lange Zeit des Wartens. Und es waren derer viele, so viele, die glaubten und immer noch glauben, dass sie zur heiligen Schar der Auserwählten gehören: die Juden, die korrupten Lügner von Katholiken und ihr Papst, die Lutheraner, die Presbyterianer und die Baptisten. Sie gehören nicht dazu, sie haben nie dazugehört und sie werden nie dazugehören, und für ihre Blasphemie werden sie in die Hölle kommen und dort brennen in alle Ewigkeit. Für echte Christen, für jene von uns, die wahrhaftig nach dem Wort Gottes in der Bibel leben, für jene von uns, die nach dem Vorbild des Herrn und Heilands Jesus Christus leben, für jene von uns, die den Heiligen Geist in sich haben, für sie hat das Warten ein Ende. Christus wurde wiedergeboren, und der Messias ist zu uns gekommen. Und der himmlische Vater war so gnädig, dieser Frau, einer stolzen Anhängerin unserer Kirche, die Ehre zuteil werden zu lassen, seinen Sohn auszutragen, und diesem jungen Mann, einem Pastor unserer Kirche, und dieser jungen Frau, einer weiteren Anhängerin unserer Kirche, das herrliche Geschenk zu machen, als Kinder mit ihm leben zu dürfen. Und uns, Brüder, hat er die Verantwortung übertragen, seinen Sohn zu schützen und zu leiten, dieweil er die Botschaft des Evangeliums und das wahre Wort Gottes verkündet, so wie sie in der Bibel geschrieben stehen. Lasset uns frohlocken! Lasset uns loben den Herrn! Lasset uns beten!

Alle senkten den Kopf und beteten. Ben tat es nicht. Ich war überrascht, aber dann dachte ich, es sei nur natürlich, dass der Sohn Gottes nicht zu sich selbst betete. Nach einigen Minuten stillen Gebets hob ich den Kopf und sprach.

Ben, möchtest du ein Gebet sprechen, ehe wir mit dem Essen beginnen?

Er sprach.

Möchtest du, dass ich ein Gebet spreche?

Ja, es wäre uns allen eine Ehre.

Alle schauten ihn an. Er fasste seine Mutter und seine Schwester, die links und rechts von ihm saßen, bei den Händen. Wir anderen folgten seinem Beispiel und fassten einander bei den Händen, und wir waren ein lückenloser Kreis des Glaubens, der Liebe und des Vertrauens in den Heiligen Vater. Ben lächelte, und er sprach.

Danke, dass ihr alle hier seid, um dieses Mahl mit mir zu teilen. Danke, Mutter, und danke, Esther, dass ihr es für uns zubereitet habt. Ich liebe euch beide, ich habe es immer getan, und ich werde es immer tun. Lasst uns unser Mahl genießen.

Ein langes Schweigen trat ein, während wir darauf warteten, dass er weiterspräche. Ich hatte, wir alle hatten ein wenig mehr erwartet. Er hatte weder dem Herrn noch dem Heiligen Geist gedankt, er hatte niemandem außer seiner Mutter und seiner Schwester gedankt. Es war schockierend, Brüder und Schwestern. Wir alle waren schockiert. Er lächelte und zog seine Hände zurück. Ich öffnete die Augen. Ich sah Jakob, Caleb und Jeremias an. Wir alle schienen auf etwas zu warten. Ben stand auf und griff nach dem Teller mit Fisch und fragte, ob er uns auftun dürfe. Ich lachte und sagte, die Wege des Herrn seien wahrhaft unerforschlich. Das war alles, was ich sagen konnte, Brüder und Schwestern. Ich weiß, so ist das Leben. Das Leben geht unerforschliche Wege. Ben tat jedem von uns auf. Er benahm sich wie ein Kellner. Er fragte uns, wie viel wir gern hätten, und legte den Fisch auf unsere Teller. Das Gleiche machte er mit dem Reis und mit dem Brot. Auf seinen eigenen Teller legte er fast nichts. Es hätte nicht einmal für ein Kleinkind gereicht. Zwei Bissen Fisch, ein oder zwei Bissen Reis, kein Brot. Es war, als ob er kein Essen bräuchte. Darüber war er hinaus. Was er aß, das aß er aus Höflichkeit. Damit seine Mutter und seine Schwester sich nicht verletzt fühlten. Alle beobachteten ihn. Er schien es nicht zu bemerken. Wann immer er von seinem Teller aufsah, kaute er langsam und lächelte. Niemand sprach. Ich hätte ihm am liebsten eine Million Fragen gestellt. Dies war der Mann, der mit Gott sprach, der von Gott kam, der Dinge wusste, die seit zweitausend Jahren niemand auf Erden gewusst hatte. Ich nahm mir vor, die Sache langsam angehen zu lassen. Es ist immer gut, etwas Schwieriges locker anzugehen. Fang klein an und arbeite dich langsam vor. Ich sprach.

Wie fühlst du dich, Ben?

Lebendig.

Das ist gut. Auf jeden Fall besser als tot. Gott sei gedankt, dass er uns dieses Leben geschenkt hat.

Er lächelte.

Gibt es etwas, das du brauchst oder haben willst?

Nein.

Wir freuen uns darauf, dir morgen unsere Kirche zu zeigen.

Er lächelte wieder. Sonst nichts.

Macht es dir etwas aus, wenn ich dir ein paar Fragen stelle?

Frag mich alles, was du willst.

Wie fühlt es sich an?

Was?

Der Sohn Gottes zu sein.

Ich bin ein Mensch wie du.

Aber göttlich.

Wenn du meinst.

Kannst du mit ihm sprechen?

Ihm?

Gott.

In gewisser Weise. Ja, ich spreche mit Gott.

Wie ist das? Wie klingt seine Stimme?

Er lächelte.

Es ist anders, als du wahrscheinlich vermutest. Es ist anders als in den veralteten Büchern, die du liest.

Die Bücher der Bibel?
Ja.
Veraltet?
Ja.
Die Bibel ist zeitlos, Bruder. Heute so wichtig wie an dem Tag, da sie geschrieben wurde.
Die Bibel wurde vor zweitausend Jahren geschrieben. Die Welt hat sich verändert. Erzählungen, die damals eine Bedeutung hatten, sind heute bedeutungslos. Ansichten, die damals vielleicht richtig waren, sind es heute nicht mehr. Wir sollten diese Bücher so betrachten, wie wir alles betrachten, das so alt ist: mit Interesse und mit Anerkennung für ihre historische Bedeutsamkeit. Aber man sollte sie nicht als etwas betrachten, das für die heutige Zeit von Wert ist.
Bruder, weißt du, was du da sagst?
Ja.
Es ist verrückt.
Verrückt ist es, sein Leben nach einem Buch zu leben, das von jemandem geschrieben wurde, der gar keine Ahnung davon haben konnte, wie dein Leben aussehen würde.
Bei allem Respekt, da bin ich anderer Meinung. Ich denke, dass die Welt immer noch dieselbe ist.
Lebst du in einer Lehmhütte ohne Elektrizität, ohne Heizung, ohne fließendes Wasser? Pisst und scheißt du in ein Loch im Boden? Fährst du mit einem Holzkarren mit Steinrädern, der von Ochsen gezogen wird, zu einem Markt unter freiem Himmel? Bezahlst du für dein Essen mit Tauschwaren, die du in deinem

eigenen Garten gezogen hast? Kochst du deine Mahlzeiten über einem offenen Feuer, für das du Holz gesammelt hast und das du mit einem Feuerstein angezündet hast? Sieh dich um. Diese Welt ist nicht die Welt von damals. Die Welt von damals ist tot. Diese Bücher wurden für die Welt von damals geschrieben. Diese Bücher sind tot. Man sollte sie aus den Kirchen dieser Welt holen und recyceln, damit sie wenigstens zu etwas gut sind. Die ältesten und schönsten Ausgaben sind historische Raritäten, und als solche sollte man sie im Museum ausstellen.
Es herrschte Schweigen um unseren Tisch. Wir alle waren schockiert. Brüder und Schwestern, es war schlimmer als ein Schock. Es war Blasphemie. Aus dem Mund des Heilands selbst. Ben saß ruhig da und wartete darauf, dass einer von uns etwas sagte. Niemand sagte ein Wort. Es fühlte sich an wie der Augenblick, nachdem jemand gestorben ist, kurz bevor jeder im Raum zu klagen beginnt. Bedrückend, Brüder und Schwestern, außerordentlich bedrückend. Schließlich sprach Jakob.
Und das sagt dir Gott?
Gott sagt mir andere Dinge. Das sagt mir der gesunde Menschenverstand.
Der gesunde Menschenverstand ist nichts im Vergleich zu Gottes Wort.
Und du glaubst, dass Gottes Wort in der Bibel zu finden ist?
Ich weiß es.
Hat Gott diese Bücher geschrieben?

Es sind seine Worte.
Es sind die Worte von Schriftstellern. Von Geschichtenerzählern. Nicht anders als die Schriftsteller unserer Zeit, die kunstvolle Kriminalromane verfassen, oder Abenteuergeschichten, Kriegsgeschichten, apokalyptische Geschichten. Die Geschichten der Bibel wurden Jahrzehnte, manchmal Jahrhunderte nach den Ereignissen geschrieben, die sie angeblich schildern – Ereignisse, für die es keine historischen Belege gibt. So etwas wie Gottes Wort gibt es auf Erden nicht. Oder wenn doch, dann ist es nicht in Büchern zu finden.
Wo ist es dann zu finden?
In der Liebe. Im Lachen von Kindern. In einem Geschenk. In einem Leben, das gerettet wird. In der Stille des Morgens. In der Tiefe der Nacht. Im Rauschen des Meeres oder dem Geräusch eines Autos. Man kann es in allem finden, überall. Es ist die Substanz unseres Lebens, unserer Gefühle, der Menschen, mit denen wir zusammen leben, der Dinge, von denen wir wissen, dass sie existieren.
Ich glaube daran, dass die Bücher wahr sind, und ich vertraue darauf, dass ich für meinen Glauben belohnt werde.
Das ist deine Entscheidung.
Ich glaube daran, dass die Geschichten in den Büchern wahr sind.
Und auch das ist deine Entscheidung, aber es ist die Entscheidung eines Narren.
Glaube ist etwas für Narren?

Glaube ist die Ausrede des Narren.
Glaube ist ein Geschenk Gottes.
Glaube ist das, was man dazu benutzt, um andere im Namen Gottes zu unterdrücken, um zu leugnen, zu rechtfertigen und zu richten. Glaube ist das, was in der Geschichte dazu benutzt wurde, mehr Übel anzurichten als alles andere. Wenn es einen Teufel gäbe, dann wäre der Glaube seine größte Erfindung. Bringe Menschen dazu, an etwas Nichtexistentes zu glauben und lass sie diesen Glauben dazu benutzen, alles von wahrem Wert in der Welt zu zerstören. Bringe sie dazu, dir eine falsche Idee abzukaufen und benutze diese Idee dazu, Konflikte, Gewalt und Tod zu schüren. Wenn ihr nur die Augen öffnen würdet, könntet ihr sehen, dass das Ende naht, dass es mit der Welt zu Ende geht. Und es naht tatsächlich, und es wird mit der Welt tatsächlich zu Ende gehen, aufgrund des Glaubens.
Es wird kommen, weil Gott es so vorherbestimmt hat.
Weil der Mensch es verursachen wird.
Weil du geschickt wurdest, um es zu beschleunigen.
Ich werde es verkünden, aber nicht als die Folge einer falschen Vorhersage oder der wilden Phantasie eines einzelnen Mannes oder vieler Männer, die in einer steinzeitlichen Gesellschaft ein Buch geschrieben haben. Ich werde es verkünden, weil ich es vor mir sehe. Weil alle Voraussetzungen dafür existieren.
Es gibt Hass, Gewalt, Hochmut, einen Mangel an Liebe und Geduld, einen Mangel an Verständnis, und es gibt Waffen: Waffen, die alles zu einem Ende brin-

gen können, Waffen, die Millionen Menschen in einer Sekunde töten können, und es gibt Menschen, Führer von Nationen, die bereit sind, sie einzusetzen. Die Apokalypse wird wegen der Menschen stattfinden, nicht wegen eines Gottes, den es gar nicht gibt.

Du bist also nicht der Messias der Bibel? Du bist nicht der zurückgekehrte Christus?

Glaubst du, dass ich es bin?

Ich will es nicht glauben, aber dir sind Gaben zuteil geworden. Du behauptest, mit Gott zu sprechen. Du bist davidisch. Du wurdest unter Bedingungen geboren, die auf Göttlichkeit schließen lassen. Du wurdest beschnitten geboren. Du hast überlebt, was kein Mensch überleben kann. Du kannst die alten Sprachen sprechen. Du kennst den genauen Wortlaut der heiligen Bücher, ohne sie je gelesen zu haben. Und ich habe gehört, dass du Wunder geschehen lassen kannst.

Ben sah ihn einfach nur an. Jakob wartete auf eine Entgegnung, aber es kam keine. Er sprach.

Ist es wahr?

Ja.

Dann zeig es mir.

Ich glaube nicht, dass dir die Wunder gefallen würden, die ich hier geschehen lassen könnte.

Dann lass mich dir eines nennen, das ich gern sehen würde.

Wenn es dich glücklich macht.

Er hielt sein Glas in die Höhe.

Verwandle dieses Wasser in Wein.

Und danach werde ich über das Wasser gehen oder mein Gesicht erglühen lassen oder das Essen und die Getränke auf diesem Tisch in mein Fleisch und Blut verwandeln.
Wenn du das kannst.
Das sind Zaubertricks, keine Wunder.
Christus hat sie vollbracht.
Das hat er, zumindest sagen das eure heiligen Bücher. Und jeder Casino-Zauberer in Las Vegas kann das auch. Ein Wunder ist es, wenn man jemandes Leben verändert. Ihn von allen Fesseln befreit, die ihn binden. Ihm die Gabe schenkt, so zu leben, wie er es sich erträumt.
Dann zeig mir das.
Ben lächelte. Er sah sich in unserer Runde um. Er ließ seinen Blick auf jedem von uns ruhen, als ob er zu entscheiden versuche, was er vollbringen und an wem er es vollbringen solle. Wir alle waren nervös. Einer von uns würde für immer verwandelt werden. Ich glaubte, dass einer von uns vom Herrn mit einem himmlischen Wunder gesegnet werden würde. Mit der Gnade bedacht, die Macht des allmächtigen Gottes durch seinen einzigen Sohn zu spüren. Ich wollte derjenige sein, dem dies widerfahren würde. Ich wollte die Schönheit des himmlischen Vaters in mir spüren. Ich wollte verändert werden, auf welche Weise auch immer Gott und Ben mich verändern wollten. Ich betete still um die Erlösung durch den Herrn. Niemals habe ich etwas in meinem Leben mehr gewollt.

Er stand auf und schob den Stuhl zurück und schritt um den Tisch herum. Wir alle beobachteten ihn. Wir alle warteten. Und wir alle, Brüder und Schwestern, hofften. Er blieb vor unserem jungen Bruder Jeremias stehen, von dem ich am wenigsten erwartet hätte, dass die Wahl auf ihn fallen würde. Jeremias sah zu ihm hoch. Ich sah, dass seine Lippen bebten und seine Hände zitterten. Er wirkte verängstigt. Er stand kurz davor, das größte Geschenk zu erhalten, das ein Mensch in seinem Leben erhoffen kann. Er stand kurz davor, mit einem Wunder beschenkt zu werden. Ben streckte die Hände aus und legte sie auf Jeremias' Wangen. Jeremias lächelte. Ben stand da, mit den Händen auf Jeremias' Wangen, und blickte ihm fest in die Augen. Er rührte sich nicht vom Fleck. Er blickte ihn nur an. Blickte ihm direkt in die Augen. Tat das bestimmt zehn Minuten lang. Rührte sich kein bisschen vom Fleck. Schaute bloß. Und wir warteten. Und es hätte langweilig sein müssen, aber es war wunderschön und faszinierend, und ich schwöre bei meinem Leben, Brüder und Schwestern, dass Jeremias sich veränderte, während Ben ihn mit festem Blick anschaute. Sein Gesicht lief rot an. Seine Körperhaltung wurde straffer. Es war, als ob er sich von einem Kind in einen Erwachsenen verwandeln würde, von einem Jungen in einen Mann. Wir wussten jedoch, dass noch mehr geschehen würde. Wir wussten nur nicht, was es war. Ehrlich gesagt, hätte es mich nicht überrascht, wenn Ben und Jeremias emporgeschwebt wären. Doch das war es nicht, was geschah, Brüder und Schwestern. Nicht einmal annähernd. Ben stand da und sah Jeremias starr an, und dann beugte er sich langsam zu ihm herab. Er beugte sich sehr langsam herab und blickte ihm dabei die ganze Zeit fest in die Augen. Ohne das geringste Zögern, ohne irgendeine Unsicherheit. Er beugte sich ganz zu Jeremias herab und küsste ihn. Küsste ihn direkt auf die Lippen. Und es war nicht die Art von Kuss, wie man sie seiner Großmutter gibt. Es war ein richtiger Kuss. Er fing langsam an, wurde dann aber sehr schnell sehr leidenschaftlich. Binnen weniger Sekunden machten sie herum wie betrunkene Jugendliche. Ben legte die Hände auf Jeremias' Schultern, schob dessen Stuhl zurück und setzte sich auf seinen Schoß. Und dann legten sie erst richtig los. Wir alle waren viel zu schockiert, um einzugreifen. Damals habe ich nicht verstanden, was gerade geschah und warum es geschah. Für mich war das nur eine schockierende und abstoßende Zurschaustellung homosexueller Perversion und Entartung. So wie die Heilige Schrift, das Wort Gottes, die Wahrheit aller Wahrheiten, das Göttlichste alles Göttlichen, es für sündig erklärt hat.

Ich hörte, wie jemand mit der Faust auf den Tisch schlug. Laut, Brüder und Schwestern, so laut wie ein Schuss. Alle drehten sich um, außer Ben und Jeremias, die nichts zu bemerken schienen und einfach weitermachten. Jakob hatte sich erhoben. Er schrie: Aufhören, so laut er nur konnte, aber sie hörten nicht auf. Bens Hände strichen jetzt sogar über Jeremias' Brust,

und dann bewegten sie sich nach unten, in Regionen, die für ein Esszimmer keineswegs schicklich sind. Jakob schrie erneut: Aufhören, und Ben löste sich. Er wandte sich zu Jakob um und sprach.
Dein Wunder, Bruder.
Du bist pervers.
Wenn du meinst.
Jakob kam drohend auf ihn zu.
Du bist nicht göttlich. Du bist kein Mann Gottes. Du bist ein schmutziger Perversling, der in der Hölle brennen wird. Ben stand auf und wandte sich ihm zu.
Wenn du meinst.
Jakob ging auf den noch immer sitzenden Jeremias zu. Und du. Dich habe ich aus der Gosse geholt, aus den Tiefen der Hölle, aus den Klauen von Schwulen und Sündern. Ich habe dich gerettet. Dich den liebenden Armen des Herrn und Heilands Jesus Christus zugeführt.
Je näher er kam, desto wütender wurde er. Er biss den Kiefer zusammen, und die Adern an seinem Hals traten hervor. Wie könnt ihr es wagen, ihr Schwuchteln. Abstoßende, perverse Missgeburten. Er stürzte sich wie ein Footballspieler auf Jeremias und schlug auf ihn ein, prügelte so heftig auf ihn ein, dass dieser mit dem Stuhl nach hinten kippte. Dann warf er sich auf ihn und begann ihn zu würgen und seinen Kopf auf den Boden zu schlagen. Esther und Mrs. Avrohom fingen an zu schreien. Caleb und ich blieben sitzen. Wir wussten, dass Jakob nicht zu bremsen war, wenn er sich etwas in den Kopf gesetzt hatte. Und eine

Sekunde lang dachte ich, dass Jeremias ein toter Mann sei. Dass Jakob ihn umbringen würde. Da packte Ben ihn von hinten am Hemd und zerrte ihn hoch. Er zerrte Jakob vielleicht einen Meter weit fort und stieß ihn zu Boden. Jeremias blutete und hatte Würgemale am Hals. Er blieb auf dem Boden liegen. Jakob stand auf und wollte sich wieder auf ihn stürzen. Ben stieß ihn zurück und Jakob schrie:
Rühr mich nicht an.
Ben sah ihn ganz ruhig an.
Rühr ihn nicht an.
Ich mache mit ihm, was ich will.
Nein.
Jakob wollte sich erneut auf Jeremias stürzen, doch Ben hielt ihn zurück.
Wenn du jemanden verletzen willst, dann verletze mich. Er wird heil hier herausgehen und das Leben führen, für das er geboren wurde.
Jakob schubste Ben. Er atmete schwer. Er wird an AIDS sterben und in der Hölle brennen. Ihr beide werdet es.
Die Liebe wird uns töten?
Jeremias hatte sich ein wenig aufgerappelt. Er weinte, blutete und atmete schwer. Esther und Mrs. Avrohom kümmerten sich um ihn. Ich warf Caleb einen Blick zu und sah zu Ben und Jakob hinüber, ob wir etwas tun sollten. Caleb schüttelte den Kopf. Jakob machte einen Schritt auf Ben zu. Gottes Geschenk an dich und deinesgleichen wird euch töten. Er versetzte ihm einen Schubs. Ben lächelte bloß.

Du kannst mich nicht verletzen, Jakob. Ganz egal, was du tust.
Jakob schubste ihn erneut, diesmal heftiger. Jeremias stand jetzt unsicher auf seinen Füßen, immer noch weinend. Esther und Mrs. Avrohom führten ihn fort. Ben sprach erneut.
Du hast mich immer gehasst. Jetzt ist deine Gelegenheit. Lass Jeremias gehen, und ich werde keinen Widerstand leisten. Lass an mir aus, was du ihm gegenüber empfindest. Entfessle den ganzen Zorn deines gewaltigen Gottes.
Jakob schubste ihn noch heftiger. Ben warf einen Blick über die Schulter und sah, dass Jeremias aus dem Raum geführt wurde. Lächelnd drehte er sich wieder zu Jakob um. Jakob schubste ihn erneut.
Das ist alles?
Und wieder.
Von einem so mächtigen Mann Gottes hätte ich mehr erwartet.
Wieder ein Schubs.
Du kämpfst wie eine Schwuchtel. Bist du sicher, dass du nicht …
Und Jakob griff erneut an. Er warf Ben zu Boden und setzte sich rittlings auf ihn. Er schlug ihm ins Gesicht, auf den Kopf und den Körper. Ben leistete keinerlei Widerstand. Aus meiner Position sah es fast so aus, als ob er lächelte. Jakob schrie aus vollem Hals: Schwuchtel, und drosch weiter auf ihn ein. Caleb und ich standen auf, denn wir wussten beide, dass wir Jakob irgendwann Einhalt gebieten mussten, wenn Ben

nicht sterben sollte. Als wir um den Tisch gingen, hatte Ben bereits das Bewusstsein verloren. Sein Körper lag schlaff da, und sein Gesicht war mit Blut verschmiert. Überall war Blut, an Jakob und auf dem Boden. Und Jakob schlug immer weiter zu. Brüder und Schwester, es gibt Grenzen für das, was ein Mann zulassen kann, es gibt Grenzen für das, was ein Mann mit ansehen kann. Was Jakob tat, hatte mit Gott nichts mehr zu tun. Ich verstand oder billigte homosexuelles Verhalten keineswegs. Offen gestanden fand ich es ekelhaft und falsch. Aber Jakob war dabei, seinen Bruder wegen eines Kusses zu töten. Und Küsse und Liebe welcher Art auch immer sind nichts, weswegen unser Heiliger Vater jemanden zum Tode verurteilen würde. Inzwischen glaube ich – im Grunde, Brüder und Schwestern, weiß ich es genau – dass für Gott Liebe auch zwischen Männern und Männern oder Frauen und Frauen immer noch Liebe ist. Und dass sie etwas Schönes ist, diese Liebe, das Schönste, das es gibt auf der Welt. Lasst mehr Liebe gedeihen. In jeder Form. Halleluja. Also zogen wir Jakob von ihm fort. Von seinen Händen und seinem Gesicht und seinem Hemd tropfte Blut herab. Er schrie immer noch, und wir mussten mit ihm ringen. Er schrie: Er verdient den Tod, ich bin ein Soldat Gottes, er verdient zu sterben. Wir führten ihn in sein Schlafzimmer und überzeugten ihn, dass es das Beste sei, den Herrn im Gebet um Hilfe und Stärke anzuflehen. Ich wusste, dass Ben ärztliche Hilfe benötigte. Also verließ ich den Raum, um zu telefonieren. Caleb und Jakob knieten auf dem

Boden, hielten sich bei den Händen und beteten. Das Telefon befand sich in der Küche, und ich musste das Esszimmer durchqueren, um dorthin zu gelangen. Ich wollte nach Ben sehen und mich vergewissern, dass er noch atmete. Als ich das Esszimmer betrat, war es leer. Auf dem Boden zeichnete sich eine Silhouette ab. Und dort, wo seine Füße gewesen wären, da lag eine elektronische Fußfessel. Ich hob sie auf, und sie funktionierte noch. Sie war weder zerbrochen noch zerschnitten worden. Eigentlich war es unmöglich, sie zu lösen. Aber jemand hatte sie gelöst, Brüder und Schwestern, und sie lag dort auf dem Boden. Ich wollte gerade in den anderen Räumen nach Ben sehen, als mein Blick auf den Tisch fiel. Und Brüder und Schwestern, ich sage euch, und ich sage es euch, Brüder und Schwestern, weil ich es mit eigenen Augen gesehen habe: Jedes Glas auf dem Tisch, alle Gläser, die vor einer Minute noch mit Wasser gefüllt gewesen waren, waren jetzt mit Wein gefüllt. Sie waren bis an den Rand gefüllt, gefüllt mit tiefrotem Wein.

II MARIA MAGDALENA

Ich war zu Hause. Mercedes guckte fern. Ich kam grade aus dem Krankenhaus, wo meine Mami im Sterben lag. Alberto saß in Rikers, weil er irgendeinen Motherfucker gekillt hatte. Es klopfte an der Tür. Dachte, es sind die Cops oder irgendein Arsch vom Jugendamt. Wäre beides aufs selbe rausgelaufen, irgendein Weißer, der mich und meine Kleine rumkommandieren will, irgendein Weißer, der glaubt, er hätte das Recht mir zu sagen, wie ich leben und meine Kleine aufziehen soll. Als ob die das besser könnten. Mit all ihrer Macht und ihren öffentlichen Geldern. Von wegen! Guck dir an, was die mit der Welt gemacht haben. Die könnten's auch nicht besser.

Ich machte die Tür auf. Und da stand Ben. Beziehungsweise eine übel zugerichtete Version von Ben. Über ein Jahr hatte ich ihn nicht mehr gesehen. Nachdem er verschwunden war, hatten wir uns gewundert, was passiert war. Eben noch hatte er besoffen seine Videospiele gespielt und war zugedröhnt in den Club marschiert und plötzlich war er weg. Wir hatten keinen Schimmer, wo er abgeblieben war. Dachten, er hätte keinen Bock mehr gehabt, unter Schwarzen zu leben, und die Biege gemacht. So was passiert. Mit einem Mal haben es die Leute satt, unter Fremden zu leben, und verziehen sich schnell wieder zu ihresgleichen. Ist vermutlich auch besser so. Sowieso glaube ich, dass Schwarze und Weiße nicht gerade füreinander bestimmt sind. Und auch wenn du dich auf den Kopf stellst, wird sich daran nie was ändern.

Er lächelte mich an. Sagte: Hallo. Ein paar von seinen Zähnen waren zertrümmert und er war voller Blut. Sein Gesicht war komplett aufgeplatzt und zugequollen, rund um seine Augen war's dunkellila. Und unter dem ganzen Blut und den Schwellungen hatte er überall Schnitte, als wäre er in eine Messerstecherei mit zwanzig Mann geraten. Und seine Klamotten waren total eklig, so liefen hier nicht mal die Leute rum, die sich keine Klamotten leisten konnten.
Er streckte seine Hand aus, legte sie mir auf die Wange und meinte: Schön, dich zu sehen, Maria Magdalena. Ununterbrochen hatte ich Männerhände an mir dran. Männer, die mir am Arsch rumgrabbelten, an meinen Titten. Männer, die versuchten, mir überall ihre Finger reinzustecken. Aber keiner hatte mich je so berührt. Einfach nur zärtlich. Einfach nur liebevoll. Normalerweise suchen Männer doch nur irgendeine Muschi und jemanden, der sich um sie kümmert, Essen kocht und die Wäsche macht. Das halten die für Liebe. Aber Ben berührt einfach so meine Wange und

meint: Schön, dich zu sehen, Maria Magdalena.
So süß war noch nie ein Mann zu mir gewesen.

Ich fragte mich, was er wollte. Er wohnte doch gar nicht mehr hier. Nachdem er verschwunden war, hatte seine Wohnung ein paar Monate leer gestanden. Mein Bruder hatte irgendwann die Tür aufgebrochen und den Fernseher und die Videospiele und das ganze Bier aus dem Kühlschrank geholt. Wollte alles zurückgeben, falls Ben noch mal vorbeikam. Am Ende vertickte er dann aber doch alles, um sich eine Knarre zu besorgen. Schließlich tauchten ein paar Weiße auf, mit Klemmbrettern und Funkgeräten an den Gürteln und guckten sich die Sache an. Dann zog ein alter Mann ein und zwei Monate später war er schon wieder tot. Legte sich schlafen und stand nicht mehr auf. Nach ihm zog so eine Familie ein. Eine Frau mit sechs Kindern und einem Mann, der nur rumbrüllte, sie verdrosch und den Juden für alles die Schuld gab. Er wurde eingelocht, wofür auch immer, einfach ein weiterer Bruder im Knast, und seine Frau und die Kinder gingen zurück nach Puerto Rico, wo sie hergekommen waren. Jetzt wohnte da ein Mädel wie ich. Achtzehn, drei Kids, von drei verschiedenen Vätern, die sich alle einen Scheiß interessierten. Die war bestimmt nicht scharf drauf, Ben reinzulassen, eher würde die ihm in den Arsch treten, so wie der aussah. Ich hatte keinen Schimmer, was ich machen sollte, als er lächelte und sprach.
Ich suche eine Bleibe.

Etwa hier bei mir?
Ja.
Wie kommst du darauf, dass ich dich reinlasse?
Weil ich dich liebe und dir helfen kann.
Du redest so eine Scheiße, Ben.
Vertrau mir.
Ich sah ihn an. Er tat mir einfach nur leid. Er war richtig im Arsch. Noch mehr im Arsch als ich, mehr im Arsch als alle anderen, die mir je begegnet waren. Er war übel zugerichtet und halb verhungert. Gefährlich konnte der mir bestimmt nicht werden. Außerdem hatte ich noch immer ein schlechtes Gewissen wegen der Sache im Club. Also hielt ich ihm die Tür auf.
Er lächelte, bedankte sich und kam rein.

Bei mir sah's schlimm aus. Wenn ich nicht arbeitete, war ich auf Crack. Wenn ich weder arbeitete noch high war, versuchte ich mich um Mercedes zu kümmern. Da blieb keine Zeit zum Kochen oder Saubermachen. Manchmal nahm ich's mir vor, aber es klappte nie. In der Spüle lag dreckiges Geschirr, in der Küche stapelte sich der Müll. Im Kühlschrank war nichts außer Milch und Wasser und alte Makkaroni mit Käse aus dem Feinkostladen. Mein Crack und die Pfeifen lagen in Mamis abgeschlossenem Schlafzimmer, damit Mercedes nicht dran kam. Sie und ich schliefen in dem Zimmer, das ich mein Leben lang mit Alberto geteilt hatte. Wäsche hatte ich auch schon ewig nicht mehr gewaschen, überall flogen Klamotten rum. Mercedes saß auf der Couch, guckte sich so eine

Sendung über Verbrechen an. Ben kam rein, ging rüber zur Couch und gab ihr einen Kuss auf die Stirn. Kriegte sie gar nicht mit. Dann drehte er sich zu mir um und wollte wissen, ob er sich irgendwo hinlegen kann. Ich meinte, er kann sich hinlegen, wo er will.

Er ging auf Mamis Zimmer zu. Ich sagte: Da nicht. Er fragte, wo meine Mutter ist, und ich meinte: Im Krankenhaus. Er fragte: Warum, und ich sagte, dass sie wegen Krebs im Sterben liegt. Er meinte: Das tut mir leid, und wollte die Klinke runterdrücken, aber ich sagte, das ist privat und er soll da nicht reingehen. Machte er aber trotzdem.

Ich wusste nicht, was ich machen sollte. Ob ich ihn aufhalten sollte, ob er sich mein Crack unter den Nagel reißen wollte oder ob er einfach nur komplett bescheuert war. Ich ging hinterher. Das Crack lag auf Mamis Frisierkommode, wo ich es immer hin tat. Ben war im Bad, stellte das Wasser an, um sich das Gesicht zu waschen. Ganz behutsam, weil er komplett demoliert war. Als er sich den Mund ausspülte und ausspuckte, war alles rot. Ohne T-Shirt war er so dünn, dass seine ganzen Rippen und Venen hervortraten und sein Körper war komplett mit blauen Flecken übersät, dunkellila und schwarz, als wäre jemand mit einem Baseballschläger auf ihn los.
Er guckte zu mir rüber, wie ich so neben der Frisierkommode stand und gerade das Röhrchen mit dem

Crack und die Pfeife und das Feuerzeug verschwinden lassen wollte. Er lächelte und meinte: Ist schon okay, Maria Magdalena, wegen mir musst du das nicht verstecken. Als er mit Waschen fertig war, kam er zurück ins Zimmer, zog sich die Hose aus, legte sich aufs Bett und machte die Augen zu. Dann rührte er sich nicht mehr.

Er schlief ganze zwei oder drei Tage. Zwischendurch guckte ich immer wieder, ob er überhaupt noch am Leben war. Manchmal lag er dann mit leicht geöffneten Augen auf dem Rücken und zuckte und zitterte und gab so ein Grunzen von sich, aber nur ganz zart, wie ein Baby. Unterdessen schoss ich mich im Nebenzimmer weg und ließ ihn einfach in Ruhe. Irgendwann würde er wieder aufwachen oder abkratzen, und so oder so würde er wieder verschwinden.

Donnerstags machte ich manchmal eine Doppelschicht. Die Weißen kamen aus Manhattan zu uns rüber, weil das Wochenende vor der Tür stand. Da konnten sie sich volllaufen lassen und ihren Frauen und Freundinnen erzählen, dass sie noch ein Geschäftsessen hatten. Gleich nach dem Mittag kamen die ersten rein, auf der Suche nach schwarzen Mädels, die es ihnen so richtig besorgen sollten. Nach der Schicht blieb ich noch und dröhnte mich zu, um den Tag zu vergessen. Meine Nachbarin passte für ein bisschen Geld auf Mercedes auf, brachte sie dann ins Bett und schloss die Tür ab. Ich hatte ihr erzählt, dass

Ben in Mamis Zimmer schlief und sie ihn einfach ignorieren soll.

Diese Schicht war noch beschissener als die meisten, und beschissen waren sie alle. Einer von den Typen kannte den Manager, waren alte Freunde, irgendein reicher Weißer im Anzug, der in einem großen Haus in Connecticut oder so lebte. Der Manager spendierte ihm einfach das ganze Soloprogramm, nicht mal den Champagner musste er zahlen, schickte mich zu ihm rein, hatte gar keine Wahl. Richtig fieser, ekliger Sack, und ich musste machen, was er wollte. Lutschte seinen Schwanz, ließ mich von ihm ficken, mir seine Finger überall reinstecken, wo sie nicht hingehörten. Das ging vier Stunden so, und als er endlich abzog, musste ich das Geld wieder reinholen, das mir wegen dem durch die Lappen gegangen war. Noch ganze drei Mal ging's für mich ins Hinterzimmer. Ließ die Männer machen, was auch immer sie mit mir machen wollten, und sackte ihre Scheißkohle ein. Als das erledigt war, suchte ich mir ein stilles Plätzchen hinterm Müllcontainer und schoss mich für die nächsten sechs Stunden weg.

Als ich nach Hause kam, dachte ich, dass Mercedes sicher schon am Heulen sein würde, wie immer, wenn sie hungrig und zu lang alleine gewesen war. Ich war nicht gerade in der Stimmung dafür. Wollte nur ein bisschen Wasser trinken und schlafen. Als ich den Schlüssel ins Schloss steckte, hörte ich Gelächter. Keine Ahnung, was da drinnen los war. Ich machte

auf und ging rein – und erkannte meine Wohnung nicht wieder. Überall war geputzt. Alles war so richtig am Glänzen. In der Küche kochten Spaghetti. Und Ben und Mercedes waren auch am Glänzen, standen mitten im Wohnzimmer, lachten und tanzten. Ben guckte zu mir rüber und lächelte.
Willkommen zu Hause, Maria Magdalena.
Was zur Scheiße geht hier ab?
Ich zeige Mercedes, wie man tanzt.
Sie weiß, wie man tanzt. Hab ich ihr längst gezeigt.
Dann eben wie man lacht.
Weiß sie auch.
Weiß sie nicht.
Und was zur Scheiße hast du mit meiner Wohnung gemacht?
Dein Leben wird sich ändern, Maria Magdalena.
Ich will nicht, dass sich was ändert.
Doch, willst du.
Nein, will ich nicht.
Doch, willst du.
Er kam zu mir rüber, mit Mercedes an der Hand. Keinen Schimmer, was ich tun sollte. Er lächelte mich nur an. Und meine Kleine lächelte mich an, lächelte mich so richtig breit an. Ich hatte sie lange nicht mehr so lächeln sehen. Richtig lange nicht mehr. Brach mir scheißenochmal das Herz. Gibt nichts Schöneres auf der Welt als ein Kinderlächeln. Und da stand meine Kleine und lächelte ihre Mama an, die's nicht verdient hatte. Eine Mutter, die sich fühlte, als hätte sie nicht mal ihr eigenes Leben verdient.

Ein Leben, das sie, wie sie jetzt weiß, selbst bestimmen kann, voller Momente wie ein Kinderlächeln. Ben hatte recht, obwohl ich's nicht wahrhaben wollte. Mein Leben sollte sich ändern.

Während sie zu mir rüberkamen, beugte sich Ben vor und wisperte was in Mercedes' Ohr. Sie lachte und rannte auf mich zu und ich bückte mich, nahm sie in die Arme und drückte sie fest, so fest, wie ich noch nie jemanden gedrückt hatte, nicht mal sie. Und als ich sie so fest an mich drückte, sagte sie: Ich hab dich lieb, Mami. Und ich sagte: Ich hab dich auch lieb, meine Kleine, und obwohl ich's eigentlich gar nicht wollte, fing ich an zu heulen. Und Ben kam dazu und legte seine scheißdünnen Arme um uns beide. Er sagte: Ich liebe dich, Maria Magdalena. Und zum ersten Mal in meinem Leben, glaubte ich dem Ich-liebe-Dich eines Mannes. Ich glaubte es mit meinem ganzen Herzen. Und er hielt mich einfach nur fest, während ich meine Tochter hielt und weinte.

Als wir uns irgendwann losließen, führte mich Ben ins Schlafzimmer und sagte, ich soll mich fürs Essen frisch machen. Ich duschte und blieb ziemlich lange da drinnen, dachte über meine Nacht nach, dachte darüber nach, was Mercedes mir bedeutete. Als ich rauskomme, hab ich meinen besten Trainingsanzug an und der Tisch ist so süß gedeckt, süßer geht's gar nicht, mit Spaghetti auf den Tellern und den drei Röhrchen mit Crack und meiner Pfeife. Ben and

Mercedes sitzen schon da und warten auf mich. Ich gucke die Pfeife und die Röhrchen an und dann Ben.
Warum liegt das da?
Gibt's einen Grund, warum's da nicht liegen sollte?
Ich setzte mich hin und steckte alles in meine Tasche.
Meine Tochter muss das nicht sehen.
Warum denn nicht?
Wie bescheuert bist du eigentlich! Was denkst du denn wohl?
Meinst du etwa, sie weiß nichts davon?
Dafür ist sie noch nicht alt genug.
Wenn du meinst.
Ja, meine ich.
Schämst du dich?
Was glaubst du denn?
Dass du damit aufhören solltest.
Du weißt einen Scheiß, weißer Junge.
Er lächelte und sagte nichts mehr. Wir fingen an zu essen. Er half Mercedes mit der Gabel. Ich guckte einfach nur zu, und als ich ihn so mit meiner Kleinen sah, hasste ich mich noch mehr wegen dem Zeug in meiner Tasche. Ich konnte es fühlen. Wie es so dick und fett den Stoff ausbeulte. Ich hatte mir immer eingeredet, Mercedes würde denken, ich wäre eine ganz normale Mama. Dass unser Leben ganz normal war. Also zumindest für da, wo wir wohnten. Ich war einfach nur eins von den Mädels mit Kind, das sich abquälte, das Beste draus zu machen. So lief das hier eben. Trotzdem wusste ich, dass es krank war. Wusste, dass ich mehr drauf hatte. Trotz allem.

Nach dem Mittagessen meinte Ben, dass es für Mercedes Zeit ist, ein Nickerchen zu machen, und er nahm sie mit rüber in Mamis Zimmer. Ich blieb am Tisch sitzen und dachte über das Zeug in meiner Tasche nach, weil ich einen Scheißjieper hatte, obwohl es wehtat darüber nachzudenken, und ich hörte, wie Ben Mercedes irgendein Schlaflied vorsang. Erinnerte mich daran, wie ich ihr früher vorgesungen hatte, bevor ich im Club anfing, bevor Alberto im Knast saß, bevor Mami krank wurde. Als er fertig war, kam er raus und schloss die Tür hinter sich. Ich saß noch immer da, und er setzte sich mir gegenüber und sah mich einfach nur an. Seit damals, als er noch hier wohnte, hatten sich seine Augen verändert. Waren irgendwie schwärzer geworden. Schwärzer als alles, was ich je in meinem Leben gesehen hatte. Und während er geschlafen hatte, war er gesund geworden. Die Schürfwunden in seinem Gesicht waren fast verschwunden und die Schnitte verheilt. Dafür traten die Narben deutlicher hervor. Ich sah jetzt, dass er sich total verändert hatte. Wog bestimmt dreißig oder vierzig Pfund weniger. Außerdem war er noch weißer. Die meisten Weißen sehen für mich alle gleich aus. Eben weiß. Ben war weißer als weiß. Papierweiß. Seine Narben waren sogar noch weißer. Wie Lackfarbe über normaler Farbe. Und er sah mich nur an. Seine schwarzen Augen brachten mich so runter, dass ich richtig merkte, wie sogar mein Herz langsamer wurde. Und als ich ganz ruhig war, und nicht mal mehr was rauchen wollte, sprach ich.

Was ist mit dir passiert, Ben?
Ich hab mich verändert.
Red kein Scheiß. Was ist passiert?
Spielt keine Rolle.
Für mich schon.
Was zählt, ist, was aus mir geworden ist.
Und was ist das?
Jemand, der dich liebt.
Du kennst mich doch gar nicht.
Um zu lieben, musst du dich selbst kennen.
Du klingst wie so'n Priester.
Bin aber keiner.
Du hast also vor, mich zu retten?
Das wirst du schon selber machen.
Wie das denn?
Gib mir deine Pfeife und dein Crack.
Was willst du damit?
Leg sie auf den Tisch.
Die gehören aber mir.
Ja.
Ich brauch das Zeug.
Nein.
Doch.
Warum?
Weil's scheißenochmal so ist.
Leg sie auf den Tisch. Ich werd dir was zeigen.
Wenn du dir mein Zeug reinpfeifst, brech ich dir die Knochen.
Er lächelte, sah mich an, wartete. Auf der Straße hätte ich ihn für einen beschissenen Crackhead gehalten.

Eigentlich gab es überhaupt keinen Grund, ihm zu trauen, mal abgesehen von seiner Art mich anzusehen, und trotzdem tat ich's. Traute ihm mehr als je einem anderen Mann oder Weißen. Also holte ich mein Crack aus der Tasche und legte es auf den Tisch. Ben guckte nicht mal hin. Sah mich einfach nur an. Schließlich stand er auf, kam um den Tisch, beugte sich zu mir runter und küsste mich. Zuerst so ganz langsam, ganz leicht, streifte nur seine Lippen über meine. Und es fühlte sich gut an, und richtig. Also machten wir weiter, mit Zunge, küssten uns, als würden wir uns lieben. Und er hob mich vom Stuhl hoch, als würde ich nichts wiegen. Und zog mich aus. Und legte mich auf den Tisch. Und leckte und saugte und fickte mich um den Verstand. Direkt neben meinen Drogen. Er zeigte mir, wie man ehrlich high wurde. Er zeigte mir, wie es sich anfühlte, wenn es einem gut ging. Er fickte mich und er liebte mich und als er in mir kam, erfüllte mich das mehr als es jemals ein anderer Mensch, die Schule, die Kirche, irgendein Buch oder Gott geschafft hatten. Er flüsterte: Ich liebe dich, in mein Ohr und er kam in mir und ich war ganz bei mir. Fühlte die Art Erfüllung, die man wohl fühlt, wenn man an all die anderen Dinge wirklich glaubt.

Nach dem ersten Mal blieb er noch lange in mir. Blieb einfach drin und küsste mich und hielt mich fest. Und dann nahm er mich hoch, noch immer in mir, und trug mich ins Bett. Und ich schlief in seinen Armen ein. Ich dachte mal nicht übers Armsein nach. Dachte mal nicht darüber nach, wie ich mein Geld verdiente. Dachte nicht an meinen Bruder, der in einer beschissenen Zelle verrottete. Nicht an meine Mutter, die gerade in einem beschissenen Krankenhaus im Sterben lag, wo sich keiner drum scherte. Nicht daran, in einem Land zu leben, wo man als Schwarzer keine Chance hat. Nicht an meine Tochter, die genauso wenig eine Chance hatte. Nicht an mein Leben, das noch vor mir lag und niemals besser werden würde. So umarmt zu werden, mit solcher Liebe im Herzen, war stärker als all das Schlechte, das da draußen in der Welt auf mich wartete. Dieses Gefühl von Liebe löschte alles aus.

Als ich aufwachte, war er weg. Ich ging rüber zu Mercedes, die noch immer schlief. Ich musste zur Arbeit, also machte ich mich fertig. Ich nahm eine Dusche und schminkte mich im Bad. Als ich in die Küche kam, lag mein Crack immer noch auf dem Tisch. Machte mich krank, es dort liegen zu sehen, machte mich krank zu wissen, dass ich das Zeug das ganze letzte Jahr über genommen hatte. Machte mich krank, drüber nachzudenken, warum ich das Zeug genommen hatte und wohin ich unterwegs war. Für Geld. Geld, das nichts veränderte. Das mich und meine Tochter niemals hier rausholen würde. Das nichts daran änderte, wie ich mich im Innersten fühlte oder wie es mir ging, wenn ich mich im Spiegel sah. Das ich nur in die Hand nehmen konnte, mehr nicht. Geld bedeutet gar nichts, wenn dein Herz leer ist.

Also nahm ich das Zeug und schmiss es aus dem Fenster. Irgendein Crackhead würde es schon finden und eine echte Überraschung erleben, gab hier ja genug von denen. Und zur Arbeit ging ich auch nicht. Machte mir nicht mal die Mühe abzusagen. Würden mich eh nicht vermissen. Würden nicht mal merken, dass ich weg war. Würde leicht sein, ein anderes Mädchen zu finden, weil's mehr als genug da draußen gab, die bereit waren, sich für Geld wegzugeben. Will keinen verurteilen, hab's ja selbst gemacht. So läuft das eben. Du nimmst, was du kriegen kannst.

Ich wartete auf Ben. Mercedes wachte auf und ich nahm sie hoch und umarmte sie lange. Wir gingen ins Wohnzimmer und spielten, sangen ein paar Lieder und kitzelten uns gegenseitig. Es fing an, mir ein bisschen schlecht zu gehen, und es schien, als würde ich das Crack wohl doch brauchen. Ich ging zum Fenster und sah runter und da lag's noch. Ziemliches Wunder, dass keiner es genommen hatte. Ich weiß, in der Bibel steht, ein Wunder ist, wenn ein verkackter Feigenbaum verdorrt oder so'n Scheiß, aber in meiner Welt, in der echten Scheißwelt, ist ein Wunder ein Röhrchen Crack, das in einer amerikanischen Sozialbausiedlung für länger als drei verschissene Minuten auf dem Gehweg rumliegt. Aber da lag's. Lockte mich. Rief nach mir. Eigentlich war es weniger ein Rufen als ein

Schreien. Ich hörte Mercedes hinter mir. Ich fing an mich zu beschwören, von wegen: Liebe ist stärker als Drogen, stärker als alles andere, Liebe ist stärker, aber ich glaubte nicht dran. Man kann sich viel erzählen, aber so lange man es nicht glaubt, kann man sich die Mühe auch sparen. Ich war drauf und dran runter zu gehen. Drauf und dran. Drehte mich um und marschierte Richtung Tür. Als ich sie öffnete, saß Ben davor. Er lächelte. Ich fragte:

Was machst du denn da?

Rumsitzen.

Wie lang sitzt du da schon?

Eine Weile.

Und was soll das?

Einfach so.

Ich sah ihn an. Wie er da auf dem Boden saß.

Er lächelte mich an und sprach:

Gehst du wieder rein?

Ich lächelte.

Ja.

Darf ich mit?

Ja.

Er stand auf und folgte mir zurück in die Wohnung. Wir spielten lange mit Mercedes, sangen und spielten mit ihren Sachen, und die ganze Zeit wollte ich was rauchen. Zum Abendessen serviert uns Ben noch mal Spaghetti. Wir essen am Tisch. Als wir fertig sind, fühle ich mich richtig krank, zittere, will aus dem beschissenen Fenster springen. Ben meint, ich soll Mercedes schlafen legen, und als ich damit fertig bin, wartet er schon auf mich. Er führt mich ins Schlafzimmer und legt mich hin und verbringt die restliche Nacht damit, mich zu lutschen, zu lecken und zu ficken. Und jedes Mal, wenn mir übel wird, legt er wieder los, bis ich endlich einschlafe.

Und so geht das ein paar Tage, vielleicht sogar eine Woche. Morgens, wenn ich noch am Schlafen bin, geht Ben raus und besorgt irgendwo was zu essen. Wenn ich aufwache, ist er schon mit Mercedes am Machen, und wann immer sie schläft oder mir wieder übel ist, fickt er mich im Schlafzimmer, auf dem Teppich oder auf dem Tisch. Und immer sagt er mir, dass er mich liebt. Dass ich schön bin. Dass ich leben kann, wie ich will. Dass das Leben schön sein kann. Dass Mercedes mich liebt und ich eine gute Mami sein kann. Und ich fang an, es zu glauben.

Und dann wache ich eines Tages auf und weiß es. Weiß, dass alles gut ist, so gut, wie eben möglich. Das sage ich Ben und er lächelt. Und ich denke nicht länger nur über mich nach, sondern frage, was er eigentlich von mir will. Er erzählt mir vom Tunnel-Leben unter der Stadt und vom Gefängnis und wie er seine Familie verlassen hat. Er erzählt mir von seiner Gabe, mit Gott zu reden. Er erzählt mir, dass er bestimmte Dinge über die Welt weiß, und er weiß, dass es bald mit ihr zu Ende sein wird, wenn wir so weiter machen. Dass die Menschheit krank ist. Dass die Mächtigen der Welt uns alle noch umbringen. Erzählen uns was von Fortschritt, während sie uns alle umbringen. Allerdings ohne den großen Masterplan, sondern aus purer Ignoranz. Und Unersättlichkeit. Sind nur auf sich bedacht. Auf sich und ihre Götzen. Christen denken, Gott gehört ihnen. Moslems denken, Gott gehört ihnen. Juden denken, Gott gehört ihnen. Alle glauben, Gott ist auf ihrer Seite. Dass Gott will, dass sie töten, richten und herrschen. Sind alle schief gewickelt. Tun alles im Namen von irgendwas, das so überhaupt nicht existiert. Dass Irrglauben die Welt regiert. Dass Gott gar nicht Teil dieser Welt ist. Dass Gott nicht urteilt. Dass Gott keine Macht vergibt. Dass Gott nichts mit dem zu tun hat, was sich die Menschen darunter vorstellen. Dass Gott niemandem ewiges Leben schenkt. Nur dieses eine Leben, und wenn's vorbei ist, ist's scheißenochmal vorbei. Kein Himmel. Keine Partys mit Verwandten oder irgendwelchen anderen Leuten, die wir lieben, während die Englein dazu singen und auf ihren Harfen klimpern. Keine zweiundsiebzig Jungfrauen. Nichts dergleichen. Diesen Gott, an den alle glauben, gibt es überhaupt nicht. Nur das Ende. Und alles, was wir auf der Erde haben, sind die anderen Menschen. Und alles, was uns mit ihnen verbindet, ist Liebe. Aber nicht so eine Dummbatz-Pop-Song-Liebe. Liebe heißt, sich umeinander zu kümmern, zu ficken, und jeden so leben zu lassen, wie man selbst leben will. Und sich gegenseitig vor dem Scheiß zu beschützen, den das Leben mit sich bringt. Weil das verfickte Leben nun mal so ist, und nicht weil irgendein blöder Gott versucht, uns auf die

Probe zu stellen oder uns aufs Leben danach vorzubereiten oder uns für stark genug hält, damit klarzukommen. Scheiße passiert. Gibt keinen speziellen Grund dafür, außer, dass das Leben eben nun mal so ist. Gibt keinen verschissenen Gott. Und alles was Ben sagt, klingt für mich logisch. Logischer, als all das, was ich sonst so zu hören kriege. Logischer, als der Schwachsinn, den Politiker, Priester oder Päpste tagtäglich von sich geben. Logischer, als der Schwachsinn in Schulbüchern oder Zeitungen oder Fernsehnachrichten. Logischer, als die schwachsinnigen Gesetze, die uns die Regierung aufdrückt. Die Regierung mit dem Motto: Eine Nation unter Gott, aber unter welchem Gott? Dem alten, weißhaarigen Mann mit Rauschebart, der meint, Schwarze haben keine Rechte, Latinos haben keine Rechte, Frauen haben keine Rechte, Schwule haben keine Rechte, und alle, die nicht sind wie er und nicht seinem Glauben angehören, haben keine Rechte? Scheiß drauf. Und scheiß auf diesen Gott. Und scheiß auf all die Vollpenner, die an so einen Gott glauben. Können mich alle mal am Arsch lecken, denn das ist keine Nation unter Gott, sondern einfach nur ein Haufen Scheiße.

Das Leben wurde ruhiger für mich und Mercedes und Ben. Ich ging wieder zur Schule und brachte Mercedes in einer Kindertagesstätte unter. Es war nicht das Gelbe vom Ei, aber immer noch besser als rumsitzen und fernsehen. Tagsüber war Ben unterwegs. Sagte, er würde ein bisschen durch New York streifen. Zu Fuß oder mit der U-Bahn. Sagte, er wolle Menschen treffen, mit ihnen reden, ihnen helfen, ihnen Liebe geben. Ich weiß, dass er ein paar von ihnen fickte, konnte ich riechen, wenn er nach Hause kam. Manchmal fragte ich, wer's diesmal gewesen war, manchmal war's eine Frau, dann wieder ein Mann. Ich fragte ihn, wie er den Leuten half, und er sagte, wie immer sie es nötig haben. Ich fragte, wie er ihnen Liebe gab, und er sagte, wie immer sie es nötig haben. Ich weiß, manchen erzählte er, dass er mit Gott sprach, was Gott in Wahrheit war, wie er selbst die Welt sah. Wie alles enden würde. Und die Leute glaubten ihm. Sie fingen an, bei mir vor der Tür zu stehen. Manchmal brachten sie Geschenke, Essen oder Klamotten mit, manche hatten Geld dabei. Ab und zu heulte einer. Manchmal waren sie mit Drogen oder Alkohol zugedröhnt. Wenn Ben zu Hause war, ließ er sie rein. Einige von ihnen nahm er in den Arm und flüsterte ihnen was ins Ohr. Mit anderen setzte er sich aufs Sofa, nahm ihre Hände und schaute sie nur an. Manchmal stand er mit ihnen am Fenster und sprach ganz leise auf sie ein. Mit einigen verschwand er im Schlafzimmer, mit Männern oder Frauen, ganz egal, und schloss die Tür hinter sich, und es war klar, er fickte sie und liebte sie, damit es ihnen besser ging, so, wie er's mit mir gemacht hatte. Anderen legte er die Hände auf die Wangen und küsste sie ganz leicht. Keine Ahnung, was er genau zu den Leuten sagte oder mit ihnen veranstaltete, aber sie gingen erleichtert. Irgendwie verändert. Sie gingen mit diesem unerschütterlichen Glauben in ihren Herzen. Und sie erzählten anderen Leuten davon. Fingen an, Sachen über Ben zu verbreiten. Dass er Fähigkeiten hatte. Dass er Wunder vollbringen konnte. Dass er dich retten oder dein Leben verändern konnte. Dass er ein Prophet war. Dass er ein Heiliger war. Dass Jesus auferstanden war. Dass er der Messias war. Der Messias, auf den die Welt gewartet, für den sie gebetet hatte. Dass er gekommen war, um uns zu erlösen oder uns alle mit in den Tod zu nehmen. Zu nichts von all dem sagte Ben irgendwas. Wenn die Leute ihn fragten, lächelte er nur und sagte nichts dazu oder nur: Wenn du meinst. Zu mir sagte er, wichtig sei nur, dass er alle Menschen liebte und es hinkriegte, dass sie sich besser fühlten, wenn sie gingen. Darum ging's bei Gott. Dass die Leute sich in diesem Leben besser fühlten. Alles andere war erstunken und erlogen.

Wenn wir unter uns waren, war's, als wären wir verheiratet, aber ohne uns zu hassen, wie die meisten anderen verheirateten Leute. So als wären wir ein Paar. Er schien mich nicht mehr oder anders zu lieben als alle anderen auch, aber wir waren zusammen, und er kam immer zurück. Auch, wenn er mal ein oder zwei Nächte weg blieb, wusste ich immer, dass er zurückkommen würde. War ganz egal, dass ich erst neunzehn und er einunddreißig war, dass er eine andere Hautfarbe hatte und anders aufgewachsen war oder unsere Eltern aus verschiedenen Ländern kamen, nicht die gleiche Sprache sprachen und an verschiedene Götter glaubten. Wir liebten uns einfach. Wollten den anderen nicht verändern. Nörgelten nicht am andern rum. Akzeptierten uns, wie wir waren. Als Menschen. Die durch die gleiche Scheiße mussten. Die das gleiche Maß an Schmerz kannten. Und die wussten, dass Liebe die einzige Waffe gegen den ganzen Schmerz war. Das lehrte mich Ben mehr als alles andere. Dass wir dieses eine Leben geschenkt bekommen und dass wir es nur einmal bekommen, dass wir verletzt werden und durch den Schmerz durch müssen und nichts als die Liebe diesen Schmerz lindern kann. Und unsere Liebe bestand zum großen Teil aus Ficken. Ben liebte es zu ficken. Er liebte es, mich zu küssen und meinen Körper abzulecken und an allem zu lutschen. Wenn Mercedes schlief und niemand an unsere Tür klopfte, verbrachten wir die ganze Zeit mit Ficken, wir fickten stundenlang. Er bekam nie genug vom Ficken.

Er sagte: Nichts auf der Erde bringt die Menschen der himmlischen Wahrheit so nah wie ein Orgasmus. Dass da nämlich keine strahlende Himmelspforte war, keine Trompeter, kein Typ mit einem Buch, in dem all der gute und schlechte Scheiß stand, den wir angeblich in unserem Leben verzapft hatten, mal abgesehen davon, dass das meiste Zeug davon weder gut noch schlecht war, sondern einfach nur langweilig. Dass da keiner sein würde, uns zu richten und zu entscheiden, ob wir auf die Für-immer-und-ewig-Party durften oder ins Fegefeuer mussten. Dass es so eine Party gar nicht gab, genauso wenig, wie es je eine rauschende Ballnacht für Cinderella und ihre Schwestern gegeben hatte, oder einen Highschool-Abschlussball für Barbie, oder ein Labyrinth mit einem Stier, der dir den Arsch aufreißt. Aber wenn du kommst, erfüllt dich dieses einzigartige Gefühl. Vor dem alles zurückweicht. Dein Körper sagt dir, dass er dich liebt, und plötzlich scheint die ganze Welt vollkommen und heimelig und sicher zu sein. Dir geht es besser als irgendwann sonst in deinem Leben. Du wünschst dir, dass dieses Gefühl niemals aufhört. Ben meinte, die Leute, die sagen, daran sei irgendwas verkehrt, sind einfach nur beknackt. Die sagen, Ficken ist falsch. Die meinen, dass du nur unter bestimmten, von Gott festgelegten Umständen, ficken darfst. Niemand sollte anderen vorschreiben, wie sie zu ficken haben. Er meinte, dass die Leute, die Enthaltsamkeit schwören, sich selbst um das größte Geschenk auf Erden bescheißen. Dass Typen in albernen Roben, die Lieder in toten Sprachen singen, und die niemals im Leben gefickt haben, gar nichts zu sagen haben. Dass sie Gott, wenn sie mal ordentlich ficken würden, so erfahren würden, wie kein Buch, kein Kardinal und kein Papst ihn jemals erklären könnte. Er sagte, mit der Welt würde es nicht so bald den Bach runtergehen, wenn jeder, der in die Kirche oder den Tempel oder die Moschee geht, die ganze verschwendete Zeit besser mit Ficken anstatt mit Beten verbringen würde. Und er hat recht. Und das weißt du genau. Wenn du auf dein Herz hörst, und du jemals in deinem Leben einen Orgasmus hattest, weißt du, dass er absolut recht hat.

Bevor ich Mercedes nach meinem Unterricht abholte und mit ihr nach Hause ging, besuchte ich immer Mami. Man hatte sie in ein Hospiz verlegt, wo man sich, so gut es ging, um sie kümmerte, während ihr Körper dahinsiechte. Sie hatte heftige Schmerzen. Der Körper fraß sich selber auf. Fraß all seine Organe und all seine Knochen auf. Überall Krebs und keine Chance, was dagegen zu tun. Hatte nie eine Chance gegeben, was dagegen zu tun. Meistens blieb ich stark und hielt ihre Hand. Manchmal saß ich einfach nur an ihrem Bett und heulte. Sie gaben ihr mehr und mehr Medikamente. Medikamente, die sie zu jemandem machten, der sie gar nicht war, zu irgendwas nicht mehr Menschlichem. Zu einem Stück Fleisch, das atmete. Wenn du jemals am Bett von einem Sterbenden gesessen hast, weißt du, wovon ich rede. Es gibt nichts, was du tun kannst. Sitzt einfach nur da und fühlst diesen Schmerz, der mit nichts auf der Welt vergleichbar ist. Du sitzt da, fühlst dich hilflos und leer. Wenn sie wach sind, weißt du in jeder Sekunde, die du bei ihnen sitzt, dass sie bald sterben werden. Jedes Wort, das du sagst, wiegt so schwer, weil du weißt, viele Worte werden's nicht mehr sein. Jeder, der reinkommt, versucht alles, um fröhlich und unbeschwert zu wirken. Du redest über irgendeinen Scheiß, der nichts mit Sterben zu tun hat. Aber all das ist trotzdem immer da. Die Krankheit. Das Sterben. Dass du nichts dagegen tun kannst. Dass sie schon bald nicht mehr sein werden. Dass sie bald in die Erde gelassen werden und dort verrotten. Und du wirst weiterleben. Du kannst ihnen erzählen, was du willst, ihnen sagen, dass du sie liebst, und du kannst alles Erdenkliche dafür tun, ihnen ihr Dahinscheiden zu erleichtern, ändern wird das trotzdem nichts. Sie fühlen den Schmerz. Und die einzige Möglichkeit, diesen Schmerz zu lindern, ist, sie mit Medikamenten vollzupumpen, bis sie nur noch vor sich hin vegetieren oder sterben. Und währenddessen fühlt jeder, der sie liebt, diesen Schmerz. Diesen Schmerz, der schlimmer ist als alles, was du kennst.

Mami ging's schlechter und schlechter, aber sie starb einfach nicht. Hatte nur Schmerzen. Ärzte waren gar nicht mehr da. Nur Schwestern und Leute, die ihr Bestes gaben, um's ihr so angenehm wie möglich zu machen. Sie sagte immer häufiger, dass sie sterben will. Jeden Tag erzählte sie mir, dass sie nicht weiterleben will, dass die Schmerzen zu groß sind, dass sie bereit ist. Ich sage ihr: Alles wird gut, dass sie nicht aufhören soll, zu kämpfen, aber sie sagt, sie will nicht mehr kämpfen. Dass ihr ganzes Leben ein Kampf gewesen ist. Aufzuwachsen in einer Bretterbude in einem kaputten Scheiß-Land, war ein Kampf, nach Amerika zu kommen, zu denken, ihr Leben würde besser werden, war ein Kampf, in New York zu sein und zu schnallen, dass nichts besser werden würde, dass der Amerikanische Traum nur für Leute mit der richtigen Hautfarbe und dem richtigem Akzent vorgesehen war, war ein Kampf. Zwei Kinder großzuziehen ohne Ehemann oder irgendeinen anderen

Mann und ohne Geld oder Familie oder Hilfe, während sie die Häuser von Leuten putzte, denen alles zufiel, war ein Kampf, ihre Kinder abkacken zu sehen und das, was sie sich für sie erträumt hatte, sterben zu sehen, war ein Kampf. Krebs zu kriegen und es sich nicht leisten zu können, etwas dagegen zu tun, war ein Kampf. War alles ein Kampf, vom dem Moment an, als sie schreiend aus ihrer Mami rausgekommen war, bis zu ihrem Ende in einem heruntergekommenen Hospiz mit Kakerlaken und Ratten und Crackheads vor der Tür und nächtlichen Schüssen, ein angeblich friedvoller Ort, wo sie arme Leute zum Sterben hinschicken. Sie war bedient. Hatte die Nase gestrichen voll. Ich heulte, jammerte, schluchzte, flehte sie an, sagte, dass ich sie nicht gehen lassen würde. Sie lächelte und sagte: Ich hab dich lieb. Und dann kriegte sie noch mehr Medikamente und war weg.

Als ich nach Hause kam, ging's mir beschissen. Ich konnte gar nicht aufhören zu heulen. Mercedes tröstete mich: Is okay, Mami, is okay. Da musste ich gleich noch mehr heulen, weil ich meinem kleinen, süßen, dreijährigen Töchterchen so gerne gesagt hätte, wie sehr ich sie liebe und dass ich dafür sterben würde, ihr die Welt zu Füßen zu legen, dass es nicht okay ist, dass die Welt so beschissen ist, voller Schmerz und Leid, und die Leute sich gegenseitig verletzen, sich hassen und für nichts und wieder nichts umbringen, dass wir leben, um zu sterben, und dass es das dann war. Ich wollte ihr so gerne sagen, dass es bei ihr anders laufen würde. Dass auf sie ein tolles Leben wartete, aber das wäre gelogen gewesen. Sie würde erwachsen werden, und verletzt werden, und jemand würde ihr das Herz brechen, und sie würde nichts von all dem kriegen, was sie sich im Leben wünschte, und sie würde wie Dreck behandelt werden, sich den Arsch aufreißen und schließlich sterben. Da würde nichts Schönes sein, nur Schmerz. Ich heulte noch heftiger. Um Mami, um mich und meine Kleine und um alle anderen, die nichts hatten und niemals haben würden. Ich heulte und konnte nicht mehr aufhören. Nichts war okay.

Ben kam rein und als er mich sah, fragte er, was los ist. Lange brachte ich überhaupt keinen Ton raus. Heulte nur. Und er nahm mich in den Arm. Ich wollte ein bisschen was von dem, was er den anderen gab, damit ihr Schmerz nachließ. Ich wartete darauf, dass er mich erlöste. Aber er flüsterte nichts in mein Ohr. Nahm nicht mein Gesicht in seine Hände. Sagte nichts. Hielt mich einfach nur und winkte Mercedes zu uns rüber und schloss sie in die Umarmung ein. Hielt uns beide einfach nur fest. Und ich hörte ewig nicht auf zu heulen. Aber irgendwann doch. Und Ben fragt, was ist los, und ich erzähle alles und fange gleich wieder an zu heulen. Mami hat schlimme Schmerzen und sie stirbt und man kann nichts dagegen tun. Sie will nicht mehr leben, sagt, sie ist bereit zu gehen, dass sie das Leben liebt, aber den Schmerz nicht mehr erträgt. Und ich sitze da bei ihr, weiß, was läuft, fühle es, und es tut so weh, dass ich am liebsten auch gleich sterben will, und es gibt nichts, was man tun kann.

Ben wartete, bis ich wieder mit Heulen aufhörte.
Er sah mir lange in die Augen, dann sprach er.
Du würdest also für sie sterben?
Für Mami?
Ja.
Klar.
So sehr liebst du sie?
Klar. Für sie oder Mercedes. Für beide würde ich sterben.
Und das weißt du ganz sicher?
Ja.
Er lächelte und nahm meine Hand. Dann stand er auf, ging mit Mercedes in ihr Zimmer und ließ sie ihr bestes Kleid und ihre besten Schuhe anziehen und machte ihr die Haare mit ein paar Spangen und Schleifen zurecht. Er sagt, ich soll mir auch was Nettes anziehen, also gehe ich in unser Zimmer und ziehe das Hübscheste an, was ich habe, ein Kleid, das ich mir gekauft hatte, gleich nachdem ich im Club angefangen hatte, als ich noch glaubte, jeden Sonntag in die Kirche zu gehen, würde mir die Sache erleichtern. Das war, bevor ich begriff, dass Crack stärker war als Gott. Also, der Gott am Kreuz, den alle anbeten.

Wir gingen in das Hospiz, wo sie Mami hingebracht hatten. Sie war wach, als wir ins Zimmer kamen, lag da, und wir konnten ihr Stöhnen schon auf dem Gang hören. Ben trat beiseite und ließ uns zuerst ins Zimmer. Mami hatte die Decke weggeschoben, so dass wir sehen konnten, wie dünn sie war, dass nichts mehr von ihr übrig war, nur Haut und Knochen. Mercedes rannte zu ihr ans Bett, sagte: Abuela, Abuela. Mami hob ihre Hand, nur ein kleines bisschen, legte sie ihr auf den Kopf, sagte: Hallo. Ich kam näher, um Mami einen Kuss zu geben, und sie versuchte, mich am Kopf zu berühren, aber sie schaffte es nicht. Ich frage, ob es ihr gut geht, und sie schüttelt den Kopf. Mercedes gibt ihr einen Kuss und sie will lächeln, aber nicht mal das kriegt sie hin, ist so krank, dass sie nicht mal ihre Enkelin anlächeln kann. Ich sage, Ben ist hier, der Weiße, der mal unser Nachbar war. Ben kommt hinter mir vor, so dass sie ihn sehen kann. Sie guckt ihn lange an, als würde sie versuchen, sich zu erinnern, und ich denke, dass es vermutlich ein bisschen zu viel verlangt ist, weil er sich so verändert hat. Ich sehe, wie sie ihn ganz genau anguckt, und er schaut sie nur an, schaut nur. Sie lächelt und sagt ganz sanft: Ich weiß, wer das ist, danke, dass du ihn mitgebracht hast, Maria Magdalena. Ich frage, was sie damit meint, und sie versucht wieder zu lächeln und kriegt es ein bisschen besser hin. Ben legt mir seine Hand auf die Schulter und fragt ganz sanft, ob ich bereit bin, und ich gucke ihn an und frage: Wofür, und er meint, um Lebewohl zu sagen. Ich schaue Mami an, die noch immer versucht, mich anzulächeln, nur noch Haut und Knochen, während sie qualvoll stirbt. Viel zu langsam stirbt. Ohne Würde oder Frieden. Elendig in einem Bett, in dem schon zu viele andere vor ihr gestorben sind. Jedes Mal beim Anblick dieses Bettes stellte ich mir vor, wie viele Menschen schon darin gestorben waren und dass meine Mami nur eine von ihnen war.

Ben sagte, ich soll auf die andere Seite gehen und Mamis Hand halten, und das tat ich. Mercedes sollte ihre andere Hand nehmen. Er flüsterte was in Mercedes' Ohr, und Mercedes küsst Mami und sagt: Ich hab dich lieb. Er guckt mich an und lächelt und ich weiß, was er von mir will, und ich beuge mich vor und küsse sie und sage, dass ich sie lieb habe, und ich danke ihr für alles, was sie für mich getan hat. Ich halte ihre Hand ganz fest und sage, wie sehr ich sie vermissen werde und dass ich alles tun werde, um Mercedes eine gute Mami zu sein. Ich fang schon wieder an zu heulen. Ich weiß, was gleich kommt. Und obwohl es das ist, wonach Mami sich sehnt, und es das Beste ist, fang ich schon wieder an zu heulen.

Ben setzte sich auf die Bettkante. Mami lächelte ihn an, das erste echte Lächeln des Tages. Er beugte sich vor und küsste sie auf beide Wangen und die Stirn. Er nahm ihr Gesicht in die Hände und flüsterte ihr etwas zu, ganz leise, so dass ich nicht hören konnte, was er sagte. Hin und wieder antwortete sie mit Ja, und als er fertig ist, richtet er sich wieder auf und sieht ihr in die Augen. Noch einmal küsst er sie und sagt, dass er sie liebt, und sie sagt: Ich liebe dich auch. Er schaut sie

immer weiter an, schaut ihr tief in die Augen, und ich sehe, dass sich ihre Augen langsam schließen. Ich muss noch mehr weinen. Ich weiß, wenn ihre Augen erst mal zu sind, werden sie nie wieder aufgehen. Mercedes sagt immer und immer wieder: Abuela, als wenn sie denkt, ihre Großmutter wird antworten. Und Ben schaute sie nur an, und sie schaute ihn an, und kurz bevor sie ging, bevor sich ihre Augen für immer schlossen, sah ich Frieden darin. Ich sah Stille. Ich sah Glück. Und ich sah dieses feine Blitzen, das du nur bei jemandem siehst, dessen Herz mit Liebe erfüllt ist.
Mehr als alles andere.
Sah ich Liebe.

MARKUS

Eins meiner Gemeindemitglieder kam in mein Büro und erzählte mir, auf der Toilette habe jemand einen Anfall. Es war bereits drei- oder viermal vorgekommen, dass mir jemand etwas von einem Mann erzählte, der auf der Toilette einen Anfall bekam, aber wenn ich dann nachschaute, war niemand da. Trotzdem ging ich sofort hin, weil ich mir Sorgen um die Sicherheit des Betreffenden machte, wenn es denn überhaupt einen Betreffenden gab. Vor etwa einem Jahr war in der Wandelhalle ein älteres Gemeindemitglied an einem Herzinfarkt gestorben, und er hatte da mindestens zwei Stunden allein auf dem Boden gelegen, bis ihn jemand fand. Obwohl ich glaubte, dass eine Kirche in gewisser Hinsicht ein idealer Ort zum Sterben ist, legte ich keineswegs Wert auf einen weiteren Toten auf dem Gelände. Der erste hatte der Diözese bereits einen durchaus bemerkenswerten Grad an unerwünschter, negativer Aufmerksamkeit eingebrockt und einen wahren Papierkrieg ausgelöst. Angesichts all der Konflikte der letzten Jahre, meiner Liebe zur Kirche und meines innigen Wunsches, sie zu schützen, beeilte ich mich in der Hoffnung, einer Wiederholung vorzubeugen oder dem kranken Mann irgendwie beizustehen.

Ich betrat die Toilette, die Herrentoilette, und erblickte einen Mann, der am Waschbecken stand und sich die Hände wusch. Augenblicklich wusste ich, dass er Jesus Christus war. Ich schnappte nach Luft, war wie erstarrt und konnte nicht sprechen. Er hatte lange schwarze Haare, einen kurzen schwarzen Bart und alabasterweiße Haut. Er war extrem dünn, trug zerlumpte Kleidung, die um seinen Körper schlotterte, und war über und über mit Narben bedeckt. Und er strahlte. Strahlte wortwörtlich. Wie es sich für eine Toilette gehört, gab es keine Fenster, sondern nur ein Oberlicht, und ich würde auf die Bibel schwören oder auf alles andere, was mir lieb und teuer ist, dass die Wände erleuchtet waren und dass er strahlte.

Er sah mich im Spiegel an und lächelte. Dabei wusch er sich weiter die Hände, sehr langsam und sorgfältig, sehr friedvoll, wenn es denn überhaupt irgendwie möglich ist, sich auf friedvolle Weise die Hände zu waschen. Ich kann mir lediglich ausmalen, wie ich ausgesehen haben muss, als ich da vor Gottes Sohn stand, ein Mann, den ich jeden Tag meines Lebens verehrt hatte, ein Mann, dem zu begegnen ich unzählige Stunden gebetet hatte. Ich konnte mich nicht rühren, und er starrte mich im Spiegel nur an. Nachdem er sich die Hände gewaschen hatte, drehte er sich um und kam auf mich zu. Er umarmte mich, und ich flüsterte ihm: Mein Gott, ins Ohr. Er hielt mich einen Moment fest, küsste mir die Wange, wandte sich ab und verließ die Toilette.

An der Stelle, an der er mich verlassen hatte, blieb ich noch mehrere Minuten stehen. Ich versuchte zu begreifen, was ich soeben erlebt hatte, dass ich nämlich, wie ich nach wie vor glaube, Jesus Christus, Gottes Sohn, dem Messias, dem Erlöser, der weltlichen Inkarnation des Herrgotts begegnet war. Er hatte mich angelächelt, mich umarmt und geküsst. Er hatte sich in die Sphäre meines Lebens, meiner Kirche und meiner Andacht begeben. Ich überlegte, wie viele Menschen auf Erden wohl behaupten konnten, diese tief greifende Erfahrung gemacht zu haben oder im wahrsten Sinne des Wortes vom Herrn berührt worden zu sein? Obwohl Milliarden und Abermilliarden dafür gebetet hatten und immer noch täglich dafür beteten, war Christus seit über zweitausend Jahren nicht erschienen oder hatte jedenfalls sein Erscheinen nicht kundgetan. Es war ein Wunder. Das größte Wunder. Er war wiedergekehrt, um uns zu retten und zu erlösen. Er war wiedergekehrt, um die Herrlichkeit der Letzten Tage zu verkünden. Für das, was ich in diesem Moment dachte und wusste, gibt es keine Worte, oder die Worte, die es gibt, versagen. Wenn ich gezwungen wäre es zu schildern, würde ich es als ein Gefühl großen Friedens, der Ergriffenheit und Klarheit beschreiben, als tiefes Gefühl der Hoffnung sowohl für mich als auch für die ganze Menschheit und ungeheurer Befriedigung, dass alles, an das ich geglaubt habe, seine Bestätigung fand. Und um der ganzen Wahrheit die Ehre zu geben, schwang darin etwas Erregendes mit, etwas Ekstatisches, etwas, das ich nur ein oder zwei Mal in meinem Leben empfunden hatte, wenn auch nie derart intensiv. Es war etwas, das mir Furcht einflößte, weil ich spürte, dass ich keine Kontrolle darüber hatte. Und Kontrollverlust ist stets eine Quelle der Angst. Allerdings ist Kontrollverlust auch stets eine Quelle der Veränderung.

Nachdem ich die Toilette verlassen hatte, ging ich meinen täglichen Pflichten nach. Während meiner Bürozeit traf ich mich mit zwei Gemeindemitgliedern, älteren Frauen, die fast jeden Morgen zur Messe kamen und deren Gatten verstorben waren. Ich ging in ein örtliches Krankenhaus, wo ich zweimal pro Woche für Patienten bete. In meinen Privaträumen, die sich im Pfarrhaus hinter meiner Kirche befinden, nahm ich ein einfaches Abendessen zu mir. Ich betete zu Gott und dankte ihm, mich mit der Gegenwart seines Sohns gesegnet zu haben. Ich las in der Bibel und konzentrierte mich auf das Matthäus-Evangelium, in dem die Wiederkunft des Herrn durchaus detailliert angekündigt wird. Ich betete noch einmal und versuchte zu schlafen, was mir jedoch nicht gelang. Also blieb ich wach, dachte über mein Leben nach, darüber, wie ich zu diesem Moment gekommen war, und betete zu einem Gott, dem ich an diesem Tag begegnet war.

Meine Kindheit war, gelinde gesagt, unglücklich und schwierig. Meine Eltern waren russische Immigranten, die in den 50er Jahren aus der Sowjetunion geflüchtet waren. Ans kommunistische System hatten sie beide nicht geglaubt und sich ein Leben in Freiheit in Amerika erträumt. In mancherlei Hinsicht verliebten sie sich aus diesem Grund ineinander, oder zumindest war es einer der Hauptgründe, dass sie zueinander fanden, habe ich sie doch kein einziges Mal Zärtlichkeiten austauschen sehen. Ihre Väter kämpften und starben beide im 2. Weltkrieg. Der Vater meiner Mutter geriet bei Raseiniai in Gefangenschaft und starb in einem deutschen Kriegsgefangenenlager, und der Vater meines Vaters erfror vor Leningrad. Ihre Mütter arbeiteten beide in Fabriken bei Daugavpils und wurden in den Frühphasen des Kriegs beide von deutschen Besatzern geschändet. Die Mutter meiner Mutter bekam ein Kind, nachdem sie von einem Deutschen vergewaltigt wurde, und die Mutter meines Vaters wurde als Kollaborateurin gebrandmarkt, weil man sie dazu gezwungen hatte, deutschen Soldaten als Prostituierte zu Willen zu sein. Nach dem Krieg wurden sie von ihren Nachbarn geschnitten und ständig vom KGB belästigt. Sie wurden häufig verhaftet und für unbestimmte Zeit in örtlichen Gefängnissen festgehalten, und man verweigerte ihnen die Rechte, die man anderen, die während des Kriegs gelitten hatten, zubilligte. Wegen dieser Umstände durften meine Eltern auch keine anständigen Schulen besuchen und hatten keine Chance, etwas anderes als

Hilfsarbeiter zu werden. Sie hatten Jobs als Putzkräfte in einer Panzerfabrik, wo sie sich kennenlernten; sechs Monate später flohen sie mit vier anderen Arbeitern nach Finnland. Obwohl beide nie darüber geredet haben, was während der Flucht tatsächlich geschah, weiß ich, dass alle vier Leute, mit denen sie flohen, dabei ums Leben kamen. Einmal hörte ich, mein Vater sei für ihren Tod irgendwie verantwortlich gewesen. Ich weiß auch, dass als Folge ihrer Flucht ihre zurückgebliebenen Familienmitglieder verhaftet und in einen Gulag nach Sibirien abtransportiert wurden.

In Finnland angekommen, gingen sie zur amerikanischen Botschaft und baten um Asyl. Weil sie in einer Panzerfabrik gearbeitet hatten, glaubte die US-Regierung, dass sie über wertvolle Informationen verfügen könnten und flog sie zu einer Militärbasis in Deutschland, wo man sie eingehend befragte. Sie wussten beide lediglich, wie man Fußböden fegt und wischt, und sonst gar nichts. Sie bekamen jedoch Aufenthaltsgenehmigungen, wurden nach Detroit geschickt und bekamen dort ähnliche Jobs wie in Russland, diesmal allerdings in einer Autofabrik. Weil sie niemand anders kannten und voneinander abhängig waren, heirateten sie, und ich wurde geboren, doch während meiner Geburt kam es zu Komplikationen, die es meiner Mutter unmöglich machten, weitere Kinder zu bekommen, woran sie mich dann für den Rests ihres Lebens nahezu täglich erinnerte. Sie brachten mich nach Haus und lebten weiter ihr trauriges Leben.

Sie arbeiteten in der Fabrik, und wenn sie zu Hause waren, betranken und stritten sie sich. Mein Vater verprügelte meine Mutter, und als ich noch relativ klein war, so zwei oder drei, fing er an, auch mich zu verprügeln. Wir lernten, ihn in Ruhe zu lassen und in seiner Anwesenheit nicht zu reden, obwohl das die Situation auch nicht besser machte. Als ich älter wurde, verprügelte er mich heftiger. Zu verschiedenen Zeiten hatten sowohl meine Mutter als auch ich gebrochene Nasen, gebrochene Arme, gebrochene Rippen und ausgeschlagene Zähne. Die Nachbarn wussten, was los war, aber niemand rief die Polizei. Es waren schwere Zeiten, und damals hielt man es für richtig, so eine Situation zu ignorieren. In der Schule wusste man, dass ich aus einem schwierigen Elternhaus kam, und verachtete mich. Ich hatte keine Freunde und auch keine Lehrer, die sich um mich kümmerten oder glaubten, dass ich es im Leben je zu etwas bringen würde. Als ich sechzehn war, rastete mein Vater vollständig aus. Er sah meine Mutter mit einem Nachbarn reden und glaubte, dass sie eine Affäre mit ihm hätte. Als sie nach Hause kam, schlug er sie mit einem Schraubenschlüssel, und als ich versuchte, ihn daran zu hindern, schlug er auch mich. Als ich sechs Tage später im Krankenhaus erwachte, erfuhr ich, dass er meine Mutter tot geprügelt und sich in seiner Zelle erhängt hatte, nachdem er wegen Mordes verhaftet worden war. Um ganz ehrlich zu sein, regte mich das nicht groß auf. Mir tat es leid, dass sie ein derart armseliges Leben geführt hatten, aber ich empfand

Erleichterung, dass ihr Leben endlich vorbei war. Meine einzige Sorge war, was ich nun anfangen und wie ich mich selbst über Wasser halten sollte. Familie hatte ich sonst keine mehr und war also völlig allein. Doch erfuhr ich schon bald, dass dem nicht so war. Ein katholischer Priester besuchte mich und erzählte mir, dass er mehrere Stunden täglich an meinem Krankenbett gebetet hätte. Meine Eltern waren beide Atheisten, und von Gott wusste ich gar nichts. Dennoch spürte ich irgendwie, dass dieser Mann freundlich und rein und daran interessiert war, mir zu helfen. Er schenkte mir eine Bibel und fing an, mir von Gott zu erzählen, von Jesus Christus und der Art und Weise, in der er sein Leben für die Sünden der Menschheit hingegeben hatte, und von der Kraft des Gebets. Ich blieb mehrere Wochen im Krankenhaus, und im Lauf dieser Zeit belehrte er mich über die Methoden und den Glauben der römisch-katholischen Kirche, und ich wurde ein Christ. Er war der erste Mensch, der sich je um mich gekümmert und mir seine Liebe erwiesen hatte, und nach und nach begann ich ihn so zu lieben, wie, glaube ich, viele Söhne ihre Väter lieben. Nach meinem Highschool-Abschluss trat ich dem theologischen Seminar bei und begann die Ausbildung für mein Leben als Priester. Als ich fertig war, legte ich die Gelübde ab und trat ins Priesteramt ein, in dem Glauben, mein Leben dem Vater, dem Sohn und dem Heiligen Geist und dem, was ich für die einzig wahre Kirche hielt, zu widmen. Ich glaubte, meine wahre Heimat und meine wahre Familie gefunden zu haben und dass das, was ich tat, ein auf Seinem Wort beruhendes Werk Gottes war.

Während ich im Bett lag, über mein Leben nachdachte und betete, schlief ich schließlich ein, wenn auch nicht für lange. Am nächsten Morgen erwachte ich um fünf und betete aus meinem Stundenbrevier die Liturgie, wie ich es fast jeden Morgen tue. Nach dem Gebet schrieb ich normalerweise die Predigt für die Frühmesse, doch spürte ich Gott so machtvoll und fühlte mich so fest in meinem Glauben, dass ich beschloss, mir nichts zu notieren, sondern einfach nur zu sagen, was ich im Moment empfand. Ich freute mich sehr darauf, die Messe zu lesen, was ich fast jeden Tag tue und was manchmal ziemlich ätzend sein kann, besonders an Tagen, wenn die Kirche leer ist. Ich wusste aber, dass es an diesem besonderen Tag keine Rolle spielen würde, ob Gläubige anwesend waren oder nicht. Ich glaubte, dass ich die Messe mit niemand anderem als Gott selbst feiern würde, Gott, der mich am Tag zuvor so eindringlich gesegnet hatte, und ich glaubte, dass kein einziges der Probleme der Kirche noch relevant war und dass wir im Begriff waren, in die größte Epoche unserer langen, ehrwürdigen Geschichte einzutreten, eine Epoche, in der wir uns als gerecht erweisen und unsere Herrlichkeit durch die Wiederkunft Jesu Christi bestätigt sehen würden. Der Rückgang der Kirchenmitglieder und die Überalterung der verbliebenen Mitglieder würde keine Rolle mehr spielen. Die Konflikte hinsichtlich unserer Politik gegenüber Frauen und Homosexuellen würden sich lösen. Man würde uns nicht mehr wegen unserer Haltung gegenüber dem Gebrauch von Kondomen für die Verbreitung von AIDS in den Entwicklungsländern verantwortlich machen. Und die durch den sexuellen Missbrauch von Kindern ausgelösten, unendlichen Skandale würden ein Ende haben. Wir würden gerecht sein.

Ich zog mich an, verließ meine Privaträume und ging zur Kirche. Mit dem Diakon und den beiden Messdienern bereitete ich den Gottesdienst vor und näherte mich dem Altar, um mit dem Stufengebet zu beginnen. Ich warf einen Blick in die Kirche und sah vier Leute, drei ältere Frauen und einen älteren Mann, und der Mann schien sowohl obdachlos als auch eingeschlafen zu sein. Obwohl das typisch für eine Frühmesse war, hätte es mich normalerweise deprimiert. An diesem Morgen war das aber ganz und gar nicht der Fall, wusste ich doch, dass zumindest drei dieser Leute zum Beten hier waren und dass wir uns schon sehr bald gemeinsam mit dem Rest der wahren Anhänger Gottes allesamt im Himmel wiederfinden würden. Ich begann mit der Messe mit den Worten: Im Namen des Vaters und des Sohnes und des Heiligen Geistes, und meine Stimme klang rein und fest und wahrhaftig. Als die Leute mit Amen antworteten, liefen mir Schauer über den Rücken, und ich dachte, ja, mein Gott, Amen, ja, mein allmächtiger Gott, Amen.

Normalerweise und traditionsgemäß las ich während des Wortgottesdienstes einen Abschnitt aus dem Alten Testament und einen aus dem Neuen Testament, doch an diesem Tag las ich zwei Abschnitte aus dem gleichen Buch des Neuen Testaments, Matthäus 24:42 – 44:42 Darum wachet, denn ihr wisset nicht, welche Stunde euer Herr kommen wird. 43 Das sollt ihr aber wissen: Wenn ein Hausvater wüsste, welche Stunde der Dieb kommen sollte, so würde er ja wachen und nicht in sein Haus brechen lassen. 44 Darum seid ihr auch bereit; denn des Menschen Sohn wird kommen zu einer Stunde, da ihr's nicht meinet, und Matthäus 25:31 – 34:31 Wenn aber des Menschen Sohn kommen wird in seiner Herrlichkeit und alle heiligen Engel mit ihm, dann wird er sitzen auf dem Stuhl seiner Herrlichkeit, 32 und werden vor ihm alle Völker versammelt werden. Und er wird sie voneinander scheiden, gleich als ein Hirte die Schafe von den Böcken scheidet, 33 und wird die Schafe zu seiner Rechten stellen und die Böcke zur Linken. 34 Da wird dann der König sagen zu denen zu seiner Rechten: „Kommt her, ihr Gesegneten meines Vaters, ererbet das Reich, das euch bereitet ist von Anbeginn der Welt!" Mein Regelverstoß fiel niemandem auf, nicht einmal dem Diakon, und so machte ich einfach weiter im festen Glauben, Gott hätte meine Auswahl gebilligt und verstünde, dass ich die Leute darauf aufmerksam machen wollte, dass sein Sohn erschienen war. Der Rest des Gottesdienstes war schlicht und schön, und wie es manchmal mit den Dingen, die wir im

Leben tun, so geht, seien sie Teil unserer Lebensaufgabe oder einfache Pflichten oder Freizeitaktivitäten, kam mir alles richtig vor und ganz leicht, und die Zeit, die manchmal nur langsam vergehen wollte, schien an Tempo zuzunehmen und sich zu beschleunigen. Nach der Messe, wenn ich normalerweise in mein Büro ging, Post erledigte und mit Verwaltungsaufgaben befasst war, beschloss ich, einen Spaziergang durch die Gemeinde zu machen.

Die Kirche lag in Midtown auf der Westseite Manhattans in einem Viertel, das Hell's Kitchen genannt wird. Direkt im Osten lag der Times Square. Als ich Ende der 80er Jahre die Stelle in der Kirche antrat, nachdem ich anfangs in einer Kirche in Newark, New Jersey, gearbeitet hatte, war der Times Square noch ein Sündenpfuhl voller Pornographieläden, die Straßen wimmelten von Prostituierten, Drogenhandel an jeder Ecke. In den 90ern wurde vom Bürgermeister hier aufgeräumt, ein Mann, den ich für einen guten, moralischen, aufrechten Katholiken hielt, ein Mann, der heilig war, ohne dem Klerus anzugehören, ein Mann, der ein Krieger im Namen Gottes und der Werte Gottes war. Hell's Kitchen, eine Verlängerung des Times Square und Auffangbecken für den Sündenstrom, der sich daraus ergoss, profitierte nachhaltig von den Veränderungen, die der Bürgermeister durchsetzte. Während es einst seinen Namen redlich verdient hatte, entwickelte es sich nun zu einem Viertel voller Schauspieler, Musiker und junger Angestellter, denen die Nähe zu ihren Büros in Midtown gefiel, und voller Restaurants und Cafés und Theater. In meiner Anfangszeit unternahm ich gern Spaziergänge. Obwohl viele Bewohner des Viertels keine Christen oder nicht praktizierende Christen diverser Konfessionen waren, flößten mein Klerikerkragen und meine Stellung in der Kirche ihnen doch einen gewissen Respekt ein. Ladenbesitzer waren freundlich zu mir und scheuten keine Mühe mir zu helfen. Polizisten grüßten mich, und oft hielt ich an und plauderte mit ihnen. Mütter mit Kindern lächelten und winkten mir zu. Selbst die Prostituierten und Drogendealer grüßten mich, indem sie etwa sagten: Hallo, Pater, wie geht's dem Großen Boss denn heute so? Meine Spaziergänge stärkten mein Selbstbewusstsein und meine Entschlossenheit, mein Leben Gott und der Seelsorge zu widmen. Ich war stolz darauf, ein katholischer Priester zu sein und stolz auf meine Kirche.

Das alles hatte sich jedoch im Lauf der Jahre geändert. Mein Kragen war für viele zu einem Symbol der Schande und Empörung geworden. Die Medienberichte über die sexuellen Missbrauchsskandale hatten das Image der Kirche permanent beschädigt, und ungeachtet unserer persönlichen Haltungen zu den Fällen oder unserer persönlichen Verwicklungen hatte sich doch die Meinung der Leute über die Männer im Kirchendienst grundlegend geändert. Innerhalb der Kirche war der offenkundigste Effekt die sinkende Anzahl der Gemeindemitglieder in unseren Gottesdiensten. Außerhalb der Kirche wurde ich auf meinen Spaziergängen zu einer Art Aussätzigem. Ladenbesitzer begegneten mir mit offener Feindseligkeit und forderten mich manchmal sogar auf, nicht mehr in ihren Läden einzukaufen. Polizisten beäugten mich misstrauisch. Mütter mit Kindern machten einen großen Bogen um mich. Oft hörte ich Leute Perverser oder Kinderschänder rufen, wenn ich an ihnen vorbeikam. Einmal wurde ich sogar überfallen und verprügelt. Während ich auf dem Boden lag und getreten und geschlagen wurde, hörte ich, dass meine Peiniger mich und die Kirche beschimpften. Ich entschied mich, sie nicht anzuzeigen. Und mehr als einmal wurden die Kirchentüren mit Parolen besprüht. Ich schrubbte sie eigenhändig wieder ab.

Das alles brach mir das Herz. Ich war in den Priesterstand eingetreten, um Gott zu dienen, der Gesellschaft zu dienen und meinen Teil dazu beizutragen, die Welt zu verbessern. Ich hatte alles in meiner Macht Stehende getan, ein Leben ohne Sünde zu führen, und wenn ich doch gesündigt hatte, hatte ich gebeichtet und Buße getan. Es fiel mir schwer zu begreifen, dass durch die Taten anderer, beklagenswerte, unverzeihliche Taten, mein Leben und meine Arbeit herabgewürdigt und besudelt wurden. Ich kam an den Punkt, wo ich kaum noch die Kirche verließ, und wenn ich es doch tat, ging ich in Zivil, um nicht als katholischer Priester erkannt zu werden. Es war ein Alptraum. Und zwar nicht nur für mich allein, sondern für viele von uns in der Kirche oder zumindest für diejenigen von uns, die daran glaubten, dass einige der Übergriffe tatsächlich stattgefunden hatten. Diejenigen, die es leugneten, und davon gab es viele einschließlich Papst Johannes Paul II und Papst Benedikt XVI, empfanden keine Scham, sondern höchstens Bestürzung, Trotz und Wut.

Aber an jenem Tag, dem Tag, an dem ich dem Messias begegnet war, Gottes Sohn, Jesus Christus persönlich, gab es keinen Albtraum mehr. Es gab nur noch Freude und Stolz und unbändigen Optimismus. Ich ging ohne bestimmtes Ziel aus und trug meine besten Kleider einschließlich des Kragens. Die schmutzigen Blicke, die mich trafen, prallten an mir ab. Die Bemerkungen, die ich aufschnappte, bedeuteten mir nichts. Wenn ich sah, wie Eltern ihre Kinder ein bisschen fester an die Hand nahmen, als ich vorbeikam, machte es mir nicht das Geringste aus. Ich ging drei Stunden lang spazieren und erblickte überall und in allem die Herrlichkeit Gottes. Trotz des Mülls und des Elends und der Verzweiflung, die ich sah, trotz der Tatsache, dass fast alles, was in der Stadt geschah, für die Herrlichkeit des Geldes getan wurde, war die Stadt noch nie so schön gewesen. Ich wusste, dass sich bald alles ändern würde. Dass bald alles für die Herrlichkeit des Sohnes und seines Vaters, des Allmächtigen Gottes, getan werden würde.

Während der nächsten Tage folgte ich meiner üblichen Routine. Ich nahm in der Kirche meine Pflichten wahr und las die Messe, und in meiner Freizeit ging ich spazieren. In der Hoffnung, ihn wieder zu sehen, ließ ich bei jeder Messe, egal, wie viele Gläubige anwesend waren, den Blick über die Bankreihen schweifen. Jeder Schritt, den ich bei meinen Spaziergängen machte, erfüllte mich mit Vorfreude, und hinter jeder Ecke, um die ich bog, rechnete ich mit seinem Erscheinen. Ich starrte die Toilettentür an, in der Hoffnung, ihn dort wieder zu finden, und ging manchmal auch hinein. Ich wusste, dass es lediglich eine Frage der Zeit war. Jesus Christus würde nicht in mein Leben treten, um dann einfach zu verschwinden. Tief in meinem Herzen wusste ich, dass er wiederkehren würde.

Ich sah ihn in der nächsten Woche bei der Frühmesse. Die Kirche war halb voll. Ich erteilte die Kommunion, und die Gemeindemitglieder aus den Mittelreihen knieten vor der Altarbrüstung. Ich schaute auf, und er saß ganz allein da, in Lumpen gehüllt. Es war ein trüber Tag in New York, kalt und nass, und keine Sonne schien durch die Kirchenfenster. Gleichwohl ging Licht von ihm aus und umgab ihn genau so, wie Christus auf klassischen Darstellungen von Licht umgeben ist. Ich erstarrte einen Moment und lächelte und war augenblicklich von einem tiefen Gefühl der Liebe erfüllt und vergaß, dass ich mitten in der Messe war, bis mich ein Gemeindemitglied fragte, ob mit mir alles in Ordnung sei. Ich senkte den Blick und sagte: Ja, und erteilte weiter die Kommunion, obwohl ich aufhören wollte, mit allem aufhören und allen Anwesenden zurufen wollte, dass der leibhaftige Gott mitten unter uns im Raum sei, dass der Messias gekommen sei und all unsere Gebete erhört worden seien. Als die Messe zu Ende ging, sah ich, wie er aufstand und ging. Ein Teil von mir war erschüttert, doch der größere Teil von mir vertraute Gottes Plan, weil ich glaubte, dass Gott mich behüten, all seine Menschen behüten würde, und dass alles, was geschah, aus einem bestimmten Grund geschah.

Am nächsten Morgen war er wieder da. Und auch am übernächsten Morgen. Und dann blieb er eine Woche lang fort, und dann erschien er wieder an einem Morgen, an dem außer ihm niemand anwesend war. Wenn ich ihn sah, empfand ich jedes Mal das gleiche, überwältigende Gefühl von Liebe. Ich spürte die gleiche Ekstase und die gleiche Elektrizität. Den gleichen Frieden. Und immer, wenn ich ihn sah, stand er kurz vor Ende des Gottesdienstes auf und ging. Und jedes Mal glaubte ich, dass er wiederkommen würde, dass es ein Teil des göttlichen Plans sei und dass dieser sich mir in seiner Bedeutung enthüllen würde.

Während einer Sonntagsmesse kam er wieder. Und diesmal ging er nicht fort. Als die anderen Gemeindemitglieder die Kirche verließen und ich am Portal stand, um sie zu verabschieden, blieb er reglos auf der Bank sitzen, blickte nach vorn, immer noch in Licht gehüllt. Ich war nicht der Einzige, der ihn bemerkte. Einige Leute näherten sich ihm, jeder von ihnen empfand eindeutig ähnlich wie ich, sah ich sie doch vor ihm niederknien, worauf er ihnen bedeutete, sich zu erheben oder neben ihm Platz zu nehmen. Wenn sie sich von ihm trennten, sah ich, dass er jeden Einzelnen auf die gleiche Weise umarmte, wie er auch mich am Tag unserer ersten Begegnung umarmt hatte, und ich sah, wie sie sich verwandelten, körperlich verwandelten, als wäre etwas von ihnen genommen worden, etwas Trauriges oder Unerfreuliches, etwas Quälendes, etwas, das sie daran gehindert hatte, so zu leben oder zu fühlen oder zu glauben, wie sie es sich wünschten. Mit anzusehen, wie die Berührung eines Mannes einen Menschen augenblicklich veränderte, mit anzusehen, wie ihre Lasten, woraus auch immer sie bestehen mochten, von ihnen genommen wurden und sich in Luft auflösten, war ungeheuerlich und wunderschön. Es war etwas, das nur in der Macht Gottes oder Gottes Sohns liegen konnte.

Als alle gegangen waren und die Kirche sich bis auf uns beide geleert hatte, ging ich auf ihn zu. Er saß immer noch schweigend und regungslos da, und mit jedem Schritt spürte ich mein Herz schneller und heftiger schlagen, und meine Hände fingen an zu zittern. Ich hielt vor der Bank inne, und er drehte sich um und schaute mich an. Ich sprach.
Mein Herr.

Er lächelte.
Ich heiße Ben.
Ich kniete vor ihm nieder.
Bitte stehen Sie auf.
Die Bibel sagt: Lasset uns niederknien vor dem Herrn, unserem Schöpfer.
Und ich sage: Kein Mensch soll vor einem anderen niederknien.
Ich rührte mich nicht, konnte es nicht. Ich schloss die Augen und faltete zum Gebet die Hände vor der Brust. Ich hörte, wie er sich bewegte, und spürte seine Gegenwart auf mich zukommen.
Als ich die Augen aufschlug, kniete er vor mir, sein Gesicht nur Zentimeter vor meinem Gesicht.
Er sprach.
Gefällt Ihnen das?
Er lächelte mich an.
Halten Sie das für notwendig?
Ich sprach.
Ich bin nicht Gott.
Er sprach.
Kein Mensch ist Gott.
Sind Sie nicht sein Sohn?
Glauben Sie das?
Ja.
Wieder lächelte er.
Setzen Sie sich zu mir.
Er erhob sich. Ich konnte mich nicht bewegen. Er ging wieder an seinen Platz und setzte sich. Ich sah ihn an, konnte mich aber immer noch nicht rühren. Er lächelte.

Kommen Sie, Pater. Setzen Sie sich zu mir.
Ich stand langsam auf. Meine Beine zitterten, und meine Hände zitterten, und ich war über alle Maßen erregt und total erschüttert. Ich machte drei Schritte auf ihn zu und setzte mich. Wieder lächelte er, wandte sich ab und blickte zum Altar der Kirche, über dem eine Statue des ans Kreuz geschlagenen Christus hing. Ich wollte ihm Millionen Fragen stellen, ich wollte Millionen Dinge sagen, aber die Stimme versagte mir. Ich starrte ihn nur an, und er war wunderschön, und er war Gott. Ich dachte an Psalm 34:5: Welche auf ihn sehen, die werden erquickt, und ihr Angesicht wird nicht zu Schanden. Ich weiß nicht mehr, wie lange wir so verharrten, es hätten fünf Minuten sein können, und es hätten dreißig sein können, doch sein Anblick ließ mich erneut glauben, dass mein Lebenswerk aller Mühe wert gewesen war, dass sich meine Hingabe an Gott und die Kirche gelohnt hatte und recht und billig war und dass das Licht und die Herrlichkeit Gottes demnächst die Welt erfüllen würde. Er wandte sich mir zu und sprach.
Wollten Sie etwas sagen?
Ich weiß nicht, womit ich anfangen soll, mein Herr.
Er lachte.
Sie blicken nach dort oben …
Er deutete auf den Altar, auf das darüber hängende Kruzifix.
Und Sie sehen dies tote Stück Holz, schön ausgeschnitzt und schön bemalt, aber dennoch nur ein totes Stück Holz, und Sie meinen, dass es jemanden

repräsentiert, und Sie meinen, dass ich dieser Jemand bin.
Ja.
Ich bin es nicht.
Sie sind es.
Bin ich nicht.
Ist dies eine Prüfung?
Nein.
Ich weiß, dass Gott unseren Glauben täglich auf die Probe stellt, dass Prüfungen Teil des Glaubens sind.
So etwas tut Gott nicht.
Und ich glaube, dies ist genau die Art von Prüfung, die ich von ihm erwarten würde.
Er lachte mich aus.
Und ich möchte die Prüfung bestehen. Ich möchte mich dem, was Gott mit mir vorhat, als würdig erweisen.
Gott weiß gar nicht, dass es Sie gibt und schert sich nicht um Sie.
Das glaube ich Ihnen nicht.
Sei's drum, aber es stimmt.
Woher wissen Sie das?
Weil Gott zu mir spricht.
Wortwörtlich zu Ihnen spricht?
Nicht mit so einer albernen Stimme wie in der Bibel.
Wie denn?
Wie zählt nicht. Was zählt.
Und was ist das?
Dass dies alles ein Schwindel ist. Diese Kirche, jede Kirche. Dass die Weltreligionen bankrott und sinnlos

sind. Dass die Welt selbst bankrott ist. Dass alles ein Ende hat.
Wie es vorausgesagt wurde.
Ich kenne jedes einzelne Wort aus allen je geschriebenen, heiligen Büchern. Keins sagt voraus, was kommen wird.
Die Offenbarung tut es.
Die Offenbarung ist eine Science-Fiction-Geschichte der Steinzeit.
Wenn dem so ist, wer sind Sie dann?
Was meinen Sie, wer ich bin?
Egal, was Sie sagen, ich glaube, dass Sie der wiedergeborene Christus sind.
Ich bin eine letzte Chance.
Sie sind hier, um uns zu erlösen und uns zu vergeben.
Es gibt keine Erlösung und keine Vergebung.
Sie sind hier, um die Toten auferstehen zu lassen, die Lebenden zu erlösen.
Ich bin hier, um die Menschheit zu warnen, dass sie sich selbst im Namen der Gier und der Religion zerstören wird. Dass kein Gott auch nur einen einzigen von uns retten wird. Dass kein Teufel uns in die Hölle holt. Der einzige Feind des Menschen ist er selbst, und er selbst ist seine einzige Chance.
Sie sind gekommen, um das Königreich Gottes auf Erden zu errichten und zu beweisen, dass die katholische Kirche den einzig wahren Glauben vertritt.
Ihre pervertierte Kirche hat mehr als jede andere dazu beigetragen, dass es soweit gekommen ist.
Wenn Sie das so sehen, warum sind Sie dann hier?

Ich bin in Kirchen, Synagogen und Moscheen gegangen und habe versucht zu begreifen, warum Menschen trotz der lächerlichen Dinge, die an diesen Orten erzählt werden, immer noch glauben.
Weil es Gott gibt und die Menschen das wissen.
Weil sie Angst vorm Tod haben, den sie nicht wahrhaben wollen.
Das Versprechen ewigen Lebens ist Gottes größtes Geschenk.
Das Versprechen ewigen Lebens verführt die Menschen dazu, das Leben, das ihnen geschenkt wurde, zu vernachlässigen.
Frömmigkeit verhilft zu einem besseren Leben.
Liebe und Lachen und Ficken verhilft zu einem besseren Leben. Frömmigkeit ist reine Zeitverschwendung.
Ich starrte ihn an, und er lächelte mir zu. Und obwohl ich mit nichts von dem, was er sagte, übereinstimmte oder übereinstimmen wollte, bewirkten seine überwältigende körperliche Präsenz und das unbestreitbare und unanfechtbare Gefühl, dass er göttlich und trotz seiner Dementis der Sohn Gottes war, dass seine Worte den Kern meines Seins und den Kern meines Glaubens durchbohrten.
Wieder sprach er.
Schau auf dein Kreuz.
Ich wandte den Blick zum Kruzifix, das über dem Altar hing. Es war ein realistisches Abbild Christi. Sowohl das Kreuz als auch der Christus waren aus dem Holz eines Olivenbaums geschnitzt. Die durch

die Hände und Fußgelenke getriebenen Nägel waren sichtbar, und aus dem Gesichtsausdruck Christi sprachen Frieden, Ruhe und Gelassenheit. Auf seinem Kopf war eine Dornenkrone, und seine Augen waren geöffnet. Christus selbst war auf eine Weise bemalt, die ich als realistischen Stil bezeichnen würde, und vermittelte den Eindruck, dass es sich um eine wirklichkeitsgetreue Darstellung handelt. Ich hatte die Figur schon unzählige Male gesehen und jahrelang darunter gestanden, wenn ich die Messe las. Ich hatte sie angebetet, um Rat gefragt, um Hilfe gebeten und in Zeiten des Streits und der Sorge aufgesucht. Und obwohl sie für mich ein Symbol der Heiligen Dreifaltigkeit und der katholischen Kirche war, müsste ich lügen, wenn ich behaupten würde, dass sie meine Aufmerksamkeit so stark fesselte wie der Mann neben mir, oder dass sie die gleiche Kraft wie er ausstrahlte. Nach zwei bis drei Minuten, während derer ich nur das Geräusch unseres gemeinsamen Atmens hörte, legte er mir eine Hand auf den Schenkel. Ich spürte augenblicklich einen extrem machtvollen Schub, anders als alles andere, was ich in meinem Leben je empfunden hatte, etwas, das mein Blut, meine Knochen, mein Herz und meine Seele durchzuckte, etwas, das mir im wahrsten Sinne des Wortes den Atem nahm. Und als ich mich ihm zuwandte, stand er auf, beugte sich über mich, küsste mir sanft die Wange und ließ seine Lippen auf meiner Wange ruhen. Ich schloss die Augen und spürte, dass ich eine Erektion bekam, ein Gefühl, das mir einigermaßen unbehaglich war und

dem ich stets mit der Angst, in Sünde zu fallen, widerstanden hatte, das sich aber wunderbar anfühlte, absolut wunderbar und überwältigend. Er drückte seine Lippen für einen Moment an meine Wange, führte sie dann langsam an mein Ohr und flüsterte. Das Leben, nicht der Tod, ist das große Mysterium, mit dem man sich auseinandersetzen muss.
Und er erhob sich, und er ging von dannen.

Überflüssig zu sagen, dass ich überwältigt war, mich nicht rühren und nichts denken konnte, und ich blieb in einem Zustand des Erhobenseins mit klopfendem Herzen, brennendem Gesicht, prickelnder Haut und erigiertem Penis lange auf der Bank sitzen. Als die sinnlichen Empfindungen verebbten, begann ich im Gefühl tiefer Zerrissenheit und Verwirrung über das Geschehene nachzudenken. Obwohl ich mich noch nie im Leben so gut gefühlt oder Liebe weder körperlich noch geistig so machtvoll empfunden hatte, sagte mir alles, was ich wusste und alles, was ich gelernt hatte, und alles, was ich glaubte, dass das, was eben geschehen war, falsch war, entsetzlich falsch, bestenfalls eine Sünde und eine Überschreitung meiner Pflichten und Verantwortungen als Priester und schlimmstenfalls Blasphemie, Häresie und etwas, für das ich auf alle Ewigkeit im Höllenfeuer brennen muss. In meinen Gebeten war mir eigentlich nie aufgegangen, was es tatsächlich bedeutete, in der Gegenwart Christi zu sein, seine Stimme zu hören, mit ihm zu reden und von ihm berührt zu werden, zu spüren, wie seine Liebe ganz und gar durch jede einzelne Zelle meines Körpers und jeden Winkel meiner Seele strömte. Mein Denken hatte immer abstrakt danach gefragt, was es bedeuten würde, Christus zu begegnen, aber nicht, wie es sich anfühlen würde. Und obwohl ich all seine Worte und Taten nicht mit denen des Erlösers in Einklang bringen konnte, jedenfalls nicht mit dem, was ich zu diesem Zeitpunkt für die Worte und Taten des Erlösers hielt, empfand ich die Gefühle, die mich überkamen, als er redete und neben mir saß und mich berührte und mich küsste, und mit denen er mich nach seinem Weggang allein ließ, als ganz rein und ganz nah an dem Gefühl, das, wie ich nun glaube, Christus in jenen, die an ihn glaubten, ausgelöst haben musste. Es war vor allem ein überwältigendes und sehr tiefes Gefühl von Liebe, unschuldig, unbedingt, innig und wahrhaftig. Und nachdem ich es empfunden hatte, wusste ich zum ersten Mal in meinem Leben genau, was es bedeutete, Gott nahe zu sein. Nicht dem katholischen Gott oder dem jüdischen Gott oder dem muslimischen Gott oder irgendeinem anderen Gott, sondern dem wahren Gott. Der Gott, der das Leben ist, und der Gott, der die Liebe ist.

Es dauerte mindestens eine Stunde, wenn nicht länger, bis ich aufstehen und die Kirche verlassen konnte. Ich bat den Diakon, mir einige noch ausstehende Verpflichtungen abzunehmen, und ging in meine Privaträume im Pfarrhaus, wo ich vor einem kleinen

Kruzifix an der Wand niederkniete und zu beten versuchte. Ich wollte ein Gebet der Gewissenserforschung und Selbstzerknirschung sprechen, wie ich es fast an jedem Abend vorm Schlafengehen sprach, ein Gebet, in dem ich meine Gedanken und Taten überprüfte und den Herrn anflehte, mich zu einem besseren Menschen und besseren Priester zu machen. Indem ich das Kruzifix anstarrte, musste ich daran denken, dass Ben über das Kreuz gesagt hatte, es wäre lediglich ein Stück totes Holz, und ich musste an das Gefühl denken, das seine Hand ausgelöst hatte und seine Lippen, und an den Unterschied zwischen dem, was Ben mich fühlen ließ, und dem, was das Kruzifix mich fühlen ließ. Ich sagte das traditionelle Reuegebet auf: O mein Gott, es tut mir von Herzen leid, dich beleidigt zu haben, und ich bereue all meine Sünden, weil ich den Verlust des Himmels und die Qualen der Hölle fürchte; aber vor allem, weil sie dich beleidigen, mein Gott, der du so gut bist und meine ganze Liebe verdienst. Ich bin fest entschlossen, mit Hilfe deiner Gnade meine Sünden zu gestehen, Buße zu tun und mein Leben zu ändern, Amen, aber hinterher fühlte ich mich auch nicht besser oder irgendwie anders. Ich versuchte es noch einmal und bemühte mich, mehr Seele ins Gebet zu legen, aber das änderte auch nichts, und also begann ich, im Gebet den allmächtigen Vater direkt anzusprechen und ihm von den Konflikten, die mich zerrissen, und von den potenziellen Sünden, die ich begangen hatte, zu erzählen und bat ihn um Vergebung. Nichts änderte sich, und wenn überhaupt, ließ mich die Tatsache, dass Gebete nicht helfen, noch stärker an Ben denken und an das, was er mich hatte fühlen lassen.

Wenn ich in einer Krise war oder mich verloren und verwirrt fühlte oder weltlichen Beistands bedurfte, wandte ich mich immer an den Mann, der mich zu Christus und in die Kirche geführt hatte, ein Mann, den ich hier auf Erden als meinen Vater betrachtete, der mich mehr geliebt hatte als mein leiblicher Vater und der mich zum himmlischen Vater geführt hatte. Dank seiner Hingabe und Frömmigkeit hatte er sich in seiner Priesterschaft bewährt und war Erzbischof der Diözese in Michigan geworden, in der ich aufgewachsen war. An jenem Tag hatte ich das Gefühl, ihn zu brauchen, und obwohl für einen katholischen Bischof der Sonntag natürlich ein arbeitsreicher Tag ist und ich normalerweise nie auf die Idee gekommen wäre, an diesem Tag, Gottes Tag und ein Tag, an dem die Diözese seiner Führerschaft bedurfte, seine kostbare Zeit in Anspruch zu nehmen, glaubte ich doch dringend seines Rats zu bedürfen. Bis ich ihn ans Telefon bekam, vergingen zwei Stunden, während derer ich immer verwirrter und aufbrachter wurde. Als ich seine Stimme hörte, ihn sagen hörte, dass er in Zeiten der Bedrängnis stets für mich da wäre, fühlte ich mich besser. Ich erzählte ihm nach und nach die ganze Geschichte von dem Augenblick an, als ich Ben zum ersten Mal im Toilettenraum gesehen hatte, bis zu dem Augenblick, als er wegging und mich auf der

Kirchenbank zurückließ, und ich fügte auch all meine persönlichen Gedanken und Gefühle hinzu. Als ich fertig war, sagte er, dass er froh wäre, dass ich mich an ihn gewandt hätte, und dass sich meine sterbliche Seele in großer Gefahr befände. Das erste Thema, auf das er zu sprechen kam, betraf die Kirche und meine Gefühle hinsichtlich einiger der jüngsten Skandale.
Er sagte, Priester wären zwar auch nur Menschen und als solche anfällig für die gleichen Anfechtungen wie jeder andere Mensch, die sexuellen Missbrauchsskandale jedoch zum größten Teil eine Erfindung der Medien, die vom Teufel kontrolliert würden. Er sagte, viele der Anschuldigungen wären als Teil einer Schmutzkampagne reine Erfindung und die Kirche schützte die Priester, weil sie nichts anderes getan hätten, als Gott, der Kirche und ihren Pfarreien zu dienen. Er sagte, die Kampagne gegen die Kirche zielte darauf ab, sie zu zerstören, und wäre ähnlich geplant wie der Holocaust. Und obwohl die Kirche von einigen Übergriffen Kenntnis hätte, wäre sie damit stets mit Augenmaß umgegangen und hätte alles in ihrer Macht Stehende getan, Priester vor unbegründeten Anschuldigungen zu schützen.
Er sagte, er glaube außerdem, ein Großteil der Kampagne hätte es darauf abgesehen, das Vermögen der Kirche durch unseriöse Prozesse zu dezimieren, und er glaubte, wenn wirklich etwas sehr Böses geschehen wäre, hätte Gott dem Einhalt geboten. Gott, sagte er, kümmerte sich stets ums Wohl der einzig wahren, allein selig machenden Kirche. Gott, sagte er, ließe es

nicht zu, dass etwas derart Perverses in seiner Kirche existierte. Er erinnerte mich daran, dass er glaube, Gott selbst erwähle die Priester, die in der römisch-katholischen Kirche geweiht wurden, und dass Gott keine Fehler mache.

Von hier kamen wir auf meine besonderen Erfahrungen mit Ben zu sprechen. Er sagte, er glaube aus ganzem Herzen, dass Ben ein Abgesandter Satans wäre, höchstwahrscheinlich ein Dämon in menschlicher Gestalt, der ausgewählt worden wäre, mich persönlich zu versuchen und zu zerstören. Er sagte mir, Gott müsse offenbar Größeres für mich im Sinn haben, wenn Satan einen derart mächtigen Dämon aussandte, und dass ich mit einem strengen Gebetsregiment fortfahren sollte, das mir die Kraft verleihen würde, die ich zum Kampf benötigte. Er sagte auch, wenn die Lage noch weiter außer Kontrolle geriete, verfügte der Vatikan über eine Einheit von etwa zehn Exorzisten, die ausschließlich in den Vereinigten Staaten tätig wären. Sie könnten zu Hilfe gerufen werden, um dem Dämon entgegenzutreten, und hätten die Macht, ihn geradewegs in die Hölle zurück zu schicken. Er wies mich an, die anderen Priester meiner Gemeinde vor der Anwesenheit des Dämons zu warnen, und sagte, dass wir alle jederzeit Weihwasser parat haben sollten, und wenn der Dämon wieder erschiene, sollten wir ihn damit bespritzen. Ich dankte ihm für seine Ratschläge, und er sagte, dass er stolz auf mich wäre und sehr darauf gespannt, was der himmlische Vater mit mir vorhätte. Ich dankte ihm und verabschiedete mich.

Den Rest des Abends verbrachte ich im Gebet. Ich schlief ein paar Stunden, erwachte am nächsten Morgen, nahm meine Pflichten wieder auf und arbeitete mein normales Programm ab, las die Messe, beriet und tröstete Gemeindemitglieder und erledigte den üblichen Schriftverkehr für meine Kirche. In jeder freien Minute las ich entweder in der Bibel oder betete in der Hoffnung, Gott möge mir in irgendeiner Weise Antwort geben. Ich wünschte mir mehr, als ich mir je im Leben etwas gewünscht hatte, irgendein Zeichen des himmlischen Vaters, irgendeinen Hinweis, dass die Zeit, die ich auf Knien vor dem Kreuz verbracht hatte, nicht umsonst gewesen war. Weil ich glaubte, dass die Lage sehr ernst war, erhoffte ich eine schnelle Antwort, und obwohl man mir beigebracht hatte, dass Gottes Wege unergründlich sind, Wege, die der Mensch nicht versteht und nicht verstehen soll, ärgerte ich mich, als keine Antwort kam. Ein Gefühl der Einsamkeit, das mich in gewisser Weise stets begleitet hatte, das ich aber durch Studium, Gebet und Tätigkeit immer hatte ignorieren, abstreiten oder kontrollieren können, begann mich zu überwältigen. Ich hatte immer den Eindruck gehabt, dass mir etwas fehlte oder dass ich etwas verloren oder verlegt hatte, und ich vermutete, dass das als Bestandteil des Schmerzes, Mensch zu sein, ein normaler Zustand war. Innerhalb weniger Tage verstärkte sich das

Gefühl jedoch zu völliger Leere, Hoffnungslosigkeit und Schrecken. Beim Beten begann ich zu weinen, und wenn ich schlafen ging, weinte ich immer noch. Ich weinte, wenn ich erwachte, und ich weinte, wenn ich allein war, und ich musste mich dazu zwingen, nicht in Gegenwart anderer Leute zu weinen. Ich wollte nicht mehr aus dem Bett aufstehen und wollte niemanden mehr sehen. Die Arbeit, die mir fast mein ganzes Leben lang so viel bedeutet hatte, verlor allen Sinn. Es kam soweit, dass ich daran dachte, mich umzubringen. Ich wusste, dass die Kirche es als Todsünde ansah, dass man glaubte, ich würde mich selbst für alle Ewigkeit in die Hölle verdammen, wenn ich Selbstmord beginge. Ich hatte niemanden, mit dem ich über meine Situation reden konnte. Ich wusste, dass meine Priesterkollegen mir empfehlen würden, einfach weiter zu beten, um im Gebet wieder auf den rechten Pfad zurückzufinden. Ich hatte keine anderen Freunde und keine Familie. Ich fühlte mich dem himmlischen Vater und Jesus Christus nicht mehr nahe. Ich war völlig allein, tat Dinge, die für mich keine Bedeutung mehr hatten, und wollte sterben.

Ich versuchte zu begreifen, warum dies geschah, und es hing offensichtlich mit meiner Begegnung mit Ben zusammen. Das führte mich zu einer überwältigend einfachen Schlussfolgerung, dass ich nämlich in meinem ganzen Leben, als Kind, im Priesterseminar und während all meiner Jahre im Priesterstand, noch nie echte Liebe empfunden hatte. Ich hatte sie weder von meinen Eltern erfahren noch von meinen Lehrern oder Mitpriestern, und im Gegensatz zu dem, was ich glauben wollte, hatte ich Liebe auch nie im Gebet gespürt, weder von der Kirche noch von Jesus Christus und auch nicht in meiner eingebildeten Beziehung zum himmlischen Vater. Mir wurde klar, dass die mächtigste Form der Liebe nur von einem anderen menschlichen Wesen ausgehen konnte. Dass die Liebe, von der in der Bibel die Rede war, nur in einer Person zu finden war, die auf Erden wandelt, und nicht von einer Darstellung dieser Person ausgehen konnte, egal wie schön sie gestaltet sein mochte. Dass Liebe etwas Lebendiges war, wenn sie von einem lebendigen Menschen kam. Mir wurde klar, dass ich Ben liebte, dass ich ihn trotz meines limitierten Kontakts mit ihm auf eine Weise liebte, auf die ich noch nie jemanden oder etwas geliebt hatte. Mir wurde ebenfalls klar, dass auch er mich irgendwie liebte, dass er in seiner Göttlichkeit für alles und jeden, mit dem er in Kontakt kam, Liebe zum Ausdruck brachte. Und zum ersten Mal in meinem Leben verstand ich Christus und seine Bedeutung, und ich verstand, warum ich glaubte, Ben wäre der wiedergeborene Christus und Messias, und ich glaube es immer noch. Wie Christus liebte auch Ben bedingungslos und vorurteilslos; er liebte Männer und Frauen gleichermaßen und machte keine Unterschiede zwischen liebenden Männern und liebenden Frauen; er ließ jeden, der ihm begegnete, seine Liebe auf eine Weise spüren, die anders war als alles, was sie zuvor je empfunden hatten; und er verstand, dass Religion in der Form, in der sie ausgeübt wurde, wenig mit Liebe zu tun hatte. Liebe ist etwas, das wir im Herzen und in unseren Körpern spüren müssen, etwas, das wir ohne Furcht vor Verurteilung und Verdammung ausdrücken müssen. Liebe ist etwas jenseits aller Regeln und Dogmen. Liebe ist jenseits von Gut und Böse oder Richtig und Falsch. Und Liebe ist jenseits von Leuten, die keine Ahnung haben und keine Erfahrung und sich anmaßen zu bestimmen, wie sie empfunden oder ausgedrückt werden kann oder wer das Recht dazu hat, sie zu empfinden oder auszudrücken. Ich glaubte daran, dass Ben zurückkommen würde, und ich beschloss, so lange zu warten, bis ich ihn wiedersah, bevor ich irgendwelche Entscheidungen hinsichtlich meiner Zukunft traf, obwohl ich bereits wusste, was ich tun würde.

Eine Woche verging, und ich spielte weiter meine Rolle als Priester, obwohl das für mich nur noch reine Formsache war. Die Worte, die ich sagte, waren leer, und das Blut und Fleisch der Eucharistie betrachtete ich nur noch als das, was sie immer waren und was sie sind, nämlich billiger Wein und Oblaten. Den größten Teil meiner Freizeit verbrachte ich in meiner Kirche, die fast immer so gut wie leer war, starrte zur Tür, wartete darauf, dass Ben eintreten und sich setzen möge, aber das geschah nie, und ich dachte ständig an das, was er zu mir gesagt hatte, als ich ihn zum letzten Mal gesehen hatte, und wie er mir: Das Leben, nicht der Tod, ist das große Mysterium, mit dem man sich auseinandersetzen muss, ins Ohr geflüstert hatte. Und er hatte recht. Ich hatte mein Leben damit zugebracht, den Tod anzubeten und zu fürchten, war geradezu von ihm besessen gewesen, und hatte mein Leben danach ausgerichtet, was laut einem Buch geschieht, wenn er kommt. Ich hatte als Missionar des Todes für eine tote Kirche fungiert und zu einem toten Mann gebetet, und nun begriff ich langsam, dass man so nicht leben kann und dass wir nichts als das Leben haben und nie etwas anderes haben werden und dass es nicht vergeudet werden darf. Dass Liebe Leben ist. Dass sich das Leben ohne Liebe nicht lohnt. Und dass die katholische Kirche mit all ihren zölibatären Männern kein Recht dazu hat, anderen Menschen vorzuschreiben, wie sie zu lieben oder wen sie zu lieben haben oder welche Art der Liebe richtig oder falsch ist.

Ich stand vor einer Entscheidung, einer sehr einfachen Entscheidung: Ich konnte weiter einen Gott verehren, der mir irgendein Leben nach dem Tod versprach, oder ich konnte das Leben leben, das mir geschenkt worden ist. Ich konnte vor einer Statue knien, oder ich konnte lebendige Menschen finden, die mich wirklich hörten. Ich konnte Verdammnis und Hass predigen oder die Liebe erfahren. Es war eine leichte Entscheidung, und eines Morgens, drei Wochen nach meiner Begegnung mit Ben, legte ich meinen Kragen ab, verfasste ein kurzes Kündigungsschreiben, dankte den Männern, mit denen ich zusammengearbeitet hatte, für ihre Dienste und verließ die Kirche. Ich ging auf die Straße hinaus, eine Straße, von der ich wusste, dass auch er sie entlanggegangen war, und ging in eine Stadt, von der ich wusste, dass er dort lebte, und ich begann nach ihm zu suchen.

JUDITH

Ich habe einen leichten Schlaf. Einen sehr leichten Schlaf. So war das schon immer. Als kleines Mädchen mussten meine Eltern Fernseher und Telefon ausschalten, wenn ich im Bett lag, weil ich vom kleinsten Geräusch aufgewacht wäre. Und wenn ich aufwachte, dachte ich immer, etwas Schlimmes hätte mich geweckt, etwas, das gerade passiert war oder demnächst passieren würde. Ich war ziemlich schreckhaft. Alles machte mir Angst. In der Schule, später auf Arbeit, sogar im Auto – ich hatte ständig Angst. Ich wollte nicht so sein, aber ich konnte es nicht ändern. So bin ich eben. Oder war ich. Bis ich Ben traf. Durch Ben wurde alles anders.

Ich führte ein ruhiges Leben. Viele würden es langweilig nennen, und wahrscheinlich hätten sie recht. Ich wurde in einer kleinen Stadt im Hinterland von New York geboren. Mein Vater war Bauer, pflanzte Kartoffeln und züchtete Ziegen. Meine Mutter ging ihm zur Hand und kümmerte sich um mich. Ich bin Einzelkind. Meine Eltern hätten gern eine große

Familie gehabt, aber es gab Komplikationen bei meiner Geburt, so dass meine Mutter keine Kinder mehr bekommen konnte. Meine Mutter gab meinem Vater die Schuld, weil er sie nicht rechtzeitig ins Krankenhaus gebracht hatte, und mein Vater gab die Schuld dem Körper meiner Mutter. Weil sie mir immer wieder davon erzählten, weiß ich, dass sie nie darüber hinweggekommen sind. Dass ich so eine Enttäuschung darstellte, machte die Sache nicht besser.

Ich traf Ben in New York. Ich liebte nämlich Musicals. Einmal im Jahr fuhr ich deswegen in die Stadt. Ich sparte das ganze Jahr, kaufte ein neues Outfit, reservierte ein Hotelzimmer am Times Square, ging allein in ein teures Restaurant und danach in die Show. Am nächsten Tag schlenderte ich die Fifth Avenue entlang und sah mir die Schaufenster der eleganten Geschäfte an. Ich wusste, dass ich mir niemals irgendeines der Kleidungsstücke leisten könnte, und ich wusste auch, dass sie nicht für Frauen meines Umfangs gemacht waren, aber ich schaute sie trotzdem gern an. Ich träumte davon, in eines der Geschäfte zu gehen und etwas zu kaufen, eine Tasche oder ein Kleid oder ein Paar Schuhe, und wusste gleichzeitig, dass es niemals passieren würde. Träume sind für Menschen da, die sich ihre Erfüllung leisten können. Für normale Leute wie mich sind Träume nur etwas, das einen auf Trab hält.

Ich hörte ihn im Schlaf. Ich buchte immer Hotelzimmer im Erdgeschoss, weil die billiger sind. Außerdem habe ich Angst vor Fahrstühlen, und Treppen mag ich auch nicht. Zum Abendessen hatte ich ein Sandwich gegessen, Roast Beef und Cheddar, meine Lieblingssorte. Ich hatte es von zu Hause mitgebracht, zusammen mit einer Tüte Chips und Diät-Limonade, und zum Nachtisch gab es Donuts, die ich wirklich liebe. Ich hatte mir ein paar Shows im Fernsehen angesehen. Am liebsten mag ich diesen Tanzwettbewerb. Die Männer sehen toll aus und lächeln die ganze Zeit, die Frauen sind anmutig und tragen wunderschöne Kleider. Wie im Märchen. Obwohl mir die Sendung gefiel und ich sie niemals verpasste, tat es mir jedes Mal weh, sie zu sehen. Auch wenn meine Eltern es mir nicht richtig sagen konnten, wusste ich doch, dass sie mich lieben – aber sie waren die einzigen. Ich war noch nie mit jemandem ausgegangen. Ich hatte nie mit einem Mann getanzt. Ich hatte mich noch nicht einmal richtig mit einem Mann unterhalten, jedenfalls nicht im Sinne eines Flirts oder so. Das war es, was ich mir mehr als alles andere wünschte. Wirklich, mehr als alles andere. Ich wollte tanzen wie eines der Mädchen im Fernsehen.

Nach der Sendung war ich ins Bett gegangen. Ich benutzte Ohrstöpsel, weil New York so laut ist. Trotzdem war ich sofort wieder wach. Zuerst hörte ich ein Rascheln. Wie von einem Tier oder so. Es war ein Geräusch, das ich von unserem Bauernhof kannte. Mein Vater hielt Ziegen, außerdem besaßen wir ein paar

Schweine, und im nahe gelegenen Wald gab es jede Menge Tiere. So unheimlich sind Tiere gar nicht, vor allem, wenn sie sich nicht im Haus aufhalten. Ich dachte, wenn ich ein bisschen warte, hört es von selbst auf, aber stattdessen wurde es lauter. Ich dachte, was auch immer das für ein Tier ist, es macht wirklich Krach. Also stand ich auf, ging zum Fenster und spähte durch den Vorhang.

Erst war mir nicht klar, was ich da sah. Unten stand ein Müllcontainer. Der Deckel war offen, und es lagen Berge von Abfall darin. Irgendetwas bewegte sich. Bewegte sich wie verrückt. Ich traute mich nicht, das Fenster zu öffnen, aus Angst, dieses Ding könnte mich angreifen. Die Rezeption wollte ich auch nicht anrufen, weil ich gleich beim Einchecken gemerkt hatte, dass die Leute mich nicht leiden konnten. Also blieb ich einfach am Fenster stehen, schaute zu und hoffte, dass es aufhörte. Ich dachte, das Wesen würde vielleicht sogar sterben. Es prallte lautstark gegen die Wände des Müllcontainers. Es musste Schmerzen haben. Auch wenn die Leute immer vorgeben, dass ihnen Schmerzen nichts ausmachen, kann in Wahrheit niemand damit umgehen. Alles Böse, das wir im Leben machen, geschieht in irgendeiner Weise aus Schmerz. Ich konnte mir kaum vorstellen, was es durchmachte. Zweimal verließ ich das Fenster. Ich ging ins Bett, drückte mir die Stöpsel in die Ohren und das Kissen auf den Kopf. Ich schloss die Augen, so fest ich konnte. Ich ballte sogar die Fäuste.

Ich hörte es trotzdem. Krachende Schläge gegen die Wände des Müllcontainers.

Endlich war Ruhe. Für mein Gefühl hatte es eine Ewigkeit gedauert. Ich kehrte ans Fenster zurück und sah wieder nach draußen. Da lag ein Mann im Müllcontainer. Er war blass, seine Klamotten widerlich verdreckt. Er bewegte sich nicht. Er sah vollkommen tot aus. Aber nicht auf gruselige Art. Er wirkte friedlich. Normalerweise hätte ich Angst bekommen, ich hätte geheult und geschrien. Vielleicht hätte ich mich sogar versteckt. Aber ich hatte überhaupt keine Angst. Irgendwie fühlte ich mich großartig. Ich starrte einfach nur den Mann im Müllcontainer an. Ich vergaß alles um mich herum. Ich vergaß sogar mich selbst, was mir noch nie passiert war. Nach ein paar Minuten bewegte der Mann seine Hände und Beine. Ich öffnete das Fenster und sprach ihn an.
Hallo?
Er sah zu mir hoch.
Hallo.
Alles in Ordnung da drin?
Ja, danke.
Sie haben da ganz schön rumgepoltert.
Er setzte sich auf und wandte sich mir zu.
Stimmt.
Was haben Sie gemacht?
Essen gesucht.
Im Müllcontainer?
Ja.

Das ist eklig.
Er lachte.
Es gibt eine Menge gutes Essen in Müllcontainern.
Kein Scheiß?
Er lachte wieder.
Kein Scheiß.
Was findet man da so?
Was andere nicht wollen.
Und das essen Sie?
Klar.
Ist das lecker?
Die Leute schmeißen tolle Sachen weg.
Haben Sie heute Nacht was Tolles gefunden?
Er lächelte.
Kann sein.
Da drin?
Nein, ich wurde unterbrochen.
Von mir?
Von Gott.
Wie bitte?
Ich habe mit Gott gesprochen.
Gott wie – Gott?
Ja.
Gott im Himmel?
Nein, der echte Gott.
Wer ist der echte Gott?
Wenn alle tausend Jahre ein Vogel einen Kieselstein an derselben Stelle fallen lässt, dann wäre die Zeit, bis der Haufen aus Kieseln der höchste Berg der Erde ist, eine Sekunde der Unendlichkeit.

Aha.
Er lachte wieder.
Gott ist unendlich. Zu gewaltig und zu kompliziert für uns, genau wie die Unendlichkeit.
Warum beten die Leute ihn dann an?
Man hat sie in einen Glauben hineingequatscht, der falsch, aber verständlich ist. Menschen hängen an den Dingen, die sie verstehen können, auch wenn sie falsch sind.
Wenn das stimmt, wie redet Gott mit Ihnen?
Was du gehört hast, war ein Anfall. Wie meine Arme und Beine und der Kopf gegen die Wände des Containers schlugen. Eine Sekunde bevor ich einen Anfall kriege, sehe ich Dinge, höre ich Dinge, weiß ich Dinge, und Dinge werden mir erzählt.
Woher wissen Sie, dass das Gott ist?
Wegen der Sachen, die mir gesagt werden. Gegeben werden.
Was denn?
Ich spreche Sprachen, die ich nie gelernt habe, manche sind längst ausgestorben. Ich kenne plötzlich den Inhalt aller heiligen Bücher der Welt, Wort für Wort, obwohl ich sie nie gelesen habe. Ich begreife die allgemeine Relativitätstheorie, Quantenmechanik, Stringtheorie, Astrophysik, Quantengravitation, Kosmologie und die Thermodynamik von Schwarzen Löchern, obwohl ich mit vierzehn die Schule abgebrochen habe.
Was hat das mit Gott zu tun?
Das eine hilft mir, Gott zu verstehen, so wie er

beschrieben und dargestellt und verehrt wurde. Das andere erlaubt mir zu begreifen, wie nah wir schon daran sind, den wirklichen Gott zu erkennen, jenen Gott, der nicht angebetet werden muss, der nicht auf die gleiche Weise wie wir existiert, der uns nicht richtet, der uns nicht mehr bietet als das, was wir haben.
Das klingt verrückt.
Er lächelte.
Die wirklich verrückten Sachen habe ich dir noch gar nicht erzählt.
Noch verrückter, als in einem Müllcontainer nach Essen zu suchen und dabei in ein Gespräch mit Gott verwickelt zu werden?
Genau.
Ich weiß nicht, ob ich das hören will.
Er stand auf und befand sich im Müllcontainer fast auf Höhe meines Fensters.
Gib mir deine Hand.
Wieso?
Ich zeig's dir.
Was?
Er streckte seine Hand aus. Ich starrte ihn an. Er war sehr dünn, so dünn, als wäre er am Verhungern. Und ich sah zum ersten Mal seine Augen. Sie waren pechschwarz und hätten eigentlich unheimlich aussehen müssen, was sie aber nicht taten. Sie waren schön. Als ich sie sah, klangen die verrückten Dinge, die er erzählt hatte, aus irgendeinem Grund gar nicht mehr verrückt. Sie klangen richtig, denn ich sah alles, worüber er gesprochen hatte, in seinen Augen.

Gib mir deine Hand.
Wieso?
Damit du ein paar von den Dingen fühlen kannst, die Gott mir mitteilt.
Ich streckte meine Hand durch die Gitterstäbe vor dem Fenster. Während ich mir selbst dabei zusah, konnte ich es kaum glauben. Ich berührte andere Leute nicht gern. Ich wusste, dass sie mich nicht gern berührten. Nicht nur das, ich wusste, dass sie schon die Idee nicht mochten, mich berühren zu müssen. Ich hielt mich immer für einen netten Menschen, ich fand mich freundlich und ehrlich, aber ich wusste, wie ich aussah. Ich musste mir jeden Tag im Spiegel gegenübertreten. Ich war und bin fett und hässlich. Es tut weh, das zu sagen, aber es stimmt. Die Leute haben mich ein Leben lang wissen lassen, was ich bin. In meiner Kindheit und während der gesamten Schulzeit. Auf der Arbeit, obwohl ich immer lächelte und grüßte. Sie lästern auf der Straße, als wäre ich taub oder so. Das tut jedes Mal weh. Egal, wie oft ich es gehört habe – es tut weh. Deshalb konnte ich nicht glauben, dass dieser Mann meine Hand halten wollte. Das hatte noch kein Mann getan. Ein Teil von mir wollte sich fürchten. Sobald er meine Hand hatte, konnte er alles mit mir machen. Aber irgendwie war mir das egal. In seinen Augen sah ich Schönheit und Ewigkeit. Selbst wenn er mich verletzt hätte – ich hätte es nicht bereut. Wenigstens wäre es einmal passiert. Dass ein Mann meine Hand nahm.

Es war ein bisschen frisch. Eine leichte Brise fuhr in die Gasse. Der Müllcontainer roch nach verdorbenem Fleisch. Ich hörte den Verkehr draußen auf den Straßen von New York. Ich hörte, wie jemand wieder und wieder das Wort Tickets rief. Die Einfahrt wurde von zwei Straßenlaternen erhellt. Sie waren gelb, eine von ihnen flackerte. Die Schatten bewegten sich mit dem Geflacker. Passanten tauchten in die Schatten ein. Ich erinnere mich sehr klar an diesen Moment. Klarer als an irgendetwas anderes, weil es der Moment war, in dem sich mein Leben änderte. Die Gitterstäbe vor dem Fenster waren rund und schwarz bemalt und die Farbe blätterte ab und meine Haut wurde kalt, obwohl ich ein Nachthemd mit langen Ärmeln trug. Er nahm meine Hand und hielt sie zwischen seinen beiden, und er lächelte, und er sprach.

Ich heiße Ben.

Ich hatte gehofft, irgendeine wahnsinnig romantische Elektrizität zu spüren, wie in einem Fernsehdrama oder Liebesroman oder sogar in einem Hollywoodfilm. Was ich tatsächlich fühlte, war noch besser. Es war das beste Gefühl meines Lebens. Meine Unsicherheit verschwand. Mein Selbstzweifel verschwand. Mein Selbsthass verschwand. Die Enttäuschung über mich selbst verschwand. Das Gefühl, ich sei schlecht und falsch und hässlich und bedeutungslos, ein fetter hässlicher Fehler – es verschwand einfach. Das Gefühl, allein zu sein, immer allein, wirklich richtig schrecklich allein – verschwand. Er hielt meine Hand und lächelte und sah mich an. Ich erwiderte das Lächeln und sprach.

Gott.

Ja.

Ich ließ ihn los und lächelte.

Danke.

Er lächelte und trat einen Schritt zurück.

Ich will nicht, dass Sie gehen.

Ich muss was zu essen finden.

Ich hab zu essen hier drin.

Es geht nicht nur um mich.

Wen sonst?

Meine Freunde.

Wer sind die?

Menschen, die geliebt werden wollen.

Was heißt das?

Du weißt, was das heißt. Du hast gespürt, was es heißt.

Kann ich Ihnen was holen?

Nein.

Ich habe ein bisschen Geld.

Nein, danke.

Ich würde es Ihnen gern geben.

Ich brauche kein Geld.

Wieso nicht?

Weil ich nehme, was andere wegwerfen.

Und das ist genug?

Mehr als das.

Er machte sich daran, aus dem Container zu steigen. Ich wollte nicht, dass er ging. Nie mehr. Ich wusste,

dass ich mich wieder so wie früher fühlen würde. Wie ich mich vor ihm gefühlt hatte.
Gehen Sie nicht.
Er hielt inne.
Ich möchte nicht, dass Sie gehen.
Er drehte sich um.
Wollen Sie reinkommen und mir ein bisschen Gesellschaft leisten?
Ja.
Treffen wir uns in der Lobby?
Ja.
Er wandte sich ab und kletterte aus dem Container. Ich schloss das Fenster. Ein paar Minuten später traf ich ihn in der Lobby. Ich war sehr nervös, bevor er kam. Die Leute starrten mich an und lachten. Ich konnte es ihnen nicht verdenken. Wenn ich nicht ich selbst gewesen wäre, hätte ich auch gelacht. Als Ben hereinkam, hörten sie auf. Ich machte mir Sorgen, dass man ihn aufhalten könnte oder die Polizei rufen, aber sie hörten nur auf zu reden und zu lachen und so. Sie starrten ihn einfach an.

Er lächelte und nahm mich bei der Hand und begleitete mich zu meinem Zimmer. Ich öffnete die Tür, und wir traten ein. Er schloss die Tür und sagte, ich solle mich aufs Bett legen. Ich war aufgeregt. Wirklich aufgeregt. Extrem aufgeregt. Ich hatte keine Ahnung, was passieren würde. Auf jeden Fall würde es großartig werden. So aufgeregt ich war, fühlte ich mich zugleich auf seltsame Weise ruhig.

Ich zitterte nicht oder dachte, ich müsste heulen oder schreien.

Er schaltete den Fernseher aus und legte sich neben mich. Ich konnte nicht glauben, was da geschah. Er fing an, mir Fragen zu stellen. Mein Name, woher ich käme, wie meine Eltern seien, was sie machten. Während wir redeten und ich seine Fragen beantwortete, rückte er näher, schlang einen Arm um mich und nahm meine Hand. Er war so nah, dass er zu flüstern begann. Er fragte nach meiner Kindheit. Ich erzählte, dass sie unglücklich war. Er fragte nach der Schule, und ich erzählte, dass mir der Unterricht immer leicht fiel, dass ich aber mit Absicht versagte, damit mich die anderen Kinder nicht noch mehr hassten. Er rückte näher, und seine Hände begannen, über meinen Körper zu wandern. Es war schön. Absolut die beste Zeit meines Lebens. Gar nicht dreckig oder pervers. Seine Hände waren wie ein Teil meines Körpers. Alles, was er berührte, fühlte sich richtig an, als wäre es genau die Stelle, die ich ihn zu berühren gebeten hätte, wenn ich mich getraut hätte. Wir redeten weiter, und jetzt stellte ich Fragen. Dieselbe Art Fragen, die er mir gestellt hatte. Und er erzählte mir von seiner Kindheit, vom Aufwachsen in Brooklyn. Er sagte, sein Vater habe ihn gehasst und geschlagen, und sein Bruder habe ihn gehasst und geschlagen. Er sagte, seine Mutter habe ihn verhätschelt und seine Schwester habe ihn verehrt. Er sagte, er sei Jude. Ich hatte noch nie einen Juden getroffen, oder jedenfalls niemanden, von dem ich wusste, dass er Jude war. Er sagte, die jüdischen Rabbiner, zu denen seine Familie zum Beten ging, hätten große Erwartungen in ihn gesetzt und geglaubt, er würde große Dinge tun und vielleicht sogar die Welt ändern. Ich sagte, dass ich mir das schwierig vorstellte. Dass es das Gegenteil von meinem Leben sei, in dem niemand irgendetwas erwartet hatte. Er sagte, es sei nicht schwierig, weil sie Recht hatten mit dem, was sie glaubten, aber Unrecht in Bezug auf das, was er tun würde und wie. Schwierig war, darauf zu warten, dass es geschah. Ein ganzes Leben allein zu verbringen, im Bewusstsein, dass es passieren würde, einfach herumzusitzen und zu warten.

Wir fielen in eine Art Rede-Trance. Er hörte nicht auf, mich zu berühren und zu erkunden. Er zog mir das Nachthemd aus. Und das Höschen. Und er flüsterte mir ins Ohr, und ich spürte, wie er sich in mir bewegte. Und es war kein Blitz, der mich traf, und auch nicht wie leidenschaftliche Küsse im Regen. Es fühlte sich einfach vollkommen an. Ich dachte, ich könnte in diesem Augenblick sterben und es wäre völlig okay. Ich dachte, dass es egal war, wie ich bisher mein Leben verschwendet hatte und was für schreckliche Dinge ich gesehen und gehört und gefühlt hatte, weil es keine Rolle mehr spielte. Dieser Mann war in mir und hielt mich und ich spürte Liebe. Echte Liebe. Eine Art Liebe, die wirklich die Welt verändern kann.

Wir blieben so für Stunden. Sogar für die ganze Nacht. Er blieb hinter mir und in mir. Er bewegte sich die ganze Zeit. Sehr langsam und sanft. Manchmal so langsam, dass ich kaum merkte, wie er sich bewegte. Manchmal etwas schneller. Wir redeten die ganze Zeit. Ich erzählte ihm alles über mich und mein Leben. Ich erzählte ihm, wie ich allein auf dem Bauernhof meiner Eltern lebte, alles überwuchert und verrückt. Wie ich als Kassiererin im Supermarkt arbeitete und immer versuchte, nett zu den Leuten zu sein, während sie mich den ganzen Tag lang gemein behandelten. Wie ich in einer toten Stadt wohnte, voll mit Kirchen und Bars und Ehemännern, die ihre Frauen und Kinder schlugen. Wie ich sämtliche Abende allein vor dem Fernseher verbrachte und Dosennahrung und Kartoffelchips und Eiscreme fraß. Wie ich jede Nacht heulte, weil ich nicht glaubte, dass sich jemals ein Mensch für mich interessieren würde. Ich erzählte ihm meine sehnlichsten Wünsche und größten Träume und unheimlichsten Ängste. Ich erzählte ihm, dass ich im Leben nicht mehr wollte als einen Freund, den ich manchmal anrufen könnte. Dass ich immer davon geträumt hatte, wie mir jemand sagte, ich sei schön, oder wenigstens hübsch. Wie ich immer Angst davor hatte, eines Tages ganz allein zu sterben, und man würde meine Leiche erst nach langer Zeit finden. Ich erzählte ihm, dass es keine Sekunde in meinem Leben gab, in der ich nicht einsam war, und dass ich das nie wieder fühlen wollte.

Er erzählte mir, dass er mit Frau und Kind in einer kleinen Wohnung lebte. Dass er im Gefängnis gewesen war und dass man ihn suchte, weil er gegen die Kautionsauflagen verstoßen hatte. Dass er seine Tage damit verbrachte, Menschen zu berühren und ihnen zu helfen und zu zeigen, wie man in einer Welt lebt, die auseinanderbricht und stirbt. Er sprach über Liebe. Dass Liebe das Einzige in der Welt sei, wofür es sich zu leben lohnte, und das Einzige, was wir noch nicht zerstört hatten. Dass echte Liebe, Gottes Liebe, nichts mit Schönheit oder Perfektion oder Männern oder Frauen zu tun hatte. Dass es in der Liebe nicht um irgendwelche Erklärungen ging, die vor falschen Götzen abgegeben wurden. Dass Liebe nichts ist, worüber ein Haufen abscheulicher alter weißer Männer entscheidet. Dass Liebe nicht in den Gesetzen von korrupten Regierungen festgeschrieben werden kann. Er sagte, dass Liebe von zwei Menschen geteilt wird, irgendwelchen Menschen, Mann und Frau oder Mann und Mann oder Frau und Frau. Er sagte, Liebe sei das, was ich fühlte, wenn er mich hielt und berührte und sich in mir bewegte. Er sagte, dass er mir Gott zeigen könne, so wie er ihn sah, in seiner wahren Form, wenn ich es wolle. Er sagte, ich solle die Augen schließen, und ich gehorchte. Er bewegte seine Hand auf mir und bewegte seinen Körper ein wenig mehr und schwieg, und ich konnte seinen Atem in meinem Nacken und auf meiner Wange fühlen. Etwas baute sich in mir auf. Gott baute sich in mir auf. Und je mehr er sich bewegte, desto schneller baute es sich auf. Und sein Atem war heiß und roch süß. Und er bewegte sich weiter, sehr langsam und sehr tief, und es baute sich auf, bis ich es sehen und fühlen konnte. Es war Liebe und Freude und Lust, und jeder Teil meines Körpers sang ein Lied, das ich noch nie gehörte hatte, aber es war das schönste Lied überhaupt, und es war blendend und rein, und mein Gehirn verwandelte sich in das weißeste Weiß, und ich sah die Unendlichkeit, für immer und immer, ich sah Unendlichkeit und verstand sie sogar und verstand alles andere in der Welt, den ganzen Hass und Zorn und Tod und Neid und Mord, und nichts davon spielte eine Rolle. Ich fühlte mich hundertprozentig sicher. Ich fühlte nichts Schlechtes. Ich sah die Vergangenheit und die Zukunft. Es war die großartigste Sekunde meines Lebens. Wirklich die großartigste, und ich wusste in dieser einen Sekunde, dass ich Gott erlebte. Den echten Gott. Den wahren Gott. Den ewigen Gott. Jenen Gott, der nicht in einem Buch oder einer Kirche oder sonntäglichen Fernsehsendung oder an einem Kreuz oder auf einem Stern zu finden ist. Jenen Gott, der nicht dargestellt oder niedergeschrieben oder gelehrt oder gepredigt werden kann. Einen Gott, der den Menschen nicht aufgezwungen oder zu ihrer Verdammnis benutzt wird. Und ich liebte diesen Gott, diesen perfekten, erstaunlichen, unglaublichen, echten Gott. Und ich wusste, dass alle anderen Götter nichts bedeuteten.

Als der Moment vorbei war, bewegte Ben sich weiter und atmete sehr langsam. Ich wusste nicht, was ich sagen sollte, und hatte wahrscheinlich auch gar keine Lust zu reden. Egal, was ich gesagt hätte, es hätte keine Rolle gespielt. Also hielt ich die Augen geschlossen, hörte Ben beim Atmen zu und spürte ihn. Und so ging es weiter, die ganze Nacht, er in meinem Inneren. Seine Hände überall auf mir. Wir zwei, die einander liebten. Er redete noch, aber ich weiß nicht mehr, worüber. Ich weiß nur, was ich fühlte. Gott, Gott und noch mal Gott. Gott die ganze Nacht. Als die Sonne aufging, hörte er auf, sich zu bewegen, blieb aber in mir und hielt mich fest. Schließlich sagte ich etwas.

Ben.

Ja.

Ich will nicht, dass du jemals wieder gehst.

Aber ich werde gehen.

Bitte.

Komm mit, wenn du magst.

Wohin?

Ich muss Essen besorgen und in die Bronx zurück.

Was soll ich machen?

Was du willst.

Was wird deine Frau sagen?

Sie ist ihr eigener Herr.

Was wird sie sagen?

Sie wird Hallo sagen und dich willkommen heißen.

Er küsste mich sanft auf die Wange und zog sich zurück. Ich fühlte, wie er aus mir verschwand. Und nicht nur körperlich. Ich fühlte es auch in meinem Herzen.

Ich fühlte, dass ich etwas verloren hatte. Nicht irgendetwas Unwichtiges wie meine Schlüssel oder ein Päckchen Kaugummi. Mehr wie einen Arm oder ein Bein oder so, irgendetwas, auf das es wirklich ankam. Etwas, dessen Verlust mich nicht umbrachte, aber das Leben wesentlich härter machte. Und das Leben ist hart genug. Das Leben ist schon hart mit allem, was uns gegeben wurde. Mit den Dingen, von denen ich dachte, sie stammen von Gott, bevor ich die Wahrheit kannte. Bevor ich verstand, dass der ganze Bibel-Quatsch einfach nur blöd ist. Dass Bibeln einfach nur Bücher sind, so wie andere Bücher auch. Vielleicht noch langweiliger und lächerlicher und schwieriger zu lesen. Und obwohl sie alles Mögliche erzählen und alles Mögliche versprechen, sind sie voller Lügen, jedenfalls, wenn man bescheuert genug ist zu glauben, es würde etwas Wahres drinstehen. Ich weiß jetzt, dass Gott uns im Leben überhaupt nichts gibt. Also kann er uns auch nichts wegnehmen. Aber eine echte Person kann geben und nehmen. Und als Ben nicht mehr in mir war, fühlte ich, dass etwas fehlte. Etwas, das mehr war als alles, was ich bislang gekannt hatte. Etwas Größeres als ein erfundener Gott in einem staubigen Buch.

Er stand auf, und ich sah zu, wie er sich anzog. Er tat mir leid in seinen zerlumpten Klamotten. Ich wollte ihm ein paar neue Sachen besorgen. Nicht, dass ich ihm etwas Elegantes hätte kaufen können, aber in dem Laden, wo ich arbeitete, bekam ich Rabatt auf manche Kleidungsstücke. Einfache Sachen für einen normalen Menschen. Erst jetzt bemerkte ich seine Narben. Lange, dicke Narben am ganzen Körper. Sie sahen unheimlich aus. Als hätte jemand mit einem Filzstift weiße Striche überallhin gemalt. Aber ich wusste, das war kein Filzstift. Man hatte ihn wirklich verletzt. Ich versuchte, mir vorzustellen, wie es war, dermaßen verletzt zu werden. Und ich konnte es mir vorstellen. Diesen wirklich richtig schlimmen schrecklichen Schmerz. Die Art Schmerz, mit der du allein bleibst und bei der dir niemand helfen kann. Ich konnte es mir wirklich vorstellen.

Während er sein Hemd anzog, lächelte er mir zu. Ich wusste, dass ich ihn niemals wiedersehen würde, wenn er jetzt ginge. Ich wollte das nicht. Ich wagte gar nicht daran zu denken. Wie es wäre, nie wieder bei ihm zu sein, oder wenigstens in seiner Nähe. Also machte ich den Mund auf. Zum ersten Mal im Leben. Ein Leben, das ich mit Schweigen und Verstecken und Angst und Alleinsein verbracht hatte. Er hatte mich verändert, und ich machte den Mund auf.
Ich will mitkommen.
Er lächelte.
Okay.
Wirklich?
Ja.
Kein Scheiß?
Er lächelte wieder.
Kein Scheiß.

Ich stand auf, und obwohl ich aussehe, wie ich eben aussehe, schämte ich mich nicht einmal. Ich begann sofort, mich anzuziehen.
Was soll ich mitnehmen?
Du brauchst nichts.
Klamotten?
Er lachte.
Was du am Leib trägst.
Geld?
Spielt keine Rolle.
Ich brauche nur eine Minute zum Packen.
Du kannst das Zeug hier lassen.
Komme ich zurück?
Wenn du willst.
Ganz sicher, dass ich gar nichts brauche?
Das meiste, was wir haben, brauchen wir nicht.
Ich lächelte und zog meine Hose und meine Jacke an.
Er lächelte mir zu, während ich mich anzog, und sein Blick verweilte auf meinem Körper und gab mir das Gefühl, schön zu sein, ein Gefühl, das ich nicht kannte. Als ich fertig war, schnappte ich mir mein Portemonnaie und wir gingen.

Es war ein ungemütlicher Tag. Kalt und regnerisch. Jene Sorte Regen, die weh tut auf der Haut. Wie kleine Nadeln. Ben hatte keinen anständigen Mantel.
Er trug ein altes, braunes Sakko wie ein Bibliothekar. Es sah komisch aus. Und hielt ihn bestimmt nicht trocken und warm. Allerdings schien ihn das nicht weiter zu stören. Er wurde klitschnass, aber er lächelte

nur. Wir gingen die Straße entlang, und er lächelte. Wohin wir auch gingen, er lächelte. Dabei schwieg er. Von Zeit zu Zeit nahm er meine Hand, wenn wir eine Menschenmenge durchquerten oder Autos den Fußgängerüberweg blockierten. Manchmal geriet ich außer Atem und musste langsamer machen. Auch das schien ihn nicht zu stören. Er verlangsamte den Schritt und wartete, bis es mir besser ging. Er war so lieb und nett und freundlich. Nur darauf kam es ihm an. Und das brachte all die furchtbaren Dinge, die mich ein Leben lang gequält hatten, zum Verschwinden. Freundlichkeit und Liebe können jeden Schmerz zum Verschwinden bringen. Das stimmt wirklich. Ich weiß es.

Nachdem wir eine ganze Weile gelaufen waren, stiegen wir zur U-Bahn hinunter. Ich war noch nie dort unten gewesen. Ich hatte immer Angst davor, mich unter die Erde zu begeben. Ich dachte, ich würde überfallen oder von einer Ratte gebissen oder vor einen Zug stürzen. Oder vielleicht würde ich mich verirren und nie wieder herausfinden. Oder vielleicht würden die Menschen auf mich zeigen und über mich lachen. Ich hatte einfach Angst. Richtig Angst. Aber Ben nahm mich bei der Hand, und wir stiegen schnurstracks nach unten und warteten darauf, dass sich eins der Gatter öffnete, und gingen geradewegs hindurch. Und wir liefen einfach auf den Bahnsteig und warteten. Ich fühlte, wie die Leute uns anstarrten, aber mir wurde klar, dass sie gar nicht mich meinten. Sie gafften wegen Ben. Niemand sprach. Sie schauten auch nicht auf ihre Handys oder Smartphones oder ihre Zeitung oder den Boden oder auch nur ihren Nebenmann. Sie schauten ihn an. Alle miteinander schwiegen und starrten ihn an.

Die Bahn hielt und wir stiegen ein. Einige Plätze waren frei, also setzten wir uns. Ich hatte keine Ahnung, wohin wir fuhren, zumal Ben und ich seit dem Hotel kein Wort miteinander gesprochen hatten. Ein paar Leute befanden sich bereits in der Bahn, andere stiegen mit uns zusammen ein. Alle setzten sich. Ben schloss die Augen und lächelte und atmete ganz langsam und tief. Es wirkte nicht dramatisch oder so, nicht wie bei einer Schauspielerin, die versucht, sich nach einem hysterischen Anfall zu beruhigen. Es war einfach und echt. Ein Mann, der atmet. Und die Leute starrten ihn schon wieder an. Als könnten sie nicht glauben, was sie da sahen. Als wären ihre Leben so stressig, dass sie vergessen hatten, wie ein stiller, schweigsamer Mann aussieht. Und während er atmete, schienen sich alle zu beruhigen. Als würde er das, was er dachte oder fühlte, auf die anderen übertragen. Manche schlossen die Augen und atmeten wie er. Andere lächelten nur und blickten ihn an. Einige standen auf und traten näher heran. Und an jeder Haltestelle kamen mehr Leute dazu. Und was auch immer er da machte, er machte es für jeden von ihnen. Und obwohl die Bahn mit irrsinniger Geschwindigkeit über die Gleise ratterte, war sie der ruhigste und klarste und schönste und friedlichste Ort auf der Welt.

Wir blieben dreißig oder vierzig Minuten in der Bahn. Niemand stieg irgendwo aus. Obwohl es richtig voll wurde, fühlte ich mich nicht beengt. Die Leute atmeten bloß und lächelten und waren glücklich. Ich hatte noch nie so viele verschiedene Menschen gesehen, Schwarze und Weiße und Braune und überhaupt, zusammengequetscht an einem Ort, ohne sich misstrauisch zu beäugen oder einander aus dem Weg zu gehen. Ohne sich zu hassen oder zumindest nicht leiden zu können. Und das war nur seinetwegen, aufgrund der Art, wie er saß und atmete und lächelte. Weil er nach Liebe aussah, nach Frieden, völlig eins mit den Dingen, obwohl er wie ein Penner gekleidet war. Als die Bahn vor der nächsten Haltestelle verlangsamte, spürte ich Bens Hand auf meinem Bein. Ich sah ihn an, er lächelte und deutete Richtung Tür. Als die Bahn hielt, standen wir auf und stiegen aus. Alle sahen ihm nach, keiner bewegte sich. Sie starrten ihn an und atmeten. Während wir uns entfernten, blickte ich zur Bahn zurück. Die Leute standen an den Türen und Fenstern und starrten. Sie sahen uns nach. Alle lächelten.

Als wir aus der U-Bahn kamen, waren wir in einem anderen Stadtteil. Nicht besonders schön. Ich hörte Polizeisirenen und Autohupen und laute Rapmusik und das Geschrei von Leuten, das meiste auf Spanisch.

Es roch nach gekochtem Fleisch. Überall waren Menschen, und niemand war weiß. Die Häuser waren groß und heruntergekommen und sahen alle gleich aus. Die Straßen waren zugemüllt. Ben wirkte wie immer. Ruhig und entspannt. Als hätte er überhaupt keine Angst. Ich hingegen hatte Angst. Richtig Angst. In der Stadt, in der ich lebte, gab es keine Schwarzen. Vielleicht ein oder zwei Mal die Woche sah ich einen Schwarzen in dem Laden, wo ich arbeitete. Wenn die Leute über Schwarze redeten, dann meistens, weil einer im Fernsehen war oder in irgendeinem Sport-Team, oder weil man welche in der Stadt gesehen hatte, die randalierten, so dass man Angst vor ihnen bekam. Ich hatte Angst vor ihnen, und wie. Ben und ich waren die einzigen Weißen weit und breit. So musste sich eine Schwarze in meiner Gegend fühlen. Schön war das nicht.

Wir näherten uns einer Ansammlung von großen braunen Gebäuden. Ich vermutete, dass es sich um Sozialwohnungen handelte. Auf mich wirkten sie gefährlich. Niemand starrte uns an oder schenkte uns überhaupt Beachtung. Ben ging einfach weiter. Und sah gar nicht mehr ärmlich aus. Viele der Leute hier trugen hässliche alte Klamotten. Viele der Leute wirkten arm. Er sah aus wie einer von ihnen. Oder wie eine weiße Version von ihnen. Eine mit Narben bedeckte weiße Version. Aber offensichtlich arm. Und arme Leute sind arme Leute, unabhängig von der Hautfarbe.

Als wir die Straße überquert hatten und den Gehweg vor den Gebäuden betraten, kam ein großer schwarzer Mann auf Ben zu. Ich dachte, jetzt sind wir tot, hundertprozentig, und ich wünschte, ich hätte eine Trillerpfeife oder Tränengas oder sowas dabei gehabt. Ich dachte ans Wegrennen, wusste aber, dass ich nicht weit kommen würde. Ben ging einfach weiter und sagte Hallo zu dem Mann, und der Mann antwortete ebenfalls mit Hallo. Sie umarmten sich, und der Mann fing an, Ben ins Ohr zu flüstern. Ich war erleichtert, hundertprozentig, obwohl irgendetwas nicht in Ordnung schien. Ben nickte, während der Mann sprach. Der Mann sah wirklich besorgt aus, ich konnte sehen, wie seine Augen die Umgebung absuchten, während er redete. Als er fertig war, umarmte Ben ihn noch einmal und wandte sich an mich.
Wir müssen hier weg.
Warum?
Wir sind nicht sicher.
Weiß ich.
Nicht so, wie du denkst.
Ich wusste gleich, dass das eine gefährliche Gegend ist.
Es ist eine arme Gegend.
Ja.
Arme Menschen sind verzweifelt, nicht gefährlich.
Lass uns abhauen.
Mein Freund bringt uns an einen sicheren Ort.
Er macht mir Angst.
Du hast Angst vor seiner Hautfarbe, nicht vor ihm.

Stimmt gar nicht.
Und ob.
Er nahm meine Hand und nickte dem Mann zu, und wir entfernten uns von den Gebäuden. Wir folgten dem Mann eilig, und ich hatte immer noch Angst, allerdings nicht mehr so stark. Was Ben gesagt hatte, verletzte mich, vor allem, weil es stimmte. Ich fürchtete mich besonders, weil der Mann schwarz war und weil schwarze Menschen mir Angst einjagten. Ich wusste, dass das falsch ist, aber es war eben so. Wenn der Schwarze in meinem Viertel herumgelaufen wäre, hätte er vielleicht auch Angst gehabt.

Wir bogen um eine Ecke, und der Mann öffnete die Tür eines großen Geländewagens. Wir stiegen ein, und er fuhr los, allerdings nicht sehr schnell. Als wir eine Ecke passierten, sah ich eine Gruppe von Polizisten neben ihren Autos stehen. Sämtliche Lichter blinkten. Bei ihnen war eine weitere Gruppe in blauen Anzügen, einige mit schusssicheren Westen. Sie wirkten alle sehr ernst, und ziemlich fies. Sie hatten Abzüge eines Fotos bei sich. Ich konnte es nicht erkennen, aber ich wusste, wen das Bild zeigte. Ich wusste, dass sie nach Ben suchten. Er beobachtete sie, während wir vorbeifuhren. Er wirkte weder nervös noch beunruhigt. Er schaute sie einfach an, wie er alle anderen auch anschaute, als wären sie seine besten Freunde oder so. Ich konnte mir nicht vorstellen, bewaffnete Männer, die Jagd auf mich machten, auf diese Weise anzusehen. Aber er tat es. Er schaute sie an, als würde er sie von Herzen lieben, und das, obwohl sie ihn einsperren wollten.

Wir fuhren ein paar Blocks, bis wir eine weitere Ansammlung von Gebäuden erreichten. Sie sahen genau wie die anderen aus. Hätte man mir Fotos gezeigt, mir wäre kein Unterschied aufgefallen. Der Mann parkte den Wagen, und wir stiegen aus und gingen los. Wir betraten eins der Gebäude. Es war dreckig. Müll lag im Eingang. Ein Mann schlief am Boden direkt vor der Tür. Er schnarchte, und seine Hose war schmutzig. Wir warteten auf den Fahrstuhl. Ich hörte die Drahtseile knarren. Der große Mann, der uns gefahren hatte, stand immer noch bei uns. Er und Ben redeten kein Wort. Der Fahrstuhl kam, die Tür ging auf. Wir stiegen ein und fuhren aufwärts. Im siebten Stock hielten wir an. Der Mann stieg als Erstes aus, und Ben lächelte mich an und bedeutete mir, ihm zu folgen, was ich tat. Ich stieg einfach aus und folgte ihm. Eigentlich hätte ich Angst haben müssen, hatte ich aber nicht. Ich befand mich in Begleitung eines Schwarzen, der wie ein Killer aussah, und eines Obdachlosen, der Müll fraß. Und hatte keine Angst. Ich lief einfach neben ihnen her, als wären wir auf dem Weg ins Einkaufszentrum, um ein paar neue Hosen oder ein Computerspiel zu kaufen oder so. Ben hatte recht gehabt. Ich hatte Angst vor der Hautfarbe dieses Mannes. Worauf es ankommt, ist das Herz.

Wir gingen bis ans Ende des Flurs, der Mann holte einen Schlüsselbund hervor und öffnete eine Tür. Er hielt Ben und mir die Tür auf, und wir traten ein. Es war eine kleine Wohnung. Nichts Elegantes, aber nicht schlecht. Sechs oder sieben Personen saßen an einem Tisch und hörten Polizeifunk. Sie waren alle schwarz. Sie tranken Wasser und aßen Obst. Sie schauten uns an. Ich wusste nicht, was ich sagen sollte. Ein junges Mädchen, ein wirklich richtig hübsches Mädchen, mit langen Locken und wunderschöner Karamellhaut, erhob sich lachend und ging auf Ben zu. Sie fing an zu sprechen.
Weißt du überhaupt, was du hier für Ärger machst?
Er lächelte und küsste sie.
Schön, dich zu sehen.
Sie küssten sich noch einmal und redeten weiter.
Da draußen sucht eine ganze Armee nach dir.
Michael hat uns gefunden.
Dein Glück.
Ich weiß.
Die fangen dich und bringen dich weg.
Ich weiß.
Das will ich nicht.
Ich auch nicht.
Wir können nicht zurück.
Wir finden etwas anderes.
Wir müssen alles zurücklassen.
Das ist mir egal.
Er umarmte sie und küsste ihren Nacken und ihre Wangen und ihre Lippen. Und obwohl er jeden zu

lieben schien und jedem das Gefühl gab, geliebt zu werden, fühlte ich, dass es mit diesem Mädchen anders war. Als ob er wüsste, dass er immer zu ihr zurückkehren würde, ganz egal, was er machte und wohin er ging, und sie wusste das genauso. Es war wirklich rührend, wie sie einander hielten und küssten, wirklich das Rührendste, was ich je gesehen hatte, inklusive dem ganzen Schnulzenkram im Fernsehen oder Kino. Da waren keine Grenzen zwischen ihnen. Als ob sie einander komplett akzeptierten und wahrhaft liebten. So sollte es wohl sein. Liebe ohne Bedingungen, Liebe um der Liebe willen, Liebe trotz aller Unterschiede. Aber in Wahrheit ist es niemals so. Meistens ist Liebe nah am Hass. Aber ihre Liebe war wunderschön.

Sie lösten sich voneinander, und das Mädchen blickte mich an. Ben stellte uns vor, und das Mädchen, Maria Magdalena, lächelte und grüßte mich. Die Leute am Tisch – eine ältere Frau, die so fett war wie ich, eine jüngere Frau und drei Männer, darunter der, der uns hergebracht hatte – hörten immer noch Polizeifunk. Einer der Männer sah zu uns herüber und sagte: Sie hauen ab, die Scheißkerle hauen ab, und alle fingen an zu lachen. Ben lächelte, ging zu der Frau, küsste sie auf die Wange und sagte: Danke. Ich fragte Maria Magdalena, was passiert sei, und sie erklärte, dass die Frau für verschiedene Leute aus der Nachbarschaft den Polizeifunk verfolgte und sie warnte, wenn die Polizei kam. Sie hatte gehört, dass ein weißer Mann Anfang dreißig gesucht wurde, dunkle Haare und schwere Narben. Die einzige Person, auf welche die Beschreibung passte, war Ben. Sie sagte, dass Ben in der Gegend bekannt sei, weil er als einziger Weißer hier lebe und weil er den Leuten helfe und ihnen Essen und Geld gebe. Sie sagte, dass manche Leute glaubten, er könne kranke Kinder heilen und Junkies und Säufer dazu bringen, mit Drogen und Alkohol aufzuhören. Manche nannten ihn den Propheten und hielten ihn für einen Heiligen, und sie liebten ihn und gaben auf ihn acht. Deshalb seien die Späher, die es eigentlich aus anderen Gründen gebe – ich stellte keine weiteren Fragen – zu ihrer Wohnung gekommen und hätten sie weggebracht und dann nach Ben gesucht, um zu verhindern, dass man ihn schnappte. Ich fragte, warum Polizei und FBI nach Ben fahndeten, und sie sagte, dass er gegen seine Kautionsauflagen verstoßen habe, nachdem man ihn wegen Übernachtens in U-Bahn-Schächten verhaftet hatte. Ich fragte, warum die Polizei bei so einer Bagatelle mit so einem Waffenaufgebot anrückte, und sie erklärte, Ben habe dort unten mit einem schwarzen Mann gelebt, der ein ganzes Waffenarsenal angelegt hatte. Ich fragte, wohin sie denn jetzt gehen wollten, und sie sagte, da werde sich schon was finden, es gebe Leute, die ihnen helfen würden, Leute, die Ben liebten und ihnen ein Dach über dem Kopf gäben.

Ich schaute Ben an, der mit den anderen am Tisch saß. Sie sprachen Spanisch, was er anscheinend genauso gut beherrschte wie sie. Immer wieder fiel das

Wort policia, und es wurde viel gelacht. Während ich sie so betrachtete, wirkten sie wie eine Familie, eine wirklich richtig glückliche Familie. Ich war ein bisschen eifersüchtig, weil sie wie die Familie aussahen, die ich mir immer gewünscht hatte – die zusammen lachte und Witze riss und nett zueinander war. Mir war egal, dass sie anders aussahen als ich. Ich wollte dazu gehören. Ich hatte lange Zeit allein gelebt, ich hatte das Haus und den Hof meiner Eltern ganz allein für mich. Es war kein glücklicher Ort, nie gewesen. Ein leeres Haus und leere Felder. Und ich war auch leer. Und hatte genug davon. Ich hatte genug davon, traurig und allein zu sein. Ich wollte wissen, wie es dort wäre, wenn man lächelte und glücklich war und Liebe empfand. Ich wollte jemanden in meinem Haus lachen hören. Ich konnte mich nicht daran erinnern, dort jemals ein Lachen gehört zu haben, außer vielleicht mein eigenes, wenn ich allein vor dem Fernseher saß, beim Abendessen oder so. Wenn ich von meinem Job nach Hause kam, der wirklich nervte, den ganzen Tag Leute im Supermarkt abfertigen, dann sollte etwas oder jemand auf mich warten. Und sich vielleicht wirklich freuen, mich zu sehen.

Maria Magdalena kam mit einem kleinen Mädchen aus dem Schlafzimmer. Eine hübsche Kleine, die ihr sehr ähnlich sah, obwohl Maria Magdalena noch sehr jung wirkte für ein Kind. Das Mädchen rannte zu Ben, umarmte ihn und setzte sich auf seinen Schoß. Alle sprachen weiter Spanisch. Ich verstand nicht, was

sie sagten, stellte mir aber vor, dass es darum ging, wo sie unterkommen und was sie machen sollten. Ich setzte mich ans Ende des Tisches, auf den einzigen freien Stuhl. Es fühlte sich gut an, dort zu sitzen und Teil der Runde zu sein. Und ich hatte eine Idee. Ich dachte, es wäre eine gute Idee. Eine großartige, wirklich tolle Idee. Ich hob die Hand, was niemand bemerkte, also hob ich sie höher und winkte ein bisschen. Ben sah mich an.
Du musst nicht die Hand heben.
Ich spreche kein Spanisch und kenne die Regeln nicht.
Es gibt keine Regeln.
Ich wollte nicht unhöflich sein.
Bist du nicht.
Ich habe eine Idee.
Inwiefern?
Wo ihr hingehen könntet.
Uns geht's gut hier.
Aber diese Männer, die werden wiederkommen.
Ja.
Sie werden wiederkommen, bis sie dich haben.
Wahrscheinlich.
Ich habe eine Farm. Vor der Stadt. Ein großes Haus und Land, nur für mich. Ich lebe da ganz allein.
Es geht nicht nur um mich.
Du kannst mitbringen, wen du willst. Ich würde mich freuen.
Vielleicht wird man auch dort nach mir suchen.
O Mann, euer Warnsystem hier ist ja ganz nett! Aber

bei mir da draußen ist das nächste Haus eine Meile entfernt. Wir würden hundertprozentig mitkriegen, wenn jemand kommt.
Er lächelte.
Bist du sicher, dass du uns willst?
Ich lächelte.
Ja. Es würde mich glücklich machen. Und der Hof wäre großartig für das kleine Mädchen. Wir könnten ihr ein Kettcar oder ein Fahrrad besorgen oder sowas.
Sie heißt Mercedes.
Ich lächelte sie an.
Hi, Mercedes.
Sie lächelte mich an. Er kitzelte sie.
Willst du in einem Haus mit Garten wohnen?
Sie lachte.
Ja!
Er schaute Maria Magdalena an, lächelte.
Sie lächelte zurück.
Sie scheint in Ordnung zu sein.
Er blies Luft durch die Nase und nickte.
Ist sie.
Ich hab nie woanders gelebt. Wär nett, mal rauszukommen.
Ja.
Sie sah mich an.
Sicher?
Ich nickte.
Ja.
Sie lächelte.
Dann los.

Ich lächelte.
Genial.
Du hast es so gewollt, weißes Mädchen. Ich hoffe, du weißt, worauf du dich einlässt.
Ich lachte, und Maria Magdalena lachte, und ich stand auf und umarmte sie, und sie umarmte mich. Der Mann, der uns hergebracht hatte, fragte, wann wir los wollten, und Ben lächelte und sagte: Sofort. Der Mann stand auf und sagte: Okay, und die alte Frau umarmte uns alle. Eine der anderen Frauen fragte Maria Magdalena, wann sie zurückkäme, und Maria Magdalena meinte, wenn sie Glück hätte, niemals. Wir fuhren mit dem Fahrstuhl aus dem siebten Stock nach unten und brachen auf.

Ich wollte nicht einmal zurück zum Hotel, um meine Sachen zu holen. Der Mann tippte die Adresse in den Navi, und los ging's. Die Fahrt war angenehm. Und lustig. Wir hörten Radio und sangen einige Lieder mit, wenn wir die Texte kannten. Ben konnte schön singen, wenn er wollte, wie ein Opernsänger oder so, aber meistens sang er nur aus Witz. Er schnitt Grimassen und machte Disco-Bewegungen und tat so, als würde er bei den Lovesongs heulen. Er nahm Mercedes bei den Händen und brachte sie immer wieder zum Lachen. Bei einem Duett übernahmen er und Maria Magdalena die beiden Stimmen und sangen einander an. Ein paarmal hielten wir, um etwas zu essen und auf die Toilette zu gehen, aber Ben nahm eigentlich nichts zu sich. Er trank Wasser und stand draußen herum, den Blick in den Himmel gerichtet. Einmal fragte ich, ob er Gott ansehe oder mit Gott spreche oder so, aber er lachte bloß und sagte, dass er einfach nur gern zu den Sternen schaue, die er in der Stadt nicht sehen könne. Ich sah hoch, und die Sterne kamen gerade raus, und ich muss sagen, sie waren ziemlich cool.

Die Fahrt dauerte fünf Stunden. Als wir ankamen, war das Haus dunkel, und es gab überhaupt keine Lichter. Maria Magdalena sagte, dass sie noch nie außerhalb der Stadt gewesen sei, und Mercedes fing an zu weinen. Ben hielt sie fest und flüsterte ihr ins Ohr, und sie hörte gleich wieder auf. Das Haus war groß und weiß und alt. Es hatte sechs Schlafzimmer und vier Badezimmer und war irgendwie ein bisschen am Verfallen. Es gab eine Scheune, und die Felder waren völlig mit Gräsern und kleinen Baumsprösslingen überwachsen. Als wir direkt vor dem Haus anhielten, stieg Ben aus und lächelte und sah wieder in den Himmel. Ich ging schnell rein und machte Licht. Maria Magdalena brachte Mercedes, und ich erklärte, dass sie sich die Zimmer aussuchen könnten, ganz wie sie wollten, und als unser Fahrer reinkam, bereitete ich ihm aus den Inhalten des Kühlschranks etwas zu essen. Ben blieb draußen. Ich machte mir ein bisschen Sorgen und schaute aus dem Fenster und sah, wie er ins Feld lief. Viel Mondlicht gab es nicht, und bevor ich zu ihm hinausgehen konnte, war er verschwunden.

Ich blieb auf, um auf ihn zu warten, und sah fern. Nachts gibt es so viele gute Sendungen. Aber er kam nicht, und ich schlief auf der Couch ein. Als ich am Morgen aufwachte, hörte ich, wie sich Ben und der Mann vor der Haustür unterhielten:

Es könnte morgen passieren oder in fünf Jahren, aber aufhalten kann man es nicht. Beschütze die guten Menschen in deiner Nähe. Liebe die Guten, die du kennst. Pass auf sie auf.

Woher weiß ich, wer gut ist?

Du weißt es.

Ich kann das nicht unterscheiden wie du.

In unseren Herzen wissen wir alle, was Gut und Böse ist. Wir sehen und fühlen es. Vertrau dir.

Sicher, dass das hier für euch in Ordnung ist?

Ja.

Und wenn sie euch holen kommen?

Dann kommen sie.

Sie sperren dich weg, wenn sie dich kriegen.

Sie kriegen mich nur, wenn ich sie lasse.

Lässt du sie?

Lebe dein Leben. Liebe deine Kinder. Glaub nicht, was man dir erzählt. Vergiss die Lügen von Religion und Regierung. Und mach dir keine Sorgen um mich.

Brauchst du Geld?

Nein.

Sonst was?

Nein, danke.

Meld dich, wenn du was brauchst.

Geh, mein Freund.

Ben umarmte den Mann, und der Mann drehte sich um, sprang ins Auto und fuhr los. Ben kam herein und lächelte und küsste mich. Er fragte, wie es mir gehe, und ich sagte: Prima, und er sagte: Danke noch mal, dass wir hier sein dürfen, es ist ein schöner Ort, ein perfekter Ort. Ich sagte: Klar, und er umarmte mich, was sich toll anfühlte. Als er mich losließ, vermisste ich ihn sofort, obwohl er genau vor mir stand. Er fragte, was ich heute machen würde, und ich erklärte, dass ich zur Arbeite müsse. Er fragte, ob es mir etwas ausmache, wenn er ein bisschen am Haus arbeitete, und ich lachte und sagte, er solle tun, was ihm gefiel. Er lächelte und sagte: Danke, und verschwand. Ich zog mich an und ging zur Arbeit. Der Laden, in dem ich arbeitete, war unvorstellbar groß, wie mehrere Fußballfelder. Es gab alles, was man sich denken kann, aber am beliebtesten waren Steaks, Bier und Waffen. Ich machte den ganzen Tag nichts anderes als kassieren. Solange es ging, blieb ich auf meinem kleinen Stuhl, aber ich musste oft aufstehen, was für eine wie mich nicht einfach ist. In den Pausen saß ich im Pausenraum und aß etwas. Ich hatte ein paar Leute, mit denen ich mich auf Arbeit unterhielt, aber meistens redete ich mit niemandem. Ich saß allein und sah fern. Am ersten Tag mit Ben und Maria Magdalena und Mercedes konnte ich kaum still sitzen. Es machte mir nichts aus, allein zu bleiben. Die ganze Zeit fragte ich mich, was sie gerade unternahmen, oder ich stellte mir vor, wie sie in Haus und Hof herumliefen. Ich versuchte immer, freundlich zu den Kunden zu sein, aber an diesem Tag war ich besonders freundlich. Und es störte mich nicht mal, wenn sie mich ignorierten.

Als ich nach Hause kam, traute ich meinen Augen nicht. Das ganze Haus war sauber. Wirklich richtig sauber. Der ganze Staub war weg, und sie hatten sämtliche Böden gewischt. Sogar die Küche war sauber und der Kühlschrank geschrubbt. Der Vorgarten, um den ich mich höchstens drei Mal im Jahr kümmerte, war frisch gemäht. Wir hatten nur einen Rasenmäher zum Schieben, also wusste ich, was für eine Arbeit das war. Ich lief durchs Haus, um nachzusehen, wo sie waren. Ich fand Mercedes in ihrem Zimmer, wo sie mit einer Puppe spielte. Keine Ahnung, wo sie die ausgegraben hatten, aber es war eine von meinen, als ich noch ein kleines Mädchen war. Billig und trotzdem ganz hübsch, mit rosa Kleidchen und Plastikhaaren. Ich hatte sie seit Jahren nicht gesehen. Ich ging zu Mercedes ins Zimmer, um mit ihr zu spielen. Und sie spielte gern mit mir. Es war herrlich. Einfach nur mit diesem kleinen Mädchen zu spielen. Die mich nicht komisch ansah oder schlecht von mir dachte oder Angst vor mir hatte. Sie war einfach glücklich. Wir spielten Tänzerin und Krankenschwester und Sängerin. Wir spielten Kaufmann und Eisessen an einem Sommertag. Und der Rest der Welt versank. Der Rest der Welt war egal. Ich fühlte mich so wie mit Ben. Als wäre nur das Jetzt wichtig, nicht irgendwas in Vergangenheit oder Zukunft. Es fühlte sich an, als wäre das Leben so, wie es sein sollte.

Wir spielten, bis ich schließlich Geräusche am Ende des Flurs hörte. Ich hatte Ben oder Maria Magdalena weder gehört noch gesehen, dachte mir aber, dass sie sich irgendwo im Haus aufhielten. Ich stand auf und sagte zu Mercedes, dass ich gleich zurückkäme, und ging den Flur hinunter. Die Geräusche waren jetzt näher. Es hörte sich eindeutig nach Rummachen an. Das machte mich nervös und ängstlich, aber auch ganz schön neugierig. Die Tür stand halb offen, und ich spähte um die Ecke. Maria Magdalena saß auf ihm und bewegte heftig die Hüften. Als ob sie tanzte oder so. Ben betrachtete sie und lächelte, und seine Hände wanderten an ihrem Körper rauf und runter. Ich zog mich zurück, aber Ben entdeckte mich.
Er lächelte noch breiter und machte eine Geste, dass ich ins Zimmer kommen sollte, aber mir war das so peinlich, dass ich den Flur zurückrannte und wieder zu Mercedes ging. Die Geräusche hörte ich noch eine halbe Stunde oder so. Für mich war Sex immer etwas Schmutziges oder Böses gewesen. Etwas, worüber man nicht offen sprach. Etwas, das gegen die Kirche und Gottes Regeln verstieß und wogegen es Gesetze gab. Aber die beiden klangen glücklich. Und Ben in mir zu haben war das schönste Gefühl meines Lebens gewesen. Mit meinen Eltern war ich oft in die Kirche gegangen. Dort hatte ich nie etwas gefühlt. Es war einfach nur langweilig. Altmodisch und blöd. Aber dieses Gefühl mit Ben, als ich das Licht sah und die Ewigkeit und das alles fühlen konnte – das war Gott.

Als die Geräusche aufhörten, kamen Ben und Maria Magdalena ins Zimmer. Mercedes freute sich, sie zu sehen, und wir gingen alle zum Abendessen. Ich wusste nicht, wie ich mich verhalten sollte, nachdem ich sie beobachtet hatte, aber sie benahmen sich wie immer, also glücklich. Das Abendessen war toll, mein Leibgericht, Makkaroni mit Käse. Nach dem Essen brachte Maria Magdalena Mercedes nach oben, um sie zu baden und ins Bett zu bringen. Ben lächelte und kam zu mir und küsste mich. Es war ein langer Kuss. Ein echter Zungenkuss. Ich wusste nicht, was ich tun sollte, also machte ich einfach mit. Und es ging immer weiter. Wir machten immer weiter. Wir küssten uns wie Teenager oder so. Und er zog mich vom Stuhl und fing an, mich auszuziehen. Wenn ich zurückdenke, kommt mir das ganz unwirklich vor, aber damals konnte ich überhaupt nichts denken. Ich fühlte mich so herrlich. Mitten im Esszimmer zog er mir die Klamotten aus. Und wir legten uns auf den Boden. Und er fing an, sich mit meinem ganzen Körper zu beschäftigen. Mit seinen Händen und seinem Mund und seiner Zunge. Überall auf mir und in mir. Und ich schloss einfach die Augen und ließ ihn machen. Es war wundervoll. Das Beste überhaupt. Er flüsterte die ganze Zeit. Ich wollte zuhören, aber das lenkte mich ab von dem, was er tat. Doch was ich verstand, handelte von Gott. Dass das Gott war. Dass ich Gott fühlte. Dass der Bibel-Gott mir nicht solche Gefühle schenken konnte. Dass ich mich nicht so gut fühlen würde, wenn es nicht richtig wäre, wenn es nicht natürlich wäre, wenn es nicht zu Gott gehörte, dem wahren Gott.

Während er das alles mit mir machte, hörte ich Maria Magdalena hereinkommen und lachen. Ich öffnete die Augen und verging vor Scham. Ben war der einzige Mensch außer meinen Eltern, der mich jemals nackt gesehen hatte. Ich wollte aufstehen, aber sie schüttelte den Kopf und lächelte und kniete sich neben mich und legte ihre Hände auf meine Schultern und fing an, mich zu küssen. Eine Stimme in mir sagte, dass das falsch sei, aber das war es nicht. Es fühlte sich genauso gut an wie mit Ben. Und ich erwiderte ihren Kuss. Obwohl man mir immer beigebracht hatte, dass Schwule und Lesben und ihre Sexualität gegen Gottes Wille verstießen, fühlte es sich nicht so an. Gott ist es egal, ob sich Männer küssen oder ob sich Frauen küssen oder ob sich Mann und Frau küssen. Das ist Gott völlig egal. Es ist halt Liebe. Küssen oder Anfassen ist einfach ein Ausdruck von Liebe, und es spielt keine Rolle, wer es macht. Wenn einer sagt, Gott will etwas anderes, dann hat er keine Ahnung, wovon er spricht.

Wir blieben den Rest der Nacht zusammen. Auf dem Fußboden im Esszimmer und dann oben in meinem Schlafzimmer und dann in der Badewanne. Was für eine Nacht. Meine Güte, ich sah Gott immer und immer wieder, und ich sah die Ewigkeit, und ich empfand völligen Frieden und Verständnis, und ich fühlte mich geliebt, Junge, wie ich mich geliebt fühlte, ich denke, mehr als irgendwer sonst auf der ganzen Welt an diesem Tag. Als es vorbei war, schliefen wir zusammen ein, zu dritt im selben Bett. Ben lag in der Mitte, und Maria Magdalena und ich lagen rechts und links von ihm. Ich schlief wirklich gut und hatte überhaupt keine Alpträume. Als ich am Morgen aufwachte, war Ben fort. Maria Magdalena schlief noch, aber Ben war fort.

Ich stand auf und ging zur Arbeit, genau wie jeden Tag. Als ich nach Hause kam, waren noch mehr Sachen erledigt, zum Beispiel das Holz aufgestapelt und die Scheune aufgeräumt. Ben und Maria Magdalena und Mercedes und ich aßen zusammen zu Abend, und Maria Magdalena brachte Mercedes ins Bett. Danach gingen wir in mein Schlafzimmer und taten das Gleiche wie in der Nacht zuvor. Wir berührten einander und küssten einander und leckten einander. Und schenkten einander wundervolle Gefühle. Und wir liebten einander. Nur darum ging es. Darum dreht sich das ganze Leben. Einander zu lieben. Ein Jude, der mit Gott reden konnte, ein schwarzes Dom-Rep-Mädchen aus der Bronx und eine fette weiße Kassiererin aus der Pampa. Wir kümmerten uns nicht um Hautfarbe oder Religion oder Geld, oder darum, welche Schulen wir besucht oder welche Jobs wir gemacht hatten, oder wie unsere Familien waren oder wie unsere Körper aussahen. Wir kümmerten uns nicht darum, dass wir nicht verheiratet waren. Oder dass wir Sünder waren. Oder dass die Leute sogar sagen würden, wir müssten in der Hölle schmoren. Wir liebten uns einfach. So, wie wir waren. Wie es sein sollte. Wahre Liebe dreht sich nur darum, wie man sich fühlt. Und wenn es sich gut anfühlt, mach weiter, ganz egal, wie andere Leute das finden.

Wir verfielen in eine Routine. Ich ging arbeiten. Ben und Maria Magdalena arbeiteten auf dem Hof. Wir aßen zu Abend und gingen zu Bett. Ben war nie da, wenn ich aufwachte. Ich fragte einmal, wohin er nachts gehe, so ganz allein. Er sagte, dass er manchmal in den Wald laufe oder in die Scheune, wenn er einen seiner Anfälle habe, und manchmal lege er sich ins Gras und sehe zu den Sternen, und dann sagte er, dass er manchmal in die Stadt gehe, die fünf Kilometer entfernt lag, um nach Dingen zu suchen, die andere Leute weggeworfen hatten, wie Essen oder Klamotten und so ein Zeug. Ich erklärte ihm, dass er sich kindisch verhalte und dass er so etwas nicht mehr machen müsse, weil ich alles, was wir brauchten, im Supermarkt mit Angestelltenrabatt kaufen könne. Er sagte, dass er gekaufte Dinge nicht möge. Dass Kaufen nur ein System nähre, welches die Welt zerstöre. Ich fragte ihn, ob er wirklich glaube, dass die Welt zerstört werde, und er lächelte und sagte: Ja, klar, und zwar endgültig und schon bald. Ich fragte ihn, ob er sauer sei, dass ich in einem Supermarkt arbeitete, und er lachte und sagte: Natürlich nicht. Er küsste mich auf die Wange und sagte, dass weder er noch sonst irgendjemand mir vorzuschreiben habe, wie ich zu leben hatte. Ich erklärte ihm, dass ich es gar nicht schlimm fände, meinen Job aufzugeben, und er sagte, ich solle tun, was mir gefiel, schließlich sei es mein Leben, und irgendwann sei es einfach vorbei, weshalb ich tun und sehen und ausprobieren und fühlen und erfahren solle, was auch immer ich konnte und wollte. Ich erklärte ihm, dass ich nicht wisse, was ich wollte, und er lächelte wieder und sagte: Doch, das weißt du, wir wissen es alle, wir müssen einfach nur ehrlich zu uns selbst sein und keine Angst haben. Angst, sagte er, regiert unser aller Leben. Angst ist die zerstörerischste Kraft in der Welt, gleich nach der Religion.

Andere Leute kamen ins Haus. Am Anfang nur einer oder zwei in der Woche. Ich weiß nicht, woher sie Ben kannten oder woher sie wussten, wo er sich aufhielt. Sie waren schon da, wenn ich nach Hause kam, oder sie klopften an die Tür. Sie wirkten alle verrückt oder traurig oder krank oder zugedröhnt. Ben ging mit ihnen spazieren. Er spazierte über die Felder, wo früher mein Vater gearbeitet hatte. Die Felder waren zugewachsen und gruselig. Obwohl ich es natürlich besser wusste und erwachsen war, dachte ich immer, dass etwas Böses darin hauste, eine Art Monster oder so. Ben ging mit den Leuten einfach da rein, und manchmal kamen sie nach fünf Minuten zurück und manchmal erst nach fünf Stunden, aber den Leuten ging es auf jeden Fall besser. Ich wusste nicht recht, was ich davon halten sollte. Irgendetwas passierte da draußen, aber ich konnte es mir nur schwer vorstellen. Wunder waren etwas, worüber die Leute sprachen und wovon ich in der Zeitung las und wofür die Leute beteten, aber eigentlich schienen sie nie einzutreten, und falls doch, dann nur ein Mal in einer Milliarde Fälle. Aber die Leute beteten weiter dafür, Millionen von Leuten machten das, an jedem einzelnen Tag. Manche von ihnen hatten Glück. Da half kein Beten, es war einfach nur Glück. Früher oder später hat eben mal einer Glück. Wirklich, die meisten dieser Leute, die für Wunder beteten, verschwendeten ihre Zeit. Es war blöd. Sie beteten und bettelten um eine Art von Hilfe, die sie niemals bekommen würden. Sie hätten die Zeit besser damit verbringen sollen, sich zu amüsieren oder so. Besonders wenn es um die Gesundheit ging. Sie hätten wenigstens noch ein bisschen Spaß haben sollen, bevor sie starben, statt die ganze Zeit zu beten. Und wenn dann eins dieser vagen Wunder eintrat, gab es keinen echten Grund dafür. Die Betroffenen konnten nicht erklären, was passiert war oder warum es passiert war. Nicht so richtig wenigstens. Aber bei Ben war das anders. Kranke Menschen liefen mit ihm in diese Felder und kamen gesund heraus. Junkies gingen mit ihm hinein, und wenn sie herauskamen, wollten sie keine Drogen mehr. Leute auf Krücken konnten wieder laufen. Ich sah einige mit Sonnenbrillen und Blindenstöcken, die lächelnd und blinzelnd wiederkamen. Ein Mann im Rollstuhl sprang über die Wiese. Es war verrückt. Und schön. Das waren echte Wunder. Nicht zu irgendetwas beten, das gar nicht da war und nicht zuhören konnte. Nicht um irgendein Versprechen in einem Buch beten, das seine Versprechen nicht hielt. Sondern jemanden haben, der ganz konkret etwas verändern konnte. Jemand, der dein Leben veränderte. Das war ein Wunder. Und Ben konnte Wunder geschehen lassen. Er konnte Gebete, die eigentlich ziemlich nutzlos waren, wenn man bedachte, wie viele es davon gab und wie wenig sie bewirkten – er konnte solche Gebete wahr werden lassen. Ich weiß nicht, wie er das machte, außer er war der Messias und hatte die gleichen Kräfte wie dieser Jesus Christus, falls es den jemals wirklich gegeben hat. Er konnte Wunder bewirken. Ich hatte noch nie von jemandem gehört, der das konnte. Aber er konnte das wirklich. Und es war nicht so, dass es ihm leicht fiel. Danach sah er jedes Mal schlechter aus als vorher. Als ob das, was er da machte, ihm etwas wegnähme. Als ob er den Leuten etwas von sich selbst gäbe, damit es ihnen besser ging. Manchmal kam er gar nicht zurück. Die Leute sagten dann, er habe ihnen erklärt, dass er einen seiner Anfälle bekäme und sie ihn allein lassen sollten. Oder er kam aus den Feldern und kriegte den Anfall gleich im Garten. Es waren richtig fürchterliche Anfälle. Er zitterte und grunzte und spuckte, und Zeug kam aus seinem Mund. Ich machte mir wirklich Sorgen und wollte ihm helfen, aber ich wusste, dass er das nicht mochte, weshalb ich für gewöhnlich nur zusah und auf den Nägeln kaute. Einmal fragte ich ihn, warum er das machte, den Leuten Wunder schenken. Er sagte, er mache das, weil er sie liebe, und dass Wunder eben nicht bewirkt sondern geschenkt würden. Und dass jeder dazu in der Lage sei. Wenn Menschen willens wären, genug zu lieben und genug zu schenken, könne jeder das Leben eines anderen ändern. Und dass man auf diese einfache Weise Gott auf Erden beschreiben könne. Menschen, die das Leben anderer Menschen änderten. Kein himmlisches Wesen oder ein erfundener Superheld, sondern Menschen, die das Leben anderer Menschen änderten.

Nachdem sie mit Ben in den Feldern fertig waren, verschwanden die meisten Leute. Manche allerdings blieben bei uns. Es war ziemlich lustig. Es waren keine normalen Leute. Jedenfalls dachte ich das am Anfang. Es waren Männer, die sich wie Frauen kleideten, oder Frauen, die wie Männer aussahen, und es waren Schwule oder Leute, die Männer und Frauen mochten. Es waren Obdachlose auf Drogen, und es waren Schwarze und Latinos und Asiaten und Araber, und manche waren so gemischt, dass ich nicht wusste, was sie waren. Da waren Frauen, die wirklich schmutzige Sachen gemacht hatten, die sich vielleicht sogar für Geld verkauft hatten. Und auch Männer von der gleichen Sorte. Da waren Kriminelle und Drogendealer und Bettler und Leute, die nicht wussten, wohin sie gehen sollten. Auf der Straße hätte ich mich vor diesen Leuten hundertprozentig gefürchtet. In meiner Stadt hätte ich gehofft, dass die Polizei in der Nähe wäre. All die gottesfürchtigen Kirchgänger, die ich kannte, hätten gesagt, dass solche Typen als Sünder in der Hölle schmoren würden. Sie hätten gesagt, dass diese Leute mit absoluter Sicherheit in die Hölle kämen. Aber solange sie sich in meinem Haus aufhielten, liebte ich sie. Und ich liebte sie, weil ich sah, wie Ben sie liebte. Ich sah, wie er sie umarmte und küsste. Ich sah, wie er ihnen stundenlang zuhörte und mit ihnen sprach und mit ihnen lachte. Ich sah, wie er sie heilte und veränderte. Ich sah, dass er sie wie ganz normale Menschen behandelte, was die meisten lange nicht erlebt hatten. Ich sah, wie Ben Sex mit ihnen hatte, und sie wollten alle Sex mit ihm und er mit ihnen, und ich sah, wie er sie traute. Einige kamen zusammen auf den Hof und waren verliebt oder verliebten sich, während sie bei uns waren. Männer und Männer und Frauen und Frauen und Männer und Frauen, jede Kombination, die man sich vorstellen konnte, Homos und Heteros. Ben erklärte ihnen, dass es in der Ehe nicht um das Zusammenleben von Mann und Frau ging, sondern um das Zusammenleben von Menschen, die einander liebten. Und er sagte, dass Gesetze und Beschränkungen gegen Liebe und Ehe, ganz egal, wer da heiratete und wer sich liebte, nichts mit Gott zu tun hätten. Gott kümmerte sich nicht um solche Dinge. Gott stand über solchen Dingen. Die Ehe ist eine menschliche Angelegenheit, und alle Menschen sollten daran teilhaben dürfen, unabhängig davon, auf welche Weise sie liebten. Und ich folgte seinem Beispiel. Ich sprach und lachte und hörte zu und umarmte und küsste und hatte Sex.

Ich ging zu den Hochzeiten und weinte und jubelte, ich freute mich für sie alle, und dann tanzte ich, bis meine Beine und Füße wie verrückt schmerzten. Ich dachte mir nichts dabei, außer, dass ich Menschen liebte. Dass es nur darauf ankam. Dass wir alle Menschen waren, die andere Menschen liebten. Und das ist Gott. Kein blöder Typ mit Bart und Umhang auf einem goldenen Stuhl in den Wolken. Kein zorniger Kerl, der alles weiß und über Richtig und Falsch entscheidet. Kein alter Knacker in Italien, der Schwachsinn erzählt, oder irgendein Verrückter im amerikanischen Süden, der alle und jeden verurteilt. Kein Typ in Pakistan, der glaubt, er habe das Recht zu töten, oder irgendein Typ in Israel, der glaubt, er habe das Recht zu unterdrücken. Gott ist keine Person und kein Mann und überhaupt kein Wesen. Gott bedeutet, andere Menschen zu lieben. Gott bedeutet, jeden, den man trifft, mit Liebe zu behandeln. Gott bedeutet zu vergessen, dass wir alle unterschiedlich sind, und einander zu lieben, als wären wir alle gleich. Gott ist das, was man fühlt, wenn Liebe im Herzen entsteht. Es ist ein herrliches Gefühl. Und es ist der wahre Gott. Der einzig wahre Gott.

Es kamen immer mehr Leute. Einige schienen Ben von früher zu kennen. Eine Ärztin aus der Stadt, die sagte, sie hätte Ben im Krankenhaus behandelt. Ein Mann, der sein Chef war, während er auf einer Baustelle arbeitete. Ein niedlicher Schwuler, der hübsch wie ein Mädchen war und mit Bens Bruder zusammengelebt hatte und Ben liebte und von Ben geliebt wurde, und sie küssten sich ständig und verbrachten eine Menge Zeit im Bett. Ein Typ vom FBI, der Ben umarmte und weinte und immer wieder Danke sagte. Einige blieben für ein oder zwei Tage, andere kamen und gingen, und manche zogen bei uns ein. Ziemlich schnell waren Schlafzimmer, Flur, Keller, Wohnzimmer und Fernsehraum mit Menschen gefüllt. Sie waren buchstäblich überall. Dann fingen sie an, im Freien zu kampieren. In der Scheune und in Zelten. Binnen weniger Monate wuchs unsere Vierergruppe auf dreißig, vierzig Leute, und es kamen immer mehr. Ich konnte es nicht glauben. Es machte Riesenspaß. Das Haus war nie sauberer. Wir bauten Gemüse an. Einige brachten Geld mit, und ich kaufte Sachen wie Lebensmittel, Bettdecken und Obst mit meinem Angestelltenrabatt. Alle arbeiteten mit. Sie putzten oder kochten oder bestellten den Garten. Sie kümmerten sich um Mercedes. Sie gingen nachts in die Stadt und durchsuchten den Müll. Abends saßen wir alle im Vorgarten, während Ben zu uns sprach. Predigen würde ich es nicht nennen. Prediger wollen einen immer davon überzeugen, dass sie recht haben. Prediger wollen immer, dass du glaubst, was sie glauben. Prediger erzählen immer, dass du es teuer bezahlen wirst, wenn du ihnen nicht folgst. Ben war es egal, was wir glaubten. Er sagte, dass jeder glauben könne, was er wolle. Er brauchte niemanden zu überzeugen. Man musste Ben nur anschauen, um überzeugt zu sein. Man sah ihm an, dass er anders war als wir. Man wusste, dass er etwas Besonderes war oder sogar noch mehr. Er war göttlich. Er war das, wofür die Leute beteten. Er war der wahre Prophet. Er war der wahre Sohn Gottes. Er war der wahre, wiedergeborene Jesus Christus. Er war der wahre Messias. Er war alles, wofür die Religionsfreaks auf der ganzen Welt gebetet und worauf sie Tausende von Jahren gewartet hatten. Er war Gott. Er war Gott.

Und obwohl er jedem Einzelnen von uns erzählte, dass wir ihm nicht glauben müssten, taten wir es doch, wir glaubten alles, was er sagte, auch wenn es verrückt klang. Ich erinnere mich an die Nacht, in der es zum ersten Mal passierte. Eine klare, mondlose, warme Nacht. Millionen und Abermillionen von Sternen, so viele, dass ich weder zählen noch raten konnte, wie viele es waren. Ben war im Haus und hatte einen Anfall. Alle wussten, dass sie ihn allein lassen mussten, wenn das passierte. Auch wenn es in der Küche geschah oder an einem anderen Ort, wo wir ihn sehen konnten, befahl er uns, ihn allein zu lassen. In dieser Nacht hatte er den Anfall im Wohnzimmer, mitten auf dem alten Teppich. Er redete währenddessen, redete in einer seltsamen Sprache, die wirklich alt und unheimlich und ernst klang. Alle hatten das Haus verlassen und saßen auf der Wiese. Wir schauten in den Himmel und schwiegen, weil es so schön war, dass man es kaum glauben konnte. Damals wohnten wir noch zu acht oder neunt im Haus. Ich und Maria Magdalena und Mercedes, die in ihren Armen schlief, und ein Schwuler und zwei Transvestiten und eine Crack-Süchtige und vielleicht noch irgendwer. Ben kam raus und setzte sich zu uns. Er nahm die Hand der Crack-Frau, die krasse Entzugserscheinungen hatte. Er küsste sie auf den Kopf, und sie lächelte. Einer der Männer fragte ihn, ob es ihm gut gehe, und er sagte: Ja. Der Mann fragte, ob er wisse, dass er während seines Anfalls geredet habe, und Ben sagte: Ja. Der Mann fragte, ob er wisse, was er gesagt habe, und Ben sagte: Ja, ich habe mit Gott gesprochen. Alle schwiegen für ein paar Sekunden. Als könnten sie es nicht glauben, oder vielleicht konnten sie es glauben und glaubten es auch, aber es war so wundervoll, dass es nichts zu sagen gab. Maria Magdalena und ich kannten das schon. Die anderen sahen sich an, und einer der Männer lächelte und sagte: Seht ihr, davon hatte ich gehört, deshalb sind wir hier. Ein anderer Mann fragte Ben, was Gott gesagt habe, und Ben lächelte und antwortete: Gott schickt euch Grüße und lässt euch wissen, dass ihr hier willkommen seid, egal, wie lange ihr bleiben möchtet.

Wir lachten. Ben legte sich auf die Wiese, so dass er in die Sterne sehen konnte, und zog die Frau neben sich in seine Arme. Es war wirklich total süß. Sie zitterte, ihre Hände und ihr ganzer Körper und sogar ihre Lippen waren am Zucken und Zittern. Ben hielt sie einfach fest und strich ihr wieder und wieder durch die Haare, und sie wurde ganz ruhig und friedlich. Wir legten uns alle hin wie er, um zu sehen, was er sah, und weil es so gemütlich wirkte. Und Ben sah zu den Sternen und alle anderen auch, und es waren unendlich viele. Für lange Zeit sprach keiner ein Wort. Wir schauten nur. Ich sah funkelnde Sterne und Sterne, die sich zu bewegen schienen, und sehr helle Sterne und Sterne, die man kaum erkennen konnte. Ich wollte sie zählen, aber es waren zu viele, also versuchte ich, nur die in einem kleinen Himmelsquadrat zu zählen, aber auch dafür waren es zu viele. Schließlich verlor ich mich einfach in ihnen. Ich dachte an gar nichts mehr. Ich schaute einfach dieses Himmelswunderzeug an. Allen anderen ging es genauso. Wir hatten uns verloren, und als es niemand mehr erwartete, begann Ben zu sprechen.

Gott ist nicht das, was ihr denkt oder euch vorstellt oder zu glauben gelernt habt. Das meiste, was man euch über die Welt beigebracht hat, ist falsch, und so viel davon ist mit eurem Gottesbild verbunden, dass es am einfachsten ist, dort anzufangen. Wir sind Tiere. Wir wurden nicht nach dem Bild von irgendjemandem oder irgendetwas erschaffen. Wir sind ein biologischer Zufall, und wir sind, was wir heute sind, aufgrund eines langen Prozesses von natürlicher Auslese und gelegentlichen zufälligen genetischen Abweichungen, die uns stärker gemacht haben und schließlich ein Teil von uns geworden sind. Wir haben als Einzeller im Schlammwasser angefangen, uns von dort weiter entwickelt, sind Fische geworden, Amphibien, Reptilien, Säugetiere, Affen. Es hat Milliarden von Jahren gedauert. Eine lächerliche Idee, dass dieser Planet, dieses Sonnensystem, diese Galaxie und das ganze Universum vor fünftausend Jahren erschaffen worden seien. Wir wissen es besser. Damals noch nicht, aber heute schon. Und sogar damals, als die Geschichten erfunden wurden, gleichgültig, aus welcher Kultur sie stammen, hat man sie nicht erfunden, weil man daran glaubte, sondern um Macht zu zementieren und Menschen zu versklaven. Sie wurden erfunden, weil ein paar Männer erkannt hatten, dass sie nur eine Beziehung zu Gott behaupten mussten, einen direkten Draht zu einem Gott, der alles Leben erschaffen hat und darüber urteilt und alles sieht, was wir in jedem Augenblick tun, ein Gott, der das Schicksal kontrolliert und über Tod und Leben entscheidet und nach dem Tod ein ewiges Leben garantiert, entweder im Paradies oder in der Hölle, um dann diese Macht, diese behauptete Beziehung, diesen angeblichen Draht zu benutzen, damit die Menschen taten, was sie wollten. Sie benutzten diese Macht, um Menschen zu Sklaven zu machen. Religion. Sie ist verblüffend einfach. Ein wunderbarer Betrug. Der haltbarste Schwindel der menschlichen Geschichte. Ich kenne Gott. Gott hat alles erschaffen, weiß alles, ist allmächtig. Ihr tut, was ich sage, weil Gott es will, was euch auch gleich zu meinen Untertanen macht, oder ihr werdet in der Hölle brennen. Die Christen sind Meister dieser Disziplin. Sie haben mit ihrer Masche ganze Imperien aufgebaut, Milliarden von Menschen ermordet, gefoltert und terrorisiert. Alles im Namen ihres bärtigen Superhelden, im Namen ihrer gekreuzigten

Erfindung. Heutzutage zeigen sich die römischen Katholiken, die amerikanischen Evangelisten und die fundamentalistischen Moslems als die Begabtesten, wobei auch alle anderen schuldig sind: die Juden, die Christen, all die Führer von verschiedenen Sekten und Glaubensbekenntnissen, jeder auf Erden, der glaubt, es gebe einen Gott mit der Macht, alles zu wissen und jeden zu richten. Sie haben alle unrecht. Sie sind entweder Sklaventreiber oder Sklaven, die Dinge anbeten, welche nicht existieren. Gott ist kein Mensch. Gott ist auch kein Spiegelbild des Menschen. Gott ist kein Wesen und kein Bewusstsein. Gott lebt nicht irgendwo mit ein paar Angestellten, die Gottes Werk verrichten. Gott ist kein Er und keine Sie. Gott besitzt keine Armee von Engeln oder einen sterblichen Feind, den er aus seinem Königreich geworfen hat. In Begriffen, die wir verstehen, bedeutet Gott überhaupt nichts. Gott spielt keine Rolle in unserem Leben. Gott interessiert sich nicht für die Erde oder die Menschheit. Gott interessiert sich nicht für die kleinen Dramen, die uns so wichtig sind. Gott interessiert sich nicht dafür, was wir sagen oder wen wir vögeln oder was wir mit unseren Körpern machen oder wen wir lieben oder wen wir heiraten, Gott interessiert es nicht, ob wir am Sonntag ruhen oder ob wir irgendein Gebäude aufsuchen, um dort zu singen und Gebete aufzusagen und zu jubilieren und irgendeinen Sermon anzuhören. Gott interessiert es nicht, ob wir in Gottes Namen töten. Gott ist das scheißegal. Gott ist das wirklich total scheißegal. Schaut nach oben.

Da sind zweitausendfünfhundert Sterne am Nachthimmel sichtbar. Zweitausendfünfhundert. Nicht gerade viel. In unserer Galaxis, unserer kleinen Galaxis existieren noch dreihundert Milliarden andere, die wir nicht sehen können. Wir wissen nicht, wie viele Galaxien es insgesamt gibt, weil wir die Technologie dazu nicht haben, falls man es überhaupt wissen kann. Das sind Schätzungen, Ratespiele, Dartpfeile, die auf eine Scheibe geworfen werden. Einige sagen hundert Milliarden, andere sagen fünfhundert Milliarden, wieder andere eine Billion. Manche sagen, das Universum sei unendlich, ein Konzept, das wir zu verstehen behaupten, obwohl es unseren Verstand übersteigt. Wir Menschen machen uns Gedanken um Essen, ein Dach über den Kopf, Sex. Um Jobs und Geld. Um Klasse und Status und was andere Leute von uns denken. Um Regeln, auferlegt von Menschen, die keine Ahnung haben. Um den Tod und wann er uns trifft. Wir können mit Unendlichkeit nichts anfangen. Es übersteigt unsere Vorstellungskraft, das etwas keine Grenze und kein Ende kennt. Und das ist, wo sich Gott befindet. Das ist, was Gott ist. Jenseits unseres Verstandes. Jenseits unseres Begreifens. Jenseits von allem, das wir kategorisieren oder über das wir schreiben oder predigen oder das wir in eins unserer Regelsysteme einordnen können. Gott ist unendlich. Eine unendliche Zahl von Galaxien, eine unendliche Zahl von Sternen, eine unendliche Zahl von Planeten. Seht nach oben. Versucht, euch die Unendlichkeit vorzustellen. Euer Verstand verschließt sich und bewegt sich zurück zu irgendeiner Zahl, die ihr versteht, zu irgendeinem Bild, das ihr erfassen könnt. Seht nach oben. Jenseits dessen, was ihr seht, jenseits dessen, was hinter dem liegt, was ihr seht, jenseits dessen was hinter dem liegt, was hinter dem liegt, was ihr seht. Was sich in die Ewigkeit dehnt. Das ist Gott. Das alles ist Gott. Ein unendlicher Gott, den wir nicht verstehen können. Der sich nicht für unsere kleinen Leben interessiert. Der darüber erhaben ist, sich für irgendetwas irgendwo in diesem unendlichen Universum zu interessieren. Seht nach oben und schaut Gott. Seht nach oben. Seht nach oben.

Und das taten wir. Wir sahen nach oben zu all diesen hübschen Sternen, und sie schienen und funkelten und bewegten sich vielleicht ein bisschen, aber das lag vermutlich an meinen Augen. Ich versuchte mir diese Milliarden und Billionen vorzustellen und an Dinge zu denken, die für immer und ewig bestehen, und war dazu nicht in der Lage, genau wie er es gesagt hatte. Mein Gehirn kehrte zu den Sternen zurück, die ich sehen konnte, und zu der kleinen, glimmenden Mondsichel und dem Gras, auf dem ich lag und das meine Arme kitzelte, und zum Zirpen der Grillen und den umherschwirrenden Käfern und der angenehmen Brise, die durch die Baumkronen ging, und zu den anderen Menschen, die um mich herum nach oben sahen und atmeten.

Von da an machten wir das jede Nacht. Nicht dass es irgendwie verlangt worden wäre, nicht wie Schule oder Kirche, niemand hätte Ärger gekriegt, aber fast alle machten mit. Wir aßen zu Abend und gingen raus und legten uns ins Gras, und Ben sprach. Er sprach vom Leben, was er darüber dachte und wie er es lebte, von der Zerstörung, die wir zugelassen hatten, und davon, dass es bald enden würde. Er sagte, das Leben sei einfach, wir würden geboren und bald darauf wieder sterben. Vor unserer Geburt und nach unserem Tod gebe es nichts. So lange wir hier seien, hätten wir die Wahl. Solange wir lebten, hätten wir die Wahl. Wir könnten tun, was immer wir wollten. Wir könnten ein Teil der Gesellschaft werden und ihre Regeln befolgen, die vor allem darauf ausgerichtet waren, uns zu kontrollieren und auf das Leben festzulegen, in das wir hineingeboren worden waren, oder wir könnten unsere eigenen Regeln machen und unser eigenes Leben führen. Für ihn selbst, sagte er, gehe es im Leben um Liebe und Sex und darum, anderen Menschen zu helfen. Es gehe darum, möglichst viel zu empfinden und möglichst viel zu erfahren. Es gehe nicht um das Ansammeln von Geld und Besitztümern, sondern um das Ansammeln von Freunden. Er sprach über das einfache Leben. Darüber, dass ein immer komplizierteres Leben uns immer unglücklicher mache. Je mehr wir besaßen, desto mehr wollten wir. Je mehr wir arbeiteten, desto weniger lebten wir. Er sprach von Geduld und sagte, dass Unsicherheit oder Angst oder Aggressivität die Dinge niemals besser machten. Er sprach vom Mitleid, das wir für uns selbst und für andere und für die Erde empfinden sollten, und darüber, dass wir und die Welt vielleicht eine Chance hätten zu überleben, wenn es ihm gelänge, die Leute davon abzuhalten, allem in ihrer Umgebung Schmerzen zuzufügen. Er sagte, wir müssten uns von der Idee des Todes verabschieden. Dass der Tod das Ende bedeute, ganz einfach, nicht mehr als das. Dass der Tod Schwärze und Ruhe und Frieden bringe, aber nichts darüber hinaus. Dass unsere Besessenheit vom Tod uns umbringe. Dass unsere Besessenheit vom Leben nach dem Tod, welches nicht existiere, alles kaputt mache, was wir tatsächlich besäßen, nämlich unser Bewusstsein und seine vielen Geschenke, vor allem die Liebe. Er sagte, das Leben und nicht der Tod sei das große Mysterium, mit dem wir uns alle auseinandersetzen müssten. Er sagte es immer wieder. Das Leben, nicht der Tod, war das große Rätsel, das es zu lösen galt.

Wenn er von der Welt sprach, ging es meistens darum, wie wir sie zerstört hätten oder Religionen und Regierungen erlaubten, sie zu zerstören, und wie das alles bald an ein Ende käme. Er sagte, Religionen und Regierungen täten niemals das, was sie behaupteten, nämlich das Leben der Menschen besser machen, sondern seien simple Instrumente der Gier und der Macht und des Todes. Keiner von denen tauge etwas. Selbst die besten seien böse und existierten bloß, um die Menschheit sowie die Ressourcen der Erde zu kontrollieren und auszubeuten. Dass er im gesamten Verlauf der Geschichte kein einziges Beispiel einer Regierung finden könne, die nicht im Namen der Macht operiert, die nicht für den eigenen Machtanspruch getötet und nicht die Bürger als Sklaven ihrer Gier missbraucht habe. Obwohl er nicht wisse, auf welche Weise die Welt untergehen werde, sei es doch offensichtlich, dass es passieren müsse, es gebe einfach zu viele denkbare Möglichkeiten, eine davon werde eintreten und zwar bald. Er sagte, dass zu viele Menschen im Besitz von zu vielen Waffen seien. Dass die großen Waffen, wenn einmal abgeschossen, nicht mehr aufzuhalten wären. Dass nur ein Verrückter den roten Knopf drücken müsse. Zu viele Leute wollten Recht haben. Zu viele Leute wollten Macht. Zu viele Leute wollten, dass ihr Gott der einzige sei, ihr System das einzige. Demokraten und Republikaner, Kapitalisten und Kommunisten, Liberale und Konservative, Faschisten und Anarchisten, Nationalisten und Nationalsozialisten seien alle gleich, ganz egal, wie sie sich nannten, und sie unterschieden sich in nichts von den Leuten, die Gott anbeteten. Statt so zu tun, als glaubten sie an einen übernatürlichen Gott, behaupteten sie eben, an einen Gott namens soziale Gerechtigkeit, Gleichheit oder Freiheit zu glauben, aber ihre wahren Ziele seien genau wie jene der Religionsanhänger – alles, was sie wirklich interessiere, seien Geld und Macht und Kontrolle. Alle miteinander würden sie die Welt zerstören. Sie würden einen Krieg beginnen, den sie nicht stoppen könnten und der keine

Sieger kannte. Der große Krieg, der alles beendete, stehe bevor. Und wenn nicht, werde eben alles auf andere Weise enden. Es gebe zu viele Menschen. Es gebe keine Ressourcen mehr. Die Erde könne nicht mehr alle versorgen, die auf ihr lebten. Bald seien sämtliche Ressourcen aufgebraucht. Und wenn wir das begriffen, würden wir einander in der Luft zerreißen, während wir verhungerten. Und er sagte, es sei zu spät, um das aufhalten zu wollen. Dass man nichts mehr daran ändern könne. Dass kein Anführer, kein religiöser Heilsbringer, kein Mann, keine Frau, überhaupt niemand irgendetwas daran ändern könne. Dass wir schon von der Klippe gesprungen seien und demnächst landen würden. Und alles werde enden. Und alle würden sterben. Und das sei das Beste. Es sei das Beste, was passieren könne. Alles zu zerstören, zu vernichten, niederzubrennen sei unsere einzige Chance. Danach, so hoffe er, obgleich er es bezweifle, könnten jene, die übrig blieben, ganz neu anfangen. Ein Neuanfang im Zeichen der Liebe, ohne Gott oder Geld. Gott und Geld brächten Tod und Krieg. Die Liebe könnte vielleicht etwas bringen, für das es sich zu leben lohne.

Er war nicht wütend oder bösartig, wenn er so sprach. Er schrie nicht oder versprühte Speichel wie es viele Leute tun. Er sprach wie jemand, der ankündigt, ein paar Liter Milch einkaufen oder das Auto volltanken zu wollen. Etwas, das eben einfach geschehen würde. Er sagte, wir könnten uns entscheiden, wie wir leben wollten, bevor es passierte. Wir könnten es entweder akzeptieren und so glücklich wie möglich leben, bevor es geschah, oder uns weigern, es zu glauben, und weiterhin unser Leben darauf verschwenden, Dinge zu tun und Dingen nachzujagen, die uns weder Glück noch Wohlbefinden brächten. Er sagte, er habe für sich entschieden, so viel wie möglich zu lieben und so viel wie möglich zu geben und so viel Freude und Glück und Ekstase und Genuss zu empfinden wie möglich. Das Leben sei hart genug, sagte er, ohne dass wir uns Dinge versagten, die uns in einen Zustand der Glückseligkeit versetzten. Wer meinte, sich selbst verleugnen zu müssen, sei ein Idiot. Unsere Körper seien dafür gemacht. Wir sollten ihnen erlauben zu tun, wozu sie bestimmt seien.

Wenn er fertig gesprochen hatte, küsste er immer jemanden. Meistens Maria Magdalena, aber manchmal auch jemand anderen, manchmal einen Mann, manchmal eine Frau und manchmal einen Mann, der wie eine Frau aussah, oder eine Frau, die wie ein Mann aussah. Er küsste sie und berührte sie und liebte sie. Die meisten von uns folgten seinem Beispiel und fingen an, sich zu küssen und zu berühren und zu lieben. Manche gingen ins Haus oder in die Scheune oder ins Feld, aber die meisten blieben auf dem Rasen. Es spielte keine Rolle, wer man war oder wie man aussah oder was für einen Hintergrund man besaß oder welche Hautfarbe oder ob man mit Akzent sprach oder Geld hatte oder nicht oder gebildet war oder nicht und so weiter. Jeder liebte jeden. Jeder hatte Sex mit jedem. Jeder kam mit jedem. Als wir anfingen, gab es nur ein paar von uns, aber gegen Ende wohnten unzählige Leute in jedem Winkel des Hofs, und es kamen immer mehr, manche auch nur für einen Tag. Überall Leute. Und da war so viel Liebe. Und wir waren alle glücklich. Und nichts sonst auf der Welt spielte eine Rolle. Nicht das kleinste bisschen.

Sieben Monate nachdem wir auf dem Hof angekommen waren, als der gesamte Platz in Haus und Scheune besetzt war und die Leute in Zelten auf den Feldern und im Wald lebten, insgesamt siebenundsiebzig Personen, da kam ein Mädchen, das Ben sehen wollte. Ich saß auf der Veranda, als sie kam, und ich wusste sofort, dass etwas nicht stimmte. Sie war jung und traurig, ihr Gesicht war zerschrammt und ihre Kleider nicht in bestem Zustand. Es war ziemlich normal, dass Leute wie sie hier auftauchten, aber irgendwie wusste ich, dass sie anders war. Sie fragte, ob Ben irgendwo sei, und ich sagte: Ja, er lebt hier, ist jetzt aber gerade nicht da. Sie fragte, ob sie etwas zu trinken bekommen könnte, und ich sagte: Ja, natürlich, Dummerchen. Sie setzte sich auf die Stufen zur Veranda, und ich holte Wasser und gab es ihr. Ich versuchte, mit ihr zu plaudern, aber es war klar, dass sie nicht plaudern wollte. Sie sah aus, als würde sie jeden Moment zu weinen beginnen, also ließ ich sie in Ruhe. Ein oder zwei Stunden später kam Ben von den Feldern in Begleitung eines jungen Paars, das lange erfolglos versucht hatte, ein Kind zu kriegen, und sie lächelten, und ich sah, dass die Frau auf gute Art geweint hatte, und Ben legte seine Hand auf ihren Bauch und die Hand ihres Mannes darüber, und die beiden sahen so glücklich aus, als wüssten sie, dass alles gut werden würde. Während sie zu ihrem Auto gingen, kam Ben auf uns zu. Das Mädchen sah ihn und stand auf, und Ben lächelte, und sie begann sofort zu weinen. Er kam und legte den Arm um sie, und sie weinte an seiner Schulter, weinte und schluchzte so heftig, dass ihr ganzer Körper zitterte. Es war klar, dass es hier um etwas wirklich Ernstes ging, also ließ ich sie allein und ging ins Haus, um Mercedes etwas vorzulesen.

Später trafen sich alle draußen zum Abendessen. Ben wirkte sehr glücklich und sehr traurig zugleich, und das Mädchen war immer noch da. Sie saß neben Maria Magdalena und hielt ihre Hand. Es war nicht unüblich, dass sich Frauen bei den Händen hielten, aber die beiden klammerten sich geradezu aneinander. Das Essen war köstlich, und danach, statt zu sprechen, küsste Ben jeden Einzelnen von uns. Er küsste jeden auf wirklich schöne Weise, jeden anders, als wüsste er genau, welche Art Kuss man mochte und wollte und brauchte. Als ich an die Reihe kam, küsste er mich sehr sanft auf die Lippen, aber nicht sexy oder so. Einfach nur lieb und zärtlich für vielleicht zehn Sekunden, und dann wandte er sich ab und flüsterte mir noch: Ich liebe dich, ins Ohr. Nachdem er alle geküsst hatte, nahm er Maria Magdalena an die eine und Mercedes, die oft mit uns zu Abend aß, an die andere Hand, und sie gingen zusammen ins Haus, und das Mädchen ging mit ihnen. Es war wirklich süß. Als wäre er der Papa von Mercedes und der Mann von Maria Magdalena und das Mädchen gehörte irgendwie auch zur Familie – wirklich supersüß. Für eine Minute wusste keiner, was tun, aber dann begannen die Leute, sich zu küssen, wie wir es jeden Abend in Bens Gegenwart getan hatten. Und dann liebten wir einander. Und der Himmel war klar, er wirkte klarer denn je, und die Sterne waren da und wirkten heller denn je, und es war eine wunderschöne Nacht, eine perfekte Nacht, die schönste Nacht, die ich je erlebt hatte und habe – bis heute. Und alle liebten einander. Wir alle liebten einander auf perfekte Weise, noch stärker als je zuvor, als machte uns diese Nacht besser denn je und schenkte uns noch mehr Liebe. Diese Nacht schenkte uns alles, und es war schön. Das Schönste auf der Welt. Liebe.

Am nächsten Morgen, als ich aufwachte, war Ben verschwunden. Das Mädchen war ebenfalls verschwunden, und Maria Magdalena kam den ganzen Tag nicht aus ihrem Zimmer. Und als sie doch auftauchte, wollte sie nicht sagen, wohin Ben gegangen war oder was es mit diesem Mädchen auf sich hatte oder was passiert war. Ich wusste nur: Ben war weg.

II ESTHER

Ich denke an meine Leidensgeschichte. Meine Traurigkeit, meine Einsamkeit, die Tatsache, dass meine Familie zerstört wurde, dass ich geschlagen und gequält wurde und gezwungen einen Gott zu verehren, der nicht meiner ist, und ein Leben zu leben, das nicht meines ist. Ich denke an das Leiden anderer Menschen in dieser Welt, dieser hässlichen, hässlichen Welt. Ich denke an all die Gewalt und den Krieg, die Armut und den Hunger. Ich denke an Sucht und Missbrauch und Unterdrückung. Ich denke an all die Not und das Elend, und ich denke an all das Seelenleid, das größer ist und profunder als alle körperlichen Leiden. Ich denke an den ganzen Schmerz, den jeder von uns jede Minute des Tages empfindet. Es gibt so wenig Freude. So wenig Freiheit. So wenig Sicherheit. So wenig, für das es sich zu leben lohnt. Das einzige, wofür es sich zu leben lohnt, ist Liebe. Allein Liebe kann das Leiden lindern. Allein Liebe führt zu Freiheit. Allein in der Liebe findet der Mensch Sicherheit. Und selbst die Liebe hält nicht ewig. Liebe verschwindet oder geht verloren. Liebe stirbt oder wird zerstört.

Liebe verwandelt sich in etwas, das nicht mehr Liebe ist. Momente wahrer, reiner, bedingungsloser Liebe sind das Seltenste und Wertvollste auf der Erde. Wenn wir in unserem Leben zwei oder drei davon erleben, haben wir Glück. Den meisten von uns bleiben sie verwehrt. Die meisten von uns leben in der Illusion, Liebe zu empfinden, Liebe zu suchen oder Liebe zu kennen, aber was wir suchen oder kennen ist Verlangen oder Besessenheit oder Kontrolle. Was wir für Liebe halten, macht uns nicht wirklich glücklich. Im Gegenteil, es macht uns noch mehr leiden. Es macht uns noch unglücklicher und gewalttätiger und trauriger und erbärmlicher. Es verstärkt unser Leiden. Wenn wir nur lernen könnten. Wenn wir nur lernen könnten, was Ben Zion gelernt hat. Wenn wir leben könnten, wie Ben Zion gelebt hat. Wenn wir empfinden könnten, wie Ben Zion empfunden hat. Wenn wir lieben könnten, wie Ben Zion geliebt hat.

Ich glaubte immer, wir würden ihn wiedersehen. Ich hoffte, es würde geschehen, bevor Mutter starb. Als er uns nach seinem Streit mit Jakob wieder verließ, betete ich für seine Rückkehr. Ich betete jeden Tag stundenlang. Wenn ich für andere Dinge beten sollte, wenn ich für Dinge beten sollte, die Jakob mir auftrug, betete ich für Ben Zion. Während ich betete, dachte ich daran, wie es sein würde, ihn wiederzusehen. Ich dachte darüber nach, wer er war und was er geworden war, nämlich das, was meine Eltern und jeder in unserer Familie und unsere Rabbiner immer geglaubt hatten, dass er werden würde. Ich dachte darüber nach, wozu er fähig war, wie er Wunder vollbrachte, wie er in Menschen Gefühle wecken und ihr Leben mit einem Wort oder einer Berührung verändern konnte. Ich dachte an all die Sprachen, die er sprechen konnte, ohne dass er sie gelernt hatte, und all die Bücher, die er auswendig kannte, ohne sie gelesen zu haben. Ich dachte daran, dass er mit Gott reden konnte. Ich dachte an all die göttlichen Zeichen, die man schon bei seiner Geburt erkannt hatte. Sein davidisches Blut, und dass er am Tag der Zerstörung des Tempel Salomos und beschnitten geboren wurde. Ich dachte an die Last, die er sein ganzes Leben zu tragen gehabt hatte. Als jemand aufzuwachsen und erzogen zu werden, der vielleicht der Messias war. Wie musste es sich wohl für einen kleinen Jungen angefühlt haben? Einen Dreijährigen, der mit Autos hätte spielen sollen. Einen Fünfjährigen, der auf dem Spielplatz hätte spielen sollen. Einen Siebenjährigen, der in die Schule hätte gehen sollen wie ein normales Kind. Einen Neunjährigen, dem es hätte erlaubt sein sollen, Freunde zu haben. Ich dachte daran, wie es sich angefühlt haben musste zu wissen, was man war oder wofür man ihn hielt und worauf sein Vater und Bruder eifersüchtig waren und wovor sie Angst hatten und wofür sie ihn hassten. Ich dachte daran, wie es für ihn gewesen sein musste, als er aus dem Haus geworfen wurde. Er war noch ein Kind, kaum ein Teenager. Ich fragte mich, was er all die Jahre gemacht hatte, als wir ihn suchten und nicht finden konnten. Ich fragte mich, wo er gewesen war, wen er getroffen hatte, und was er gefühlt hatte. Ich fragte mich, ob er darauf gewartet hatte zu werden, was er wurde. Ob er daran glaubte. Ob es eine Last war. Ob er jeden Tag mit der Angst erwachte, dass heute der Tag war, an dem er Moschiach wurde. Ob er je mit jemandem darüber sprach. Ob er Freunde hatte oder jemand, der ihn liebte. Ob er Angst hatte. Ob er wusste, wie es enden würde, und ich vermute, er wusste es. Ich habe keine Antworten, aber ich glaube, es muss die Hölle gewesen sein. Zu wissen, dass man Moschiach ist, der Messias, der Sohn Gottes, der wiedergeborene Christus, die irdische Inkarnation Gottes, auch wenn sein Gott nicht der Gott war, den man für Tausende von Jahren auf der Erde propagiert hatte. Es ist ein Wunder, dass er mit diesem Wissen überlebte. Es ist ein Wunder, dass er sein Schicksal akzeptierte und darauf wartete, wo immer er war, was immer er tat, was immer er fühlte, wie immer er litt. Es ist ein Wunder. Mein Bruder war ein Wunder.

Und während ich über all das nachdachte, begann ich zu zweifeln. Jeder Glaube, jeder wahre Glaube, birgt Zweifel in sich. Wenn du sagst, dein Glaube ist unerschütterlich, dann glaubst du nicht. Wenn du sagst, du kennst keine Zweifel, dann glaubst du nicht. Was wahren Glauben ausmacht ist, im Angesicht des Zweifels daran festzuhalten. Wenn du an Gott glauben willst, musst du dir erlauben, an Gott zu zweifeln. Wer glaubt, muss auch zweifeln. Ich glaubte an meinen

Bruder. An seine Kraft und seine Göttlichkeit. An seine Gerechtigkeit. An seine Mission, uns die Torheit unseres Glaubens vorzuführen, die Gefahr unserer Religion, die Dummheit, die wir an den Tag legen, wenn wir unsere Hoffnungen und Träume in die Hände von Politikern legen, und an den Wert eines Lebens in Liebe, des Glaubens an die Liebe, nicht die falsche, wertende Liebe, die man uns gelehrt hat, sondern eine Liebe, bei der jeder Mensch auf dieser Erde gleich ist und gleiche Rechte hat und gleich behandelt wird. Ich glaube, er war, wer er geboren war zu sein, und dass er der Mann war, für den Tausende von Jahre gebetet worden war. Ich glaube, dass wir durch seinen Tod, durch sein Opfer die Chance bekommen haben, uns reinzuwaschen. Er starb, damit wir erlöst werden von den Sünden der Religion, den Sünden unserer Götter, der Sünde, dass wir unser Leben in die Hände von Politikern gelegt haben, die uns betrogen haben. Er erlöste unsere Menschheit, indem er uns zeigte, wie und warum die Menschheit, die man uns verkauft hat, falsch ist. Dass die Götter, die wir verehren, nicht existieren und wir ihnen gleichgültig sind. Dass die Systeme, in die wir gezwungen werden, uns zerstören. So wie Christus sich angeblich für unsere Sünden opferte, Sünden, die zum Menschsein gehören wie Atmen und Essen, Sünden wie Liebe und Sex und Selbstbestimmung, opferte sich Ben Zion für unseren Glauben in die Christusgeschichte, und für alle ähnlichen Geschichten, Geschichten die uns versklaven und uns unterdrücken und uns zerstören.

Wenn wir begreifen, dass Ben Zion recht hatte, und wenn wir von ihm lernen, haben wir eine Chance uns zu retten. Allerdings glaube ich nicht, dass wir es schaffen. Er war prophetisch, indem er wusste, dass das Ende naht. Er war Moschiach, indem er uns zeigte, wie man es aufhalten könnte. Er zeigte uns, dass wir alle schlafen. Er schrie, und er hörte nicht auf zu schreien bis zu seinem Tod. Wir haben eine Chance, wenn wir uns an dieses Schreien erinnern, wenn wir darauf hören. Allerdings glaube ich nicht, dass wir die Chance nutzen werden. Alles wird enden.

Und obwohl ich glaube, was ich glaube, gibt es Zweifel. Es gibt immer Zweifel und es muss immer Zweifel geben. War Ben Zion nur ein Mensch? War er ein Kind, das man mit Religion vergiftet hat und dem man eingeredet hat, an altertümliche Prophezeiungen zu glauben, die nie eintreffen werden? Wurde er, was er wurde, weil man es ihm vorausgesagt hatte? War er geisteskrank? Hat die Epilepsie seinen Verstand zerstört? War er ein Krimineller, der verdiente, was ihm zustieß? War er ein Egomane, der nur sein Selbst befriedigte? War er wahnhaft und krank und gefährlich? Ich erlaube mir, die Fragen zu stellen, denn wenn ich an den Mann denke, den ich kannte, und das Leben, das er führte, und die Worte, die er sprach, und das Beispiel, das er gab, und die Wunder, die er vollbrachte, und die Liebe, die er teilte, und die Opfer, die er brachte, ist die Antwort auf all diese Fragen, die ich mir stelle: Nein. Bis auf eine. Er war gefährlich.

Er war absolut gefährlich. Gefährlich, weil wir aufwachen werden, wenn wir ihm zuhören. Wenn wir ihm zuhören, werden wir aufhören, die unnötigen Sachen zu kaufen, die man uns aufschwatzt, und wir werden aufhören, auf Priester und Päpste und Präsidenten und die Lügen der Politiker hereinzufallen, und die Krankheit namens Religion wird geheilt werden, und all die kranken, verseuchten Institutionen, die uns bestimmen und kontrollieren und betrügen, werden bröckeln und einstürzen. Er war absolut gefährlich. Und sie haben ihn umgebracht.

Nachdem er fort war, nachdem er Jeremias geküsst und Jakob ihn geschlagen hatte, und nachdem er unser Wasser in Wein verwandelt hatte, setzten wir alles daran, ihn wiederzufinden. Als Jakob den Wein sah, glaubte er sofort, dass er einen Fehler gemacht hatte, einen gigantischen Fehler, einen irreparablen Fehler. Er rannte auf die Straße, aber er sah nichts. Er stieg in seinen Wagen und fuhr die umliegenden Straßen ab, aber er sah nichts. Er klapperte die Kirchen im Viertel ab, weil er glaubte, Ben Zion würde dort Zuflucht suchen, aber er sah nichts. Er telefonierte mit Polizeiwachen und Krankenhäusern, aber niemand hatte irgendetwas gesehen. Er suchte tagelang und wenn er nicht suchte, war er in der Kirche und betete auf den Knien oder sprach mit Pastor Lukas, der, seit er Ben Zion getroffen und ihn gehört hatte und Zeuge seiner Wundertaten geworden war, überzeugt war, dass Ben Zion der wiedergeborene Christus war. Jakob fand ihn nicht, fand nicht einmal den kleinsten Hinweis, und Ben Zion kam weder zurück, noch lieferte er uns irgendwelche Anhaltspunkte, wo er hätte sein können, oder nahm in irgendeiner Weise Kontakt zu uns auf. Sobald Jakob begriff, dass Ben Zion wirklich weg war, fing er an, dem zu misstrauen, was er gesehen hatte, und behauptete, dass Ben Zion Jeremias nur geküsst hatte, um ihn zu verärgern, und dass er irgendwo im Haus eine Flasche Wein versteckt und das Wasser ausgetauscht haben musste, als er allein im Esszimmer war. Er wurde wütend und sagte, dass Ben Zion ihn gespottet hatte und Gott spottete, und dass sein Wissen, die Sprachen, die er kannte, und die heiligen Bücher, jeder erwerben könnte, wenn er nur lang genug studierte, was er offensichtlich getan hätte. Als Ben Zions Gerichtstermin näherrückte und er nicht auftauchte und damit unser Haus und die Kirche gefährdete, flippte Jakob aus. Er nahm seine Suche nach Ben Zion wieder auf, dieses Mal mit noch größerem Eifer, und er fing auch an, Mutter anzuschreien und zu schlagen, weil er glaubte, sie wisse, wo Ben Zion sich aufhielt. Unsere Mutter wusste gar nichts. Wie immer wurde sie zur Zielscheibe von Jakobs Zorn. Er schrie sie an. Er spuckte sie an. Er nahm ihr alles Geld weg und verweigerte ihr das Essen. Er sperrte sie in den Wandschrank und trat dagegen und flüsterte durch die Tür, dass sie die Mutter des Teufels sei und dass unser Vater sie nie geliebt und immer bereut hatte, sie geheiratet zu haben. Schließlich warf er sie aus dem Haus, mit nichts als den Kleidern, die sie anhatte. Sie suchte bei anderen Kirchenmitgliedern Hilfe, da diese seit Jahren die einzigen Menschen waren, mit denen sie Kontakt hatte, aber niemand half ihr. Sie kehrte nach Brooklyn zurück, wo wir gelebt hatten, als wir noch Juden waren, aber die Leute vergaben ihr nicht, dass sie sich von ihnen abgewandt hatte. Sie lebte in einem Obdachlosenheim, bis ihre Zeit dort abgelaufen war. Dann suchte sie sich ein anderes. Nach ein paar Monaten landete sie auf der Straße und bettelte. Ich versuchte, ihr zu helfen. Ich brachte ihr ein bisschen Geld, Decken, Kleider. Jakob erwischte mich und schlug mich, brach mir drei Rippen und drei Finger, und zitierte Ecclesiasticus 26:25: Eine unverschämte Frau wird wie ein Hund geachtet, eine schamhafte fürchtet den Herrn, nachdem er mich verprügelt hatte. Er sagte, wenn ich es wieder tat, würde er mich noch härter schlagen und mich ebenfalls rauswerfen.

Die Tage vergingen, und Jakob wurde immer verzweifelter, und unsere Mutter wurde verzweifelter und ich wurde auch verzweifelter. Damals glaubte ich an die Kirche, an Jesus Christus und an den himmlischen Vater so wie er im Alten und Neuen Testament der heiligen Bibel dargestellt wird. Ich kannte nichts anderes. Ich hatte nie die Chance bekommen, etwas anders zu lernen oder etwas anderes zu glauben. Ich wollte nicht, dass Jakobs Kirche zerbricht oder von der Regierung weggenommen wird. Logischerweise wollte ich auch nicht unser Haus verlieren, da es das einzige von Wert war, was meine Familie besaß. Ich begann, auf eigene Faust nach Ben Zion zu suchen. Ich bat Jakob um Erlaubnis und zuerst sagte er Nein. Doch nachdem Pastor Lukas die Gemeinde verlassen hatte, weil er seinen Glauben an Jesus Christus nicht mit dem, was er in Ben Zion gesehen hatte, vereinbaren und nicht länger predigen konnte, was er in seinem tiefsten Inneren nicht mehr glaubte, erteilte Jakob mir die Erlaubnis. Es bestand nicht nur die Gefahr, das Gebäude zu verlieren, das uns als Kirche diente, die Gemeinde verlor auch immer mehr Mitglieder, da die Leute das Chaos spürten und die Instabilität der Führung und anfingen, in andere Kirchen zu gehen.

Ich begann meine Suche, indem ich meine Mutter fragte, aber sie wusste nichts. Ich fuhr in die Bronx, wo Ben vor seinem Unfall gelebt hatte, bevor er zu uns zurückgekommen war, aber niemand wollte mit mir reden, und ein großer Mann empfahl mir zu verschwinden, dass mir niemand etwas sagen würde, und dass einige mir sogar etwas antun würden, wenn sie glaubten, dass ich Ben schaden will. Ich ging zur Baustelle, wo er gearbeitet hatte, aber die Arbeiter hatten Ben Zion nicht gesehen, und der Vorarbeiter wollte mich nicht empfangen. Ich ging ins Gefängnis und versuchte, mit einigen von den Leuten zu sprechen, die mit ihm in den Tunneln gewesen waren. Ich besuchte drei Männer und eine Frau. Sobald ich ihnen sagte, wer ich war, standen sie auf und gingen, ohne noch ein einziges Wort zu mir zu sagen. Ich tat, was Jakob auch versucht hatte, ich rief die Polizei an, Krankenhäuser und Obdachlosenheime. Ich ging ins Krankenhaus, wo ich Ben gefunden hatte, aber die Ärztin war nicht zu sprechen. Ich ging zu meiner Mutter, in der Hoffnung, Ben Zion hätte sich in der Zwischenzeit bei ihr gemeldet, aber ich konnte sie nicht mehr finden. Ich ging überall hin, wo sie gewesen war, aber sie war nicht mehr auffindbar. Zwei Tage blieb ich zu Hause und in der Kirche und betete, und noch immer nichts. Am dritten Tag beschloss ich, nicht in die Kirche zu gehen und nicht zu beten. Ich war müde und wollte nicht in Jakobs Nähe sein, da er zunehmend reizbarer und zorniger wurde. Ich blieb zu Hause. Ich hörte Radio. Ich hörte einen Sender, der kein christlicher Sender war, was unweigerlich zu Schlägen geführt hätte, wenn Jakob früher nach Hause gekommen wäre und es bemerkt hätte. Ich hörte einen Pop-Sender, wie es jedes normale Mädchen in meinem Alter getan hätte, wie es normale Mädchen in meinem Alter in ganz New York in diesem Moment wahrscheinlich taten. Ich hörte Lieder übers Verliebtsein, über Partys und übers Tanzen und über das Ende der Liebe und Liebeskummer. Ich hörte Lieder über wunderbare Küsse und über Sex. Ich hörte Lieder über große Träume und über Menschen, die diesen Träumen nachjagten und sie manchmal fanden und manchmal wieder verloren. All das war mir fremd. All diese Erfahrungen fehlten mir. Bisher hatte mein Leben aus Kirche und Beten und Hausunterricht und

Bibelstunden bestanden. Die Jungs, die ich kannte, waren bis zur Heirat tabu und der Kontakt war streng kontrolliert und überwacht. Ich war noch nie aus dem Haus gegangen, um mich mit einem Jungen zu treffen, ein Junge, der mich vielleicht mochte oder mich vielleicht küsste, der sich vielleicht in mich verliebte und mit mir lachte und tanzen ging, ein Junge, der mich vielleicht glücklich machte. Ich liebte die Lieder, die ich hörte, und sie brachten mich zum Lächeln. Und sie gaben mir Hoffnung. Und sie weckten Träume in mir. Träume, von denen ich bisher nur zu träumen gewagt hatte. Vielleicht würde ich eines Tages etwas darüber erfahren. Vielleicht würden die Träume eines Tages wahr werden. Nach zwei Stunden Lieder hören und Träumen und Lächeln und ein bisschen unbeholfenem Tanzen läutete das Telefon. Wenn Jakob zu Hause war, ging er ans Telefon, und in seiner Abwesenheit war es meine Aufgabe, aber für mich rief sowieso nie jemand an. Ich schaltete das Radio sofort aus, weil ich dachte, es sei jemand für Jakob, und wusste, wenn derjenige das Radio im Hintergrund hörte, würde ich später dafür bezahlen müssen. Ich nahm den Hörer ab und sagte: Hallo, und ein Mann fragte mich, ob ich jemand namens Ruth Avrohom kannte. Ich sagte, das sei meine Mutter. Er erklärte, er sei Sozialarbeiter in einem Krankenhaus in Brooklyn und dass meine Mutter dort sei, und dass sie jemanden bräuchten der Formulare für sie unterzeichnete. Ich fragte ihn, was geschehen sei, und er sagte, er dürfe mir keine Details mitteilen, aber dass wir alles besprechen würden, wenn ich ins Krankenhaus käme. Ich fragte ihn, ob es ihr gut gehe, und er sagte, ihr Zustand sei kritisch. Ich ließ mir die Adresse geben und legte auf.

Ohne nachzudenken und ohne über mögliche Konsequenzen nachzudenken, verließ ich augenblicklich das Haus. Ich nahm die U-Bahn und fand das Krankenhaus. Es befand sich in einer armen Gegend von Brooklyn, und ich war die einzige weiße Person dort, zumindest unter den Patienten und Besuchern. Ich fragte eine Frau, wo meine Mutter sei. Sie schickte mich zur Intensivstation. Als ich dort ankam, gab mir eine andere Frau die Zimmernummer, meinte jedoch, ich müsste erst mit einem Arzt sprechen. Ich setzte mich und wartete.

Ich wartete eine lange Zeit. Ich hatte Angst. Die Leute sahen mich an, als ob ich nicht hierher gehörte, nicht in dieses Krankenhaus, und ich fühlte genauso. Niemand außer mir war weiß. Viele Leute sprachen nicht einmal Englisch. Ich kannte Menschen, die nicht weiß waren oder nicht gut Englisch sprachen aus der Kirche, aber dort waren wir alle durch unseren Glauben an Gott verbunden. Im Krankenhaus waren wir durch nichts verbunden. Ich hatte keine Ahnung, was diese Leute glaubten. Ich traute ihnen nicht. Ich merkte an der Art, wie sie mich anschauten, dass sie mir auch nicht trauten. Einer fragte mich, ob ich von der Polizei sei. Ein anderer fragte mich, ob ich für den

Staat arbeite und hier sei, um jemandem das Kind wegzunehmen. Die meisten aber starrten mich einfach nur an oder setzten sich möglichst weit von mir weg. Endlich kam ein Arzt, um mit mir zu sprechen. Er fragte mich nach meinem Ausweis und ich zeigte ihn. Er brachte mich in das Zimmer, wo meine Mutter lag. Ihr Gesicht war furchtbar geschwollen und verschorft. Schläuche und Drähte waren an ihrem Arm angebracht und ein Schlauch kam aus ihrem Mund und sie hatte überall Verbände. Ihre Augen waren geschlossen.

Ich wusste nicht, was ich machen sollte, was ich sagen sollte. Ich hatte Angst, das Zimmer zu betreten. Der Arzt erklärte mir, sie sei vor einem Obdachlosenheim angegriffen worden. Es gab keine genauen Angaben darüber, was tatsächlich passiert sei, aber er hatte gehört, es habe einen Streit mit einem anderen Mann aus dem Heim um etwas zu essen gegeben. Der Aufseher des Heims hatte sie weggehen sehen, und eine Stunde später war sie in einer Gasse zwei Blocks weiter aufgefunden worden. Sie war vergewaltigt und verprügelt worden. Ihre Nase und ihre Wangenknochen waren gebrochen und sie hatte eine Schädelfraktur. Sie war stabil und würde wahrscheinlich durchkommen, aber ihr Zustand war kritisch.
Die Polizei bearbeitete den Fall, aber es gab keine Verdächtigen und man ging nicht davon aus, dass jemand festgenommen würde. Er sagte, dass meine Mutter nur vorübergehend im Krankenhaus bleiben

könne. Er fragte, ob ich sie zu mir nehmen könne. Ich fing an zu weinen.

Ich blieb für ein paar Stunden bei ihr. Ich saß an ihrem Bett und versuchte, mich zu entschuldigen. Ich wusste, sie konnte mich nicht hören, aber ich tat es trotzdem. Als ich nach Hause kam, wartete Jakob bereits auf mich. Ich versuchte, ihm zu erklären, was passiert war, aber es war ihm gleichgültig. Unsere Mutter war für ihn nicht mehr unsere Mutter. Ich versuchte, mit ihm darüber zu reden, und er schlug mich und schlug mich immer weiter. Als er endlich aufhörte, ging ich in mein Zimmer und starrte an die Decke, bis ich hörte, wie Jakob zu Bett ging. Ich wartete eine weitere Stunde, dann stand ich auf, zog mich an und ging.

Ich fuhr nach Manhattan. Die U-Bahn war leer. Es war mitten in der Nacht. Mein Plan war, alle Leute, die ich schon aufgesucht hatte, erneut zu fragen, ob sie wussten, wo ich Ben Zion finden könnte. Ich würde ihnen die Situation erklären und warum ich ihn sehen musste, denn ich glaubte, wenn ich ihn fand und nach Hause brachte, würde Jakob auch Mutter erlauben, nach Hause zu kommen, wo ich mich um sie kümmern könnte. Ich stieg aus und war in der Stadt. Die Straßen waren ausgestorben. Die Geschäfte alle geschlossen. Es fuhren keine Autos auf der Straße. Es war still und friedlich und wunderschön. Die langen Straßen bildeten eine gerade Linie bis an den Horizont. Die Gebäude im Schatten, schwarz. Die elektrischen Lichter der Geschäfte leuchteten rot, gelb, blau. Die Straßenbeleuchtung flackerte. Der Asphalt war ausgestorben. Das Krankenhaus lag am nächsten, also machte ich mich auf den Weg. Fünfzehn Minuten sah ich niemanden, nur ab und zu einen Schatten hinter einem erleuchteten Fenster. Als ich näher zum Krankenhaus kam, sah ich vereinzelte Autos, und ein paar Menschen. Krankenhäuser sind einer der wenigen Orte in dieser Welt, die nie schlafen, nie aufhören, nie eine Chance haben durchzuatmen, allein und still und verlassen zu sein. Je näher ich kam, desto mehr Leute sah ich, einige in OP-Kitteln oder weißen Mänteln mit Namensschildchen, einige sahen traurig aus oder aufgelöst und einige krank und verloren. Ich ging zur Notaufnahme. Im Wartezimmer waren nur wenige Menschen. Alle wirkten verängstigt, fast schuldbewusst. Ein junger Mann und eine junge Frau, beide angezogen, als ob sie von einer Party kamen, sahen aus, als hätten sie ein Geist gesehen. Ein kleiner Junge hielt die Hand seines Vaters. Eine alte Frau war alleine da und starrte auf den Boden. Ein Paar saß eng umschlungen, die Frau weinte an der Schulter des Mannes. Als ich zum Empfangstresen ging, sah ich die Ärztin dahinter in einem Büro. Sie war am Telefon. Sie wirkte sehr ernst. Die Rezeptionistin fragte, ob sie mir helfen könne, und ich sagte, ich müsste die Ärztin sehen. Sie fragte: Warum, und ich erklärte, es ginge um meinen Bruder. Sie fragte, ob mein Bruder ein Patient sei, und ich sagte: Das war er, aber jetzt nicht mehr. Sie fragte, warum ich die

Ärztin sprechen wolle, und ich sagte, es sei wichtig, dass es um meinen Bruder ginge. Ich bat sie, der Ärztin meinen Namen zu geben und ihr zu sagen, dass es sehr wichtig sei. Sie sagte, das würde sie tun, und ich setzte mich.

Ich wartete eine ganze Stunde. Jedes Mal, wenn ein Arzt oder eine Krankenschwester hereinkam, sahen alle auf, in einer Mischung aus Furcht und Hoffnung, als würden sie jeden Moment entweder gerettet oder verloren sein. Beim vierten Mal kam die Ärztin herein, lächelte und setzte sich neben mich. Sie sagte: Hallo, und fragte, was geschehen sei. Sie konnte die frischen Blutergüsse an meinen Armen und am Hals sehen, und sie nahm an, ich sei deswegen hier. Ich erzählte ihr, was meiner Mutter zugestoßen war, und von der Situation zu Hause, aber als sie fragte, ob Jakob mich geschlagen hätte, verneinte ich und sagte ihr, ich müsse Ben Zion finden, und dass ich ihn schon seit Wochen suchte und er spurlos verschwunden war und niemand mit mir über ihn reden wollte. Sie fragte mich, ob ich glaube, dass Ben Zion in Gefahr sei, wenn ich ihn finden würde, und ich sagte: Nein, wir sind seine Familie, wir brauchen ihn, wir lieben ihn, wir vermissen ihn, und wir brauchen ihn. Sie lächelte und sagte, sie würde gleich zurückkommen, und sie umarmte mich und ging. Ein wenig später kam sie mit einem Zettel in der Hand zurück. Sie sagte, er lebe auf einer Farm im Hinterland und dass sie die Farm angerufen und mit ihm gesprochen habe.

Er habe gesagt, dass sie mir die Adresse geben soll und dass ich kommen soll und dass er mich liebte. Ich nahm den Zettel und sie umarmte mich und ich ging. Ich ging zum Busbahnhof. Ich hatte genug Geld für eine Fahrkarte, aber es reichte nicht für den ganzen Weg. Der Bahnhof war abstoßend. Und furchterregend. Es war schmutzig, und es gab viele Obdachlose und Männer, die herumstanden und auf etwas oder jemanden warteten, und schon ewig dazustehen schienen. Es schienen mehr Leute in die Stadt zu kommen als zu verlassen. Während ich zusah, wie sie aus den Bussen stiegen, fragte ich mich, wie viele von ihnen, wenn überhaupt, glücklich werden würden oder wenigstens denken, dass sie die richtige Entscheidung getroffen hatten. Ich fand meinen Bus, stieg ein und setzte mich direkt hinter den Fahrer, damit notfalls jemand in der Nähe war, der mir helfen könnte.

Die Fahrt dauerte ein paar Stunden. Der Bus war fast leer. Ein altes Paar, das Händchen hielt. Drei Mädchen mit Einkaufstaschen. Ein junges Mädchen, das müde und traurig aussah. Ein Teenager, der aussah, als würde er gleich explodieren. Ich starrte aus dem Fenster in das verschwommene Grün und die endlose graue Linie, die sich vor uns ausdehnte. Drei Stunden später stieg ich in einer kleinen Stadt im Hinterland von New York aus. Es sah aus, als wäre es hier früher einmal ganz schön gewesen. Die Häuser waren viktorianisch, einige sehr groß, doch die meisten baufällig.

Es gab eine Hauptstraße mit Geschäften, fast alle verrammelt. Es gab Spirituosengeschäfte und Kirchen. Drei Waffengeschäfte. Ein Textildiscounter und ein Secondhandladen. Ein Gebrauchtwagenhändler für Kleintransporter, und am Rande der Stadt zerfallene Fabriken. Die Menschen, die ich sah, saßen auf ihrer Veranda, oder auf ihrem Rasen. Niemand schien zu arbeiten. Ich hielt an einer Tankstelle und fragte, wie ich in die Stadt käme, wo Ben Zion wohnte. Der Mann, den ich fragte, lachte mich aus, als ich ihm sagte, dass ich zu Fuß gehen wollte, aber er beschrieb mir trotzdem den Weg. Er sagte, es wären ungefähr siebzig Meilen. Ich fing an, die Straße runterzugehen. Es war eine zweispurige Landstraße, gesäumt von Abfall und Unkraut. Wenn Autos kamen, versteckte ich mich im Gebüsch, obwohl ich wusste, dass sie mich trotzdem sahen. Ich war müde und mein Körper schmerzte noch von Jakobs Schlägen und ich schämte mich, am Straßenrand gehen zum müssen. Ich hatte keine Lauf- oder Wanderschuhe. Nur meine Kirchenschuhe, billige schwarze flache Lederschuhe mit Plastiksohlen. Und ich trug, was ich immer trug, einen langen Rock und eine langärmlige Bluse und Kniestrümpfe. Ich fing fast augenblicklich an zu schwitzen und ich hatte schon lange nichts mehr gegessen oder getrunken. Ich ging eine Weile und setzte mich dann kurz hin, um mich auszuruhen. Ich kam nur langsam voran, und die siebzig Meilen kamen mir vor wie tausend. Ich konnte mir nicht vorstellen, wie ich den ganzen Weg zu Fuß schaffen sollte. Und ich wusste, irgendwann würde ich schlafen und etwas zu essen finden müssen.

Ich fing an zu beten, während ich weiterging. Ich sprach zu Jesus und dem Heiligen Vater und bat um Hilfe und Führung. Ich sagte ihnen, ich hätte Angst und bräuchte Unterstützung. Ich sagte ihnen, ich sei ihnen treu ergeben und glaube an sie und würde alles tun, was sie wollten, wenn sie mir nur helfen würden. Ich bettelte um ein Zeichen, dass sie meine Gebete erhörten. Ich hielt meine Hände über dem Herzen gefaltet, während ich ging, und schaute hinauf, dorthin, wo ich annahm, dass der Himmel war, und bat die Engel, zu mir herunterzukommen. Ich glaubte, weil ich an das Wort Gottes glaubte, wie es in der Bibel steht, und weil ich danach lebte und eine persönliche Beziehung zu Gott hatte, dass irgendwie Hilfe kommen würde. Ich betete so sehr. Ich ging weiter und betete so sehr.

Ich weiß nicht, wie weit ich am ersten Tag kam, vielleicht zehn oder fünfzehn Meilen. Ich schlief in einem Park in einer kleinen Stadt, die genau so aussah wie die erste. Alle sahen aus wie die erste. Der Stiefel eines Polizisten weckte mich. Er stupste mich damit an. Nicht grob oder böse, aber so, dass ich aufwachte. Er fragte mich, wer ich war und was ich hier tat. Als ich ihm sagte, wohin ich wollte, lachte er mich aus und spazierte davon. Ich stand auf und setzte meinen Weg fort.

Es war ein langer Tag. Der längste Tag meines Lebens. Ich trank das Wasser auf den Toiletten der Tankstellen. Ich aß aus Mülleimern. Ich lief stundenlang. Meine Füße und mein Körper schmerzten. Ich hörte nicht auf zu beten. Ich hörte nicht auf, Jesus Christus und den Heiligen Vater um Hilfe zu bitten. Zweimal hielt ein Auto, und ich glaubte, meine Gebete wären erhört worden. Beide Male boten die Männer an mich mitzunehmen, wenn ich dafür Sachen machen würde, schmutzige Sachen. Beide Male rannte ich in den Wald, um mich zu verstecken. Sobald sie wegfuhren, kam ich wieder heraus und lief weiter.

Drei Tage nachdem ich aus dem Bus gestiegen war, fand ich den Eingang zur Farm. Meine Füße brannten und mein Hals brannte und es fühlte sich an, als ob ich mich gleich übergeben müsste. Ich dankte Gott, dass er mir die Kraft gegeben hatte, es zu schaffen. Ich fiel buchstäblich auf die Knie und schaute dorthin, wo der Himmel sein soll, und dankte Jesus Christus und Gott. Ich dankte ihnen, dass sie mich geführt und mich beschützt hatten und mir gezeigt hatten, wo ich schlafen konnte und wo ich Wasser und Nahrung finden konnte. Ich dankte ihnen, dass ich den unchristlichen Übeltätern entronnen war. Ich dankte ihnen, dass sie der Ärztin erlaubt hatten, mir zu sagen, wo ich Ben Zion finden konnte. Ich dankte ihnen für Ben Zion selbst und für das Geschenk, ihn als Bruder zu haben. Eine Stunde blieb ich so und betete und dankte Jesus und dem himmlischen Vater, bis das Bedürfnis, mich zu übergeben, verschwand und die Kraft in meinen Körper zurückkehrte.

Der restliche Weg fiel mir leicht. Die Straße war lang und gerade und zu beiden Seiten war Wald. Es dauerte ungefähr zehn Minuten. Als ich ans Ende der Auffahrt kam, stand ich vor einem großen weißen Farmhaus und einer Scheune, dahinter riesige überwucherte Felder. Menschen waren auch da. Einige arbeiteten im Garten, einige saßen einfach nur herum. Alle sahen glücklich aus. Eine dicke Frau fragte mich, ob sie mir helfen könne. Ich sagte ihr, dass ich Ben suchte. Sie sagte, er sei unterwegs und sie wisse nicht, wann er zurückkommen würde. Ich bat um ein Glas Wasser und sie brachte es mir. Sie versuchte, ein Gespräch anzufangen, aber ich bat sie, mich allein zu lassen, und das tat sie dann auch.

Ich beobachtete die Menschen auf der Farm. Sie waren alle ganz verschieden, alle Hautfarben, unterschiedlich alt. Einige waren eindeutig seltsam, oder, wie Jakob es bezeichnen würde, pervers oder abartig. Männer hielten Händchen. Frauen hielten Händchen. Mein ganzes Leben hatte man mir eingetrichtert, dass Homosexuelle böse waren und dazu verdammt, in die Hölle zu kommen. Dass sie Krankheiten verbreiteten. Dass sie psychisch krank waren. Ich hatte Angst vor ihnen. Ich wollte nicht, dass sie in meine Nähe kamen, und obwohl ich gesehen hatte, wie Ben Jeremias geküsst hatte, dachte ich, dass er es eher getan hatte, um Jakob zu ärgern, als weil er sie oder ihren Lebensstil akzeptierte, und ich konnte nicht glauben, dass er mit ihnen hier lebte.

Ich saß ungefähr eine Stunde auf der Veranda. Kaum war ich nicht mehr in Bewegung, spürte ich meine Müdigkeit. Ich hatte Schwierigkeiten, die Augen offen zu halten. Es kostete mich große Mühe, das Glas an meine Lippen zu führen, aber als ich es schaffte, schmeckte das Wasser herrlich. Es war, als hätte ich ein Gewicht auf der Brust, und jeder Atemzug war anstrengend und mit jedem Atemzug schwand meine Kraft. Die Frau, die mir das Wasser gebracht hatte, sah ab und zu nach mir. Die anderen Menschen, die im Haus ein- und ausgingen, oder die Straße hochkamen mit Taschen, die aussahen, als ob sie mit Nahrungsmitteln und Kleidern gefüllt waren, schienen keine Notiz von mir zu nehmen, und wenn doch, waren sie freundlich und ganz normal. Endlich kam Ben aus den Feldern. Bei ihm war ein Paar, das glücklich aussah, und er umarmte jeden der beiden. Er drehte sich nach mir um, erkannte mich und lächelte. Er sah dünn aus, und sein Haar war länger, und er war noch immer blass, und seine Narben sahen schlimmer aus, als ich sie in Erinnerung hatte. Er kam mir entgegen und ich fing an zu lächeln. Er setzte sich neben mich und nahm meine Hand und umarmte mich und sagte: Hallo. Ich fing sofort an zu weinen und schluchzte an seiner Schulter. Ich brachte kein Wort heraus, weinte nur. Und es fühlte sich wundervoll an. Ich fühlte mich sicher und stark. Ich hatte keine Angst mehr. Ich fühlte mich wohl und geborgen. Ich fühlte mich, wie ich mich immer fühlen wollte, wenn ich zu Jesus und dem Heiligen Vater betete. Ich fühlte mich geliebt.

Er nahm meine Hand und führte mich in ein Zimmer. Er sagte mir, ich solle mich hinlegen, und das Bett war groß und die Laken sauber und ich war so müde. Ich versuchte ihm zu erzählen, was in New York geschehen war und warum ich gekommen war und dass unsere Mutter ihn brauchte und dass Jakob drauf und dran war, die Kirche zu verlieren, und dass Pastor Lukas fort war. Er lächelte nur und sagte, ich solle schlafen. Ich sagte ihm, er müsse nur für ein paar Tage zurückkommen, dann könnte er hierher zurückkehren oder gehen, wohin er wollte. Er sagte, wenn er ginge, würde er nie zurückkommen, und ich fragte: Warum, und er sagte: Weil wir beide wissen, was passiert, wenn ich wieder in New York bin. Ich sagte ihm, wir würden unsere Mutter nach Hause holen und er würde mit Jakob reden und alles würde gut werden. Er lächelte und sagte, er liebe mich und würde später wiederkommen, wenn ich ausgeschlafen hätte, und ging.

Ich schlief fast sofort ein. Als ich aufwachte, saß Ben Zion an meinem Bett, seine Hand auf meinem Arm. Es war dunkel, und kein Licht fiel durchs Fenster. Er lächelte mich an und sagte, es sei Zeit zu gehen. Ich stand auf. Er gab mir ein paar Schuhe. Nicht neu, aber in einem besseren Zustand als meine und bequemer. Ich fragte ihn, warum wir mitten in der Nacht aufbrachen, und er sagte, weil es kühler war und mehr Lastwagen unterwegs waren, was unsere Chancen, mitgenommen zu werden, vergrößere. Er ging aus der Tür und hieß mich, ihm zu folgen.

Wir gingen durchs Haus. Es war still und dunkel. Als wir die Treppe runterkamen, sah ich Menschen im Wohn- und Esszimmer, fünf oder sechs in jedem Zimmer. Die meisten von ihnen waren nackt und ineinander verschlungen. Ich sah, wie zwei sich küssten und sich bewegten, und ich sah augenblicklich weg. Ich glaubte, dass, was immer sie taten, falsch war. Was immer sie taten, war gegen den Weg Gottes. Was immer sie taten, war Sünde. Ben schenkte ihnen keinerlei Beachtung.
Wir verließen das Haus.

Im Garten bot sich dasselbe Bild. Es war warm und die Leute schliefen draußen auf Decken im Gras, und einige von ihnen waren noch wach. Der Mond stand hoch und war fast voll, so konnte ich sie besser sehen, und sie machten ähnliche Sachen, und einige machten Geräusche. Ich sah wie zwei Männer sich küssten und umarmten, und ich sah wieder weg. Ben musste es bemerkt haben, denn er nahm meine Hand und sprach.
Du kannst ruhig hinsehen.
Ich sprach.
Es ist falsch.
Warum?

Es ist eine Sünde.
Warum?
Es ist gegen das Wort Gottes, wie es in der Bibel steht.
Wie kann es falsch sein, wenn zwei Menschen einander glücklich machen?
Es sind beides Männer.
Es sind beides Menschen.
Bei Levitikus 18:22 heißt es: Du sollst nicht bei einem Mann liegen wie bei einer Frau; es ist ein Gräuel.
Ich kann sehen, dass sie glücklich sind, und sie lieben einander.
Ihre Seelen sind verdammt.
Du hasst sie dafür, wie sie leben?
Ja.
Deine Bibel sagt auch, im 1. Brief Johannes 4:20: Wenn jemand spricht: Ich liebe Gott, und hasst seinen Bruder, der ist ein Lügner. Denn wer seinen Bruder nicht liebt, den er sieht, der kann Gott nicht lieben, den er nicht sieht.
In Gottes Augen, so habe ich es gelernt, sind sie aber nicht meine Brüder.
Man hat dich falsch gelehrt. Wir sind alle gleich, egal wen oder wie wir lieben.
Das ist nicht, was die Bibel sagt.
Die Bibel ist ein Buch. Bücher sind dazu da, Geschichten zu erzählen. Sie sind nicht dazu da, um Menschen das Recht zu nehmen, so zu leben, wie sie wollen.
Lebe so, wie du fühlst und wie es für dich richtig ist, nicht so, wie es in irgendeinem Buch geschrieben steht.

Ich kann nicht hinsehen.
Du musst nicht hinsehen, aber es ist nicht anders, als wenn Mann und Frau sich lieben, und da würdest du auch nicht wegschauen.
Wenn sie sündigen schon.
Es gibt keine Sünde. Nur Kontrolle und Schuldgefühle.
Wir gingen die Ausfahrt hinunter und entfernten uns vom Haus. Er hielt noch immer meine Hand. Wir bogen aus der Ausfahrt auf die Straße. Ich fragte, wohin wir gehen, und er sagte: Zur Landstraße. Wir gingen dreißig Minuten oder länger. Wir sprachen nicht, aber es war nicht unangenehm. Ben Zion beruhigte mich, bei ihm fühlte ich mich sicher, bei ihm verschwanden meine Unsicherheiten und Ängste. Er hielt einfach nur meine Hand und ging neben mir. Und so lächerlich es klingen mag, manchmal brauchen wir im Leben einfach nur einen Menschen, der uns die Hand hält und neben uns geht.

Wir erreichten die Landstraße und begannen, den Seitenstreifen entlangzugehen. Es waren viele Lastwagen unterwegs und sehr wenig Autos. Sie fuhren an uns vorbei, und ich spürte den Fahrtwind und hatte Angst, weil sie so nah waren. Ben ging einfach weiter und schien überhaupt keine Angst zu haben. Er sagte, er hätte das schon ein paarmal gemacht und dass gewöhnlich jemand anhielt, aber dass es jetzt vielleicht schwieriger sei, weil wir zu zweit wären. Und obwohl ich geschlafen hatte, war ich noch müde und konnte mir nicht vorstellen, zu Fuß ganz bis nach New York zu laufen.

Nach etwa einer Stunde hielt ein Lastwagen an. Es war ein Sattelschlepper mit dem Logo eines Lebensmittelgeschäfts an der Seite. Der Fahrer kurbelte das Fenster runter und fragte, wo wir hinwollten, und Ben sagte: New York. Er sagte, er könnte uns bis nach New Jersey mitnehmen, und wir stiegen ein. Hinter den Sitzen gab es eine kleine Matratze und eine Decke. Ich legte mich hin. Ich versuchte, wach zu bleiben, um zu hören, was er und Ben Zion redeten, weil ich neugierig war, was der Messias zu jemandem sagte, den er gerade erst getroffen hatte, doch sobald wir losfuhren, schlief ich ein. Als ich erwachte, waren wir in New Jersey. Der Lastwagen stand im Stau, und wir bewegten uns kaum vorwärts. Ben und der Fahrer erzählten einander Witze. Alberne Einzeiler. Sie erzählten einen Witz und lachten und lachten und lachten. Ich verstand die Witze nicht so ganz, und als Ben hörte, dass ich wach war, drehte er sich zu mir um und sagte: Hallo, und legte die Hand auf meinen Kopf. Sofort war ich hellwach und mein Herz schlug ganz schnell, so, als wäre ich gerade gerannt oder so, wie es wohl sein muss, wenn man auf Drogen ist. Alle Sorgen und Ängste waren wie weggeblasen. Die Last, die ich mein ganzes Leben gefühlt hatte, und von der ich annahm, dass jeder Mensch sie fühlt, diese Last, die unsere Existenz ausmacht, oder unsere Seele, oder all das Schlechte, das in unsere Seele eindringt und uns

infiziert, war weg. Ich wusste nicht, was ich sagen sollte, also sagte ich: Hi, und Ben Zion lachte und sagte, wir seien fast da. Ich lächelte und sagte: Gut, und der Lastwagenfahrer drehte sich um, sah mich an und sagte: Hallo, und ich lächelte, war aber nicht sicher, was ich sagen sollte. Außerhalb der Kirche sprach ich selten mit Männern. Er sagte mir, mein Bruder sei ein witziger Kerl und ein guter Reisepartner, und ich lächelte und sagte: Ja. Er fragte mich, ob ich schüchtern sei, und Ben Zion sagte: Ja, sie ist schüchtern, sie ist eine brave Christin, oder jedenfalls war sie das, bevor sie herkam, und sie lachten beide und ich war ein wenig irritiert über Ben Zions Bemerkung und darüber, dass der Lastwagenfahrer lachte. Aber ich fühlte mich tatsächlich anders, besser und leichter, so wie man sich fühlt, wenn man nach langer Krankheit eines Morgens gesund aufwacht, so als ob das Fieber gesunken sei, so als ob ich nicht mehr krank sei. Der Lastwagenfahrer wandte sich wieder nach vorn und Ben Zion erzählte noch einen Witz und sie lachten wieder und langsam näherten wir uns der Stadt.
So ging es die nächsten zehn oder fünfzehn Minuten. Sie erzählten noch mehr Witze und der Lastwagenfahrer rief einen anderen Lastwagenfahrer an und erkundigte sich nach der Verkehrslage und er rief seine Leute an, um ihnen zu sagen, wie lang er noch brauchte. Er fuhr bei einer Ausfahrt raus und hielt am Straßenrand an und in der Ferne konnte ich die Skyline von New York sehen. Die Sonne ging zwischen den Wolkenkratzern auf und einzelne Strahlen fielen

durch die Lücken dazwischen. Und obwohl ich mein ganzes Leben hier verbracht hatte und ich New York hasste und Angst davor hatte und es für einen Sündenpfuhl hielt, ein modernes Gomorra, einen Ort, wo der Teufel täglich die Seelen von Unschuldigen raubte, an diesem Morgen war die Stadt wunderschön. Alle Gebäude leuchteten. Der Hudson war ruhig, und die Fähren tuckerten langsam über den Fluss und zogen Kielwasser hinter sich her. Ich konnte die George Washington Bridge sehen und Autos auf beiden Ebenen, voll mit Menschen, die zur Arbeit wollten oder Freunde besuchen oder einkaufen oder Sehenswürdigkeiten besichtigen und was auch immer sie vorhatten, und ich freute mich für sie, statt es ihnen zu verübeln. Ich nehme an, in einem Umfeld aufzuwachsen, wo mir ständig gesagt wurde, dass alle unrecht haben, außer uns, und alle in die Hölle kommen, außer uns, machte mich irgendwie gehässig und missgünstig gegenüber Menschen, die anders denken oder anders leben. Aber aus irgendeinem Grund war ich an diesem Morgen frei davon. Ich war frei.

Wir stiegen aus dem Lastwagen und der Fahrer stieg auch aus und umarmte Ben Zion und dankte ihm wieder und wieder, und Ben sagte: Nein, wir danken dir, dass du so nett warst, uns mitzunehmen, und der Mann fing an zu weinen. Ich weiß nicht warum, aber er tat es, er stand einfach nur da und weinte, und Ben Zion hielt ihn im Arm und ließ ihn. Hinter ihnen ging noch immer die Sonne auf. Und hüllte sie in Licht.

Und die Fähren und Autos waren noch immer in Bewegung. Und all die Menschen in der Stadt waren am Leben und lebten ihr Leben und ich liebte sie alle. Und ich weiß nicht warum, aber ich tat es. Und ich weiß, Ben Zion tat es auch. Und ich weiß, der Lastwagenfahrer tat es auch. Und ich weiß nicht, was Ben Zion mit mir gemacht hatte oder mit diesem Mann, während ich schlief und bevor sie angefangen hatten, alberne Witze zu erzählen, aber es hat mich seither nie wieder verlassen, und auch wenn ich mich eben noch gewundert hatte, danach tat ich es nicht mehr. Nie mehr.

Der Fahrer sah uns nach, während wir davongingen. Ben Zion nahm wieder meine Hand und er lächelte und wir steuerten auf die Brücke zu. Es dauerte etwa eine Stunde. Wir gingen die leeren Gehsteige neben viel befahrenen Straßen entlang. Wir überquerten die Brücke, und je näher wir der Stadt kamen, desto schöner und leuchtender war sie. Wir waren die einzigen Fußgänger auf der Brücke, alle anderen saßen in Lastwagen oder Autos, und fast alle waren allein. Zehntausende von Menschen, alle unterwegs in dieselbe Richtung, alle allein. Wir erreichten das Ende der Brücke und waren im Norden Manhattans, wo es fast nur billige Wohnblocks und leerstehende Fabriken und Lagerhäuser gibt, und wo einige U-Bahn-Linien auf erhöhten Gleisen fahren. Ich fragte Ben Zion, wohin wir gingen, und er sagte: Zur U-Bahn, und ich sagte, ich hätte aber kein Geld, und er sagte, wir bräuchten keines. Er führte mich in einen Tunnel, wo einer der Züge aus dem Boden kam, und statt leuchtend und schön war es plötzlich stockfinster und unheimlich. Ich sagte ihm, ich hätte Angst, und er meinte, ich müsste keine haben, und ich fragte ihn, ob er wüsste, wohin wir gingen, und er sagte: Ja, er wäre schon oft von der Brücke in diesen Tunnel gekommen.

Wir gingen in der Mitte des Tunnels, genau zwischen den Gleisen. Hin und wieder sah man von oben ein Licht, aber meistens war es schwarz. Ich konnte Wasser tropfen hören und Ratten und ein- oder zweimal hörte ich jemanden schreien. Wenn die Züge vorbeifuhren, hielt ich mir die Ohren zu, und der Wind war sehr stark und die Tragbalken, die den Tunnel stützten, bebten ein wenig. Die Züge fuhren ganz dicht an uns vorbei und die Menschen darin waren verschwommen. Obwohl Ben bei mir war, ging die Angst nicht weg. Es war, als ob wir durch die Hölle gingen, die Züge waren voll mit den Seelen der Verdammten, die geradewegs ins ewige Feuer rasten. Und obwohl ich einst dachte, nachdem ich gesehen hatte, was ich mit Ben Zion gesehen hatte, und Jakob nicht gehorcht hatte und meine Mutter im Stich gelassen hatte, dass ich dazugehörte, dieses Mal dachte ich das nicht. Obwohl ich in die Hölle ging, wusste ich, dass ich wieder hinausgehen würde. Oder obwohl ich das Gefühl hatte, dass wir in die Hölle gingen, glaubte ich nicht, dass es sie gab. Es gibt nur das Leben. Dieses Leben, das wir leben. Wenn es die Hölle ist, dann nur, weil wir es dazu machen.

Ich sah Lichter vor uns und wir kamen zu einem Bahnsteig und kletterten hoch und warteten auf den nächsten Zug. Auf dem Bahnsteig warteten auch ein paar andere Menschen, aber sie nahmen keine Notiz von uns und schienen nicht im Geringsten beeindruckt, dass wir aus dem Tunnel gekommen waren. Wir stiegen in einen Zug downtown und dann in einen anderen nach Brooklyn. Die Leute in der Bahn redeten nicht, noch sahen sie einander richtig an. Ben hielt meine Hand und schloss seine Augen und lehnte seinen Kopf gegen das Fenster und atmete durch die Nase, und obwohl es so aussah, als ob er schlief, glaube ich nicht, dass er es tat. Einmal stieg ein dünner weißer Mann in einem guten Anzug und mit einem Aktenkoffer ein und Ben öffnete sofort die Augen. Der Mann setzte sich uns gegenüber und Ben starrte ihn an. Nicht böse oder angriffslustig, er starrte ihn einfach nur an. An der nächsten Station stieg der Mann aus.

Es dauerte etwa eine Stunde. Wir stiegen aus und gingen zum Krankenhaus. Unsere Mutter schlief, als wir ankamen. Der Arzt sagte, es gehe ihr besser, aber ihr Zustand sei nach wie vor kritisch. Ben Zion brachte mich ins Wartezimmer und ging. Ich fragte ihn, wo er hin wollte, und er sagte: Spazieren gehen. Ich fragte ihn: Wohin, und er lächelte nur und ging.

Drei Stunden später kam er wieder. Ich hatte versucht zu beten, während er weg war, aber es fiel mir schwer.

Es kam mir komisch vor, mich an etwas zu wenden, was nicht da war, oder von dem ich nicht wusste, ob es da war, oder von dem ich glaubte, dass es da war, wofür es aber keinen Beweis gab. Und ich sah andere Menschen im Wartezimmer, die beteten. Ich beobachtete sie genau. Zwei von ihnen beteten zu einem christlichen Gott, das wusste ich, weil einer die Bibel dabeihatte und der andere sich bekreuzigte, bevor er betete, und ein anderer war ein Moslem und hatte einen Koran. Sie beteten sehr innig, und sie waren sehr konzentriert. Ich war es gewohnt, mit anderen Leuten zu beten, manchmal auch mit sehr vielen Leuten, besonders auf Bibelkongressen und christlichen Jugendtreffen, daran lag es also nicht. Ich konnte einfach nicht und wollte anderen dabei zusehen und wollte sehen, ob etwas passierte. Im Zimmer lagen Illustrierte, Illustrierte mit Filmstars auf dem Titelblatt und albernen Schlagzeilen und bunten Bildern von schönen Menschen in schicken Kleidern. Ich nahm eine und sah sie mir an. Während ich sie ansah, beobachtete ich, wie die anderen beteten. Wenn die Titelblätter schon albern schienen, war der Inhalt noch schlimmer. Es ging um Menschen, die sich hauptsächlich damit befassten, wie sie aussahen und was sie anhatten und wie viel Geld sie verdienten und in was für Häusern sie lebten. Und obwohl ich es bis zu einem gewissen Grad verstehen konnte, dass man sich damit befasste, schien das alles schrecklich belanglos in einem Krankenhaus, einem Ort wo Menschen krank waren und starben, und wo Menschen, die sie liebten, hinkamen, um ihnen dabei zuzuschauen. Gleichzeitig schien mir die Beterei der Menschen hier nicht weniger belanglos. Sie alle bettelten um Hilfe, Erlösung von ihren Leiden, beteten zu Figuren in einem Buch, Figuren, die noch nie jemand gesehen oder gesprochen hatte und von denen niemand wusste, ob sie überhaupt existierten. Sie beteten zu einem Gott, von dem sie sich Erlösung erhofften, und so wie andere die Leute in Illustrierten verehrten, von denen wir aber zumindest wissen, dass sie existieren, verehrten sie Leute in Büchern, von denen wir rein gar nichts wissen. Ich sah, wie ein Arzt zu einem der Christen hinging, und er hatte wohl schlechte Nachrichten, denn die Person fing augenblicklich an zu weinen. Ein Familienmitglied des anderen Christen, oder jemand, von dem ich annahm, er sei ein Familienmitglied, weil er genau gleich aussah, kam rein und holte die Person ab, und das Familienmitglied hatte offensichtlich geweint. Der Mann mit dem Koran hatte gesehen, was ich gesehen hatte, nämlich dass die Beterei absolut nichts gebracht hatte, aber dennoch hielt er sein Buch umklammert und betete weiter. Ich fragte mich und ich frage mich noch immer, ob das Gleiche dabei herausgekommen wäre, wenn ich ihre Bücher durch die albernen Illustrierten ausgetauscht und sie stattdessen die albernen Menschen in diesen Illustrierten angebetet hätten.

Als Ben Zion zurückkam, lächelte er und sagte, ich solle mit ihm kommen. Ich stand auf und wir gingen in Mutters Zimmer. Als wir reinkamen, war sie wach und lächelte mich an. Es steckte kein Schlauch mehr in ihrem Mund, aber es waren noch immer welche in ihrem Arm. Ich setzte mich zu ihr und nahm ihre Hand und sagte ihr, wie leid es mir tat und dass ich sie liebte, und ich fing an zu weinen. Sie zog mich an sich, und obwohl sie eigentlich zu schwach war, verstand ich, was sie wollte, und nahm sie in den Arm. Ich sagte ihr immer wieder, wie leid es mir tat und dass ich sie liebte, und sie legte die Hände an meinen Hinterkopf und zog mich an ihre Brust. Ben Zion stand ein paar Meter entfernt und beobachtete uns. Nach ein oder zwei Minuten ließ unsere Mutter mich los und ich setzte mich wieder, hielt aber noch immer ihre Hand. Ben Zion kam herüber und küsste mich auf die Stirn und beugte sich zu meiner Mutter und flüsterte ihr etwas ins Ohr, so dass ich es nicht verstehen konnte. Sie lächelte und küsste ihn auf die Wange, und er richtete sich wieder auf und setzte sich zu mir. Er blieb, bis sie einschlief, dann stand er auf, küsste ihre Stirn, drehte sich um und wandte sich zum Gehen. Ich fragte ihn, wohin er wollte, und er blieb stehen und sah mich an und sprach.

Ich gehe.

Wohin?

Zu Jakob.

Geh nicht.

Ich werde dafür sorgen, dass du ihn nie wiedersehen musst.

Tu ihm nicht weh.

Ich würde nie jemandem weh tun.
Wozu dann gehen?
Ich möchte, dass du frei bist.
Ich komme schon zurecht.
Das ist doch kein Leben. Kümmere dich um Mama.
Du nennst sie Mama?
Als ich klein war, nannte ich sie Mami, und als ich älter wurde Mama. Nur wenn wir allein waren. Es war unser kleines Geheimnis, abseits der Regeln und der ganzen Förmlichkeit zu Hause.
Wird sie wieder gesund?
Ich weiß nicht, ob sie noch leben will. Sie hatte ein langes, hartes Leben.
Sie hat es nicht verdient.
Niemand von uns hat es verdient.
Dann drehte er sich um und ging.
Lass nicht zu, dass sie dir weh tun, Ben Zion.
Ich liebe dich, Esther.

PETER

Ich lernte Ben kennen, als er dem Haftrichter vorgeführt wurde. Am Strafgericht des Bezirks Queens. Er war festgenommen worden und angeklagt wegen versuchten Mordes und Brandstiftung. Ich bin Anwalt und arbeite für die Abteilung Strafverteidigung des Rechtshilfevereins. Ich bin, laienhaft gesagt, Pflichtverteidiger. Sein Fall ist mir buchstäblich zugefallen, aus einem Ablagekorb. Und das hat mich unwiderruflich verändert. In fast jeder Hinsicht zum Besseren. Abgesehen vom Zorn, den ich beim Gedanken daran empfinde, was man ihm angetan hat.

Was ich geworden bin, verdanke ich meinem Vater. Er war Drogendealer. Kein Drogenbaron oder sonst was Wichtiges in der Drogenbranche. Kein Rapper hat ein Loblied auf ihn gesungen. Kein Autor hat ein Buch über ihn geschrieben. Hollywood hat kein preisgekröntes Drama aus seinem Leben gemacht. Er war, wie so viele Schwarze heute und damals in den 70ern, als er noch aktiv war, Straßendealer. Er stand buchstäblich an der Ecke und verkaufte Drogen. Das machte er, weil er keine andere Möglichkeit sah. Er hatte keine Ausbildung. Für ihn gab es keine Jobs. Er hatte keine Eltern, die ihn hätten unterstützen oder fördern können. Wir lebten und leben immer noch in Harlem. Er und meine Mutter waren verheiratet und sind es immer noch, und bekamen drei Kinder, mich und meine Schwestern, Zwillinge, ein Jahr jünger als ich. Wir lebten im fünften Stock, ohne Fahrstuhl. Meine Mutter arbeitete als Kassiererin in einem Lebensmittelladen und verdiente sehr wenig. Mein Vater suchte nach anständiger Arbeit, fand aber keine. Er tat, was er tun musste. Er machte den einzigen Job, den er kriegen konnte.

Wie gesagt, er war Straßendealer. Er stand an der Ecke und verkaufte Heroin und Kokain. Seine Kunden waren vorwiegend Weiße aus den Vororten und den wirtschaftlich besser gestellten Ecken von Manhattan, aber er hatte auch viele Kunden aus der Gegend. 1973 erließ New York eine Reihe von Vorschriften, die als Rockfeller-Drogengesetz bekannt wurden. Man wollte den Drogenfluss in den Bundesstaat eindämmen, indem man Besitz und Verkauf von Drogen unter drakonische Strafen stellte. Wurde jemand mit mehr als zwei Unzen Kokain oder Heroin geschnappt und war von einer Verbreitungsabsicht auszugehen, drohte eine Mindeststrafe von fünfzehn Jahren Haft ohne Bewährung und eine Höchststrafe von fünfundzwanzig Jahren ohne Bewährung. Als mein Vater festgenommen wurde, nachdem er einem verdeckten

Drogenermittler Kokain verkauft hatte, befanden sich insgesamt 2,5 Unzen Kokain in seinem Besitz. Das Kokain war zu Crack weiterverarbeitet worden, abgefüllt in kleine Ampullen, mit Dosen im Gegenwert von zehn, zwanzig, fünfzig oder hundert Dollar. Das war 1984. Ich war drei Jahre alt, meine Schwestern zwei. Nach zweitägigem Prozess wurde mein Vater für schuldig befunden und zu fünfundzwanzig Jahren Haft ohne Bewährung verurteilt. Ich billige seine Tat nicht, aber wenn ich mir vergegenwärtige, dass er härter bestraft wurde als etliche Mörder, als fast alle Kinderschänder, als die reichen Wirtschaftskriminellen, die dieses Land und seine Einwohner haben ausbluten lassen, als die korrupten Politiker, die unsere Städte zerstören, dann dreht sich mir gründlich der Magen um. Meine Schwestern und ich standen ohne Vater da. Meine Mutter stand ohne Mann da. Mein Vater wurde in ein Hochsicherheitsgefängnis gesteckt, wo er noch immer weilt und wo er seiner Ansicht nach sterben wird. Meine Schwestern und ich besuchten ihn für den Rest unserer Kindheit an seinen Geburtstagen und an Weihnachten und am vierten Juli. Ich habe erst viel später begriffen, welche Ironie in diesen Julibesuchen lag. Ein Hoch auf das Land der Freien und die Heimat der Tapferen.

Nachdem sie meinen Vater verloren hatte, hinderte meine Mutter mich entschlossen daran, in seine Fußstapfen zu treten. Sie nahm einen weiteren Job an, wieder als Kassiererin, in einem weiteren Lebensmittelladen. Sie meldete uns für die Vorschule in unserer Kirchengemeinde an. Sie beschaffte uns gebrauchte Kleidung, die wie neu aussah, und sie bläute uns ein, dass das System, das System der Chancengleichheit in Amerika ebenso wie überall in der Welt, gegen uns war. Wir würden doppelt so hart arbeiten müssen, um halb so viel zu bekommen. Wir waren arm und schwarz und lebten im Ghetto. Die Schulen, die uns offen standen, boten keine Erfolg versprechende Ausbildung. Für uns würden sich keine Türen öffnen aufgrund unserer Hautfarbe oder unseres Nachnamens. Wir müssten doppelt höflich sein, doppelt fleißig, doppelt erfolgreich. Gelang uns das nicht, würden wir enden wie sie und praktisch jede andere Frau in unserer Gegend, allein erziehend und achtzehn Stunden täglich auf Achse, um die Familie durchzubringen, oder wie unser Vater und all die anderen Väter der Kinder in unserer Gegend, im Knast, weil er die einzige Arbeit angenommen hatte, die er kriegen konnte.

Obwohl es glückliche Erinnerungen gibt, war meine Kindheit alles andere als das. Ich lernte ununterbrochen. Ich wurde von den anderen Jungen aus meinem Viertel schikaniert und verprügelt, Jungen, die meinem Vater nacheiferten. Mit vierzehn, kurz vor dem College, fing ich an zu arbeiten. Für einen der Lebensmittelläden, wo meine Mutter arbeitete.
Ich nahm einen weiteren Job an und sammelte am Wochenende Müll im Central Park. Ich absolvierte die Highschool als Drittbester meines Jahrgangs und

erhielt ein Teilstipendium für eine große öffentliche Schule. Ich arbeitete in der Schul-Cafeteria und verdiente mir dazu, was das Stipendium nicht abdeckte. Direkt im Anschluss begann ich in New York Jura zu studieren, wieder mit einem Teilstipendium. Ich arbeitete nachts in der Universitätsbibliothek und nahm meinen Wochenendjob wieder auf, Müllsammeln im Park. Nach dem Studium wurde ich sofort Pflichtverteidiger. Und obwohl ich Leuten wie meinem Vater nicht immer helfen kann, oder Frauen, die meine Mutter oder meine Schwestern sein könnten, die beide genauso hart gearbeitet haben wie ich und Ärztinnen geworden sind, tue ich, was ich kann, und kämpfe wie ein Geisteskranker. Ich schreie. Ich brülle. Ich ziehe alle Register, weil ich weiß, dass auch die Gegenseite mit allen Mitteln kämpft. Meine freie Zeit verbringe ich fast vollständig mit der Vertiefung von juristischen Themen, die mir bei meiner Arbeit nützlich sein könnten. Ich suche Experten aus anderen Bereichen der Rechtssprechung auf, deren Fachwissen mir nützen könnte. Ich verzichte darauf, junge Menschen vor den Übeln des Drogenhandels oder der Kriminalität an sich zu warnen. Sie kennen die Übel und sie kennen die möglichen Folgen. Sie wissen, dass das System gegen sie ist, vom Augenblick ihrer Geburt an. Sie wissen, dass die Welt gegen sie ist. Wer nicht mit einem goldenen Löffel im Mund zur Welt kommt, ganz unabhängig von Rasse, Religion oder sexueller Neigung, könnte genauso gut in Ketten geboren sein. Ich bin darüber nicht erbittert.

Ich akzeptiere es, wie es ist. Aber ich kämpfe wie ein Geisteskranker dagegen an.

Wie gesagt, ich lernte Ben im Strafgericht von Queens kennen, wo ich jeden Tag arbeite. Ist jemand festgenommen worden, landet er oder sie in Untersuchungshaft. Ein Mitarbeiter der Staatsanwaltschaft bewertet den Fall und erhebt Anklage. Der Straftäter wird registriert, seine Fingerabdrücke werden genommen, und er landet in der Zentralregistratur. Die strafrechtliche Vorgeschichte, also das Vorstrafenregister, wird hinzugefügt, und die Strafjustizbehörde prüft sowohl die Anklagepunkte als auch das Vorstrafenregister und gibt eine Kautionsempfehlung ab. Alle drei Dokumente landen in der Verfahrensakte. Die Verfahrensakten landen in einem Korb, wenn der Angeklagte im Gerichtsgebäude dem Haftrichter vorgeführt wird. Wir, die Pflichtverteidiger, ziehen die Fälle aus dem Korb, und wessen Akte ich ziehe, der wird mein Mandant. Wir lernen uns dann in einem Gesprächsraum hinter dem Gerichtssaal kennen. Der Gesprächsraum ist im Grunde bloß eine Plexiglaszelle, in der ich mich mit meinem Mandanten durch eine Trennwand unterhalte. Nachdem wir den Fall kurz gemeinsam durchgegangen sind, reden wir über die Kautionsaussichten. Im besten Fall besteht eine Chance auf Freilassung. Im schlechtesten Fall kann ich nichts machen.

Als ich Bens Akte sah, wusste ich, dass er nirgendwohin gehen würde. Man beschuldigte ihn des versuchten Mordes an seinem Bruder. Die Staatsanwaltschaft warf ihm außerdem vor, er habe eine Kirche angezündet, und klagte auf Brandstiftung. Er hatte ein langes Vorstrafenregister und gegen alle Kautionsauflagen verstoßen. Ich erinnerte mich, in der Zeitung von dem Fall gelesen zu haben. Irgendwas mit einer schwer bewaffneten Sekte in den U-Bahn-Tunneln. Eine ganze Reihe von Festnahmen. Der Sektenführer war im Gefängnis ums Leben gekommen, nachdem er angeblich einen Wärter angegriffen hatte. Einige Fragen waren unbeantwortet geblieben, unter anderem die, ob er tatsächlich jemanden angegriffen hatte, und falls ja, ob die zu seiner Überwältigung sowie zu seinem Tod führende Gewaltanwendung verhältnismäßig gewesen war. Ben drohten lebenslängliche Haftstrafen sowohl im staatlichen wie im bundesstaatlichen Verfahren. Er galt als gewalttätig und es bestand offensichtlich Fluchtgefahr. Erwähnt wurde in der Akte auch seine latente psychische Labilität. Er war in Queens festgenommen, dann jedoch für drei Tage zur Behandlung in ein örtliches Krankenhaus mit Sicherheitstrakt eingewiesen worden. Bei seiner Verhaftung hatte er massive Schwellungen und diverse Risswunden im Gesicht, neun gebrochene Rippen, einen punktierten Lungenflügel und einen gebrochenen Arm. Normalerweise wäre ich davon ausgegangen, dass er die Prügel von der Polizei bezogen hatte. Aber der Akte zufolge war er bereits in diesem Zustand

festgenommen und vorher von Zeugen verletzt worden, die ihn nach Verübung der ihm zur Last gelegten Straftaten hatten überwältigen wollen. Ich sah ihn, als ich zum Gesprächsraum ging. Selbstredend bot er einen erschreckenden Anblick. Er saß im Krankenhauskittel auf einem Stuhl, angekettet. Er saß vollkommen still, reglos. Und er war offenkundig in schlechter Verfassung. Genähte tiefe Wunden quer über eine der Wangen. Blaue Augen. Die Nase erkennbar gebrochen. Ein Arm in Gips. Aber selbst wenn er nicht gerade frisch verdroschen worden wäre, hätte er erschreckend ausgesehen. Er hatte pechschwarze Haare und marmorweiße Haut. Er war übersät mit den schlimmsten Narben, die ich je gesehen habe, und ich habe eine Menge Narben gesehen. Er war außergewöhnlich dünn, sah jedoch nicht krank aus. Ganz im Gegenteil, offen gesagt, trotz seiner Wunden. Er schien förmlich von innen heraus zu strahlen, ein Strahlen von der Art, wie man es manchmal schwangeren Frauen zuschreibt. Er starrte geradeaus. Nahm nichts und niemanden um sich herum wahr. Als ich mich näherte, verfolgte er mich mit einem Blick, rührte sich aber ansonsten nicht. Es war irritierend. Als starrte eine Statue auf mich herab. Ich nahm ihm gegenüber Platz. Ich legte die offene Akte auf meinem Schoß.
Ich sprach.
Hallo.
Er lächelte.
Hallo.
Ich bin Ihnen als Pflichtverteidiger zugeteilt worden.

Ich danke Ihnen.
Sie sind wegen versuchten Mordes angeklagt, Gewaltanwendung und Körperverletzung und Brandstiftung in fünf Fällen. Verstehen Sie die Anklage?
Ja.
Möchten Sie mir erzählen, was passiert ist?
Es spielt keine Rolle.
Wenn Sie nicht ins Gefängnis wollen, schon.
Was von nun an mit mir geschieht, entzieht sich Ihrer Einflussnahme.
Ihnen droht eine lebenslange Haftstrafe. Ich würde Ihnen gern helfen, die abzuwenden.
Sie wissen, weshalb ich wirklich hier bin?
Ich weiß nichts weiter als das, was in dieser Akte steht, Eckdaten, aus denen sich mehrere sehr ernste Anklagepunkte ergeben.
Was auch immer in der Akte steht, ist bedeutungslos. Und es hat nicht das Geringste mit mir zu tun.
Es hat aber alles damit zu tun, weshalb Sie heute vor Gericht stehen.
Ich erkenne die Befugnisse dieses Gerichts in meinem Fall nicht an.
Das müssen Sie aber leider.
Nein, muss ich nicht.
Sie sollten schon mit mir zusammenarbeiten, Mr. Avrohom.
Er reagierte nicht. Er saß bloß da und starrte geradeaus. Das hat man manchmal, Mandanten, die nichts sagen wollen. Oder welche, die keinen Respekt vor der Rechtsordnung haben. Es kommt vor, ziemlich oft

sogar, dass ich selbst keinen Respekt vor der Rechtsordnung habe, und unter anderem deshalb mache ich diesen Job. Im Unterschied zu anderen schweigenden oder latent angriffslustigen Straftätern jedoch zeigte er kein Täterstarren. Das Täterstarren setzen Straftäter auf, um möglichst stark, souverän und unbeeindruckt angesichts der Anklage zu wirken, angesichts des versammelt gegen sie angetretenen Systems, eines Systems, das sie oft genug vernichtet. Im Täterstarren liegt immer auch Angst. Genauer, nichts anderes. Nur Angst. Ein Versuch, die eigene Angst zu unterdrücken. Sein Starren war das genaue Gegenteil. Es war sanft. Fast zärtlich. Hätte ich ihn irgendwo anders sitzen sehen, wäre er mir wohl vorgekommen wie einer, der eben eine frohe Botschaft erhalten hatte. Er wirkte glücklich. Und gelassen. Bemerkenswert ruhig.
Er schien völlig frei von Angst. Ich war in dem Moment sicher und bin es immer noch, dass ich ihm auch eine Waffe hätte ins Gesicht halten können; er hätte sich nicht gerührt. Hätte ich ihm mitgeteilt, im Nebenzimmer stehe ein elektrischer Stuhl und werde gerade für ihn vorbereitet; er hätte sich nicht gerührt. Hätte ich ihm gesagt, er werde auf dem Scheiterhaufen verbrannt oder gekreuzigt; er hätte sich nicht gerührt.
Er hatte alles hinter sich gelassen. Und ich hatte noch nie einen Menschen gesehen, war nie einem Menschen begegnet, der die Angst vollständig hinter sich gelassen hatte. Mir fehlten buchstäblich die Worte.

Wir saßen eine Minute so da. Vielleicht zwei. Wir hatten nicht viel Zeit. Wir hätten reden sollen. Doch ich wusste, ganz gleich, was ich sagte, er würde ohnehin nicht mit mir zusammenarbeiten. Er lächelte mich an und hob die Hand. Er legte sie gegen die Trennscheibe und ließ sie dort. Er starrte mich an. Sah mir geradewegs in die Augen und hielt seine Hand gegen die Trennscheibe. Unentschlossen hob ich meine eigene Hand und legte sie direkt seiner gegenüber. Und ich weiß nicht, wieso oder woher, aber ich war im gleichen Augenblick zweifelsfrei und felsenfest von seiner Unschuld überzeugt. Überzeugter denn je von irgendetwas in meinem Leben.

Sie haben das nicht getan.

Spielt das eine Rolle?

Was ist passiert?

Man hat mich hergebracht.

Ich glaube nicht, dass ich Sie gegen Kaution rausbekomme.

Ich brauche keine Kaution.

Man wird Sie vermutlich nach Rikers schicken.

Dort werde ich sicher sein.

Dort ist niemand sicher.

Man will mich nicht im Gefängnis.

Was heißt das?

Bemühen Sie sich nach Kräften, sie aufzuhalten.

Er ließ seine Hand sinken. Sein Name wurde aufgerufen und wir gingen zum Gerichtssaal. Der Verhandlungsort war groß. Sehr betriebsam. Die Leute waren verständlicherweise mit sich selbst beschäftigt.

Niemand achtete groß auf den anderen. Ben brachte den Saal zum Schweigen, als er eintrat. Alle wandten sich um und glotzten. Das Strahlen, das ich beim Gespräch wahrgenommen hatte, schien leuchtender, fassbarer. Seine Haut weißer. Seine Narben sichtbarer. Und seine Ausstrahlung. Eine über alles Physische hinausgehende Ausstrahlung. Ich habe so etwas noch nie erlebt. Vorher nicht, nachher nicht. Stumpfe Anwälte, stumpfe Verbrecher, Gerichtsdiener und Polizisten. Sie alle brachte er zum Verstummen. Durch seine Gelassenheit und Ruhe. Durch sein Strahlen.

Als die Richterin eintrat, stand Ben nicht auf. Er verweigerte dem Gericht jede Anerkennung. Er starrte bloß geradeaus und lächelte. Sie drohte ihm, er mache sich der Missachtung des Gerichts schuldig. Er lächelte einfach weiter. Ein reines, schlichtes Lächeln. Mund geschlossen, Wangen hochgezogen. Starrte sie unverwandt an. Sie forderte ihn erneut auf, sich zu erheben. Er schüttelte bedächtig den Kopf. Normalerweise hätte sie ihn sofort wegen Missachtung bestraft, aber sie tat es nicht. Sie wandte sich mir zu und fragte mich, ob ich auf die Verlesung der Rechte des Angeklagten sowie der Anklage verzichte, und ich bejahte. Sie wandte sich an den Staatsanwalt, der einen Geschworenenprozess beantragte, also die Verhandlung des Falles vor einem Geschworenengericht, wie in New York vorgeschrieben. Dann beantragte der Staatsanwalt die Ablehnung jeder Haftverschonung bis zum Prozessbeginn gegen Kautionszahlung, aufgrund der

Schwere des Verbrechens und der Vorgeschichte des Angeklagten. Ich beantragte eine Kaution von zehntausend Dollar. Sie sah wieder Ben an. Er starrte sie immer noch an, und sie war erkennbar irritiert. Die meisten Angeklagten sind einer Richterin gegenüber entweder unterwürfig oder angriffslustig. Er starrte sie bloß lächelnd an. Sie forderte ihn nochmals auf, sich zu erheben. Er rührte sich nicht. Sie lehnte die Kaution ab. Als der Gerichtsdiener auf ihn zukam, stand Ben auf und ließ sich abführen.

Ich war den ganzen Tag mit anderen Fällen beschäftigt. Ich nahm Bens Akte mit, als ich ging. Ich fing in der U-Bahn nach Hause an zu lesen. Die Sachlage war eindeutig. Sein Bruder war Pastor in einer Kirche in Queens. Als Ben wegen seiner ursprünglichen Straftaten inhaftiert worden war, hatte sein Bruder sowohl sein Haus als auch seine Kirche als Sicherheit für Bens Kaution eingesetzt. Ben war kurz nach seiner Freilassung verschwunden, wobei ungeklärt blieb, wie er seine Fußfessel hatte deaktivieren können. Die nächsten sieben Monate hatte niemand von ihm gehört. Er war erst vier Tage zuvor wieder bei seinem Bruder aufgetaucht. In Begleitung eines Rabbi. Sie hatten zusammen gegessen und waren am nächsten Morgen zum Gottesdienst in der Kirche des Bruders gegangen. Der Bruder sagte aus, sie seien zum Gottesdienst gegangen, weil Ben Buße tun sollte, bevor er sich den Behörden stellte. In der Kirche war es irgendwie zu einer Auseinandersetzung gekommen.

Ben wurde überwältigt und ins Kirchenbüro gebracht. Man sperrte ihn ein und wartete auf die Polizei. Der eingesperrte Ben setzte das Büro in Brand. Als Jakob, sein Bruder, den Rauch roch und das Büro betrat, griff Ben ihn an und drohte ihn umzubringen. Erneut wurde Ben überwältigt und kurz darauf in Gewahrsam genommen.

Nichts deutete darauf hin, dass an dem Fall irgendwas faul war. Das Ganze schien wasserdicht. Etliche Zeugen. Handfeste Beweise. Die Beamten am Tatort waren vorschriftsmäßig verfahren. Wenn ich einen neuen Fall bekomme, suche ich immer zuerst nach Löchern. Nach undichten Stellen, die ich vertiefen und in Auswege verwandeln kann. Nach Haarrissen, die ich zu Kanälen weiten kann. In Bens Fall gab es keine. Nicht die Spur. Zugegeben, manchmal muss man länger suchen. Manchmal ändert ein Zeuge seine Aussage. Oder die Beweislage ergibt ein anderes Bild als das ursprünglich angenommene. Aber Ben meinte offenbar, weshalb auch immer, dass wir damit diesmal nicht rechnen konnten. Und ich glaubte ihm.

Ich stellte mir ihn in Rikers vor. Fragte mich, was er durchmachte. Ein dürrer weißer Mann in seiner Verfassung. Er war aus der medizinischen Abteilung raus, unter dem ganz normalen Volk. Selbst für die härtesten Männer sind die Bedingungen brutal. Gewalt und Vergewaltigungen sind an der Tagesordnung. Es gibt Gangs, fast immer nach Rassen getrennt, und wer keiner angehört, wird zur Zielscheibe. Man geht als Kleinkrimineller rein und kommt als Gangster wieder raus. Er würde sich bestimmt nicht lange halten. Und falls doch, würde man ihn verprügeln und vergewaltigen. De facto versklaven. Ich blieb dran an der Akte. Las sie wieder und wieder, bis mir die Augen brannten. Bis ich schließlich mit dem Fall im Arm einschlief.

Ich wachte auf. Zog mich an. Ging wieder zum Gericht, wo mehrere Anhörungen für mich angesetzt waren. Ich dachte weiter über Ben nach. Über Rikers. Stellte mir vor, was dort geschah. Am späten Vormittag klingelte mein Telefon. Die Nummer des Gefängnisses erschien auf meinem Display. Ich nahm den Anruf entgegen, auf schlechte Nachrichten gefasst.
Es war der Gefängnisdirektor. Ich war schockiert.
Ich hatte nie mit ihm gesprochen oder mit ihm zu tun gehabt. Dass er selbst anrief, war mehr als ungewöhnlich. Er sagte mir, es gebe ein Problem. Fragte mich, ob ich rauskommen könne, zu einem Gespräch.
Ich fragte, was das Problem sei, und er sagte, darüber würden wir vor Ort sprechen.

Ich nahm die U-Bahn zur Bushaltestelle und fuhr über die Brücke nach Rikers. Ich passierte die Sicherheitskontrollen und ging zur Gefängnisleitung. Der Direktor erwartete mich. Ich nahm ihm gegenüber Platz. Er sprach.
Was wissen Sie über Ihren Mandanten?

Nur das, was in der Akte steht.
Mal was von Yahya gehört?
Gehört. Ja.
Was wissen Sie über ihn?
Nicht viel.
Er war ein Mörder. Hat seinen Stiefvater umgebracht, als Kind. War dreißig Jahre untergetaucht. Hat irgendeine Sekte gegründet, in den U-Bahn-Tunneln. Hat gepredigt, wider die Herrschenden und den organisierten Glauben. Die übliche Spinnerscheiße. Hat seine Jünger entstellt, die meisten Drogenabhängige und Kleinkriminelle. Meinte, dass Narben sie frei machen von jeder gesellschaftlichen Fessel, frei von allen Gesetzen und Pflichten. Die hatten ihre eigene kleine Welt da unten. Strom, Wasser. Haben Drogen geschmissen und Orgien gefeiert. Richtig Scheiße. Am Ende hatten die ein Riesenarsenal an Waffen zusammen. Weil Yahya meinte, die Apokalypse stünde bevor. Der Messias würde erscheinen und das Ende der Welt verkünden. Und dann wären er und seine Jünger in den Tunneln sicher. Ich kenne den Fall mehr oder weniger auswendig. Sind alle festgenommen worden. Saßen alle in Untersuchungshaft drüben im MCC. Yahya hat sich geweigert, das Gericht anzuerkennen. Hat im Gefängnis versucht, seine Jünger neu zu organisieren. Dafür gab's Einzelhaft. Ist in Hungerstreik getreten. Der Staatsanwalt hat Zwangsernährung durchgesetzt. Als die Wärter seine Zelle aufgeschlossen haben, ist er auf die losgegangen. Als sie ihn bändigen wollten, ist er mit dem Kopf auf den Boden geknallt.

Hat eine Hirnblutung erlitten und ist gestorben. Seine Jünger sind komplett ausgerastet und alle in Einzelhaft gelandet. Ein paar sind in andere Einrichtungen verlegt worden, auch hierher. Und überall haben sie das Evangelium nach Yahya gepredigt. Und das Evangelium nach Yahyas Messias, der tatsächlich gekommen war, und zwar als einziges Mitglied der Gruppe, das auf Kaution freigelassen wurde und sofort verschwunden ist, spurlos.
Mein Mandant.
Ja.
Er ist der Messias.
Das ist ein Scheiß-Irrer, der sich für den Messias hält und den noch ein paar andere Irre für den Messias halten.
Ist irgendwas vorgefallen, seit er hier ist?
Nachdem er auf unserer Krankenstation gelandet war, dauerte es nur einen Tag, bis die Leute rauskriegten, wer er ist. Danach fing das Gerede unter den Insassen an. Wir haben ihn isoliert, also gab es keine Probleme, aber wir haben versucht, aus dem Gequatsche schlau zu werden. Gestern ist er wieder rausgekommen und hat sich unters Volk gemischt. Ich hab zugesehen, wie er den Hof betreten hat, wo eine Gruppe Insassen ihn schon erwartete, was normalerweise bedeutet, dass jemand aufs Maul kriegt. Er geht raus und alle starren ihn an. Niemand rührt sich. Auch die, die nicht auf ihn gewartet hatten, ließen alles stehen und liegen und wandten sich ihm zu.
Er trat mitten in den Hof und setzte sich hin. Als Erste

waren die mit Yahyas Narben bei ihm. Von denen haben wir hier vier oder fünf. Die wiederum ein paar eigene Anhänger haben, das ursprüngliche Empfangskommando. Die folgten. Und dann gingen alle auf diesem Hof, Schwarze, Weiße, Latinos, Bloods, Crips, Latin Kings, ddps, Trintarios, Hells Angels und Mafiosi, alle gingen zu ihm rüber und setzen sich um ihn herum auf den Boden. Ich hab den Hof noch nie so ruhig erlebt, so still. Normalerweise heißt Stille, gleich bricht hier irgendein Scheißkrieg aus. Das ist die Stille, die sich über den Hof senkt, bevor das Hauen und Stechen beginnt. Aber diesmal nicht. Irgendwie hat er diese Männer, die ständig nur darüber nachdenken, wie sie sich gegenseitig umbringen können, dazu gebracht, einen großen Sitzkreis um ihn zu bilden. Er fing an zu reden. Wir wissen nicht, was er gesagt hat, und niemand verrät's uns. Wir wollten reingehen und das Ganze beenden, aber sie verstießen ja gegen keine unserer Regeln, also konnten wir nichts machen. Er hat zehn oder fünfzehn Minuten geredet. Am Ende ist er aufgestanden und rumgegangen und hat den Leuten seine Hand auf den Kopf gelegt. Ohne was zu sagen. Legt denen bloß seine Hand auf die Stirn und lächelt. Geht wieder zurück zu seinem Platz und setzt sich wieder hin. Und kriegt praktisch im gleichen Moment einen Anfall. Einen beschissenen Anfall mit Krämpfen, Sabbern und Augenrollen. Normalerweise würden wir da sofort reingehen, uns den Gefangenen schnappen und ihn zurück auf die Krankenstation schaffen. Aber diesmal nicht, keine

Chance. Ich wusste absolut sicher, ohne den Hauch eines Zweifels – wenn wir das versucht hätten, wäre es zu einem Aufstand gekommen. Es hätte auf beiden Seiten Tote gegeben, und das ganze Gefängnis hier wäre uns um die Ohren geflogen. Also ließen wir ihn da, ließen sie alle da, und ließen ihn seinen Anfall haben. Und warteten, dass es aufhörte. Zehn Minuten. Zwanzig Minuten. Vierzig Minuten. Sein Anfall hörte einfach nicht auf. Und die Männer standen auf und bildeten kleine Gruppen. Überall auf dem Hof standen Männer zusammen, die ein paar Stunden vorher noch Todfeinde gewesen waren, redend, lachend, händeschüttelnd. Und Avrohom lag immer noch mitten auf dem Hof und hatte seinen Anfall. Und obwohl sich eindeutig keiner um ihn kümmerte, behielten sie ihn die ganze Zeit irgendwie im Auge, als warteten sie, dass es aufhörte. Der Zeitpunkt verstrich, an dem wir unter normalen Umständen alle wieder reingeholt hätten. Wir wussten nicht, was wir machen sollten, also ließen wir sie draußen. Nach zwei Stunden hörte sein Anfall auf. Genauso plötzlich, wie er angefangen hatte, hörte er auf. Er rührte sich nicht, eine Minute, vielleicht zwei, sah aus wie tot. Dann stand er auf und ging auf das Tor zu. Wir machten auf, er kam rein, alle anderen folgten ihm. Er ging zurück in seine Zelle, und da ist er auch jetzt noch.
Ist der Hof videoüberwacht?
Natürlich.
Kann ich die Bänder sehen?
Sie glauben mir nicht?

Ich möchte es sehen.
Gut.
Wir gingen in den Kontrollraum, in dem die Signale aller Überwachungskameras aufgezeichnet werden.
Er spielte mir die Bänder vor, die im Großen und Ganzen genau das zeigten, was er beschrieben hatte. Als die Aufzeichnung zu Ende war und der letzte Insasse ins Gefängnisgebäude zurückgekehrt, sprach er.
Er kann nicht hierbleiben.
Er hat nichts Verbotenes getan.
Wer so was kann, stellt ein ernstzunehmendes Sicherheitsrisiko dar.
Für mich sah das eher so aus, als könne er Ihnen helfen.
Ich habe keine Ahnung, was zur Hölle der da draußen gemacht hat, aber früher oder später wird es kippen.
Woher wollen Sie das wissen?
Weil ich praktisch mein ganzes Leben in Gefängnissen arbeite und so was noch nie erlebt habe, nicht mal annähernd.
Sie können ihn nicht bestrafen, solange er sich nichts zuschulden kommen lässt.
Wir fordern die Staatsanwaltschaft auf, ihn für unzurechungsfähig zu erklären und in den Hochsicherheitstrakt einer psychiatrischen Einrichtung zu verlegen.
Das ist Scheiße. Das lasse ich Ihnen nicht durchgehen.
Die meisten Anwälte wären froh, ihre Mandanten hier rauszukriegen.

Ich werde Sie daran hindern.
Warum?
Er gehört nicht ins Irrenhaus.
Er hält sich für den Messias.
Hat er das behauptet?
Genügend andere schon.
Sie können ihn nicht für etwas belangen, was er nicht getan oder gesagt hat.
Er ist verdammt noch mal gefährlich und ich will ihn hier weg haben.
Er erhob sich und gab mir die Hand. Ich bat ihn, Ben sehen zu dürfen, er sagte: Nein. Ich ging und fuhr zurück in mein Büro. Als ich dort ankam, teilte man mir mit, der Bezirksstaatsanwalt habe Ben gemäß Paragraph 730 für nicht verhandlungsfähig erklärt und eine Untersuchung auf Unzurechnungsfähigkeit angeordnet. Für gewöhnlich beriefen sich nur Strafverteidiger auf Paragraph 730. Gelang es ihnen, ihren Mandanten für unzurechnungsfähig erklären zu lassen, ließ sich ein Prozess vermeiden und der Mandant wurde zur Behandlung in eine psychiatrische Einrichtung überwiesen, was für jeden psychisch Kranken fraglos das Beste war. Dass ein Staatsanwalt sich auf 730 berief, davon hatte ich noch nie gehört. Normalerweise sind die auf eine schnelle Verurteilung aus und wollen jeden Angeklagten hinter Gittern sehen. Das weitere Verfahren sah Bens Untersuchung durch zwei Psychiater vor. Beide würden Gutachten verfassen. Uns stand das Recht zu, ihn von unseren eigenen Sachverständigen untersuchen zu lassen. Auch die

würden Gutachten verfassen. Sämtliche Gutachten wären bei Gericht einzureichen und der Richter hätte daraufhin eine Entscheidung zu fällen. Wurde Ben für verhandlungsfähig erklärt, bliebe er im Gefängnis und würde vor Gericht gestellt. Andernfalls erfolgte seine Überweisung in eine psychiatrische Einrichtung.

Ich durfte meine anderen Mandanten und Fälle nicht vernachlässigen, also fuhr ich zurück ins Gericht. Im Verlauf meines Arbeitstages teilte man mir mit, Ben befinde sich in Einzelhaft. Am Morgen darauf hatte er einen weiteren Anfall und wurde auf die Krankenstation verlegt. In den nächsten Tage erlitt er etliche weitere Anfälle. Keines der Medikamente, die man ihm verabreichte, wirkte gegen die Anfälle. Sie hörten für ein paar Minuten auf, dann fingen sie wieder an. Er aß nicht, er schlief nicht. Psychiatrische Untersuchungen wurden angesetzt und wieder verschoben. Ich suchte jede freie Minute nach einem Weg, die 730 rückgängig zu machen, aber es schien aussichtslos. Ich besuchte und befragte seine Mutter. Sie war noch immer im Krankenhaus. Sie erzählte mir von den Umständen seiner Geburt. Wie man ihn sofort als möglichen Messias erkannt hatte. Von dem Druck, unter dem sie gestanden hatte, ihr Mann, ihre Familie. Von seiner Kindheit, in der er ganz normal gewesen war, obwohl man doch das genaue Gegenteil von ihm erwartet hatte, und wie sehr diese Erwartungshaltung die ganze Familie belastet hatte. Ich besuchte und befragte seine Schwester. Sie erzählte mir von seinem

Verhältnis zu seinem Bruder. Vom Hass seines Bruders und dessen Angst. Von dessen Ablehnung. Von dessen Neid auf Ben. Sie erzählte mir von der Farm und davon, wie er dort wohl gelebt hatte. Ich traf mich mit seinem Rabbi. Er erzählte mir von dem Unfall, davon, wie er den überlebt hatte, den Beeinträchtigungen seiner Gesundheit und dem Segen, der dieser Beeinträchtigung innewohnte. Er erzählte mir von Bens unwirklichem Wissensschatz, von den Sprachen, die er beherrschte, den Büchern, die er auswendig kannte, Wort für Wort. Er sagte mir, Ben könne all das unmöglich gelernt haben, dass man dazu fünf Leben benötigt hätte, vielleicht auch zehn. Ich besuchte und befragte seine Ärztin, eine seiner Geliebten, drei Leute, die auf dem Land mit ihm zusammen gelebt hatten. Ich besuchte und befragte den Polizisten, der ihn festgenommen hatte, und einen ehemaligen Pastor, der nach seiner Begegnung mit Ben aus der Kirche ausgetreten war. Sie alle sagten dasselbe: Ben hatte ihr Leben verändert. Er vollbrachte Wunder. Sie hielten ihn für den Messias.

Normalerweise hätte ich über das, was diese Leute mir erzählten, bloß gelacht. Wäre ich ihm nicht begegnet. Hätte ich nicht gesehen, was ich gesehen, und gefühlt, was ich gefühlt hatte. Ich hätte gelacht. Sie für verrückt erklärt. Aber das waren sie nicht. Keiner von ihnen. Sie waren vernünftig. Sie glaubten. Und er verlangte nichts von ihnen. Er erwartete nicht, dass die Leute ihn oder seinen Gott anbeteten oder nach den

Regeln irgendeines Buches lebten oder ihm irgendetwas gaben. Er hatte keine große Kirche. Und auch keine wöchentliche Fernsehshow. Er wollte keine Publicity. Er sagte ihnen, dass er sie liebte. Und dass sie einander lieben sollten. Und dass alles andere belanglos sei. Dass Gott sich unserem Begreifen entziehe. Dass wir unser Leben in einer Weise leben sollten, die uns glücklich macht. Und nicht Geboten folgen, nur weil man uns vorschrieb, ihnen zu folgen. Oder einen Gott anbeten, den niemand je gesehen hat und mit dem niemand je in Berührung gekommen ist. Er erzählte ihnen Dinge, die wir alle wissen. Nur die Liebe kann uns erlösen. Lassen wir uns nicht von Phantasiegestalten unser Leben diktieren. Im religiösen Zusammenhang waren diese Vorstellungen verzerrt. Entstellt. Versaut. Und das zeigte er ihnen.

Ich erkundigte mich ungefähr stündlich nach seinem Zustand. Rief im Gefängnis an und fragte, ob sich etwas getan habe. Nach drei Tagen hörten die Anfälle auf. Danach schlief er vierundzwanzig Stunden. Als er einen Tag lang stabil gewesen war, ordnete das Gericht seine Untersuchung an. Normalerweise dauerte all das viel länger. Ich bemühte mich um einen Aufschub, um eine Verzögerung, vergebens. Gericht und Staatsanwaltschaft wurden vom Gefängnis zur Eile gedrängt. Der Direktor hielt Ben für gefährlich, für sich selbst wie für die anderen Insassen. Zudem könne man seine Epilepsie, die Ursache seiner psychischen Störung, auf der Krankenstation des

Gefängnisses nicht angemessen behandeln. Bens Bruder unterstützte die Vorgehensweise. Er sagte der Staatsanwaltschaft, Ben sei im besten Fall psychisch schwer gestört; schlimmstenfalls ein gemeingefährlicher und suizidgefährdeter Irrer. Die Lage im Gefängnis wurde zunehmend heikel. Andere Insassen verlangten Bens Rückverlegung in den normalen Vollzug. Alle, die ihn auf der Krankenstation zu Gesicht bekamen, behaupteten, er habe sie verändert. Er heile Menschen. Befreie sie von ihrem Zorn. Befreie sie von ihrer Sucht. Bringe ihnen Frieden. Was normalerweise Monate gedauert hätte, dauerte nur wenige Tage. Und ich konnte ihn nicht schützen. Ben sprach nicht mit mir über seinen Fall und ließ mir keinerlei Informationen zukommen, die hätten hilfreich sein können. Und die von mir befragten Zeugen hätten gegen ihn gesprochen. Sie hätten bestätigt, dass er mit Gott sprach. Dass er der Messias war. Dass er irgendwie die Welt ändern und/oder untergehen lassen würde.

Die Untersuchung fand im Gefängnis statt. Man zgestattete mir die stille Teilnahme, jedoch keinerlei wie auch immer geartete Einmischung. Ich saß an der Rückwand des Zimmers. Ben war an einen Stuhl gekettet. Er beantwortete keine Frage. Er nahm die Psychiater überhaupt nicht zur Kenntnis. Er saß bloß da und starrte sie an. Sie stellten einfache Fragen. Wissen Sie, weshalb Sie hier sind? Verstehen Sie, was man Ihnen vorwirft? Wissen Sie, wer Ihr Anwalt ist? Wissen Sie, was Ihnen fehlt? Sie bekamen nichts.

In einer der Pausen sagte ich zu ihm, sofern er die Fragen nicht beantworte, würde man ihn für verhandlungsunfähig erklären. Er sagte, es sei unerheblich, was er sagte. Dass dem Gericht die Befugnis fehle, über ihn zu richten. Dass er, sofern er die Fragen beantwortete, eine solche Befugnis anerkennen würde. Dass das System sich selbst erfüllte. Dass es ihn töten würde, so wie es Millionen anderer getötet hatte und immer noch tötete. Ich hatte einen eigenen Psychiater mitgebracht. In der Hoffnung, Ben würde doch noch Vernunft annehmen. Aber auch mit meinem Psychiater sprach er nicht. Ich bat ihn fortwährend, zur Vernunft zu kommen. Er lächelte und sagte, der Einzige, der sich in dieser Situation vernünftig verhalte, sei er selbst. Dass niemand, der auch nur eine Spur Verstand besaß, sich dem Urteil eines Gerichts fügen oder das Strafrechtssystems anerkennen konnte.

Die Anhörung selbst war kurz und gnadenlos. Die Anklage präsentierte drei Zeugen, die beiden Psychiater und Bens Bruder. Die beiden Psychiater sagten dasselbe. Ben hatte nicht mit ihnen gesprochen und schien die gegen ihn erhobene Anklage nicht zu begreifen. Beide gaben zu Protokoll, sie hielten ihn für unzurechnungsfähig und verhandlungsunfähig. Sein Bruder erzählte aus Bens Leben. Eine lange Vorgeschichte von Drogen, Wahnvorstellungen, sexuellen Abartigkeiten. Er sagte, Ben habe sich praktisch sein Leben lang für den Messias gehalten. Ben habe geglaubt, über besondere Kräfte zu verfügen. Ben habe

geglaubt, Wunder vollbringen zu können. Dieser Glaube habe ihn selbst als Pastor tief empört. Ben habe Gott gelästert. Und an freie Liebe und Orgien geglaubt. Er sagte, als Mensch empfinde er Mitleid mit Ben. Dass er jahrelang versucht habe, Ben zu helfen. Dass er für Ben gebetet und versucht habe, ihn in Gottes, Jesu Arme zurückzuführen. Ben hatte all ihre Mühen mit Füßen getreten. Er hielt sich für besser als Gott. Größer als Gott. Er hielt sich selbst für Gott.
Es dauerte nur eine Stunde, bis Ben für verhandlungsunfähig erklärt wurde. Der Richter war Christ, saß vor einer amerikanischen Flagge und ließ jedermann vor Betreten des Zeugenstandes auf die Bibel schwören. Er ordnete Bens Einweisung nach Bellevue an, zur Untersuchung und Behandlung. Außerdem setzte er Jakob, Bens Bruder, als Vormund ein und übertrug ihm die Entscheidungsgewalt über alle im Rahmen von Bens Behandlung erforderlichen Maßnahmen.

Als Ben abgeführt wurde, sah er mich an und sagte: Ich danke Ihnen. Es waren seine einzigen Worte an diesem Tag. Sein nächster Anfall setzte ein, als sie ihn im Streifenwagen ins Krankenhaus zurückbrachten. Diesmal dauerte es sieben Tage. Anschließend ignorierte Ben seine Behandler ausnahmslos und schwieg auf jede ihrer Fragen. Er wurde mit anderen Patienten zusammengelegt. Er schien diese zu beruhigen und tuschelte mit ihnen. Besorgt, daraus könne sich etwas Ähnliches wie im Gefängnis entwickeln, verlegte die Krankenhausleitung ihn in ein Einzelzimmer. Genauer,

eine Gummizelle. Man diagnostizierte ihn als unter messianischen Wahnvorstellungen leidenden paranoiden Schizophrenen. Man verabreichte ihm Unmengen Psychopharmaka, aber nichts schien bei ihm anzuschlagen. Die Anfälle begannen erneut, und man verabreichte ihm Unmengen krampfhemmende Mittel, aber nichts schien bei ihm anzuschlagen. Man isolierte ihn weiterhin und unterzog ihn zwangsweise Elektroschocktherapien. Die bei ihm nicht anschlugen. Nach drei Wochen befürworteten die Krankenhausärzte eine Schläfenlappenresektion, einen aus gehirnchirurgischer Sicht vergleichsweise harmlosen und ungefährlichen Eingriff. Man meinte, die teilweise Entfernung seines Gehirns werde weitere Anfälle verhindern. Wieder wurde er mit Gurten festgeschnallt. Er wurde in den Operationssaal gerollt.
Er bekam Anästhetika, eine ungewöhnlich hohe Dosis wegen seiner Resistenz gegen die vorangegangenen Medikamentengaben. Nach einer Stunde Operationszeit, als eine der Chirurginnen gerade mit der Resektion beginnen wollte, schlug Ben die Augen auf. Seine Schädeldecke war geöffnet und lag buchstäblich neben seinem Kopf auf dem Tisch. Sein Gehirn lag frei. Die Chirurgin hielt ihr Skalpell in der Hand.
Das Skalpell befand sich direkt über seinem Frontallappen. Ihrer Schilderung des Vorfalls nach sah er sie unverwandt an und sprach.
Es ist vollbracht.

III MARIA MAGDALENA

Ben redete gern von unseren Seelen. Fand die Vorstellung, dass wir alle eine Seele haben, irgendwie beknackt. Albern. Wie etwas, das sich nur ein Kind ausdenken konnte. Sagte, Leute, die glaubten, wir hätten was Spirituelles an uns, das nach unserem Tod weiterlebt, wären Trottel. Dass die Leute ihr Leben im Glauben an etwas lebten, was es gar nicht gab. Was es gar nicht geben konnte. Er sagte immer, wir hätten Gehirne. Für ihn fand alles in unseren Gehirnen statt. Und mehr und mehr kamen Ärzte und Wissenschaftler und all die anderen Leute, die in der echten Welt zu Hause waren, zu der Erkenntnis, dass alles, was wir sind, alles, was wir fühlen, alles was wir wissen und erfahren, jedes Gefühl, jeder Gedanke und all der Schmerz, den wir durchleiden, und all die Liebe dem Hirn entspringt. So was wie eine Seele gibt es nicht. Wenn du den Scheiß glaubst, bist du einfach nur bescheuert.

Ich weiß nicht, was genau passiert ist. Die Ärzte haben versucht, es mir zu erklären, aber jeder erzählte was anderes. Die hatten alle Schiss, und niemand wollte schuld sein, niemand wollte zugeben, dass was schief gegangen war. Aber so läuft's heutzutage in Amerika. Hinterher will es keiner gewesen sein. Sogar der verschissene Präsident kneift. Früher hätte er noch die Verantwortung übernommen. Jetzt schiebt man immer alles auf die anderen, nach dem Motto: Ich bin unschuldig, ich werd dir zwar dein Geld abknöpfen und dich nach Strich und Faden verarschen, aber verantwortlich bin ich dafür nicht. Ich kenne nur das Ende vom Lied. Einer von denen hat Ben umgebracht. Sie haben an seinem Gehirn rumgeschnippelt und konnten die Blutung nicht stoppen, und als sie es endlich hinkriegten, war's schon im Arsch. So im Arsch, dass da nichts mehr zu machen war. Ganz wie Ben es gesagt hatte: Wir sind nicht wegen unserer Seelen am Leben, sondern wegen unserer Gehirne.

Als sie mit der Operation fertig waren, war er tot, und doch war genug Gehirn übrig, dass er weiter atmete. Es war zum Kotzen. Diesen hübschen Mann, diesen Mann, der Sachen wusste, die Jahrtausende lang keiner geschnallt hatte, diesen Mann, der dein Leben und die verfickte Welt verändern konnte, gab es nicht mehr, nur sein Körper machte weiter. Sie legten ihn in ein Bett, und er starrte an die Decke. Wenn man ihn auf einen Stuhl setzte, starrte er geradeaus. Wenn man ihn auf die Seite drehte, starrte er an die Wand. Rührte sich nicht. Konnte sich gar nicht rühren. Nur blinzeln, mehr nicht. Sie machten diese ganzen Tests mit ihm. Testeten seine Reflexe und ob er Schmerz verspürte, etwas hörte oder verstand, was sie sagten. Alles negativ. Er war eine Hülle. Eine lebendige Leiche.

Sie verlegten ihn. Sagten, sie bräuchten im Bellevue mehr Platz für die ganzen anderen kranken Schwanzlutscher. Verlegten ihn in ein Heim in Brooklyn, wo man sich um ihn kümmern konnte. Kümmern hieß in dem Fall, dafür sorgen, dass er seine Flüssignahrung bekam und seine Windeln gewechselt wurden. Das war's im Grunde genommen. Manchmal stellten sie einen anderen Fernsehsender ein. Oder sie drehten Ben mal um, damit sich seine wund gelegenen Stellen nicht entzündeten. Es waren noch zwei andere Männer mit im Zimmer. Einer von ihnen vegetierte auch nur noch vor sich hin. War im Autowrack eingeklemmt gewesen. Irgendein betrunkenes Arschloch hatte ihn erwischt. Jeden Tag kam seine Frau und hielt seine Hand und redete mit ihm. Las ihm aus der Bibel vor, als würde das scheißenochmal was bringen. Ging auf die Knie und betete für ihn. Der andere Typ hätte genauso gut auch vor sich hin vegetieren können. Ein Schwuler, der dafür verdroschen worden war, dass er schwul war. Ihn kam niemand besuchen. Die meiste Zeit starrte er auch nur so vor sich hin, aber manchmal stöhnte er, wenn er versuchte, sich zu bewegen. Das war noch viel trauriger, weil er bestimmt irgendwie ahnte, dass er angeschissen war. Ahnte, wie er mal drauf gewesen war. Ahnte, dass er alleine war und es für den Rest seines erbärmlichen Lebens bleiben würde. Für gewöhnlich reihten die Krankenpfleger die drei einfach nur vor dem Fernseher auf. Sie schissen in ihre Windeln und pissten sich ein. Wenn sie Glück hatten, änderte mal jemand den Fernsehsender. Auf gewisse Art war das nicht viel anders als bei anderen Leuten. Und egal, ob sie es wahrhaben wollten oder nicht, keiner von ihnen, weder Ben noch die anderen beiden noch die restlichen Schwanzlutscher auf der Welt hatten eine Wahl.

Ich kam zweimal die Woche. Ich war zurück in die Bronx gezogen. Zurück in die alte Wohnung. Nachdem alle gehört hatten, was passiert war, verließen wir die Farm. Vielleicht blieben ein paar, aber die meisten von uns kehrten zu dem zurück, was auch immer wir vorher getan hatten. Wir hörten nicht auf, an das zu glauben, was Ben uns gelehrt hatte, oder wie wir mit ihm gelebt hatten, verteilten uns nur wieder in alle Himmelsrichtungen, entschlossen, es in die Welt hinauszutragen. So fing es doch immer an. Mit einer Person. Mit einer Person, die den Durchblick hatte. Die sehen konnte. Die verstand. Und diese Person ließ alle anderen daran teilhaben und so verbreitete sich die Botschaft, weil alle, die davon berührt waren, es wiederum mit anderen teilen wollten. Was Ben betraf, gab es genug von uns. Genug, um uns gegenseitig und vielleicht noch ein paar anderen zu helfen. Genug, um zu wissen, wie es sich anfühlte, wahre Liebe zu spüren. Wahre Liebe zu sehen. Wahre Liebe zu leben. Wahre Liebe zu teilen. Liebe, frei von Hass und Vorurteilen, unabhängig von Herkunft oder Hautfarbe oder sexuellen Neigungen. Es gab genug von uns, die sich geändert hatten, so dass wir noch anderen helfen konnten, sich zu ändern. Bevor uns der ganze Scheiß hier um die Ohren fliegt.

Mercedes hatte jede Menge Leute, die sich um sie kümmerten. Sie wurde immer süßer. Dauernd fragte sie, ob sie mit zu Ben könnte, weil sie ihn so vermisste. Ich gab ihr einen Abschiedskuss und sagte: Ein anderes Mal, und fuhr mit der U-Bahn zu ihm, setzte mich an sein Bett und hielt seine Hand. Ich wusste, dass er davon nichts mitbekam, tat es aber trotzdem. Und ich redete mit ihm. Nicht über Gott wie die Frau von dem anderen Mann. Ich erzählte ihm, was in meinem Leben so passierte. Ich jobbte in einem Klamottenladen und ging zur Abendschule, um meinen Abschluss nachzumachen. Ich brachte Mercedes Lesen und Rechnen bei, um sie auf eine bessere Schule zu kriegen. Und ich war schwanger. Schwanger mit Bens Baby. Ich wusste, dass er es nicht mitbekam, aber ich erzählte es ihm trotzdem. Ich wollte das Kind bekommen.

Ich war schon mal von ihm schwanger gewesen. Auf der Farm. Ich merkte es, direkt nachdem wir angekommen waren, und Ben und ich redeten darüber, was wir tun sollten, und er sagte, es sei meine Entscheidung. Ich wollte wissen, was Gott dazu sagen würde, und er lachte und meinte, Gott hätte nicht darüber zu entscheiden, was Frauen mit ihren Körpern machten. Frauen hätten einen freien Willen. Sie konnten ganz allein darüber entscheiden. Kein Mann, kein Gott, niemand sonst. Aber er sagte, wenn ich das Baby nicht haben will, würde er mich begleiten, meine Hand halten und mich lieben und alles dafür tun, dass es mir hinterher gut geht. Und er hielt sein Versprechen, und auch wenn es die schwerste Entscheidung meines Lebens war, manchmal bleibt dir nichts anderes übrig, als solche Entscheidungen zu treffen. Und damals, unterwegs und ganz ohne Geld und ohne einen Schimmer, was uns die Zukunft bringen würde, konnte ich dieses Baby nicht kriegen. Ich weiß noch, wie wir reingingen. All diese Leute, die uns beschimpften, mit Schildern, auf denen was von Gott stand und dass wir alle Mörder sind. Sie hatten Bibelverse auf ihren T-Shirts. Ben lächelte sie nur an. Und das machte sie erst richtig wütend, doch er lächelte nur. Einer von ihnen kam ganz nah und beschimpfte ihn als Mörder und dass er in der Hölle schmoren würde. Ben nahm die Hand von dem Mann und küsste sie, und es sah aus, als würde der Typ gleich tot umkippen, und seine Freunde waren geschockt. Ben ließ seine Hand wieder los und flüsterte etwas in sein Ohr, und der Mann lächelte, umarmte Ben und ging davon. Ich hab keinen Schimmer, was er ihm gesagt hat, nur, was ich sah. Ben, der einen anderen Mann liebte. Daran ist nichts falsch, wenn ein Mann einen anderen Mann liebt. Ist alles dasselbe. Eben Liebe.

Also behielt ich das Baby. Ich ging nicht davon aus, dass es ein Messias oder so was werden würde. Ich wollte einfach nur ein gesundes, kleines Baby. Ein gesundes, kleines Kind, das zur Hälfte ich, zur Hälfte Ben war, dieser Mann, den ich von ganzem Herzen liebte, und der mich liebte, der jeden liebte, den er kannte. Ich erzählte Ben, wie es mir ging, was ich fühlte, was ich aß, zählte ihm Vornamen auf, über die ich nachdachte. Ich erzählte von meinen Träumen, dass wir vielleicht zur Farm zurückkehren würden, sobald ich meinen Abschluss hatte, dass ich hoffte, ich würde mich vielleicht irgendwann noch mal verlieben. Ich erzählte, dass noch immer Leute bei uns auftauchten und nach ihm fragten und die Leute im Ghetto und im Knast noch immer von ihm redeten. Wenn ich traurig wurde, und eigentlich wurde ich immer traurig, wenn ich diese Hülle so anguckte, die mal ein schöner Mann gewesen war, der Mann, den ich liebte, sagte ich ihm, wie sehr ich ihn vermisste, ihn liebte und wünschte, er würde zu mir zurückkommen. Ich bat ihn, mal eins von seinen Wundern an sich selbst zu vollbringen, um sich selbst zu heilen, dass er aufstehen und wieder herumgehen konnte, und wieder reden und wieder lächeln, und meine Hand halten und mich küssen und meinen Namen sagen, nur ein einziges Mal wollte ich ihn noch meinen Namen sagen hören, wollte, dass er mich noch einmal liebte, und mir das Gefühl gab, vollkommen und schön und sicher zu sein. Darum bat ich ihn, und sagte: Tu's Ben, bitte tu's für mich, aber er tat's einfach nicht. Selbst wenn er's gekonnt hätte, hätte er's nicht getan. Und genau das war's, was ihn zu dem machte, was er war und wer er war: Hätte er noch ein Wunder übrig gehabt, hätte er's für wen anderes vollbracht. Hätte er zwei gehabt, hätte er beide für andere Leute vollbracht. Hätte er drei gehabt, hätte es drei glückliche Schwanzlutscher da draußen getroffen. Niemals beanspruchte er was für sich. Er gab lieber als zu nehmen. Er gab solange, bis alles weg war.

Ein paar Monate später war mein Bauch schon ziemlich groß. Die Leute vom Heim kannten mich inzwischen so gut, dass ich Ben manchmal mit nach draußen nehmen durfte. Sie setzten ihn in einen Rollstuhl und schnallten ihn ordentlich fest, damit er nicht rausfallen konnte, nicht, dass es irgendeinen Unterschied gemacht hätte. Ich brachte eine Decke mit, die ich ihm unter seine wunden Stellen schob, aus denen Blut und Eiter suppte und die so aussahen, als ob sie sehr weh täten, obwohl ich wusste, dass er nichts spüren konnte. Ich schob ihn einfach ein bisschen durch die Gegend. Erzählte ihm, was ich sah, was ich roch und hörte. Dachte mir kleine Geschichten über die Leute aus, die an uns vorbeikamen. Die Anlage war nicht weit vom Wasser, und manchmal ging ich mit ihm runter zur Uferpromenade, setzte mich auf eine Bank, stellte Bens Rollstuhl dicht neben mich und hielt seine Hand und sah den hereinbrechenden Wellen zu, einer nach der anderen. Unermüdlich kamen sie, eine nach der anderen, so wie sie es seit Milliarden von Jahren taten, bevor es überhaupt Menschen auf dem Planeten gab, und wie sie es noch weitere Milliarden von Jahren machen würden, nachdem wir uns alle gegenseitig umgebracht hatten und keiner mehr von uns übrig war. Beim Anblick der Wellen fühlte ich mich so klein, und ich begriff, wie bedeutungslos wir waren, nur ein winziger Planet in einem Universum, so unermesslich groß, dass wir es nicht fassen konnten, und wie kurz unser Leben war, und dass wir es nehmen mussten, wie es kam, und das Beste daraus machen. Lieben, so wie ich Ben liebte, indem ich seine Hand hielt, und er mich geliebt hatte, indem er mein Leben veränderte.

Aus Sommer wurde Herbst, und aus Herbst wurde Winter. Ich stand kurz vor der Niederkunft. Mercedes hörte nicht auf, nach Ben zu fragen, also nahm ich sie schließlich mit. Außerdem hatte ich Fotos von unserem Baby dabei, Ultraschallbilder, die ich Ben zeigen und an die Wand hinter seinem Kopfende hängen wollte. Wir kamen im Krankenhaus an, und sie hatten ihn schon zum Spazierengehen fertig gemacht. Ich hatte gefragt, ob wir ihn mit runter zur Promenade nehmen könnten, obwohl es kalt war und in der Nacht etwas geschneit hatte. Er trug einen Wintermantel und einen süßen kleinen Hut und irgendwelche alten Handschuhe. Mercedes war total aufgeregt und ein bisschen irritiert, dass Ben unverändert aussah, und sich doch nicht rühren oder sprechen oder sonst was konnte. Ich überlegte, was ich ihr sagen sollte, aber noch war sie nicht bereit für die Geschichte, für die ganze Geschichte, für die Geschichte von Bens Leben, und wer er war und was er getan hatte und welche Bedeutung er hatte und warum sie ihn ausgelöscht hatten, ihre Gerichte, ihre Regeln, ihre Chirurgen mit ihren Skalpellen. Warum sie ihn ausgelöscht hatten, mit ihren schwachsinnigen Gesetzen und Glaubenssätzen. Ich überlegte, was ich ihr sagen sollte, aber sie war dafür noch nicht alt genug, also sagte ich, Ben wäre einfach nur für eine kleine Weile still, und beließ es dabei. Wir gingen runter zum Wasser. Die Wellen brachen noch immer. Alles war mit einer Schneeschicht überzogen. Wir waren die Einzigen, die Spuren hinterließen. Eine Zeitung flatterte vorbei, in der nur schlimme Nachrichten standen. Von Menschen, die starben, Menschen, die mordeten, Regierungen, die logen und Kriege anfingen, Konzerne, die raubten und stahlen. Die gleichen Nachrichten wie immer, und nichts würde sich daran ändern. Wir gingen auf einen Pier, der ins Meer hineinragte, und es war ein bisschen windig und ein bisschen kalt, und die Wellen waren hier noch lauter, brachen direkt unter uns, eben so, wie sie es schon seit vier oder fünf Milliarden Jahren taten und wie sie es für weitere vier oder fünf Milliarden Jahre tun würden. All die Wellen, eine nach der anderen, eine nach der anderen. Wir erreichten das Ende vom Pier und blieben stehen. Ich wollte gerade wieder umdrehen, aber mein Telefon klingelte. Es war jemand, der wegen einem Job anrief, für den ich mich beworben hatte, und sie wollten mit mir ein Vorstellungsgespräch vereinbaren. Ich ging ran. Ich hielt das Telefon mit der einen Hand, Mercedes mit der anderen. Ich dachte nicht, dass Ben irgendwohin gehen würde. Von seinem Gehirn war ja nichts mehr übrig. Er konnte weder gehen, noch reden, noch sich bewegen oder denken oder fühlen oder überhaupt irgendwas. Ich dachte mir nichts dabei. Ich drehte mich um und nahm den Anruf entgegen. Dauerte nicht länger als eine Minute oder so. Ging um nichts, nur von wegen wann und wo, vermeintlich wichtige Scheiße, um die wir uns alle kümmern müssen. Als ich mich wieder umdrehte, war Ben verschwunden. Sein Rollstuhl war leer. Seine Kleider saßen noch da, nur er war verschwunden. Der süße kleine Hut lag noch da und die Handschuhe. Er selbst war weg. Ich wusste nicht, was ich tun sollte, ob ich schreien oder weinen oder lachen sollte. Es gab keine plausible Erklärung für das, was da passiert war. Ich hatte kein Platschen gehört und außer meinen und Mercedes' Fußstapfen waren keine anderen Spuren zu sehen, nur die vom Rollstuhl. Und später, als die Cops kamen und sich die Bänder der Sicherheitskameras ansahen, war nichts darauf zu sehen. In der einen Sekunde saß Ben noch da. In der nächsten Sekunde war er weg. Und ich wusste nicht, ob ich weinen oder schreien oder lachen sollte, aber ich war von Liebe erfüllt, derselben Liebe, die ich immer gefühlt hatte, wenn er bei mir war, als er noch am Leben war, sie war noch immer tief in mir, und ich nahm den Hut hoch, und er war ganz warm von Bens

Kopf, und ich sah hinaus aufs Meer, und ich sah in den Himmel, und ich nahm die Hand meiner Kleinen, die ich so sehr liebte, und ich atmete tief die kalte Winterluft ein, die vom Meer her kam, und die Sonne schien warm auf mein Gesicht, und ich lächelte und ich dachte an ihn, und ganz leise sagte ich es, aber nicht nur zu ihm, sondern zu jedem, zu jedem und allen, denn darum geht es, nur darum geht es wirklich.

Ich liebe dich.

Ich liebe dich.

Ich liebe dich.

Danke Ben Zion Avrohom für dein Leben. Danke Maria Magdalena Hernández, Mercedes Hernández und Ben Zion Hernández. Danke Charles Kelly Jr. Danke Dr. Alexis Donnelly. Danke Esther Avrohom. Danke Ruth Avrohom. Danke Jeremias Henry. Danke Rabbi Adam Schiff. Danke Matthäus Harper. Danke Johannes Dodson. Danke Lukas Gordon. Danke Mark Egorov. Danke Judith Cooper. Danke Peter Wade. Danke David Krintzman. Danke Eric Simonoff. Danke Jenny Meyer. Danke Courtney Kivowitz. Danke Ari Emanuel, Christian Muirhead, Alicia Gordon. Danke David Goldin. Danke Andisheh Avini. Danke Richard Prince. Danke Ed Ruscha. Danke Richard Phillips. Danke Dan Colen. Danke Terry Richardson. Danke Gregory Crewdson. Danke Larry Gargosian. Danke Jessica Almon, Britton Schey und Aaron Rich. Danke Roland Philipps. Danke Olivia de Dieuleveult und Patrice Hoffman, Sabine Schultz, Claudio Lopez de la Madrid, Job Lisman. Danke Melissa Lazarov, Alison McDonald, Nicole Heck, Sam Orlofsky, Jessica Arisohn, Rose Dergan, Kara Vander Weg, Darlina Goldak, Andres Hecker, Paul Neale, Julie Van Severen, Jennifer Knox White, Sarah Lazar. Danke Carter Burden III. Danke Dr. Alexis Halperin. Danke Mariana Hogan. Danke Rabbi Adam Mintz, danke, danke.